"十三五"国家重点图书出版规划项目

浙江文化艺术发展基金资助项目

中国民间文艺思想史论

先秦定鼎
中国文化的醒目"路标"

高有鹏　著

宁波出版社

图书在版编目（CIP）数据

先秦定鼎：中国文化的醒目"路标" / 高有鹏著
. -- 宁波：宁波出版社，2023.3
（中国民间文艺思想史论）
ISBN 978-7-5526-4187-5

Ⅰ.①先… Ⅱ.①高… Ⅲ.①民间文学—文艺思想史—研究—中国—先秦时代 Ⅳ.① I207.709

中国版本图书馆 CIP 数据核字（2021）第 023697 号

先秦定鼎 XIANQIN DING DING

中国文化的醒目"路标"

高有鹏　著

策　　划	袁志坚　徐　飞
责任编辑	张爱妮
责任校对	虞姬颖
出版发行	宁波出版社
地址邮编	宁波市甬江大道 1 号宁波书城 8 号楼 6 楼　315040
装帧设计	金字斋
印　　刷	宁波白云印刷有限公司
开　　本	710 毫米 ×1000 毫米　1/16
印　　张	24
字　　数	332 千
版　　次	2023 年 3 月第 1 版
印　　次	2023 年 3 月第 1 次印刷
标准书号	ISBN 978-7-5526-4187-5
定　　价	85.00 元

本书若有印装错误，影响阅读，请与出版社联系调换，电话：0574-87248279。
（版权所有　翻印必究）

目　录

第一章　神话作为历史的概念 ⋯⋯⋯⋯⋯⋯⋯⋯⋯⋯⋯⋯⋯⋯⋯⋯ 001
　　第一节　神话作为历史 ⋯⋯⋯⋯⋯⋯⋯⋯⋯⋯⋯⋯⋯⋯⋯⋯⋯ 001
　　第二节　中国明代出现"神话"的概念 ⋯⋯⋯⋯⋯⋯⋯⋯⋯⋯⋯ 003
　　第三节　众说纷纭 ⋯⋯⋯⋯⋯⋯⋯⋯⋯⋯⋯⋯⋯⋯⋯⋯⋯⋯⋯ 007
　　第四节　"神话"的概念为什么在明代出现 ⋯⋯⋯⋯⋯⋯⋯⋯⋯ 010
　　第五节　神话概念的近代述说 ⋯⋯⋯⋯⋯⋯⋯⋯⋯⋯⋯⋯⋯⋯ 012

第二章　神话作为历史的金子（青铜器） ⋯⋯⋯⋯⋯⋯⋯⋯⋯⋯⋯ 016
　　第一节　金子的类别与神话的类型 ⋯⋯⋯⋯⋯⋯⋯⋯⋯⋯⋯⋯ 017

第三章　神话与岩画 ⋯⋯⋯⋯⋯⋯⋯⋯⋯⋯⋯⋯⋯⋯⋯⋯⋯⋯⋯ 044
　　第一节　民间文艺的图像问题 ⋯⋯⋯⋯⋯⋯⋯⋯⋯⋯⋯⋯⋯⋯ 045
　　第二节　审美依靠图像传承 ⋯⋯⋯⋯⋯⋯⋯⋯⋯⋯⋯⋯⋯⋯⋯ 048
　　第三节　岩画是审美与文明的融合 ⋯⋯⋯⋯⋯⋯⋯⋯⋯⋯⋯⋯ 050
　　第四节　中国岩画分布与民间文艺 ⋯⋯⋯⋯⋯⋯⋯⋯⋯⋯⋯⋯ 054
　　第五节　从审美到信仰 ⋯⋯⋯⋯⋯⋯⋯⋯⋯⋯⋯⋯⋯⋯⋯⋯⋯ 058

第四章　民间文艺中的神话与原始思维 ⋯⋯⋯⋯⋯⋯⋯⋯⋯⋯⋯⋯ 060
　　第一节　自然崇拜是中国民间文艺的重要基础 ⋯⋯⋯⋯⋯⋯⋯ 061
　　第二节　图腾的意义 ⋯⋯⋯⋯⋯⋯⋯⋯⋯⋯⋯⋯⋯⋯⋯⋯⋯⋯ 063

第三节　祖先崇拜与生殖崇拜是中国民间文艺的重要特色 …… 066
　　第四节　英雄崇拜与灵魂崇拜问题 …………………………… 072
　　第五节　宗教文化与原始宗教一脉相承 ……………………… 076

第五章　石头上的故事 …………………………………………… 082
　　第一节　画像石的分布 ………………………………………… 085

第六章　《山海经》时代 …………………………………………… 105
　　第一节　《山海经》成书及其内容的基本构成 ………………… 105
　　第二节　《山海经》的神话群及其文化类型 …………………… 124
　　第三节　《山海经》与中国文化发展问题 ……………………… 167

第七章　历史从大禹时代开始吗 ………………………………… 223
　　第一节　中国神话时代的终结与历史的开端 ………………… 223
　　第二节　普天之下,莫非禹功 ………………………………… 241

第一章
神话作为历史的概念

神话与历史到底是什么关系?

到底神话是历史的儿子,还是历史是神话的子孙?

这是中国民间文艺发展史上一个长期说不清的问题。

许多学者认为,中国古代历史上虽然曾经出现很多神话作品,但是一直没有出现神话的概念。明代汤显祖等评点的《虞初志》,出现"昼谈神话",而且评点了神话传说,包括汤显祖《点校虞初志序》,形成其相对系统的神话观念。明代社会承传了前世神仙文化,在当世社会统治者大力提倡神权意识、神仙文化的背景下,结合宋元时期的"说话"等文学体裁,形成了"神话"这一讲述神奇、神异等神话传说故事的概念。近代中国社会的神话学,具有不同寻常的意义。

神话的出现,标志着人类文明进入一个新的阶段。中外历史上,都有超越自然与现实的神话,而当今对神话文化属性的述说,形成了不同的意见,诸如神话历史、神话哲学等,尤其是对于神话概念的出现时代,更是众说纷纭。

第一节 神话作为历史

学术史上有许多悖论,如神话,被认证为历史,又被视作与历史并不相关。现在,兴起一种新说,称作神话历史。

神话与民族起源相关，许多学者认为神话就是民族文明的初始。关于中国古代神话概念的起源问题，中外学术界大多坚持外来说，认为神话学最早出现在欧洲，很少有人关注到中国古代出现这一概念的事实。如中国学者马昌仪认为："具有现代科学意义的中国神话学，是20世纪初中外文化交流的产物。它的发生和发展，与近代西方和日本的学术思潮、神话流派的变迁，人类学、考古学、民族学的传入，有着密切的关系，直接受到我国整个文化开放浪潮以及知识界对中国文化的自觉与反省运动的影响。"[1] 她认为"世界上第一部研究中国神话的专著，是俄国圣彼得堡大学C.M.格奥尔吉耶夫斯基的《中国人的神话观与神话》（1892年圣彼得堡版）"，"这本书最早提出了'中国神话'的概念"[2]。同时，她认为"在我国的古代典籍中，尽管没有'神话'这个词儿，但历代学者对于古时候称之为'怪异''虚妄之言''神鬼之说''古今语怪之祖'的神话现象却表现出浓厚的兴趣"[3]。她进一步阐述道："西方神话学传入我国，主要通过两条途径：间接的通过日本；直接的来自欧洲。'神话'和'比较神话学'这两个词，最早于1903年出现在几部从日文翻译过来的文明史著作（如高山林次郎的《西洋文明史》，上海文明书局版；白河次郎、国府种德的《支那文明史》，竞化书局版；高山林次郎的《世界文明史》，作新社版）中。"[4] 她的意见颇具有代表性。

与马昌仪一样，许多学者认为中国古代没有"神话"的概念，而且把清光绪二十九年（1903）蒋观云发表在第36号《新民丛报·谈丛》上的《神

---

[1] 马昌仪：《中国神话学发展的一个轮廓》，《中国神话学文论选萃》，中国广播电视出版社1994年版，第7页。

[2] 马昌仪：《中国神话学发展的一个轮廓》，《中国神话学文论选萃》，中国广播电视出版社1994年版，第7页。

[3] 马昌仪：《中国神话学发展的一个轮廓》，《中国神话学文论选萃》，中国广播电视出版社1994年版，第8页。

[4] 马昌仪：《中国神话学发展的一个轮廓》，《中国神话学文论选萃》，中国广播电视出版社1994年版，第9页。

话、历史养成之人物》一文看作我国第一篇神话学论文。

国外学者以俄罗斯李福清（B. Riftin）为代表，认为中国古代没有神话的概念。他注意到"西方学者早就开始研究中国古代神话中的主要人物。在19世纪70年代，英国汉学家F. Mayers发表了一篇关于女娲的短文"，"日本学者也早开始研究中国古代神话。1882年井上圆了在《东洋学艺杂志》（第9号）发表了一篇谈尧舜偶像的文章，以为尧舜是人造的圣人。他没有用神话这个概念"，其称神话这个术语"中国本来没有，是从日本借用过来的，大概最早在1903年《新民丛报·谈丛》（36号）发表的蒋观云（1866—1929）的一篇题为《神话历史养成之人物》中出现。蒋观云1902年赴日本，所以引入了日本学者使用的术语。日本把西方用的myth（英文、法文、德文、俄文等文只是发音和写法有少许差别）译为'神话'；但是myth是古希腊词，希腊语把所有讲的故事都称为myth，此词无神的意义"。[1]

总的讲来，中外学者大多认为中国古代有神话存在，但是没有神话的概念出现。

第二节　中国明代出现"神话"的概念

检索中国古代典籍，中国古代是有神话这一概念的。这个概念出现在明代，汤显祖以汤若士的笔名，与一批学者评说《虞初志》，其中唐代沈既济的《任氏传》的"赞曰"中提到了这个概念。《任氏传》开题即称"任氏女妖也"，叙述书生"郑子"与其恋爱的故事。汤显祖评点其中情节，称"冶艳风流，大是一段好姻缘。惜郑生多一浑家，乃屈之侧室"[2]；"叙问转折，仿佛欲

---

[1] 李福清：《国外研究中国各族神话概述——〈中国各民族神话研究外文论著目录〉序》，《长江大学学报》（社会科学版）2006年第1期，第6、8页。
[2] 《虞初志合集》之一《虞初志》卷七，据上海扫叶山房书局1926年版复印，上海书店出版社1986年版，第3页。

真"[1];"狐虽妖物,而郑子以寿终,故知死生有命"[2]。显然,此属于广义神话。值得注意的是,其"赞"中述说"察人神之际,著文章之美,传要妙之情,不止于赏玩风态而已",说"建中二年"沈既济等人"皆谪官东南","自秦徂吴,水陆同道,时则遗拾朱放,因旅游而随焉","浮颍涉淮,方舟沿流,昼谈神话,各征其异说","众君子闻任氏之事,共深叹骇,因请(沈)既济传之,以志异云"[3]。这里的"神话",无论从其内容上,还是从其流传方式上,都与现代的神话概念相符合。

中国古代历史文化在事实上存在着神话主义现象,具有文化哲学的意味,即凡事总借助于神祇进行叙说。从司马迁《史记·高祖本纪》叙说"其先刘媪尝息大泽之陂,梦与神遇。是时雷电晦冥,太公往视,则见蛟龙于其上,已而有身,遂产高祖",到脱脱《宋史》卷十四《本纪》第十四叙说"神宗"之"庆历八年四月戊寅生于濮王宫,祥光照室,群鼠吐五色气成云",到《清史稿》等文献记述"佛库伦吞食神鹊红果而孕"等传说,形成神圣性叙说的文化传统。不唯历史典籍如此,许多文学作品也是这样,文学纪事与叙说将神异纳入文本,形成独特的审美效应。

记述历史的文化传统,体现在神异、传奇等体裁中,在不同的历史时期有不同的体现方式。如汉代出现虞初体,即是一个典型。《虞初志》以人名"虞初"为文体问题,历史上曾经有过多次讨论。一般认为,虞初本身就是一个传说,这个人是西汉时期的洛阳人,武帝时以方士侍郎号"黄车使者"。使他成为一个传说的是他将《周书》改写成《周说》,即人所称《虞初周说》。此《周书》并非唐代令狐德棻所编《周书》,而是《逸周书》。曾有人说《逸周书》是孔子删定《尚书》之后所剩材料所辑,为"周书"的逸篇,所以称为此名。其原名《周书》《周史记》,许慎在《说文解字》中称之为《逸周书》。其

---

[1] 《虞初志合集》之一《虞初志》卷七,上海书店出版社1986年版,第5页。
[2] 《虞初志合集》之一《虞初志》卷七,上海书店出版社1986年版,第7—8页。
[3] 《虞初志合集》之一《虞初志》卷七,上海书店出版社1986年版,第8页。

主要内容是周代历史文献汇编,分别记述了周文王、周武王、周公、周成王、周康王、周穆王、周厉王和周景王时期的历史,并且保存许多上古时期的历史传说内容。可能是原文不容易懂,所以虞初把这些内容作了故事性较强的改写,即《虞初周说》。班固《汉书·艺文志》录小说十五家,其中有"《虞初周说》九百四十三篇",张衡《西京赋》称"小说九百,本自虞初"。但是,这九百余篇《虞初周说》早已亡佚,据清代学者朱右曾考证,《山海经》《文选》《太平御览》等文献曾经引述《周书》内容,实际上是《虞初周说》一书的逸文,诸如"天狗所止地尽倾,余光烛天为流星,长数十丈,其疾如风,其声如雷,其光如电""穆王田,有黑鸟若鸠,翩飞而跱于衡,御者毙之以策,马佚,不克止之,踬于乘,伤帝左股""岑山,神蓐收居之。是山也,西望日之所入,其气圆,神红光之所司也"等神话传说故事,当为"稗官"即民间社会所讲述的故事[1]。时光易逝,《逸周书》《虞初周说》皆为散佚,多少神话随之化为云烟。

由汉代的《虞初周说》到明代的《虞初志》,再到清代的《虞初新志》,经过许多历史变迁。汤显祖编《虞初志》和《续虞初志》[2]、张潮编《虞初新志》、黄承增编《广虞初新志》等,借用"虞初"之名,都是讲述传说故事的意思。也有学者考证,汤显祖点校本《虞初志》与今通行本《虞初志》(诸家汇评本)以及汤氏的《续虞初志》不是一回事[3]。但无论如何,"神话"一词见之于《虞初志》中的《任氏传》评点议论,这是一个事实。述说"昼谈神话"的《虞初志》,最初编著者不详,或者就是汤显祖,其成书于明代弘治、正德年间。明代万历年间,吴兴凌性德翻刻本为"加评本",即融入袁宏道、屠隆、汤显祖、李贽等人的评点,而且书前有汤显祖的序文,保存了他们的评点,包

---

[1] 朱右曾:《逸周书集训校释》卷十一,湖北崇文书局光绪三年(1877)官刻本。
[2] 胡怀琛:《虞初近志》"自序"言"汤临川点校《虞初志》,已多事矣",见胡怀琛编《虞初近志》,(上海)广益书局1932年版,第1页。
[3] 秦川:《明清"虞初体"小说总集的历史变迁》,《明清小说研究》2002年第2期,第64—66页。

含着他们富有时代特色的神话理论观念。后来,扫叶山房以吴兴凌性德翻刻本为底本,于1926年出版新式标点的铅排本,使之流传于世。

《虞初志》的流传,有七卷本和八卷本。八卷本如隐草堂二十篇本共八册,题"虞初志八集凡三十二卷明如隐堂刊"。也有"明弦歌精舍如隐草堂"本,"明弦歌精舍凤桥别墅"本。七卷本,如凌性德宗谱嘉庆十年乙卯刊《虞初志》,为七卷朱墨套印本。许多学者以为是《虞初志》的最初刊刻者。[1] 更有学者称,"八卷、七卷并非删节,只是分卷的不同而已"。[2] 值得注意的是,七卷本书首,皆有汤显祖、欧大任、王稚登、凌性德等人的序,卷中皆有汤显祖、袁宏道、屠隆、李贽等人的点评,且皆为朱墨套印本。上海书店出版社1986年版《虞初志合集》之一《虞初志》,名为"扫叶山房"本,其实就是凌性德宗谱嘉庆十年乙卯刊《虞初志》等明刊本的重刻。

《虞初志》开篇有汤显祖《点校虞初志序》,完整体现出汤显祖的神话观念。其称:"昔李太白不读非圣之书,国朝李献吉亦劝人弗读唐以后书,语非不高,然未足以绳旷览之士也。何者?盖神丘火穴,无害山川岳渎之大观;飞茎秀萼,无害豫章竹箭之美殖;飞鹰立鹘,无害祥麟威凤之游栖。然则稗官小说,奚害于经传子史?游戏墨花,又奚害于涵养性情耶?东方曼倩以岁星入汉,当其极谏,时杂滑稽;马季长不拘儒者之节,鼓琴吹笛,设绛纱帐,前授生徒,后列女乐;石曼卿野饮狂呼,巫医皂隶徒之游。之三子,曷尝以调笑损气节,奢乐堕儒行,任诞妨贤达哉?读书可譬已。太白故颓然自放,有而不取,此天授,无假人力。若献吉者,诚陋矣!《虞初》一书,罗唐人传记百十家中,略引梁沈约十数则,以奇僻荒诞,若灭若没,可喜可愕之事,读之使人心开神释,骨飞眉舞,虽雄高不如《史(记)》《汉(书)》,简澹不如《世说》,而婉缛流丽,洵小说家之珍珠船也。其述飞仙盗贼,则曼倩之滑稽;志

---

[1] 施才玉:《〈虞初志〉版本考述》,《大学图书情报学刊》2009年第1期,第89页。

[2] 秦川:《明清虞初体小说总集的历史变迁》,《明清小说研究》2002年第2期,第64—66页。

佳冶窈窕，则季长之绛纱；一切花妖木魅，牛鬼蛇神，则曼卿之野饮。意有所荡激，语有所托归，律之风流之罪人，彼固欿然不辞矣。使咄咄读古，而不知此味，即日垂衣执笏，陈宝列俎，终是三馆画手，一堂木偶耳。何所讨真趣哉？余暇日特为点校之，以借世之奇隽沈丽者。"[1]其中的"奇僻荒诞"，"花妖木魅，牛鬼蛇神"，正是神话的实质。此与汤显祖所述"家君恒督我以儒检，大父辄要我以仙游"[2]对照，结合其所著《阴符经解》《蜀大藏经序》《五灯会元序》等著述，便可见其神话情结。显然，这些论说与司马迁所说"百家言黄帝"，以及干宝所用"搜神"的概念，是一致的。

第三节　众说纷纭

此《虞初志》存《集异记》《柳毅传》《周秦行纪》《古镜记》《任氏传》《白猿传》诸篇，各篇内容以述说富有传奇色彩的故事为主，所以此"神话"作为神奇、奇异的故事的概括，内容上表现出对社会现实与自然世界的超越，与今天的神话含义相同，在这一点上总是没有什么疑问的。

现代神话学认为，神话有原始神话和民间神话等神话形式。《虞初志》记述的应该是具有浓郁神话色彩的民间神话，俗称为神话传说。民间神话与原始神话有一定联系，但属于衍生的传说故事，其保存了原始思维等原始神话的重要特征。

神话传说的主角常常是体现人们超越自然和现实的鬼神，具有浓郁的原始崇拜意义。汤显祖评点此类传奇故事的论述甚多，从另一个方面体现出他对神话传说的理解。当然，汤显祖的评点更多是从文学价值出发，表现出神话诗学的超然意识。如《虞初志》卷一有《华阴黄雀》，记述少年杨宝

---

[1] 《虞初志合集》之一《虞初志》"点校虞初志序"，上海书店出版社1986年版，第1—2页。
[2] 汤显祖著：徐朔方笺校：《汤显祖全集》，北京古籍出版社1999年版，第23页。

在华阴山救助一只黄雀,得到报答。原来黄雀是王母娘娘的使者,奉命出使蓬莱仙山。汤显祖评点为"巾箱黄花语,点染甚佳"[1],揭示出神话传说的审美价值;《虞初志》卷一有《七夕牛女》,讲述"七月七日,织女当渡河,诸仙悉还宫",穿插牛郎织女的传说故事,其评点"九日,上巳,七夕,俱故事耳,而此说到天上,奇爽自异"[2],涉及神话传说与古老的节日之间的联系;《虞初志》卷一有《徐秋夫》,讲述神医徐秋夫为鬼治病的故事,其评点"意殊茫忽"[3],揭示出其中的神话意境。《虞初志》卷二有《柳毅传》,讲述书生柳毅路遇洞庭龙王的小女儿,并替她传书,搭救她,得到报答,其中涉及唐尧时曾经暴发洪水的钱塘君故事,汤显祖评点"造句尖新韶雅","奇致","错落如意,自是万宝毕陈","有幽岩深壑之意,杳然忘却人间"[4],"烟云缥缈,疑是世外观"[5],揭示出神话世界与社会现实的复杂联系,及其独特的审美意蕴;《虞初志》卷二有《韦安道传》,讲述韦安道与后土夫人之间人仙相恋的故事,光怪陆离,其评点"吴道子画,笔笔生动"[6]。《虞初志》卷三有《周秦行纪》,借唐人牛僧孺口讲述其路遇汉文帝母亲薄太后庙,与王昭君等历史上的美貌女子相会的故事,将历史传说与社会现实融合成一体,汤显祖评点"叙得古拙","恍如玉树临风"[7],揭示出神话传说图像之后的社会现实及其审美寓意;《虞初志》卷三有唐人李公佐《南柯记》,讲述淳于棼酒醉后梦入槐安国,被招为驸马,做南柯太守,颇有政绩,最后封为左相,便权倾一时,荒淫无度,终于被驱逐出宫,大梦醒来,一切如旧。汤显祖曾将其改编为戏剧《南柯记》,他非常喜爱其立意的神奇和语言的优美,称其"对仗森严,灿

---

[1] 《虞初志合集》之一《虞初志》卷一,上海书店出版社1986年版,第2页。
[2] 《虞初志合集》之一《虞初志》卷一,上海书店出版社1986年版,第8页。
[3] 《虞初志合集》之一《虞初志》卷一,上海书店出版社1986年版,第10页。
[4] 《虞初志合集》之一《虞初志》卷二,上海书店出版社1986年版,第6页。
[5] 《虞初志合集》之一《虞初志》卷二,上海书店出版社1986年版,第10页。
[6] 《虞初志合集》之一《虞初志》卷二,上海书店出版社1986年版,第20页。
[7] 《虞初志合集》之一《虞初志》卷三,上海书店出版社1986年版,第2页。

若云锦"[1],"富贵荣华,一朝沦落"[2],揭示出其中梦幻人生与神话传说虚无缥缈的相似性。《虞初志》卷四有《南岳魏夫人传》,讲述道教中的女神魏华存曾经"志慕神仙",得到众仙教化,"自洛邑达江南寇盗之中,所过之处,神明保佑,常果元吉",汤显祖评点其"空灵荡漾,雅语堪撷"[3],"是一册集仙录"[4],注意到其中众多神仙群体出现,指明其汇集众仙的神谱意义。《虞初志》卷六有《东城父老传》,讲述"斗鸡小儿"贾昌一生的盛衰荣辱,充满传奇色彩。汤显祖评点"此传可补开元遗事,较他作徒为怪诞语者自别"[5],叙说神异背后的荒唐,揭示出荒诞的时代产生怪诞传说故事的社会本源。

除了汤显祖的评点,袁宏道等人对于神话传说的评点也很多,他们论及神话传说与"桑间濮上"等社会风俗的联系。他们从不同的角度阐释神话传说、解释神话传说,形成明代社会的神话观念和文化哲学观念。而且,明代社会出现大量神魔小说,诸如吴承恩的《西游记》,许仲琳的《封神演义》,朱名世的《牛郎织女传》,吴还初的《天妃娘妈传》,朱鼎臣的《西游释厄传》和《南海观音传》,潘镜若的《三教开迷归正演义》,罗懋登的《三宝太监西洋记通俗演义》,余象斗的《东游记》《南游记》《北游记》,邓志谟的《铁树记》《咒枣记》《飞剑记》等,集中出现在明万历年间,其大多以神话传说为素材,表现出神仙世界的扑朔迷离。特别是周游的《开辟衍绎通俗志传》,从盘古神话的开天辟地,到神话传说中的三皇五帝,从大禹开辟的夏,到起源于契的商,最后到周武王吊民伐罪,把神话传说作为历史的开端,把神坛与文坛紧密结合。所以,"神话"这个词在汤显祖他们笔下出现,便是很正常、很自然的事情。总之,"神话"的概念在我们古代典籍中并不是没有出现过。

---

[1] 《虞初志合集》之一《虞初志》卷三,上海书店出版社1986年版,第12页。
[2] 《虞初志合集》之一《虞初志》卷三,上海书店出版社1986年版,第17页。
[3] 《虞初志合集》之一《虞初志》卷四,上海书店出版社1986年版,第6页。
[4] 《虞初志合集》之一《虞初志》卷四,上海书店出版社1986年版,第9页。
[5] 《虞初志合集》之一《虞初志》卷六,上海书店出版社1986年版,第10页。

第四节 "神话"的概念为什么在明代出现

明代神怪文学异常繁盛,出现了著名的神魔小说《四游记》《封神演义》《西游记》等,而且出现大量神仙戏。如武汉大学博士沈敏所述:"在现存的约三百部明代杂剧中,可视为神仙剧者有 52 部,所占比例超过了 17%;明代传奇近三百部存本中,神仙剧也有 34 部,所占比例超过了 11%。此外,'泛神仙剧'——有神仙登场但并不以其为主要描写对象的剧作还有 78 部。明代神仙剧不仅数量巨大,而且上演频率较高,其作者和受众涵盖了上自宫廷、下至乡野的广大社会阶层,是当时广受欢迎、广有影响的一个戏剧类别。"[1] 宋元时期的神仙剧对明代神仙剧的大量出现起到了重要的铺垫作用,更重要的是"话本"概念的出现,影响了"说话"体裁的变异。所谓话本,就是小说、讲史、说经等说话艺人的底本,诸如宫调、影戏、傀儡戏等艺术形式的脚本也称作话本。《东京梦华录》等文献记述有专业的说话艺人。"话本"最初亦名为"画本","画"即"话说",如敦煌文献中有《韩擒虎画本》,其中开篇有"话说中有一僧名号法本和尚"的语句,结尾有"画本既终,并无抄略"。宋元时期的话本主要保存在《京本通俗小说》《古今小说》和《清平山堂话本》等文集中,诸如《新编五代史平话》《大唐三藏取经诗话》等,以"话"的形式作为讲述故事的方式。正是有了"平话""诗话""说话"等讲述故事的概念广泛使用和流传,才有了明代述说神话传说的"神话",即讲述神奇、神异的故事体裁,在文献中出现"昼谈神话"。

纵观中国文坛流行神仙文化的传统,诸如魏晋南北朝时期干宝的《搜神记》,王嘉的《拾遗记》,王浮的《神异记》,唐代杜光庭的《神仙感遇传》

---

[1] 沈敏:《明代"神仙剧"研究》,武汉大学博士学位论文,2005 年,第 1 页。

《仙传拾遗》《录异记》和《墉城集仙录》，陈翰的《异闻集》，沈汾的《续仙传》，宋代张君房的"小《道藏》"《云笈七签》，元代赵道一的《历世真仙体道通鉴》，以及后人以元版画像《搜神广记》翻刻的《绘图三教搜神源流》等，成为明代社会所面对的文化现实。明代社会神仙文化繁盛，是对前世的继承，更有当世统治者对神权、神仙文化的大力提倡。因此，明代"神话"概念的出现与当世神仙文化和神仙典籍的流行是分不开的。

应该特别注意的是明代历史传奇所表现的神话传说，在发生时代上最早的当数周游的《开辟衍绎通俗志传》，简称《开辟衍绎》，也称《开辟演义》，今存有明代崇祯间麟瑞堂版本，共六卷八十回。它主要记述了从盘古开辟世界到"武王克纣伐罪吊民"这一段历史传说，主要内容是神话传说。明代"靖竹居士王黉"在《开辟衍绎叙》中详细记述了当时"历史开辟"类作品的流传，举到《列国志》《西东汉传》《三国志》《两晋传》《南北史》《隋唐传》《南北宋传》《水浒传》《岳王传》和"一统华夏"的《英烈传》，无不与神话传说相关。王黉称，"《开辟衍绎》者，古未有是书"，又称"如盘古氏者，首开辟也；天、地、人三皇，次开辟也；伏羲、神农、黄帝、尧、舜，又开辟也；夏禹继五帝而王，又一开辟也；商汤放桀灭夏，又一开辟也"[1]。显然，他和周游一样，是把夏之前的神话传说也当作真实的历史看待的。周游把盘古开创世界作为中国历史的第一个时代，司马迁在《史记》中只从黄帝记述起，其中一个重要原因是盘古神话被详细记述的时间较晚。但从中也可以看到，周游对当世的神话传说进行了认真的整理，他把盘古神话放在伏羲、神农、黄帝、尧、舜众神之前，是很有见地的；周游还相当完整地记述了不同神话时代的神话系统，诸如"伏羲之有仓颉，黄帝之有风后，尧有舜佐，舜有臣五人而天下治，禹、稷、契、皋陶、伯益又有八元八凯，

---

[1] 王黉：《新刻按鉴编纂开辟衍绎通俗志传》"开辟衍绎叙"，明崇祯麟瑞堂刊本，北京首都图书馆藏，第1页。

禹有治水之功而兴夏"[1]等内容。这是我国文化史上对史前时代的历史第一次较为清醒的记述与整理，无论是作为神话传说还是作为著述者的勾勒，其价值都是卓越的，在我国神话史上有着独特的地位。这也说明在明代社会，神话作为历史的特殊部分，成为共识，其既是历史，又超越历史。在这种观念的影响下，出现"神话"的概念，是非常正常的。

第五节　神话概念的近代述说

中国近代社会形成的神话研究，与文化格局变化相关。笔者注意到，在章太炎、梁启超、蒋观云、夏曾佑和孙毓修等人之前，已经有中国学者进行现代学术意义上的神话研究。如陈季同[2]，1884年在法国出版《中国人自画像》(*Les Chinois Peints par Eux-Memes*)，讲述中国神话的《史前时代》是其中一个章节。这里，他首先述说"西方各民族无久远之历史"，并与中国古老的文明作对比，是基于"眼下有关中国和中国人的偏见大行其道"，他提出种种问题，诸如"艺术和风俗是如何产生的？社会生活诸要素是如何形成的？社会是何时构成的？"等，其"都未能加以澄清"[3]。他以此具体论说"中国历史包括两个大的时期"，即有史以来的"正式纪年"和"史前时期"，尤其是"史前时期"，"盖此乃我国文明之发端时期，社会生活亦肇始于此时"，其称"史书没有讲述人是如何来到世上的，但承认确曾有过第一人"，

---

[1]　王黉：《新刻按鉴编纂开辟衍绎通俗志传》"叙"，明崇祯麟瑞堂刊本，北京首都图书馆藏，第1页。

[2]　陈季同（1851—1907），福建侯官（今属福州）人，字敬如，号三乘槎客。1866年考入福州船政局附设的求是堂艺局前学堂读书，受到法文训练；1875年毕业，随法国人日意格到英、法等国参观学习。1877年，他以翻译身份随官派留欧生入法国政治学堂学习，此后任中国驻德国、法国参赞，代理驻法公使并兼比利时、奥地利、丹麦和荷兰四国参赞，在巴黎居住16年之久。其熟悉法文，有许多介绍中国文化的法文著作。

[3]　陈季同著，段映虹译：《中国人自画像》，广西师范大学出版社2006年版，第76—79页。

"在民间想象中,此第一人力大无穷,双手各执太阳和月亮"[1]。他说,"值得注意的是,民间传统将太阳和月亮分别置于此人双手",并以此与《圣经》中的神话相比较,称其"与苹果在人间天堂的遭遇也不无联系"[2]。他分别介绍了"天皇"(规定时序,十天干和十二地支构成一个周期)、"地皇"(将一个月划分为三十天)和"人皇"("在其治下出现了社会生活最早的雏形"),其中天皇和地皇都"活了一万八千年",人皇"其统治持续了四万五千五百年","在此三位皇帝长达八万一千年的统治期间,人类既无住房,亦无衣着可言","既不惧怕动物,亦无羞耻之心"[3]云云。接着,他把"有巢氏"列为"第四位皇帝",称为"为生活而进行的斗争真正开始了"[4]。他把"燧人氏"称为"第五位皇帝",描述为"他通过观察自然现象发现了火,并且指点人类取火的方法。他还教给人类家庭生活。人们认为是他发明了交易以及结绳记事。原始生活彻底消失了"[5]。

然后,他描述了一个又一个时代,即"伏羲教人类捕鱼、狩猎和饲养家畜","他发明了八卦,其中包含一切文明进程的基本原则,哲学也由此产生","在这位皇帝治下,私有财产出现了"[6]。对此,他非常详细地记述道:

> 我国史书认为,这位伟大的帝王是受天意的委派来为人类谋福利的,他所制定的大部分规章制度在我国一直沿用至今。他划分四季并制定了历法。在其体系中,每年的第一天也是春季的第一天,这一天大致相当于西方通行的历法中冬季的中间。婚姻制度及其全部仪式也始于此时,那时订婚的礼物就是兽皮。他通过确定方位基点教会人类识别方向。他还

---

[1] 陈季同著,段映虹译:《中国人自画像》,广西师范大学出版社2006年版,第80页。
[2] 陈季同著,段映虹译:《中国人自画像》,广西师范大学出版社2006年版,第81页。
[3] 陈季同著,段映虹译:《中国人自画像》,广西师范大学出版社2006年版,第81页。
[4] 陈季同著,段映虹译:《中国人自画像》,广西师范大学出版社2006年版,第82页。
[5] 陈季同著,段映虹译:《中国人自画像》,广西师范大学出版社2006年版,第82页。
[6] 陈季同著,段映虹译:《中国人自画像》,广西师范大学出版社2006年版,第82页。

利用弦的震颤发明了音乐。

伏羲的继任者是炎帝,又称神农氏。他研究植物的特性,并传授治愈疾病的方法。他组织开挖渠道的大型工程;他让人凿深河道,阻挡大海的侵袭。龙的标志始于这一时期,时至今日,它还出现在中国皇帝的纹章上。史书上提到龙的出现是一个神秘的事件,就像往往出现在大多数古代传说中的奇迹一样。

神农氏的继任者是黄帝,他继续诸位前任开拓的事业。他建立了天象台,发明了风车、服装、家具、弓箭、车辆、船舰和钱币;他还写了一部医书,书上第一次出现了"号脉"的说法;他还调整了物品的价值,据说"珍珠比黄金更为贵重"。这位皇帝的妻子开始养蚕。

这一时期还制定了帝国的行政区划。

……黄帝还发掘了最早的铜矿。[1]

之后的历史时期被描述为"有了确切的记载",开始了"正式纪年"的阶段。他把大禹描述为"最后一位被尊为圣人的皇帝",并把大禹治水的神话传说故事称为"这是有可能与大洪水相关的唯一事件"[2]云云。这明明就是神话传说,而陈季同却只将其称为"神秘历史",并述说其"不如神话传说那般引人入胜",他对史前时期做总结道:"中国人非常重视古代的一切,在我们久经考验的民间传统中,传授文明史被当作一件符合天意的头等大事。我们喜欢将自己的习俗制度与一个高于人类的起源联系起来,正如摩西向他的百姓讲述的是他在上帝的口述下记录的戒律。基督教世界不会认为我们的唯灵论过于奇特,因为它是我们信仰的基础。"[3]陈季同的论说无论是否受到西方人类学理论的影响,已经表现出现代神话学的系统性,具有比较

---

[1] 陈季同著,段映虹译:《中国人自画像》,广西师范大学出版社2006年版,第82—85页。
[2] 陈季同著,段映虹译:《中国人自画像》,广西师范大学出版社2006年版,第85页。
[3] 陈季同著,段映虹译:《中国人自画像》,广西师范大学出版社2006年版,第87页。

神话学的意义。其时间早于章太炎他们,曾朴、辜鸿铭等人都受到其影响。

  总之,明代社会承传了前世神仙文化,在当世社会统治者大力提倡神权意识、神仙文化的背景下,结合宋元时期的"说话"等文学体裁,形成了"神话"这一讲述神奇、神异等神话传说故事的概念。中国近代社会受西方人类学等理论的影响,与开启民智等观念联系在一起,逐渐形成融入现代人文学术理论的神话学。

第二章
神话作为历史的金子（青铜器）

　　民间文艺与青铜文明问题，是一个常说常新的话题。青铜在文明发生的历史上处于一个什么样的位置？从陶制的文明，到木刻的、纸质的中国年画，形成了中国民间文艺的诸多叙说与表现。更准确地说，传统的木版年画，区别于现代社会流行的各种装饰艺术，它与中国商周时期的青铜器有着密切的联系。或者说，青铜器作为文明发展的一个阶段，其美术史的意义，在于其是形成木版年画的一个重要源头。许多年画在线条和色彩上残留着坚硬的金石之气，应该与此相关。

　　从金到木和纸，形成年画新的形态，艺术载体的飞跃，是一个非常复杂的变化过程。

　　与岩画不同的是，青铜器的出现，是原始文明从山野间进入庙堂的开始；与岩画相同的是，其意义仍然以祭祀和信仰为主，仍然可以被称为神话艺术。

　　青铜器，即青铜文明，成为包括年画在内的文化艺术的重要源头。首先是青铜的发现，使神话叙事形成实物，沟通人神；其次是它所承载的文化，形成文明与艺术的合体，成为文化叙事的范式；再次是其传承意义超越了青铜文明，将具象的功能融入宗教生活，使神话叙说的空间不断拓展。

　　艺术早于文学出现，是因为文化自产生时，就携带了艺术；或者说，艺术与文化是一对孪生的兄妹。他们相互影响，共同发展。文化是文明进化的结果,包含集体无意识,与宗教生活,特别是原始宗教的万物有灵形成密切联系。

陶器的烧制,很早就产生了。有学者推测人类在新石器时代加工石器,发现了孔雀石在高温条件下的变化,红铜由此而产生。[1]红铜,即红色的金属,其色彩与人们的宗教意识形成呼应——从世界各民族的宗教信仰中可以看到,红色具有特殊的宗教功能与宗教意义,这是一种普遍现象。也可能由于人的血液是红色的,人们祭祀天地神灵,选择牺牲物,对血液非常敏感,就有了对红色的特殊理解与表达。在红铜制造的过程中,人们发现其质地较软,进而发现了青铜质地比红铜更为硬,就逐渐以青铜工艺替代红铜。[2]当然,青铜文明的形成与发展也是漫长的,经历了复杂的过程。而这一切首先应该归功于火的发现与使用,是火的发现与使用点燃了文明,催生了祭祀和信仰,形成早期的文化艺术。火的热烈,血液的鲜艳,统一于红色崇拜,这在整个人类文明的历史上都是相通的。

第一节　金子的类别与神话的类型

青铜器的出现其实是一种文化选择。

中国民间文艺讲述神话传说、民间故事、民间歌谣与民间信仰,首先以审美为基础,构成文明的世界。

青铜器的发展,大致可以划分为形成期、鼎盛期和转变期等阶段。其不同时期具有不同的文明特征,表现为不同的外形,包括一些形状、文字与图

---

[1] 1972年,陕西省临潼地区姜寨遗址曾出土一件半圆残铜片,经鉴定,其为黄铜,距今有6500年的历史。同时,这里还发现烧陶、编织、防御、窖穴、房屋、绘画、装饰等遗迹,其中有可以吹奏乐曲的陶埙。参见《1972年春临潼姜寨遗址发掘简报》,《考古》1973年第3期。

[2] 1975年,甘肃省东乡族自治县林家村出土铜刀、铜器碎块和铜渣,经鉴定,距今4800—5000年。有学者称此为青铜器的最早发现证据。参见甘肃省文物工作队、临夏回族自治州文化局、东乡族自治县文化馆:《甘肃东乡林家遗址发掘报告》,《考古学集刊》1981年第4集。

案所显示的具体内容。青铜文明的形成期,一般指距今4000—4500年的龙山时代,也被人视作青铜器与石器并用的时期;其鼎盛期,或称中国青铜器时代,具体包括夏、商、西周、春秋与战国的早期,其存在时间有1600余年,是青铜文明的主要阶段,历史上也将此称为青铜器文化时代;其转变期一般指战国末期至秦汉时期,这一阶段青铜器退居次要地位,铁器文明逐步成为文明的主角。之后,青铜器虽然还存在,并且被使用,作为一种文明形式,已经成为人们对历史的怀念,成为文化遗产。

青铜文明的出现是有条件的,有一些是在陶器的基础上发展而来,有一些是时代造就。青铜文明的主要内容一方面在于青铜器作为信仰的实物,与一定的仪式相联系,包含着神话的叙说,具有巫术、宗教等信仰的意义;另一方面,在于其自身形状,包括其造型、浮雕、花纹等各种图像所显示的文化传承的价值与意义。

就青铜器的形状而言,有煮肉用的鼎,有蒸饭用的鬲和甗,有盛食品的簋、簠、盨、盂、豆,有酒器尊、卣、盉、彝、罍,以及各种演奏神曲的乐器等。

其大致可以分为这样几类:

一、鼎

鼎是政权的象征,也是煮肉的工具。商代早期、中期和后期,以及战国、周代,出现了许多铸有铭文和花纹的鼎,作为祭祀的礼器。著名的鼎,有商代后期的后母戊鼎和战国时期的中山王鼎。后母戊鼎的四周铸有精巧的盘龙纹和饕餮纹。鼎立耳纹饰,俗称虎咬人首纹。耳的左右为虎形,虎头绕到鼎耳的上部,张开口。在虎的中间,出现一具人首,被虎吞噬。鼎耳又有两尾鱼形纹饰。鼎腹四隅为扉棱纹饰,腹壁内有"后母戊"铭文,所以被命名为"后母戊鼎"。

其突出表现的内容在于饕餮,在于虎伤人的意义指示。

饕餮与虎都是伤害人的怪物,因而,此处便有避邪的寓意。商周时期饕餮纹类型非常多，如龙、虎、牛、鹿、山魈，也有鸟、凤等。饕餮纹为虎形，成为普遍流行的观念。饕餮一名，出现在《左传·文公十八年》中，其云："缙云氏有不才子，贪于饮食，冒于货贿，侵欲崇侈，不可盈厌；聚敛积实，不知纪极；不分孤寡，不恤穷匮。天下之民以比三凶，谓之饕餮。"又曰："舜臣尧，宾于四门，流四凶族，混沌、穷奇、梼杌、饕餮，投诸四裔，以御魑魅。是以尧崩而天下如一，同心戴舜，以为天子，以其举十六相，去四凶也。"后世对饕餮有不同的解释，总的说来，就是伤害人，危害世间。如《吕氏春秋·先识》称："周鼎著饕餮，有首无身，食人未咽，害及其身，以言报更也。"如《神异经·西荒经》云："饕餮，兽名，身如牛，人面，目在腋下，食人。"《神异经·西南荒经》云："西南方有人焉，身多毛，头上戴豕，贪如狼恶，好自积财，而不食人谷，强者夺老弱者，畏群而击单，名曰饕餮。"年画的重要功能之一在于避邪，避邪的重要方式，在于选择威猛的兽类表现震慑，即以邪制邪，这是民间信仰的重要事项，后世木版年画中出现的虎，如苏州桃花坞年画和山东潍坊杨家埠年画中的《虎瑞图》《猛虎图》等，借以镇宅、避邪、消灾，应该与此相关。

二、簋 [guǐ]

簋是祭祀的礼器，外形是一只大碗。之前有陶簋，青铜器簋出现在周代。其铜器铭文又作"毁"，有圆体，有方体，有上圆下方体。著名的簋，有商代青铜直线纹簋、西周时期的应侯见工簋与班簋，和战国早期的曾侯乙簋等。曾侯乙簋侈口束颈，鼓腹，腹部有弓形的龙耳，圈足下连铸成方座，其盖隆起，上有莲花形提手。莲花花瓣装饰有云纹，簋的盖面和方座等处，出现连凤纹、勾连云纹和鸟首纹。

其突出表现的是莲花。

莲花在古代历史文化中的寓意有很多，基本上是在表现美好事物与美好意愿，如《诗经》中的《邶风·简兮》《郑风·山有扶苏》和《陈风·泽陂》。《邶风·简兮》歌唱道:"简兮简兮,方将万舞。日之方中,在前上处。硕人俣俣,公庭万舞。有力如虎,执辔如组。左手执龠,右手秉翟。赫如渥赭,公言锡爵。山有榛,隰有苓(莲)。云谁之思?西方美人。彼美人兮,西方之人兮。"《郑风·山有扶苏》歌唱道:"山有扶苏,隰有荷华。不见子都,乃见狂且。山有桥松,隰有游龙。不见子充,乃见狡童。"《陈风·泽陂》歌唱道:"彼泽之陂,有蒲与荷。有美一人,伤如之何?寤寐无为,涕泗滂沱。彼泽之陂,有蒲与蕑。有美一人,硕大且卷。寤寐无为,中心悁悁。彼泽之陂,有蒲菡萏。有美一人,硕大且俨。寤寐无为,辗转伏枕。"花与女性的阴柔、美丽相应。人类学还把莲花与生殖崇拜、女阴崇拜结合起来,这些崇拜的寓意,同样是对美好生活的向往。后世年画,如天津杨柳青年画中有许多儿童举起荷花的图案,表达出高洁、纯真、美好的性情,应与此有相同的寓意。

三、鬲 [lì]

鬲是煮饭用的器具,其实也是一种祭祀的礼器。更早的时候有陶鬲,青铜器的鬲由此演化而成。著名的鬲,有商代云雷纹圆肩铜鬲和春秋晚期的蟠龙纹鬲。蟠龙纹鬲,为折沿,厚唇,微微上翘,敛口,束颈,腹部微鼓起,平底,足部为瓦状兽蹄。其肩部有龙形扉棱,上腹部有一周蟠龙纹带,内填有云纹和三角回纹;在龙形扉棱内,填有圆点纹。

其突出表现的是蟠龙。

龙是中国古代神话传说中的英雄,如《山海经》记述黄帝与蚩尤作战时,应龙立下功劳。蟠龙是龙的一种,同样具有驱邪、避邪的寓意。其形象与性情被多方面描述,如《方言》第十二所解释:"未升天龙谓之蟠龙。"《尚书大传》卷一记述:"蟠龙贲信于其藏,蛟鱼踊跃于其渊。"郑玄注曰:"蟠,屈也。"《淮南子·本经》记述:"寝兕伏虎,蟠龙连组。"高诱注曰:"蟠龙,诘屈相连,交错如织组交也。"李渔在《闲情偶寄·声容·修容》中进一步解释道:"古人呼髻为蟠龙,蟠龙者,髻之本体,非由妆饰而成,随手绾成,皆作蟠龙之势。"鬲是煮饭用的器具,作为祭祀器的意义,表现在让天上的神灵尝到饭食的美味,其次是向神灵表达谢意,感谢神灵对人间美好生活的赐予与护佑。同样,蟠龙形象也具有驱邪的寓意。后世苏州桃花坞年画中的龙,以及各地年画中的钱龙,寓意财富滚滚而来,它们所表达的意义应该与之相通。

四、甗 [yǎn]

甗是一种能蒸制食品的锅,也是一种祭祀用的礼器。其上部为甑,放置食物,其下部为鬲,放置水。在甑与鬲之间,有一铜片箄。商代中期出现这种青铜器,殷墟中有,值得注意的是其装饰有乳钉和饕餮纹。

其中的乳钉和饕餮具有特殊意义。

有许多历史文化现象,需要用人类学等理论解释,乳钉既是一种器物,又是一种符号,其意义应该是多重的。青铜器上的乳钉,应该是天体崇拜的表达,天上的日月星辰,以神灵的面目出现在世人的头顶,关照人间,赐予人间温暖,具有养育世人生命的意义。乳即哺育,是母性对儿女的赐予、给予,是一种神圣的奉献,是生命的传递、延续,包含着对生殖、生育的崇拜,后世的人丁观念即与此相关。其次是乳钉凸起,应该意味着男根崇拜。男权社会所具有的主导性,形成男丁崇拜,即重视男儿,把男孩视作家庭的合法继承者。从这种意义上讲,后世天津杨柳青等年画中的《五子登科》《推灯》,和苏州桃花坞年画中的《闹花灯》《挂灯》等表现灯文化的内容,应该与之相关。

五、簠 [fǔ]

簠是盛器,也作"胡"或"瑚",有长方形的,也有盒形的。周代出现这种青铜器,如丰伯叔父簠,其为长方形,腹壁斜直,腹的两侧有兽首耳,圈足,四边正中有缺。其腹中部有双首曲体夔龙纹饰,圈足为窃曲纹,盖顶和底部有连体蟠夔纹。又如春秋晚期的蟠蛇纹簠,盒形,侧面呈长方形,平口,平底,直壁,下腹壁斜折,有蟠蛇纹。盖器两边,各设有兽面铺首环形耳,四足为曲尺蹼形。

其中的蟠夔、蟠蛇与夔龙具有特殊意义。

神话传说的表现,是一种特殊的言语叙说,通过具体的图像传达出信仰的含义。蟠夔、蟠蛇与夔龙都是神话形象,其总意是夔,龙与蛇都与夔相关,此意起源于《山海经》中的夔神话。《山海经·大荒东经》记述曰:"东海中有流波山,入海七千里。其上有兽,状如牛,苍身而无角,一足,出入水则必风雨,其光如日月,其声如雷,其名曰夔。黄帝得之,以其皮为鼓,橛以雷兽之骨,声闻五百里,以威天下。"如此神奇的猛兽,为黄帝所用,因而就寓意非凡。所以,夔逐渐演化为雄壮有力的象征。《尚书·尧典》将这种有力的猛兽视作非常有能力的干臣,曰:"伯拜稽首,让于夔龙。"显然,夔与龙是在后来形成合体的。蛇在原始文明中具有通神的巫术意义,如《山海经》所记述的烛龙,本是一条蛇,是混沌之神,在演变中与龙合体。神话总是被重新叙说,形成文化重构。许慎《说文解字》总结为"夔,神魅也,如龙一足",是对夔神话原意的述说。国家需要有能力的人治理,社会的稳定与家庭的和睦,同样需要威武的守护者。如此,就形成最早的门神。后世木版年画中各种各样的门神,文臣武将,无不具有这种意义。

六、盨 [xǔ]

盨是盛黍、稷、稻、粱等粮食的器具,如西周时期的虢仲盨。其外形装饰有凸弦纹和带状窃曲纹,上下之间能够相合。引人注意的是以犬为标志,在其盖上有四犬形组。其敛口,附有一对犬首环首。有一件盨上刻着"虢仲以王南征,伐南淮夷",有一件盨上刻着"兽叔奂父乍孟姞旅盨用盛稻"云云,记述了当年的战争和祭祀等社会历史。

其中的犬,具有特殊的表现意义。

《山海经》中有许多神兽的声音如"犬吠",记述犬形象的并不多。如《西山经》记"狡"是一种兽,"其状如犬而豹文,其角如牛,其名曰狡,其音如吠犬,见则其国大穰";《北山经》记"山魈"也是一种兽,"其状如犬而人面,善投,见人则笑,其名山狲,其行如风,见则天下大风";《海外北经》记"犬封国",记"环狗","其为人兽首人身,一曰猬,状如狗,黄色"等。这些犬都属于神话形象,已经具有巫术的指示意义。《诗经》有记述人与犬的篇章,如《国风·齐风·卢令》歌唱道:"卢令令,其人美且仁。卢重环,其人美且鬈。卢重锊,其人美且偲。"又如《国风·秦风·驷驖》,其歌唱道:"驷驖孔阜,六辔在手。公之媚子,从公于狩。奉时辰牡,辰牡孔硕。公曰左之,舍拔则获。游于北园,四马既闲。輶车鸾镳,载猃歇骄。"犬成为人们生活中的帮手,帮助人获取猎物。从巫术崇拜到人类帮手,狗的形象发生重要变化,杂陈信仰之中的狗,渐渐成为多元共体,即狗的驱邪、避邪功能一直没有消失。应劭《风俗通义》与范晔《后汉书》等,都记述了关于狗的信仰与传说故事,强调狗的巫术意义与图腾意义。在现实生活中,狗成为人们看家护院的工具,有一些神话传说讲述人吃的粮食得益于狗,同时,狗也成为人们严重鄙视的对象。这种双重性的源头,在于神话的变异性,一方面狗具有避邪、驱邪的文化功能,而另一方面,狗作为邪恶的本体,形成文化残留。在后世木版年画,如河南开封朱仙镇、山东潍坊杨家埠、河北武强、陕西凤翔、山西临汾等地的年历画中,表现天地神灵的座位,常常有狗等牲畜出现在下方。这种指示性意义,源头就在于狗文化的多重性显示。

七、盂

盂是一种盛水或者饭食的器具,商朝晚期和西周时期出现。花草、夔龙、云雷成为其主要装饰物。如商朝晚期的寝小室盂,其侈口,敛腹,附耳有圈足,有盖,其盖纽为四瓣花苞。其盖与颈,以及圈足,均饰有夔龙纹,其腹有蕉叶夔纹,云雷纹填底。又如西周时期的伯盂,圆腹,卷沿,有二附耳,圈足。其颈部饰有浮雕兽首,兽首的两侧饰有夔首鸟身纹,即夔鸟纹。其腹部有宽叶纹,圈足为对角夔纹。

盖纽的四瓣花苞是其突出的内容。

花在青铜器中的表现,多为花的形状与花的线纹,体现出古人对花的信仰与理解,是审美艺术的典型体现。《山海经》中有大量关于花的记述,但是,这里的花并不仅仅是日常生活中的植物,而是神话中的花,都是具有巫术意义的花。而且,其中的花与草常常不分,草也被视作花。如《山海经·中山经》所记:"脱扈之山有草焉,其状如葵叶而赤华,荚实,实如棕荚,名曰植楮,可以已癙,食之不眯","其(半石之山)上有草焉,生而秀,其高丈余,赤叶赤华,华而不实,其名曰嘉荣,服之者不霆"。又如《山海经·南山经》所记:"南山经之首曰鹊山。其首曰招摇之山,临于西海之上。多桂多金玉。有草焉,其状如韭而青花,其名曰祝馀,食之不饥。有木焉,其状如榖而黑理,其华四照。其名曰迷榖,佩之不迷。"《诗经》与《楚辞》中的记述就不同了,多为写实,是自然世界的花,充注着鲜明的情感与色彩。《诗经》中借用或吟诵的花有桃花、梅花、牡丹、茉苡、卷耳、葛、荇菜、舜等,总计有130多种。《诗经·周南·桃夭》吟诵桃花,歌唱道:"桃之夭夭,灼灼其华。之子于归,宜其室家。"《召南·摽有梅》吟诵梅花道:"摽有梅,其实七兮。求我庶士,迨其吉兮。"描写花非常热烈的场面,如《诗经·郑风·溱洧》:"溱与洧,方涣涣兮。士与女,方秉蕳兮。女曰:观乎?士曰:既且,且往观乎。洧之外,洵訏且乐。维士与女,伊其相谑,赠之以芍药。溱与洧,浏其清矣。士与女,殷其盈矣。女曰:观乎?士曰:既且,且往观乎。洧之外,洵訏且乐。维士与女,伊其将谑,赠之以芍药。"《楚辞》中出现的花也非常多,如江离(蘪芜、芎)、芷(药、白芷、茝)、兰(泽兰)、木兰、宿莽(莽)、蕙(菌)、茝、荃(荪)、留夷、揭车、杜蘅(衡)、菊、胡、绳、芰(菱)、荷(芙蓉、芙蕖)、葰(蒺藜、藜)等,与诗歌中的歌唱者融为一体。如《楚辞·离骚》中的"朝搴阰之木兰兮,夕揽洲之宿莽","朝饮木兰之坠露兮,夕餐秋菊之落英","饮余马于咸池兮,总余辔乎扶桑",《楚辞·九歌》中的"浴兰汤兮沐芳,华采衣兮若英","夫人自有兮美子,荪何以兮愁苦"等,总是寄托着美好的愿望,具有纳祥求吉的巫术审美意义。古代歌唱中的花从来不是孤立出现的,总是伴生出许多同样的美好,形成神话意境。如《诗经·卫风·木瓜》中的"投我以木瓜,报之以琼琚。匪报也,永以为好也","投我以木桃,报之以琼瑶。匪报也,永以为好也","投我以木李,报之以琼玖。匪报也,永以为好也",鲜花与美玉共处。这里的花草与夔龙、云雷、夔鸟等图画一起出现,表达的同样是对美好事物与美好愿望的向往。后世年画中的花,或者以花瓶为依托,或者与鸟儿成一体,或者与美人狡童相衬,从当年的娱神,转向后世的娱人与娱神并存,成为年节最鲜艳的色彩。

八、豆

豆是一种盛肉酱等食物用的祭祀器具。其上有盘,其下有长握,有圈足。春秋晚期出现。《周礼·掌客》记述:"凡诸侯之礼,上公豆四十,侯伯豆三十有二,子男二十有四。"如镶嵌狩猎画像豆,其器和盖都绘有狩猎画像,用红铜镶嵌。与其他青铜文明所不同的是,这一幅画面表现出相当完整的叙事,这是狩猎生活的写照:画面上的巨兽中箭,各种禽兽飞跃奔走,醒目的是猎人在兽群中勇武行猎的情景。

这应该是年画战争题材的重要源头。

狩猎是特殊的战争,或者从图案上看,其外表是人与兽之间的联系,而从其更深处讲,包含着人与人之间的角逐,是人与人之间的争杀。有一些游戏是娱乐身心的,有一些游戏其实是对战争的临摹,是对战争的准备。戏剧的发生有多种原因,特别是描写战争的戏剧,以各种人物之间的矛盾冲突为主线,形成事件的叙说;戏剧人物的各种动作形成程式化,唱,做,念,打,一招一式,都具有游戏与神话叙说的意义。狩猎是原始文明中获取生活资料的重要方式,曾经包含着对神灵的祈求与感谢,所以等同于战争,需要问卜,向神灵请示,如此便成为神话的仪式,而在文化发展中形成射礼、围猎等游戏方式。《诗经·郑风》有《叔于田》歌唱:"叔于狩,巷无饮酒。岂无饮酒?不如叔也。洵美且好。"狩猎成为亲近大自然的生活演习,也是一场愉悦人神的狂欢。《左传·隐公五年》记述:"春搜夏苗,秋狝冬狩,皆于农隙以讲事也。"可见,狩猎融合了战争、农事和宗教文化生活,转化为游戏。狩猎是特殊的生产,获取猎物,与农耕一样重要,都有生存的物质诉求的表达。对此,《春秋公羊传·桓公四年》何休注曰:"田者,搜狩之总名也。古者肉食,衣皮服,捕禽兽,故谓之田。"狩猎与游戏结合,形成范式,所表现的战争已经不是现实社会那种血腥的争夺掠杀,而是神话叙事中的经验与智慧。游戏的演绎,一方面是对狩猎行为的借用,而另一方面则包含着对天地神灵的献媚。这里包含着人对情感的屈服,通过对战争场面的回味,形成精神的宣泄,既是肃穆的洗礼,也是心理的狂欢。年画的原始目的在于娱神,向神灵世界的献媚,形成稳固的文化传统——往日的狩猎融化为戏剧生活,一方面出现天津杨柳青年画中的《闹学堂》《闹元宵》等风俗画,一方面形成更多地方木版年画中的《水浒戏》《三国戏》,重彩描绘热血英雄,以及《黄河阵》《说唐》《杨家将》《岳家军》《三侠五义》等战争图画,一派热烈。

九、尊

尊是一种酒器,筒状或杯形,其中部较粗,口径较大,有圆形的,也有方形的,商周、战国时期出现。如商代晚期出现的四羊方尊、西周时期出现的青铜棘刺纹尊和战国时期出现的金银错镶嵌牛牺尊。四羊方尊为方形,方口,有大沿,其颈饰口沿外侈,长颈,高圈足。其颈部高耸,四边有蕉叶纹、三角夔纹和兽面纹等纹饰。值得注意的是尊的四角各有一羊。其肩部四角,是四个卷角的羊头,羊头与羊颈分别伸出于尊外,羊身与羊腿出现在尊的腹部与圈足。尊的腹是羊的前胸,羊腿出现在圈足上。在羊的前胸与颈背部,有鳞纹，其两侧有长冠凤纹，圈足为夔纹。尊的肩部是高浮雕蛇身，和带爪龙纹。尊的四面正中处，是两羊相靠，各有一双角。尊周身饰有细雷纹，四角和四面均有长棱脊。青铜棘刺纹尊，侈口，高圈足，扁鼓腹，其颈、足为锯齿纹、几何纹，其腹为芒刺的棘刺纹，密密麻麻，其颈、腹、足有圈点纹。金银错镶嵌牛牺尊是特殊的尊，整个尊为牛形，出现金、银丝几何云纹。牛背上有一盖，盖是一个扁嘴长颈禽，禽的颈反折，其嘴紧贴背上，呈半环形纽。禽两翅平展，其羽翎为绿松石铺填。

四羊方尊的文化核心是羊。

羊属于神话媒介，是从陶羊开始的。在裴李岗文化和河姆渡文化中，都发现了陶制的羊，这说明羊在当时的重要地位。在我国岩画中，羊的形象也相当繁密。羊的出现是与虎豹豺狼相对立的，这也形成中国传统审美价值的重要源头。甲骨卜辞中出现许多以"羊"为偏旁的汉字，多意味着吉祥；羊成为炎帝族的重要图腾；文学作品对羊的表现体现出美好意愿。神话传说中，尧时代成为政治昌明的典范，其中一个重要标志，就是皋陶以羊獬处理诉讼，显示出公平正义。生活中的羊，是富有和快乐的象征。如《诗经·召南·羔羊》歌唱道："羔羊之皮，素丝五紽。退食自公，委蛇委蛇！羔羊之革，素丝五緎。委蛇委蛇，自公退食！羔羊之缝，素丝五总。委蛇委蛇，退食自公！"[1]这是人生的温暖，是理想愿望的表达。也有人解释为对富贵者奢侈生活现状的讽刺。此被人解释为"召南之国化文王之政，在位皆节俭正直，德如羔羊也"，孔颖达具体阐释"德如羔羊"的意义，曰："《宗伯》注云：羔取其群而不失其类。《士相见》注云：羔取其群而不党。《公羊传》何休云：羔取其贽之不鸣，杀之不号，乳必跪而受之，死义生礼者，此羔羊之德也。"在早期的文化释义中，羊被解释为吉祥。羊作为神话媒介，用来沟通

---

[1] 司马迁《史记·郑世家》曾记述"楚王入自皇门，郑襄公肉袒牵羊以迎"，表明羊是献礼的重要物品。

人神，寓意平安、顺畅，这是商周时期普遍流行的观念。如《论语·八佾》记述："子贡欲去告朔之饩羊，子曰：赐也，尔爱其羊，我爱其礼。"汉代社会对羊的神化进一步加剧，而且羊成为伦理化的重要资源。如许慎《说文·羊部》曰："羊，祥也。"其解释"美"的含义，称："美，甘也。从羊从大。羊在六畜，主给膳也。"其解释"祥"，称："福也。从示羊声，一云善。"羊浑身充满祥和、端庄，是道德的典范。董仲舒《春秋繁露》更详细地阐述道："羔有角而不任，设备而不用，类好仁者；执之不鸣，杀之不啼，类死义者；羔食于其母必跪而受之，类知礼者。故羊之为言犹祥与？"总之，羊是美好、善良、幸福的象征，也是礼仪、仁义的象征，是文明发展的重要标志。人对神灵的敬奉，总是用美好的物质作为献礼，表达自己的诚意，所以，在中国古代祭祀制度中，羊成为"三牲"之一，与牛和猪，一同是主要的牺牲；马、牛、猪、鸡、狗和羊，称为六畜。凡牺牲的选择，既是美好的，也是尊贵的，包含着选择者的生活愿望与审美原则。中国是个有漫长农耕历史的国度，重视农业生产，重视包括羊在内的六畜，六畜一体，共建祥和，诸如江苏苏州桃花坞年画和山东潍坊杨家埠年画中的《耕织图》，以及北方农村流行的祭祀灶神、财神、鲁班等行业神的年画，其中有羊的形象。其源头应该与此相关。

十、卣 [yǒu]

卣是一种酒器，多为椭圆口，深腹，圈足，有盖、提梁，其腹为圆形，或椭圆形，或方形，或圆筒形。值得注意的是其中的鸟盖，有鸱鸮（chī xiāo）形与虎食人形等。商代晚期出现的鸮卣，有独立的鸱鸮，也有鸱鸮与虎吃人合为一体的，其中的鸱鸮形象非常鲜明，两只眼睛格外传神，这种形象具有非常特殊的象征意义。又如西周时期出现的青铜提梁卣，为椭圆形，有盖，腹部倾垂，其圈足有直裙，盖面斜直。其盖纽为立鸟，扁提梁的两端有牛头形兽首。其器颈部、盖顶，为细绳纹和小圈点纹，圈足为斜三角云纹，表现出另外一番意义。

这里的文化主角是鸱鸮。

《诗经·豳风·鸱鸮》歌唱道:"鸱鸮鸱鸮,既取我子,无毁我室。恩斯勤斯,鬻子之闵斯。迨天之未阴雨,彻彼桑土,绸缪牖户。今女下民,或敢侮予?予手拮据,予所捋荼。予所蓄租,予口卒瘏,曰予未有室家。予羽谯谯,予尾翛翛,予室翘翘。风雨所漂摇,予维音哓哓!"有人称这是一首富有童话色彩的叙事诗。传说这是周公奉成王之命,讨伐武庚,写的一首劝喻诗。商纣王的儿子武庚不满周王的统治,勾结管叔和蔡叔,图谋造反。周成王把武庚比喻作凶恶的鸱鸮,希望他不要作乱,以毁坏周王朝的江山社稷。

有学者考证后指出殷商族图腾"玄鸟"不是燕子,而是鸱鸮;商高祖夒(帝俊、帝喾、舜)的原型是鸱鸮图腾,它是商民族的生殖神、农业保护神和太阳神;昴星为猫头鹰星,为远古冬至的天文标志点;猫头鹰是古物候历法的标志物,鸱鸮崇拜文化现象的实质是古物候历法与天文历法的统一。[1] 这是有道理的。商民族的族源神话与玄鸟相联系,以《诗经·商颂·玄鸟》所歌唱"天命玄鸟,降而生商"为证,郑玄对此解释说:"天使鳦下而生商者,谓鳦遗卵,娀氏之女简狄吞之而生契。"此鸟卵为鸟所生,即鸱鸮卵。简狄是帝喾即高辛帝的次妃,是契的母亲。契成人之后,辅助大禹治水,立下大功,受到奉祀,作为商民族的祖先。因而,这个大鸟鸱鸮就成为殷商民族的图腾。与之相似的是,古埃及人经常以太阳神的象征雄鹰表示人的灵魂。也正是因为殷商民族的命运在神话叙说中被扭曲,鸱鸮的形象被丑化、矮化,成了不吉祥的象征。但是,丑化、矮化被认同,也是有条件的。在周公的眼里,鸱鸮是恶鸟,而在殷商民族的心中,它仍然是神圣吉祥的,在后世被美化为美丽的燕子,改变了鸱鸮的神话形象。这具青铜提梁卣与《诗经·豳风·鸱鸮》是西周时期出现的,鸱鸮形象便意味着一种儆戒,在提醒人们防范武庚一类的人物出现。但是,从另一个方面可以看到,鸱鸮的原型是吉祥

---

[1] 孙新周:《鸱鸮崇拜与华夏历史文明》,《天津师范大学学报》(社会科学版)2004年第5期。

而美丽的神鸟。在江苏苏州桃花坞年画和山东潍坊杨家埠年画等木版年画中，有许多描绘喜鹊、燕子、鹌鹑的图案，其寓意应该与此相通。所不同的是，年画中的鸟儿被装点在大自然和田园生活的风景中，更加喜庆。

每一种器具的背后都是一种故事，而每一种故事都需要叙说，需要用语言讲述。语言的传承需要一定的条件，或者是口头语言，或者是具体的文字。当岁月流逝，一定的文字消失的时候，一定的故事也就发生不同的变化。

同时，当一定的物品形制发生不同变化，相应的传说故事等内容，也发生具体的变化。

中国民间文艺因此而更加丰富多彩。

十一、盉 [hé]

盉也是一种酒器，一般为深圆口，有盖，有流和鋬，有足，三足或四足。商代、西周和战国时期出现，如商代的珙从盉、西周的人面盉、战国的螭梁盉等。西周时期的人面盉，大口，宽腹，圈圆足，有盖。盖为龙角人面形，有两耳，有孔，人面朝上。其腹部和盖两角间，饰有龙纹，圈足有云雷纹。这是否与岩画中的人面像有关？值得关注的是战国时期的螭梁盉，出现猴、虎、蛇和怪兽等动物。其颈部短，肩部较宽。肩部有流，圆体，鼓腹，腹底有三足，异兽形。提梁为镂空螭形，螭首扁平，其尾下垂，有四爪，螭身如弯弓突起。其首、尾在器口两侧肩部，盖顶正中有一纽，为猴形。猴作曲腿蹲坐状，其颈上有一环，有链；猴一爪握住链，链一端与梁上环纽相连。其流为鸟首形，顶上伏卧一虎。盉的三足为人面鸟嘴怪兽，人额上有双角和两翼，怪兽前爪各抓有蛇。盉整体饰有花纹，顶端饰有云纹，盖边饰有蟠螭纹，肩部和腹部饰有勾连云纹，流饰有鸟羽纹。

这里的猴子成为文化的亮点。

猴子是介于人和禽兽之间的特殊动物，既有人的聪明，又有禽兽的顽皮，是突破生活秩序的典型。

出土文物表明，早在殷商时期，猴子就成为人们生活中所瞩目的形象。如1976年，河南安阳妇好墓出土许多玉器，有佩带玉饰和镶嵌玉饰，这些玉器尤其是各种动物形玉饰引人瞩目，其中有神话传说的龙、凤，有虎、熊、象、猴、鹿、马、牛、羊、兔、鹅等禽兽，有鱼、蛙和蝉等水族和昆虫，以及鹦鹉等鸟类。其中的兽类如猴子，用浅绿色玉石雕刻，晶莹剔透，形象生动可爱；这虽然是玉器，不是青铜器，但它从另一方面证明殷商时代猴形象的存在状况。1977年河北平山县三汲村战国中山国王"错"墓出土"十五连盏铜灯"，其装饰雕刻中，有群猴嬉戏等内容。"十五连盏铜灯"犹如一棵大树，主干立于镂空夔龙纹底座，三只独首双身、口衔圆环的猛虎托举起铜灯。铜灯有七节树枝，托起十五盏灯盘，猴出现在铜灯的第一、二、三、六层曲枝上，总共有八只。其中，第三层曲枝上有两只猴子单臂攀缘，作讨食状。铜灯下方站立两个赤膊短裳的人，做向树上抛食动作，与猴相呼应。除此之外，汉画像石也有猴子形象，如成都武侯祠所见汉画像砖之"马上封侯"，见证汉代社会官制文化与信仰。

较早的文献中对猴的记述与解释有许多，如猨（猿）、玃（大母猴）、狖（长尾猿）、狙（猿猴一类的动物）、狨（金丝猴）、犹（猿猴一类的动物）、猱（猿属）、猢狲等，每一种记述与解释，都有一段传奇故事。《山海经》对猴子的记述并不多见，但颇有情趣。如《西山经》所记"朱厌"，称"其状如猿，而白首赤足，见则大兵"，具有宗教文化的意义。当然，这里关于猿与猴的区别没有讲述，只是做形状的描述。或者说，《山海经》应该有猴的图画内容，如《山海经图赞·南山经图赞》之"狌狌"中关于猴形象的表述："狌狌似猴，走立行伏。櫰木挺力，少辛明目。蓳廉迅足，岂食斯肉。"有《白猿图赞》："白猿肆巧，由基抚弓。应晲而号，神有先中。数如循环，其妙无穷。"有《长右彘》："长右四耳，厥状如猴。实为水祥，见则横流。彘虎其身，厥尾如牛。"《海外南经图赞》有《厌火国》："有人兽体，厥状怪谲。吐纳炎精，火随气烈。推之无奇，理有不热。"《海内南经图赞》有《禺禺》："禺禺怪兽，被发操竹。获人则笑,唇盖其目。终亦号咷,反为我戮。"有《狌狌》:"狌狌之状,形乍如犬。厥性识往,为物警辩。以酒招灾,自贻缨胃。"《山海经》中的猴形象具有多重性,表现出原始文明中猴信仰的特殊性与复杂性。

无疑,猴在《山海经》等神话文献中,既是力量与智慧的代表,又是邪恶、叛逆等怪异性情的代表,其双重性被叙说的同时,形成异化、衍化等变化,为人猴恋等文化主题埋下伏笔。

有人统计,在《说文》等典籍中,与猴子有关的字常归之于犬部,主要有四个:猴、玃、犹、狙。这是猴子的四个种类,具有不同的性情。这在先秦文献中就有记述。如《韩非子·外储说左上》记述:"宋人有请为燕王以棘刺之端为母猴者,必三月斋,然后能观之。"母猴成为艺术表现的主题。《吕氏春秋·察传》记述:"夫得言不可以不察,数传而白为黑,黑为白,故狗似玃,玃似母猴,母猴似人,人之与狗则远矣。"表明猴文化的内在转换被言说。《列子·黄帝》中有"朝三暮四"的典故,记述:"宋有狙公者,爱狙,养之成群,能解狙之意,狙亦得公之心。损其家口,充狙之欲。俄而匮焉,将限其食,恐众狙之不驯于己也。先诳之曰:与若芧,朝三暮四,足乎?众狙皆起而怒。俄而曰:与若芧,朝四而暮三,足乎?众狙皆伏而喜。"这说明猴子是聪明的,但终究没有人所拥有的智慧。

猴子在木版年画上的形象选择与文化主题常常表现在两个方面,一个是"马上封侯",是对富贵文化的表达,一个是"猴王献寿",是对生命文化的表达。这与中国文化重视福禄寿三元理念相关,福是人生的温暖体现,禄是人生的尊严显示,寿是人生的生命延续。三者共同构成中国传统文化的人生境界,其实现的路径选择猴形象的文化设定与认同,正在于猴的生活习性,被人升华为自然世界与社会现实生活的审美期待。

马上封侯的主题来源于猴与官制"王侯"的谐音。《礼记·王制》称:"王者之制禄爵,公、侯、伯、子、男。"侯的地位非常高,既有社会地位与人生的尊严,又有相应的俸禄作为财富获取,生活得到保障,这是世俗社会所向往的生活理想。

猴王献寿,意味着生命的延续。在东晋葛洪的《抱朴子》中,记述"蛇有无穷之寿,猕猴寿八百岁变为猿,猿寿五百岁变为玃。玃寿千岁",已经有"猴寿百年"的文化观念。猴子成为生命长久的标志,或因为猴与桃文化的联系,猴子喜欢桃,而桃与日月崇拜相联系,既是驱邪、避邪的寓意,又是神圣庇佑的寓意。

佛教文化传入中国,猴子形象更加丰富。在猴文化的传承中,猴渐渐成为佛法的使者,那些显示猴淫秽的内容,如勾引、抢掠妇女等日益被解构、销蚀,逐渐被美化。其风骚的一面被英勇无畏等性情所替代,渐渐与驱除邪恶、伸张正义、追求幸福等美好寓意融合。《西游记》着力描写的有七大魔王,如牛魔王、蛟魔王、鹏魔王、狮驼王、猕猴王、禺狨王、美猴王,个个都有神奇的本领,体现出传统社会对力量的崇拜。其中的孙悟空形象更为生动,伴随着各种传说,走进千家万户。其泼辣、勇敢、充满正义、爱憎分明、奋勇当先、任性而无私、坚忍不拔、始终如一,代表着人世间的公平正义与光明磊落,引起人的情感共鸣。大闹天宫等故事的演绎,成为人们反抗压迫的心灵狂欢,迎合了人们追求自由的心理;西天取经等故事的演绎,则与人们战胜艰难困苦、寻求真知的情愫相合。所以,孙悟空不仅成为口头传说中的英雄,也成为宗教生活中降妖除魔的大神,后世木版年画中猴的形象表现出多元现象。

十二、方彝

方彝是一种酒器,商周时期出现。如商代妇好墓出土长体彝,有肩附耳式方彝,其形似两件方彝的联体,又称偶方彝。其口、腹、足、盖,都是长方形,有方唇、折肩、鼓腹。腹两侧有附耳。平底,高圈足外张,圈足四面有缺口。其四面、四隅和圈足,都有扉棱,其长边两侧有方形槽、尖形槽。其口下各有牺首,牺首两侧有鸟纹。其长边腹中部,有大兽面纹,借用扉棱作为鼻子,圆眼,小耳,弯角,阔口。其口两侧,分别饰有龙和鸟。其附耳出现象头,象头两侧分别为鸱鸮纹,象头下出现大兽面纹。其盖面的长边中部,出现鸱鸮面纹,鸮面两侧分别有钩喙卷尾鸟纹,其盖面的短边两面有倒置的夔纹。圈足两长边,有蟠虺纹,长边及短边两端有兽面纹。

象,成为其中的亮点。

象应该是中国原始文明的记忆表达,因为象作为巨型生物,需要特定的气候与环境,而自然环境变化的黄河流域,更早地把它视为一种文化遗产。在现实社会生活中,它被人所想象。作为曾经影响人们生活的生命,象最典型的体征是巨大,是在舜神话中耕作土地出现的。无独有偶,舜的同父异母兄弟,也叫象。他们之间是什么关系,成为人们想象的内容。《墨子·尚贤》称:"古者,舜耕于历山,陶河濒,渔雷泽,尧得之服泽之阳,举以为天子。"未具体述说用象耕田。《韩非子·难一》记述:"历山之农者侵畔,舜往耕焉,期年甽亩正;河滨之渔者争坻,舜往渔焉,期年而让长;东夷之陶者器苦窳,舜往陶焉,期年而器牢。"同样没有提及用象耕田,而是在《韩非子·十过》中记述象与车的关系:"昔者黄帝合鬼神于泰山之上,驾象车而六蛟龙,毕方并辖,蚩尤居前,风伯进扫,雨师洒道,虎狼在前,鬼神在后,腾蛇伏地,凤凰覆上,大合鬼神,作为《清角》。"《史记·五帝本纪》记述:"舜耕历山,历山之人皆让畔;渔雷泽,雷泽上人皆让居;陶河滨,河滨器皆不苦窳。一年而所居成聚,二年成邑,三年成都。"他们都提及舜耕历山,却没有明确记述象耕田。明确记述象耕田的是左思《吴都赋》,其称:"象耕鸟耘,此之自与。"李善注引《越绝书》称:"舜死苍梧,象为之耕;禹葬会稽,鸟为之耘。"连接舜耕历山与象耕田的应该是《吕氏春秋·古乐篇》,其称:"商人服象,为虐于东夷,周公遂以师逐之,至于江南。"文献中所表述的舜耕历山,可能意味着舜是东夷人,"商人服象"自然就嫁接为舜使象耕田。那么,"驾象车",从人类学理论讲,就应该是黄帝对东夷人的征服,或者是象被征服意味着天下稳定,或者得到气象万千的世界。

酒器既是食具，又是祭祀器具，选择象及象头两侧的鸱鸮纹，应该是意味着殷商民族的图腾记忆，存留着舜神话的文化遗迹，表明吉祥如意等美好的愿望。或许这就是后世江苏苏州桃花坞年画中《天下太平》的重要源头，一头大象背负宝瓶，寓意太平有象、四海安定、国泰民安、太平盛世。也有大象驮着摇钱树与儿童，寓意财富充裕，子孙高就，吉祥（象）如意，都与此"气象"有关。

大象成为青铜文明的一部分，早在汉代就已经出现。

1990年2月，四川绵阳何家山汉墓出土一件摇钱树，就有大象的形象。摇钱树上下可分七层，其中最上层为树尖，有凤鸟图案；树尖下面的树干，与摇钱树的树叶连成一体，有神话传说中的女神西王母等图案；摇钱树的第四层有二十四片枝叶，是否为二十四节气不得而知，向四周伸开，有龙、朱雀、犬与鹿等，引人注目的是其中的大象与象奴，以及挂满枝头的钱币。大象与象奴的出现，意味着神象进入宗教文化生活。或许这就是大象作为信仰物，最早出现在汉代的证明。[1]

十三、罍 [léi]

罍是盛酒或盛水的祭器，有方形与圆形两种，商代至战国时期出现。如商代出现的鸮纽兽面纹方罍，其颈上部与足上部，皆为弦纹；其颈下部为夔纹，其足下部为兽面纹；其腹上部为蝉纹，其腹下部有兽面纹；其兽首下颚为尖角，肩上兽首下颚突起，兽首角下垂上钩；其盖为夔纹圆形。又如战国错银青铜罍，是圆形，其口平，沿宽厚，颈高，腹圆，底平，圈足；其盖有环纽，肩有双环耳，铺首尾为鸟头形，其盖口和圈足部分皆为错银花纹，花纹为飞鸟与云气纹。

这里值得注意的是飞鸟与云气。既然是祭祀的用具，就意味着通神，如

---

[1]《四川绵阳何家山2号东汉崖墓清理简报》，《文物》1991年第3期。

此,鸟与云便成为连接人间与天神的使者。

飞鸟和云的形状,在岩画中就已经出现。一方面,飞鸟与云的信仰与天象有关,仰望天空,超越大自然;一方面与生殖崇拜等信仰相联系。

鸟和云都属于天空,与太阳、月亮和各种星辰距离最近,便是与天神居住的天庭最近。因为鸟属于天空,太阳崇拜与鸟形成密切联系,如《山海经·大荒东经》记述:"汤谷上有扶木,一日方至,一日方出。皆载于鸟。"日中有鸟,太阳鸟成为光明的使者,也是生命的使者,便与生殖崇拜、人口崇拜产生联系。连接鸟、太阳、天空与人间的,是树,树有果实,果实与树如同孩子与母亲,推而论之,即鸟与树的联系,犹如鱼与水,寓意生命与母体相随。如《诗经·卫风·氓》歌唱:"于嗟鸠兮,无食桑葚。于嗟女兮,无与士耽。"鸟与生殖崇拜的联系,间杂生命、生殖等信仰观念,即人口繁衍,成为男根、女阴崇拜的替代象征。

《山海经》中出现许多奇异的鸟,或人首鸟身,或鸟首人身,或鸟兽合体。在原始文明中,各种形状的鸟出现都不是偶然的,都应该包含着图腾的痕迹,有族群之间相互联系的成分。如《山海经》中,有许多这类鸟与人相结合的文化变体。《山海经·大荒北经》曰:"北海之渚中,有神,人面鸟身,珥两青蛇,践两赤蛇,名曰禺强。"《山海经·大荒南经》曰:"东海之渚中,有神,人面鸟身,珥两黄蛇,践两黄蛇,名曰禺䝞。"《山海经·海外东经》曰:"东方句芒,鸟身人面,乘两龙。"鸟是大自然的精灵,给大自然带来生机。《诗经·周南·葛覃》歌唱道:"葛之覃兮,施于中谷,维叶萋萋。黄鸟于飞,集于灌木,其鸣喈喈。"更不用说"关关雎鸠"的吟唱,引发情爱的歌舞。鸟成为族群共同的信仰,这个族群就拥有了共同的意志和信念,鸟的形状成为其共同的徽帜。而且,也确实有以鸟自名的族群。如《左传·昭公十七年》记述:"(十七年)秋,郯子来朝,公与之宴。昭子问焉,曰:少皞氏鸟名官,何故也?郯子曰:吾祖也,我知之。昔者黄帝氏以云纪,故为云师而云名;炎帝氏以火纪,故为火师而火名;共工氏以水纪,故为水师而水名;大皞氏以龙纪,故为龙师而龙名。我高祖少皞挚之立也,凤鸟适至,故纪于鸟,为鸟师而鸟名。凤鸟氏,历正也。玄鸟氏,司分者也;伯赵氏,司至者也;青鸟氏,司启者也;丹鸟氏,司闭者也。祝鸠氏,司徒也;鴡鸠氏,司马也;鳲鸠氏,司空也;爽鸠氏,司寇也;鹘鸠氏,司事也。五鸠,鸠民者也。五雉,为五工正,利器用、正度量,夷民者也。九扈为九农正,扈民无淫者也。自颛顼以来,不能纪远,乃纪于近,为民师而命以民事,则不能故也。仲尼闻之,见于郯子而学之。既而告人曰:吾闻之,天子失官,学在四夷,犹信。"这是一段具体讲述鸟与云如何成为族群记忆的对话。

  鸟成为信仰物,是原始文明的重要表现,联系天地,连接人神,鸟图腾、鸟崇拜、鸟形艺术与鸟巫术常常混生一体。飞鸟成为神话物,表现出原始文明的多重性。鸟信仰有差异,因为有不同的鸟类,而形成不同的鸟信仰、鸟文化,形成人的情感与审美指向。其中的鸟形状被赋予不同的意义,如凤凰成为吉祥、喜庆、尊贵的象征,喜鹊与乌鸦因为人们的喜好而具有美丑的差别,而猫头鹰与燕子因为文化变异形成意象的转变。《史记·秦本纪》记述:"秦之先,帝颛顼之苗裔,孙曰女修。女修织,玄鸟陨卵,女修吞之,生子大业。"此秦地玄鸟便不同于东夷玄鸟。但无论如何,鸟为生命传递的使者,这种意义没有改变,如此,牛郎织女神话传说中,以喜鹊为桥梁,连接男女夫妻,同样是生殖崇拜的显现。人世间的一切活动都是由人构成的,生殖崇拜与生命崇拜统一于性崇拜,统一于人口观念,鸟的繁殖力得到认同,就形成普遍性的鸟崇拜。几乎所有的民间艺术,尤其是为冬日增添暖色的年画,都有鸟的形象——性与审美的意义被不断放大,鸟儿成为春天的先锋,是报春的歌手,鸟的世界五彩缤纷,暗含着性心理的萌动与宣泄,融入野合与狂欢的森林、草地、原野和河边。

十四、壶

  壶也是既能盛水,又能盛酒的祭器。春秋战国时期出现壶,有方壶,有圆壶,有扁壶,有弧形壶等。著名的壶,有春秋莲鹤方壶、春秋提梁壶和战国青铜错金银立鸟壶等,各具特色。莲鹤方壶有冠盖,长颈,垂腹,圈足。其冠为莲花,是双层盛开的莲瓣,其中间平盖为一只鹤;壶盖的鹤与莲花相映成趣,仙鹤处于花蕊中,所以,其取名为莲鹤方壶。壶颈的两侧为回首龙形怪兽,壶身为蟠螭纹,壶的腹部四角分别为小兽,其圈足下有卷尾兽,做吐舌状,托举壶体。青铜错金银立鸟壶的盖上有盖。其壶盖与壶底都有立鸟作为装饰,壶盖边缘有雏鸟呈欲飞状,鸟口张开。壶盖有圆孔,盖上又有浮盖,浮盖上有纽,呈五瓣梅花状,纽顶又有鸿雁。壶底为三鸟作器足,鸟爪立地,身向后倾,双翅展开。同时,壶体装饰错金银,嵌有绿松石。

这里值得注意的是鹤与莲。

鹤是特殊的鸟。鹤是鸟中的俊杰,特立独行。《诗经·小雅·鹤鸣》歌唱道:"鹤鸣于九皋,声闻于野。鱼潜在渊,或在于渚。乐彼之园,爰有树檀,其下维萚。它山之石,可以为错。鹤鸣于九皋,声闻于天。鱼在于渚,或潜在渊。乐彼之园,爰有树檀,其下维榖。它山之石,可以攻玉。"鹤被人文化,成为杰出人才的象征。这种观念被不断放大,又如《周易·系辞》(上)记述:"圣人有以见天下之赜,而拟诸其形容,象其物宜,是故谓之象。圣人有以见天下之动,而观其会通,以行其典礼,系辞焉以断其吉凶,是故谓之爻,言天下之至赜而不可恶也。言天下之至动而不可乱也。拟之而后言,议之而后动,拟议以成其变化。鸣鹤在阴,其子和之。我有好爵,吾与尔靡之。子曰:君子居其室,出其言善,则千里之外应之,况其迩者乎?居其室,出其言不善,则千里之外违之,况其迩者乎?言出乎身,加乎民;行发乎迩,见乎远。言行,君子之枢机。枢机之发,荣辱之主也。言行,君子之所以动天地也,可不慎乎!"所以有刘向《列仙传·陵阳子明》所记述:"陵阳垂钓,白龙衔钩。终获瑞鱼,灵述是修。五石溉水,腾山乘虹。子安果没,鸣鹤何求?"《列仙传》还记述王子乔乘鹤的传说故事。鹤为长寿的象征,如《淮南子·说林》曰:"鹤寿千岁以极其游,蜉蝣朝生而暮死,而尽其乐。"

第二章 神话作为历史的金子(青铜器)

鹤成为青铜文明中的神鸟,应该是其俊逸形象与连接人神的寓意相结合的结果。从能够望得见看得清的大地与眼前,到无垠的天空,到扑朔迷离的云外,鹤是沟通人神的使者,被人所信赖,被人所敬仰;人们向往天国,向往天国的自由,向往天国的幸福与快乐,因而,选择了神奇的鹤,把它视作吉祥神鸟,把它称作"仙鹤"。所以,鹤被誉为"美君子",比喻为有远大志向的人,其"一飞千里",令人神往。

在天空中,无论是外表还是声音,鹤是与众鸟不同的佼佼者。在大地上,莲花饱满的花苞、耀眼的光泽,尤其是被赋予出淤泥而不染的品性,同样表现出不俗。因此,莲与鹤相结合,其神话形象与寓意就不同了。在原始文明中,莲花有高洁、神圣的自然形象,更具有象征女性品行和生殖崇拜的意义;鹤作为神鸟,在这里具有男根崇拜的色彩。生殖崇拜与性崇拜成为莲鹤神话传说的隐喻,在许多方面都有表现。鹤与莲花的结合意味着男女相交,也意味着男权与女权的文化交融。中国传统年画的主体色调是明朗的,选择俊逸的鹤与灿烂的莲,是以性崇拜和生殖崇拜为重要内容的原始文明的延续。天津杨柳青年画有许多仙鹤与老翁相伴、儿童与莲花相伴的题材,老人是生命的久长象征,儿童是生命的生机象征,其文化源头应该是与莲鹤一体神话原型相联系的。

十五、觚 [gū]

觚是一种酒器,商代之前有陶觚,青铜器的觚在商代到西周时期出现,长身、侈口、中部收缩,其口与底弧线渐渐伸开,如喇叭状。著名的觚如天觚,是西周前期的器具,敞口、束颈、厚方唇、腹部平坦、高圈足。其周身四道三棱形棱脊,有人形几何纹。其颈有仰叶纹,边饰为鳞纹。其腹有夔纹,圈足为卷体钩鼻兽纹。

与觚类似的酒器还有觯、咒觚、缶等,如春秋时期的蔡侯铜盥缶、西周时期的凤鸟纹咒觚、战国时期的大铜尊缶与曾侯乙青铜鉴缶等,其装饰与造型都有一些花纹,包含着丰富的文化意蕴。此外,还有温酒用的斝和饮酒用的爵与角,如商代出现的妇好平底爵、西周时期出现的兽面涡纹斝,所不同的是觚没有它们底部的三条腿作为支架。

　　这里突出的是兽面、兽纹。兽与人的关系,是狩猎文明的重要内容。兽是强大的,一方面人受到兽的威胁,产生畏惧心理,一方面人通过战胜野兽,获得食物,维持生命。因此,兽能够成为力量的象征,转化为人心目中的神明,使人产生敬畏。无疑,兽有益兽,成为人的伴侣、朋友,如驯养的牛、马、骆驼,为人所用,替人出力;也有猛兽,如虎豹豺狼,伤害人,危害人。觚是用来向神灵表达敬意的酒器,是礼器,配在这样的器具上的,应当是吉祥、幸福、快乐的兽类。求吉祥的心理,是人对文明的向往,伴生出相应的信仰与审美,如此,年画承载着人们关于年的理解,融入各种信仰崇拜,也就承接着这种求吉祥的心理,化为彩纸上的兽。

十六、盘、禁、钟等

　　盘、禁和钟,以及铃和铙等青铜器,都是与祭祀相关的器具。它们同样是见证人神交流的媒介。在青铜文明中,它们各有所职。如盘,既有圈足的青铜盘,又有立足的龟鱼纹方盘,不用说,还有更多的记事盘,如来盘、散氏盘、虢季子白盘、墙盘、曾侯乙尊盘、毛叔盘等。龟鱼纹方盘出现在战国时期,其突出的是龟与鱼形象,以蹲踞的卧虎为四只足支撑,盘底图案作为显示核心,有排列整齐的鱼和龟,其四侧排列着十二只蛙,周围有蟠螭纹。龟鱼纹方盘外腹的两长边,各有一对衔环铺首;其外腹的四面,分别有熊、鸟嘴带翼怪兽吞食蜥蜴、独角兽哺乳幼兽等图案。这应该是一幅具有特殊意义的风俗画,其中的每一个动物都包含着一则神话传说故事,意味着一种特殊的寓意。如钟,既有单独成曲的甬钟、镈钟、钮钟,又有可以合奏的编钟;钟的外形有不同的形状,装饰有浮雕式蟠虺纹等不同的花纹,每一种花纹,也同样有不同的传说故事与寓意指示。

这里值得注意的是鱼和蛙。

鱼和蛙是相通的,鱼的幼苗与蛙的蝌蚪都是水中的精灵,成为人羡慕的对象。

原始文明常常需要借助考古发现证明其存在状况。中国文昌鱼的发现,受到广泛关注,它被称为最早的鱼。又如,辽宁胡头沟红山文化墓中出土鱼形饰,那斯台遗址采集到玉鱼,其头部有眼睛和嘴巴,鱼身雕琢勾云纹样,鱼尾雕琢平行宽线。不用说,还有河南汝州阎村仰韶文化鹳鱼石斧图,更有鲤鱼跳龙门等民间艺术和民间传说故事。

在原始文明中,鱼与人的联系,受万物有灵观念影响,首先是具有巫术意义的,然后才是具有审美意义的。《山海经》记述了许多具有神话色彩的鱼,讲述其巫术意义。如《东次山经·湖水》记述:"其中多箴鱼,其状如儵,其喙如箴,食之无疫疾。"《东次山经·苍体之水》记述:"其中多鱃鱼,其状如鲤而大首,食者不疣。"《西次山经·观水》记述:"是多文鳐鱼,状如鲤鱼,鱼身而鸟翼,苍文而白首赤喙,常行西海,游于东海,以夜飞。其音如鸾鸡,其味酸甘,食之已狂,见则天下大穰。"《西次山经·濛水》记述:"其中多黄贝;蠃鱼,鱼身而鸟翼,音如鸳鸯,见则其邑大水。"《南次山经·柢山》记述:"有鱼焉,其状如牛,陵居,蛇尾有翼,其羽在魼下,其音如留牛,其名曰鯥,冬死而夏生,食之无肿疾。"《南次山经·黑水》记述:"其中有鱄鱼,其状如鲋而彘毛,其音如豚,见则天下大旱。"《北次山经·彭水》记述:"其中多鯈鱼,其状如鸡而赤毛,三尾六足四首,其音如鹊,食之可以已忧。"《中次山经·橐水》记述:"其中多修辟之鱼,状如黾而白喙,其音如鸱,食之已白癣。"东西南北中,各个区域都有这种具有巫术意义的鱼。而且,《山海经》中的鱼与龟具有同样的巫术意义,如《中次山经·狂水》记述:"其中多三足龟,食者无大疾,可以已肿。"《中次山经·即公之山水》记述:"有兽焉,其状如龟,而白身赤首,名曰蛫,是可以御火。"其中的龟鱼常常混杂,如旋龟、虎蛟鱼、文鳐鱼、鱃鱼、鯈鱼、㡀鱼、飞鱼、三足龟、螣鱼等,都属于水族,因而具有相同的巫术意义。鱼是自由的,存在于水中;水是生命的源泉,鱼便成为生命的精灵,成为孕育生命的神灵——鱼与女性的裸体有相似之处,便因此被赋予生殖崇拜的意义。神话中的渔妇能死而复生的意义,就在于激活的生命与巫术的结合。所以,以天津杨柳青年画中的鱼与莲花相伴、鱼与少年相伴为典型,鱼崇拜的多重意义尤为显著。

蛙在原始文明中,同样意味着神灵的存在,既是水中的神灵,又是岸上的神灵,所以具有更特殊的巫术意义。河南陕县庙底沟遗址出土彩陶片,陶盆腹部发现有蛙纹图案,陕西临潼姜寨遗址出土陶盆内壁有黑彩写实蛙纹,甘肃省临洮县马家窑文化也发现蛙纹,蛙图案在仰韶文化早、中、晚期都有存在。在我国少数民族中,同样有蛙的信仰,如宋代周去非《岭外代答·乐器门》记述:"广西土中铜鼓,耕者屡得之,其制正圆,而平其面,曲其腰,状若烘篮,又类宣座。面有五蟾,分据其上。蟾皆累蹲,一大一小相负也。周围款识,其圆纹为古钱,其方纹如织簟,或为人形,或如琰璧,或尖如浮屠,如玉林,或斜如豕牙,如鹿耳,各以其环成章,合其众纹,大类细画圆阵之形,工巧微密,可以玩好。铜鼓大者阔七尺,小者三尺,所在神祠佛寺皆有之,州县用以为更点。"蛙与蛙神有多种,有青蛙,也有蟾蜍,蟾蜍在许多地方端午节中成为"五毒"之一,从以毒攻毒的角度讲,其中有避邪的寓意。值得注意的是,蟾蜍从水中到了天上,成为月中的一员,或称为月神。这种观念在汉代即盛行,如许慎《说文》称:"詹诸,月中虾蟆,食月。"刘向《五经通义》记述:"月中有兔与蟾蜍何,月,阴也,蟾蜍,阳也,而与兔并明,阴系于阳也。"蟾蜍的"五毒"意义被放大,意味着神话的变形。其能够影响日月,所以成为天神,受到世人崇拜,如《孝经援神契》有"奎主文章",被人解释为"奎"即青蛙。也有人解释蛙繁殖力强,因而被人视作生殖神;因为多子,生命力旺盛,也被视为生财的财神。从蛙纹到青蛙、蟾蜍,到金蟾,蛙的形象不断被丰富,既是财神,也是命运之神,是幸福之神,是情爱之神,金蟾被异化为神仙,河南开封朱仙镇木版年画中的《刘海戏金蟾》,其传说背后的信仰意义就在于此。

应该说,中华民族图腾体系包含着蛙和众多的鱼类,鱼和蛙的信仰表现在多方面,成为深厚的民族信仰与民族记忆。木版年画是信仰的载体,也是记忆的载体,文化的载体。

总之,所有的青铜器都不是单纯的艺术载体,而是具有实际的文化功能,在事实上保存了文化。青铜文明的主题内容与人神相通的宗教文化功能相关,这与年画是奉献给灵魂的祭品在意义上是一致的。

年画的语言具有审美的成分,是被赋予的;年画的功能,其主体在于人神共乐,首先形成娱神的功能,然后才有娱人的内容。因为它出现在年节这个特殊的时间与空间之中,是为了年的文化生活而设置。青铜文明的时代,纸张没有出现,用图像献媚神灵的任务,就交给青铜了。这些青铜器的造型与各种浮雕、花纹,都有独特的叙说意义,有一些能够在文献中找到对应的内容,揭示其所指,而更多的是被岁月所销蚀,或被误读,或被扭曲,或被变异,被记忆,被遗忘。但有一点没有变,即立像在于言意。青铜文明的造型、浮雕、花纹所表达的意义,或被言说,或不被言说,都融进社会风俗与生活之中,渐渐脱胎换骨,成为后世木版年画上花花绿绿的花草鸟兽与各色人等。

第三章
神话与岩画

中国民间文艺的发生有历史的不同阶段作为背景,而岩画作为特殊的阶段,有许多图案只能让人想象了。中国民间文艺的核心在于信仰与审美的结合。以年画为例,作为中国民间文艺的重要发生问题,不能仅仅定位在文献记述的年代。作为民间文艺,其起源于对天地和神灵的信仰,其仪式的每一个环节,都是由信仰推动的。传统的民间文艺是中国人最重要的信仰,集合了起源于原始文明的众多的信仰崇拜。中国民间文艺中的图像,在于时令的指示,如年画之画,在于图像,是中国民间文艺的重要典型。中国民间文艺首先体现的是信仰,其次才是愉悦,是审美。图像从石刻,到纸质,到今天的多媒体,民间文艺成为节日的媒介,装点环境,形成丰富多彩的文化生态。图像显示的民间文艺不仅仅是物质的图画,其形式有多种。如年画,形成中国民间文艺的重要源头,与岩画有非常重要的联系。或者说,最早的岩画,其实就是一种表现神话传说的年画,是刻写在大地上的年画。年画与岩画的共通之处,在于体现对自然世界与社会现实的超越,具有典型的狂欢意识,表达人们对灵魂的信仰。总之,作为民间文艺的年画,在文化叙事的转换与承接中,有效完成了各种媒介的制造,从古老的石刻转向金石刻,转向泥塑,转向木刻,转换为纸质的印制,就形成我们今天看到的木版年画。作为民间文艺的年画属于历史,也属于现实,属于生活,属于文化,属于信仰。

民间文艺的年画艺术是中国文化的重要典型,其立像以言意,因为节日的诉求而产生。其核心内容在于"年"的节日内涵与"画"的艺术形式融合为一体。年的文化发生,既是审美的应答,也是信仰的附和。画作为审美的载体,其原意亦以信仰为核心。因此,年画的起源不仅可以追溯到节日的壁画、版画和雕塑,而且可以把古老的岩画视作节日艺术的重要源头。以往的年画研究,人们关注更多的是历史文献对年画的记述,和年画的实物保存。历史文献的局限非常明显,人们更关注影响国家社会和民族命运的大事件,忽略或者不屑于表现底层社会的文化生活。研究者的视野,也更多局限在传统文人的记述,相对忽略了文物发现的国际视野。中国社会与人类文明的整体对话,应该是从近代中国被列强瓜分和欺凌开始的,尽管中国历史上也有过张骞出使西域、玄奘西游、郑和下西洋等事件发生。或者可以说,随着汉学的兴起,尤其是西方社会的传教士、探险家与商人涌向中国,中国政府向欧美等域外国家派出使者和留学人员,才真正出现国际视野的中国学术。其中,人类学的借用与发展,在中外文化交流中架起了宽广的桥梁。

第一节　民间文艺的图像问题

年画是民间文艺的典型,包含着传说故事,包含着人物图像,包含着各种审美。其起源问题,是文艺发生的重要问题。传统节日是民间信仰与审美活动的有机结合,包含着具体的符号与仪式。其源头应该是各种传统的汇聚,形成文化的变迁。关于年和年画起源问题,人们更多的是依据于文献记述,简单地以为记述时间就是年画起源的重要标志。问题在于一种具有传统意义的文化生活总是在漫长的实践过程中形成,其标志性内容并不是某一个事件,而是多元并存。传统年画,花花绿绿,有神像,有花草,有鸟兽,有人物,表现出图腾转换成祥瑞的各种物象。年画属于年节文化的一部分。年,是中国最重要的节日,源自庆贺丰收,具有驱邪、禳灾、纳福的意义。许慎《说文解字》解释为"谷熟",段玉裁《说文解字注》称"夏曰岁,商曰祀,周曰年"。年是中国最重要的计时单位,以年节为界,安排生产、生活,周而复始。无论何时,无论何人,都非常重视年节。年,万物之始,寄托着人们的希望、期待。

年作为最重要的节日,起源于对天地和神灵的信仰,其仪式的每一个环节,都是由信仰推动的。年是中国人最重要的信仰,集合了起源于原始文明的众多的信仰崇拜。年画不仅仅是纸质的图画,其形式有多种。

年画作为一种节日符号,具体在明代社会广泛出现,以明宣宗朱瞻基一幅《御笔戏写三阳开泰图》为例,说明年画受到社会欢迎。其实,此前相当久远的时代,就已经出现年画,古本《山海经》记述东海度朔山有大桃树,蟠屈三千里,后有应劭《风俗通义·祭典》转述之,并称此桃树下神荼与郁垒二人检阅众鬼,捉来害鬼喂虎吃,"县官常以腊除夕,饰桃人,垂苇茭,画虎于门,皆追效于前事冀以卫凶也",于是有以此画虎镇除邪恶庆贺新年的习俗。此前,《周礼·春官》中有"师氏居虎门之左",应该是画虎习俗的记述。《左传·襄公二十九年》记述:"二十九年春,王正月,公在楚,释不朝正于庙也。楚人使公亲襚,公患之。穆叔曰:祓殡而襚,则布币也。乃使巫以桃茢先祓殡。"《礼记·檀弓下》记述:"君临臣丧,以巫祝桃茢执戈,(鬼)恶之也。"说明桃崇拜的流行相当广。《荆楚岁时记》记述元旦,称:"造桃板著户,谓之仙木。"其表明六朝时期就有了桃板,作为年画的信仰方式。宋代王安石《除日》一诗歌唱:"爆竹声中一岁除,春风送暖入屠苏。千门万户曈曈日,总把新桃换旧符。"说明桃符作为年画在宋代的流行。孟元老《东京梦华录·十二月》中记述了当时的年画叫卖活动,有"近岁节,市井皆印卖门神、钟馗桃板、桃符及财门钝驴、回头鹿马之行帖子"等内容,并且把其中的"霍四究,说《三分》。尹常卖,《五代史》。文八娘,叫果子。其余不可胜数。不以风雨寒暑,诸棚看人,日日如是"视作年画的重要题材。更有人考证李世民与尉迟敬德等英雄梦遇传说,作为年画故事的发生。还有人以曾侯乙墓的考古发掘为例,证明年画中的门神很早已经出现。

年画的概念,具体出现在清道光三十年(1850)成书的《乡言解颐》中,作者李光庭。其中"春联"记述"新年十事",称:"桃符以画,春联以书。书较画为省便,复有斗方、横披、小单条之类。乡人不识字,有以人口平安与肥猪满圈互易者。"其"年画"记述有:"扫舍之后,便贴年画,稚子之戏耳。然如《孝顺图》《庄稼忙》,令小儿看之,为之解说,未尝非养正之一端也。依旧胡卢(葫芦)样,春从画里归。手无寒具碍,心与卧游违。赚得儿童喜,能生蓬荜辉。耕桑图最好,仿佛一家肥。"以此,人便以为此处是历史上第一次出现年画的名称。不唯如此,之前富察敦崇的《帝京岁时纪胜》中,记述前门外十二月京庄有"初十外则卖卫画、门神、挂钱"等活动,天津年画(或者就是天津杨柳青年画)在北京地区的热销场景,表明年画在清代社会的流行和繁盛。其实,广义的年画不仅有门神、春联和"稚子之戏"(即儿童喜欢的画),也有桃符、桃板。显然,年画因为年节而出现。年的核心内容在于庆贺丰收,年画自然表达出人们对丰收的理解。丰收与农耕文明联系密切,但其意义并不仅仅在于农业生产,它还包括各个方面的劳动和收获,集中表现在人们获得充裕的物质财富和精神的愉悦。

中国有漫长的农耕文明历史,年画是人们对年节非常深刻的记忆。年画表达人们的希望和期待,贴年画成为人们生活中重要的文化活动。从民国初年的《教育部通俗教育研究会议决调查年画案》,到新中国成立后国家颁布的《关于开展新年画工作的指示》等文件,可以看到,年画一直受到社会各界的喜爱和重视。

总之,年画来源于年节,是一种图画,显示了狂欢与静穆等丰富的情感。这是中国文化"立像以言意"传统的典型体现。

其实,年画作为节日符号,不仅在中国出现,在其他地方也有;而且,年画作为一种艺术生活,其起源更早。

第二节　审美依靠图像传承

　　岩画是一种石刻,古人以石器为工具,刻画出各种图案,记录他们的情感和生活,尤其是他们的生产劳动。一方面,物质的获得,是人们生存的必要条件,所以,狩猎、种植、驯养等内容在岩画中占据重要位置;另一方面,人们的精神世界需要得以体现,所以,诸如太阳神和人口的繁衍等内容,在岩画中具有突出表现。世界各民族的历史文化背景与自然生存环境不同,但是,对物质世界与精神世界的追求与理解有许多相通的内容,体现出狂欢的情景和对信仰的表达。从这种意义上讲,世界各民族的岩画,就是最早的年画。

　　我国许多地方都分布岩画,表现原始文明,但是,历史文献述及岩画的时代相对比较晚,较早的应该是在《韩非子·外储说左上》中,有"赵主父令工施钩梯而缘潘吾,刻疏人迹其上,广三尺,长五尺,而勒之曰:主父常游于此",或可以看作我国岩画的最早记录。郦道元的《水经注》,其卷三十四"江水"记述:"江水又东,径巫峡,杜宇所凿以通江水也。郭仲产云:'按《地理志》,巫山在县西南,而今县东有巫山,将郡县居治无恒故也!'江水历峡,东径新崩滩。此山汉和帝永元十二年崩,晋太元二年又崩。当崩之日,水逆流百余里,涌起数十丈。今滩上有石,或圆如箪,或方似屋,若此者甚众,皆崩崖所陨,致怒湍流,故谓之新崩滩。其颓岩所余,比之诸岭,尚为竦桀。其下十余里,有大巫山,非惟三峡所无,乃当抗峰岷峨,偕岭衡疑;其翼附群山,并概青云,更就霄汉辨其优劣耳!神孟涂所处。《山海经》曰:夏后启之臣孟涂,是司神于巴,巴人讼于孟涂之所,其衣有血者执之,是请生,居山上,在丹山西。郭景纯云:丹山在丹阳,属巴。丹山西即巫山者也。又,帝女居焉。宋玉所谓天帝之季女,名曰瑶姬,未行而亡,封于巫山之阳。精魂为草,实为灵芝,所谓巫山之女,高唐之阻,旦为行云,暮为行雨,朝朝暮暮,阳台之下。旦早视之,果如其言。故为立庙,号朝云焉。其间首尾百六十里,谓之巫峡,盖因山为名也。"

韩非子、郦道元对岩画的记述都是感性的印象,"刻疏人迹其上,广三尺,长五尺"与"或圆如箄,或方似屋",是印象,没有涉及具体内容。之后,唐代张读在《宣室志》中记述福建泉州南山"石壁之上有凿成文字一十九言,字势甚古",也属于岩画的发现。

我国岩画研究的开端,一般以1915年黄仲琴对福建华安汰溪仙字潭岩刻的调查为标志。黄仲琴发表《汰溪古文》,其"疑即古代兰雷民族所用,为爨字或苗文的一种"的论点,为人所关注。到20世纪70年代,我国北部黑龙江和内蒙古、西北新疆和甘肃、西南云南和广西各地不断有岩画的发现,至20世纪80年代,随着文物普查工作的推进,主要在贵州、内蒙古、宁夏、新疆、甘肃、青海、西藏、广东、福建、台湾、江苏,以及河南,都发现大面积的岩画,逐渐形成岩画研究的热潮。有许多学者注意到岩画与原始文明的密切联系,在人类学、神话学、民俗学、宗教学和考古学等领域,岩画研究出现可喜成就。

世界上许多民族都保存着岩画,见证不同民族的节日狂欢。近年来,研究和记录岩画的书籍越来越多,人们从不同的方面理解岩画。人们看到岩画在原始文明中所体现的信仰功能与意义,有人甚至看到了最早的人类迁徙足迹。无一例外的是,人们认同岩画作为原始人的狂欢遗产,是祈祷神灵保佑、沟通人神感情、记录狩猎与战争等重大事件的产物。在这种意义上,它与年节的狂欢和信仰等意义是一致的。

岩画受到人文学科的关注,与人类学的兴起密不可分。英国是人类学的故乡,人类学的兴起与工业革命有密切联系,与殖民地政治文化有密切联系,意在寻求原始文明背后的落后民族与现代文明背后的发达民族之间的差异。人类学关注人类文明的进化,以进化论作为自己的思想方法,把原始文明看作现代文明的发生母体,把岩画作为原始文明的重要典型,视作原始艺术,以为其开创了人类文明的先河,并且作为艺术形态和观念被传承、传播。改革开放以来,特别是20世纪的八九十年代,中国学术界与世界的交往日益频繁,人类学、神话学、图腾艺术等领域积极吸纳国际岩画研究的成果,伴随着博物馆事业的迅速发展,人们对岩画的研究兴趣越来越浓郁,呈现出开放的姿态。中国许多地方重视岩画的展示功能,世界上规模最大的岩画专题博物馆是银川世界岩画馆,建立在宁夏贺兰山岩画风景区。银川世界岩画馆有"序厅""中厅""世界岩画展厅""中国岩画展厅""贺兰山岩画展厅""原始艺术展厅"等多个展厅,展示岩画图案,汇聚了国内外岩画的主要类型。从这里可以看到,岩画类型以人和动物为主,主要有人面像、人体像、动物图像、人与动物混杂的生活图像,以及各种抽象符号、图案。

由于种种原因,人们研究年画和岩画,没有注意到它们之间的共同点,即狂欢。狂欢的形式是多种多样的,年画与岩画都是狂欢的结果。

狂欢是传统节日的重要标志,也是其重要功能。通过狂欢,人们进行各种如痴如醉的表演,实现精神和情感的愉悦。在狂欢的过程中,人、神两个世界形成沟通,形成自由自在的精神状态。岩画所表达的各种抽象符号与具体的生活图画,与年画所表达的热烈情感愿望,都贯穿在狂欢、癫狂之中。狂欢与癫狂作为一种精神形态,各种变形成为其重要的表现手段,想象与夸张得到极度表达。当然,任何想象与夸张都避免不了目的性,这种目的涵盖在各种生产与生活之中,如人们刻画各种动物,是为了获取更多的猎物,或者是为了避免猛兽的伤害;人们刻画各种植物和生活中的实物,是为了生活的丰裕,包括人与兽的连体,夸大人体器官,具有获取力量、获得生育力繁殖力等功能;人们刻画各种符号,特别是变形的太阳、动物与植物形状的面孔等,其内涵就更复杂了,应当包含着各种神灵崇拜等信仰功能。

第三节　岩画是审美与文明的融合

无论是中国岩画,还是外国岩画,夸张与变形,都是普遍的表现形式,都是审美与文明相结合的体现。变形的意义与巫术崇拜有关,在宗教文化生活中具有普遍性。岩画如此,年画也如此。

岩画所表现的内容,与岩画所处的自然环境有关,与一定地域的历史文化起源有关,而更重要的是自然环境形成的文明特色,成为一定地域的标志。其后,或为年画,或为壁画,成为循环往复的审美,形成江河般奔腾不息的民间文艺。

如亚洲岩画,分为西亚、东亚、南亚和中亚等地区。西亚岩画以沙特阿拉伯为典型,表现内容主要有狩猎场景、放牧生活、动物图像、男人群体和一些妇女,岩画中的器具主要有弓、箭、矛、棍棒等,与这一地区的历史有关。中亚地区的岩画以贝加尔湖岩画为代表,还有蒙古国的科布多省辉特—青格尔洞穴岩画、前杭爱省科布多苏木哈嫩哈德山岩画、后杭爱省楚露特岩画、蒙古北部穆连和特斯岩画等,主要表现为草原和沙漠地理,有许多动物图像与象征性符号,包括羊群、马群、骑马者、骆驼等,图案具有萨满教色彩。东亚地区的岩画,以日本九州岛南部山洞为典型,图案主要有妇女、儿童、猎人和大角鹿等动物。南亚地区以印度为典型,在毗摩贝德卡等地分布着表现狩猎、畜牧、耕耘、草庐定居、礼拜、采蜜、植树、战争、歌舞、娱乐、祭祀等内容的岩画,表现出浓郁的精灵崇拜和生殖崇拜等原始信仰。尤其是与印度神话相关的"受伤的野猪""奉为神的野猎""手握金盏花的妇女""希望之树",以及骑马者、骑象者、步行的武装战士等,每一个场景都意味着一种生活与一段历史。

如欧洲岩画,主要有西班牙岩画群,以北部的坎塔布里亚地区,与南部的直布罗陀海峡为主,画面主要有野兽、采蜂蜜的妇女、小个子男人等;法国的洞窟岩画有许多地方与西班牙岩画相似,其拉斯科洞窟崖岩画被称为"史前的卢浮宫",出现马匹、红鹿、野牛等动物,其中一头野牛向一个鸟人冲去,鸟人旁边有一只鸟站立在树的枝头,野牛的肚子被一支长矛刺穿,流出肠子,仍然挣扎着冲去;意大利西西里岛的阿达拉岩画,出现一些做舞蹈、执法等动作的裸体群像,与意大利原始文明有关;意大利梵尔卡莫尼卡谷地岩画中出现许多几何图形和一些神秘符号，还出现一些武器、人物和动物，以及各种曲线、梯形图、网状物；北欧地区的挪威、芬兰等地，因为与山地、海洋和森林相连，主要表现狩猎、渔猎生活，图案出现太阳、野兽、鱼、鸟和独木舟、马车、弓箭等内容。欧洲岩画与史前生活有关，有一些表现战争和捕猎的场景，表现的动物有猛犸象、披毛犀、野马、野牛和鹿等，采集和农耕的内容相对较少。由于欧洲地区发展的不平衡，在岩画色彩上表现出差异，如西班牙北部到法国西南部等地区，岩画分布于不见阳光的洞穴深处，保留了冰河时代的文化痕迹；在乌拉尔山到北冰洋地区，阳光充裕，非洞穴岩画表现出人类渔猎、狩猎的生活。

如非洲岩画，主要分布在位于阿尔及利亚和利比亚边界的撒哈拉中部阿杰尔高原，和南部南非、津巴布韦、赞比亚及纳米比亚等山地。非洲岩画所表现的内容被分为水牛时期、公牛时期、马时期和骆驼时期，不同的时期，有不同的图案，在不同的图案中，有各种动物等活动场景，意味着不同的社会发展阶段。非洲盛产大象，在许多地方的岩画中，出现大象的形象，在一些地方出现公牛、大型马车和骆驼，标志着畜牧业的发展。非洲的植被与种植业有联系，撒哈拉岩画中出现掌管五谷的女神，女神的头上有羽毛作为装饰，其面部周围有斑点帘，而且出现一片播撒种子的庄稼地。与撒哈拉岩画不同的是，南部非洲岩刻表现题材主要是野象、狮子、河马、犀牛、羚羊、长颈鹿、斑马等单独出现的动物形象，意味着这里的原始居民与这些动物的联系。同时，这里也出现人兽合体的图案，出现狩猎、战争、祭祀、娱舞、交媾等内容，其中狩猎、舞蹈场景，以及人群聚合欢呼或者休息的场景较多。值得注意的是，这里出现一些披着兽皮，或戴着某种动物形状面具的舞蹈者。这些图案人与兽相混合，有一些化装成各种野生动物的模样，有一些手持弓和矛，表现为猎人形象，也有一些用羽毛作为装饰物，有一些把头部拉长，似乎伸长脖子的鸵鸟。这是否意味着图腾生活的展示、图腾结构的构成，以及图腾文化之间的联系呢？

第三章 神话与岩画

美洲岩画记述了特殊的历史文化，南美洲阿根廷的洛斯·马诺斯是原住民泰韦尔切人居住地，这里的岩画出现不同于其他地方的图案，形成许多"手洞"，如墙壁上各种形状的手，又如同一棵树生出许多枝丫和许多树叶，也出现一些当地常见的动物，如红褐色美洲驼，见证这里的原始文明。美洲地区出现的许多人面神像与美洲之外一些岩画有许多相同处，成为一个谜，引起人们的各种猜想和联想，如北美洲西部的海岸山脉，出现人面岩画，人物头上出现许多放射状的线条；更多的地方出现太阳和鸟的岩画，包括各种各样的抽象符号，甚至有人以印第安人的原始文化出现类似甲骨文符号等为证，说明中国人最早发现并生活在美洲。当然，这是一种猜想，需要更多的证据。美洲地区有许多岩画表明史前的美洲所发生的变化，在北美洲出现的蛙形人、女性人体和生殖巫术之类的图案，引起学者注意。当然，各地岩画不尽相同，如美国加利福尼亚巴斯附近的岩画，出现红色手印、太阳、抽象符号和各种动物图案；美国内华达州印第安保留地金字塔湖上的岩画，被称为北美洲最古老的岩画，这里的石头，每一面都出现各种几何图案，有同心圆、菱形，也有一些树；如墨西哥圣弗朗西斯科山岩画，出现携带武器的人和各种各样的动物，岩画中的动物有驼鹿、大角羊、叉角羚、美洲狮、大山猫、龟、鱼等；如加拿大不列颠哥伦比亚岩画，出现一条鱼和一个没有轮廓的人面，人面位于鱼头上部，鱼吐出长舌头，在鱼的腹部出现一个鸟头形状的符号，接近鱼尾处，出现一个黑点。这一切都需要从原始信仰讲起。

从澳大利亚西北部的金伯利高原，经过北部的阿纳姆高地，到达约克角半岛，到澳大利亚南部库纳尔达，分布着许多岩画，画面展示出各种英雄和神灵，包括神话中的蜥蜴、巨蛇、袋鼠等动物，以及半人半猿像，用红、黄、黑、蓝等色彩描绘。与其他地区岩画所不同的是，这里的岩画更富有情节性。如阿纳姆高地和金伯利高原岩画，出现人与动物相呼应的场景，在画面的中心，出现一只鸸鹋，体形巨大，但是不会飞，它的一侧，出现戴帽子、骑马的人，显然，这里是故事的图像叙事。澳大利亚北部地区的德拉米尔岩画，画面出现两个巨型男子像,他们每人都露出与腿一样粗大的生殖器,他们之间的关系,也应该是一个故事。澳大利亚西北地区汪其纳岩画是又一种典型,人像或躺或卧,其面部不画嘴巴,只画出眼睛和鼻子,与袋鼠、鱼、鸟等动物相衬,构成一幅图画,暗含着神秘的传说故事。

第四节　中国岩画分布与民间文艺

岩画是特殊的艺术。在中国,岩画形成南方和北方两大系列,表现出不同地区、不同时代、不同民族的文明生活,以及那些丰富的情感、意志、信念与信仰。中国岩画用自己的石头和图画讲述中国的天地神灵故事,体现中国早期文明的风貌,应该相当于最早的年画。

岩画的语言有很大的差异性。如我国南北不同,东西不同,体现出原始文明的不同。

我国南方岩画又分为东南和西南两大系统,这两个地区的岩画表现出不同的文明形式。

我国东南地区的岩画,主要分布在江西、浙江、江苏、安徽、福建、广东、香港、澳门、台湾等地。这里的气候不同于北方的寒冷、干旱,也不同于西南地区的潮湿,阳光充足,出现太阳、鸟类、鱼类等图案较多,也出现抽象的"杯状形""同心圆"和"蹲形"人物,抽象线性符号所表达的意义更特殊。著名的岩画如江苏连云港将军崖岩画人面太阳神与星象鸟兽图案、福建华安县仙字潭摩崖石刻人面像和舞蹈、广东省珠海市高栏岛石刻画出海场景、台湾高雄县万山岩雕群"孤巴察峨"等,因为东南地区临近海洋,所以内容与海洋文明联系较多。值得注意的是,这里是古越文明的集中分布地区,不同于中原文化。

我国西南地区的岩画,主要分布在广西、云南、贵州、四川、西藏等地,多分布在江河沿岸,出现在悬崖、石壁、山坡,以广西花山岩画和云南沧源岩画为典型,出现各种动物和人,内容多为各种宗教活动与农耕生活,整个岩画多为红色。岩画中的人物线条分明,但不显示具体的五官,更多显示肢体动作,多上举双臂,屈蹲双腿,蛙式的"蹲形"形象非常突出。各种动物也没有具体的形状,而是用简单的线条表现角、尾、耳等特征部位。

  任何一个地方的岩画都不是孤立存在的,都有特定的自然因素和特殊的历史文化因素暗含其中。广西花山岩画也是如此。广西岩画集中在左江流域的宁明、龙州、崇左、扶绥、大新、天等、凭祥等地,沿江崖壁上分布着不同形状的岩画,成为当地原始文明的重要见证。花山岩画发现地花山,位于宁明北明江畔,画面以大大小小的人物为主,也有一些动物。这些人物最大的有一丈许,最小的一尺许。岩画上的人物正面多为双臂向两侧平伸,肘部弯曲,手臂向上,其双腿叉开如马步,半蹲;其身旁或者有狗之类的动物,或配有刀等器具,或配有长鼓之类乐器;侧身人像围绕在正面人像一侧,其形体较小,数量众多,形成明显对比。这种形状被称为"蛙蹲",应当是与巫术崇拜有联系。云南沧源岩画与广西花山岩画相似的地方,即以大大小小的人物为主,岩画内容多为狩猎、采集、放牧、舞蹈、战争和巫术等原始宗教,也有建筑和村落等。引人注目的是沧源岩画出现猴群,出现捕捉猴类动物的生活场景,这当是地方风俗的表现。后世天津杨柳青年画中出现猴子抢草帽的题材,不知是否与此有关。沧源岩画中的角色大致可分为人物、动物、器物、房屋、自然物、符号和手印等。与花山岩画不同的是,沧源岩画的人物多呈现出"大"字、"文"字等形状,突出表现手脚等肢体的动作,刻意显示人物佩戴,如头上、身上的装饰物。最突出的是巫师之类的主角,身体被重彩描绘,显示出特殊的身份和地位。一些神话传说中的"太阳人""鸟形人"等,作为半神半人的角色。岩画中还出现各种原始武器,如弓弩、盾牌、矛枪等,也有牛角之类的法器和杵臼、棒、木栅栏等生活用具。值得注意的是其中的生殖崇拜,猛省第六地点岩画,右上端似乎为一女性,左右臂平伸,两脚叉开,其胸部突出有双乳,其腰胯间突出一圆孔,应当是生殖器的标志。

其右下部位有一圆形物,被二人双手举起,他们五指张开,表现出张狂的神采。其左侧有三人,两人较大,一人较小,其胸部也绘有乳房,其腰胯间绘有圆孔形状,其一手持盾牌状物,一手持短棒。这些岩画可能表明生殖崇拜与保护神的统一。后世年画中的男性送子神,总是佩戴弓箭等器物,应当与此意义相同。

我国北方岩画主要分布于内蒙古、新疆、宁夏、甘肃、青海、黑龙江等地,如宁夏贺兰山岩画、内蒙古阴山岩画等,其内容多表现动物、狩猎、游牧、战争、舞蹈等,出现生活中的武器、穹庐、毡帐、车轮、车辆等用品,更值得注意的是出现天神、地祇、祖先神与日月星辰,出现原始数码等符号,还有手印、足印、动物蹄印等。北方地区游牧民族居多,所以岩画中多出现游牧民族的狩猎活动和战争活动,其中的射猎最为引人注目。以内蒙古阴山岩画为例,可以看出,大量的动物中有较多羊类,如山羊、绵羊、盘羊、羚羊、岩羊等,其次是鹿类,有大角鹿、白唇鹿、赤鹿、麋鹿、驼鹿等,再次是各种畜类,如马、骡、驴、驼、牛、野牛、羚牛等,也有狼、虎、豹,以及狍子、狗、野猪、兔、狐狸、龟、蛇等。与之相对的是各种人物活动,如放牧、车辆出行、骑士列队、征战、舞蹈、祭祀等,表现出这一地区的史前文明。同时,阴山岩画出现许多具有抽象意义的符号,如人面形、人手足印、禽兽蹄足印,以及一些原始数码、图画文字和星图等。如果说每一种动物与每一个场景的出现都不是偶然的,这里应该集中了一个非常庞大的故事群。宁夏的贺兰山岩画也非常壮观,500里贺兰山,许多山口,如树林口、黑石峁、归德沟、贺兰口、苏峪口、插旗口、西蕃口,以及双龙山、黄羊山等山坳,都广泛分布着岩画,犹如一幅天然的画卷,记述当年的风风雨雨。画卷的各个部分所表现的内容不尽相同,有些地方表现狩猎活动的内容多,出现北山羊、岩羊、狼、鹿等动物;有些地方表现战争生活的内容多,出现骑马的武士,出现马、牛、飞鸟和各种猛兽等动物;有些地方表现宗教活动的内容多,出现许多人面像,出现人兽形象,长有犄角,插着羽毛。特别是这些人面像,成为贺兰山岩画的重要标志,与远在大洋彼岸的美洲岩画人面像对照,引起人们无尽的遐想。

新疆有美丽的天山,引发人们对昆仑神山和西王母的神思。新疆岩画的分布,主要在阿尔泰山、天山、昆仑山和准噶尔盆地、塔里木盆地。诸如阿尔泰山岩画、阿勒泰地区布尔津县冲乎尔乡岩画、天山中部呼图壁县康家石门子壁画、乌勒盖岩画、吉木乃县阿吾尔山岩画、哈密沁城折腰沟岩画、布尔津县阔斯特克乡和也格孜托别乡一带的岩画等,犹如一幅风俗画。岩画出现壮观的牛群、马群、羊群、鹿群,也有狗、熊、骆驼,动物形状各异,放牧的人有丰富的表情,表现出又一种情形的游牧文明。狩猎与获取生物有关,更与战争联系密切,撒尔乔湖的一幅狩猎岩画,一猎人双手前曲,紧握弓弦,射箭击中一头黑熊;乌勒盖岩画有匍匐在草丛中持弓狩猎的场景,有多人围猎鹿群的场景。岩画中的战争场面也非常独特,哈密沁城折腰沟岩画中的征战场面最为典型,左右两侧分别有战马,一方神情高昂,一方表现出疲惫不堪,画面中的战马正在驰骋,有骑士跃然向敌方冲刺。新疆岩画更值得注意的是生殖崇拜,生殖崇拜既是对生命的崇拜,也是对自然的崇拜,是原始文明对艺术的第一次拥抱,是审美意义和哲学意义的统一。在新疆岩画中,表现生殖崇拜的内容非常突出,各具特色,如阿尔泰山富蕴县唐勒塔斯洞窟正壁上,出现四个椭圆形的女性生殖器图案,阿勒泰阿克塔斯岩画出现一个非常醒目的女性阴户图案,夹西哈拉海与哈巴河县的杜阿特松哈尔沟岩画、天山特克斯县的阿克塔斯岩画、昆仑山帕米尔高原东麓喀什噶尔岩画、皮山县的阿日希翁库尔岩画等,皆在洞窟内,以赭红色、白色、黑色等色彩绘制女性生殖器。天山中部呼图壁县康家石门子岩画,出现数百个男女交媾的场面,许多男性的生殖器官被放大,而且一侧出现许多小人儿,一群群,应该是寓意人口生产与生殖崇拜的关系。类似的岩画还有青海卢山岩画中的生殖图,画面上有一男一女。女的双腿微曲,向两边分开。在其两腿之间、臀部下面,出现一些圆点,意味着女性生殖器;男的在女的一侧,其生殖器很突出。女阴崇拜与男根崇拜在岩画中是神圣的,与敬爱生命、敬仰自然、敬重神灵等信仰联系在一起。在后世的年画中逐渐被花儿和鸟儿所替代,形成雅化转换。这些岩画应当是原始文明中野合等婚俗的表现,虽然远离中原,却与《周礼》《礼记》等典籍中所记的"令会男女""奔者不禁"相似,这正表明生殖崇拜的普遍性。这应该是后世年画中子孙兴旺、多子多福等题材的重要源头。

值得关注的是,近年来,我国中原地区发现大量具茨山岩画。其内容多为具象符号,与其他地区众多的动植物形象形成明显差异。这是原始文明的又一种形式。

第五节 从审美到信仰

当然,岩画不仅仅是年画的载体。岩画所表现的主题,无疑是众多的原始文明,是信仰与审美的结合。其主要内容是原始神话和原始艺术,是神话艺术。神话是文化的重要源头,年画与之有许多相联系的内容。岩画不是无端发生的,就其祭祀、信仰与狂欢等意义而言,它是最早的年画。

从岩画中可以看到,有许多共同的表现主题和表现形式,如人面像和手印,以及人兽混杂的内容,流行于许多地区。尤其是人面像,作为岩画主题,形成原始文明的重要类型。对此,有学者发现人面像在环北太平洋地区的东亚和北美一带系统性分布,人面像岩画仅出现在环太平洋地区的中国、蒙古、俄罗斯的西伯利亚、美国、加拿大、智利、澳大利亚等11个国家和地区。或者说,在世界范围内,各个族群、部落、氏族之间的联系相当广泛,人们漂洋过海,远涉重洋,来来往往。因为缺少必要的文献,后人对此就缺少了应有的了解。当然,文献不是唯一的证据,而且有许多文献本身也未必完全可靠。这里的问题是,岩画中的人面像与后世年画中的人面像有什么联系呢?诸如河南开封朱仙镇木版年画中的《魁头》、江苏苏州桃花坞木版年画中的《和合二仙》、天津杨柳青木版年画中的《年年有鱼》,各地的财神像、关公像、钟馗像、灶神像和祖先神等各种神像,以及宗教场所的壁画、雕刻、塑像等,它们之间有没有继承关系?如果有,又是如何传承和转化?岩画中的手印、太阳纹等抽象符号与后世木版年画中的吉祥物有无联系?后世木版年画中的求子图像与岩画中的生殖崇拜有无联系?佛像悬挂的宗教习俗,与之有无联系?后世木版年画中的仕女图,与岩画中的女性身体显示有无联系?岩画中的战争场面,与后世木版年画中的武打戏图案有无联系?

回答这些问题,不能仅仅依据文献。文化的传承与记忆形式,通常表现为实物的、文献的和社会风俗与生活的等,或许我们从生活中能够得到更好的答案。岩画的背后是信仰,年画的背后也是信仰;信仰成为文化的核心,以此传承、传播,变化无穷。应该说,在岩画与年画之间,漫长的岁月流过,各种联系不会简单地表现出来。图像叙事理论从立像以言意出发,告诉我们一个道理,各种图画、图案、图像之间存在着暗流,在不同时期涌动,形成不同的思想文化潮流和艺术潮流。把握这些潮流,需要从众多的学科汲取营养。

年画与岩画同属于文化。文化具有生态的意义,能够静立,保持稳定,也可以流动,充满变化,文化的传承与传播都离不开一定的媒介。媒介理论告诉我们,媒介即信息;而通常意义上讲,媒介,即具体的质料,包括背后的信仰观念与各种仪式,将具体的图像展示在人们面前,形成故事的文本。故事需要言说、叙说,被"接着讲"或"照着讲",才能得到认同,而言说、叙说的方式并不是只有单一的口语或文字。那么,岁月流逝,谁来讲述,或者揭示故事表达的真相呢?应该说,文化转换成为文化叙事的重要机制。

总之,文化的生命在于传承和传播,以文化育世界,化育生活。年画在文化叙事的转换与承接中,有效完成了各种媒介的制造,从古老的石刻转向金石刻,逐渐转向泥塑,转向木刻等文化形式,转换为纸质的印制,就形成我们今天看到的木版年画。年画属于历史,也属于现实,属于生活,属于文化,属于信仰,是审美表现的典型,具有艺术表现的普遍性。

第四章
民间文艺中的神话与原始思维

民间文艺与原始宗教永远说不完,因为岁月是流不尽的,而且也应该是流不完的,中国民间文艺与岁月共生。

年画作为民间文艺,是节日文化的一部分,而节日的形成与发展,常常与宗教文化生活具有密切联系。节日文化之间相互影响,共同构成人们所面对的精神世界,宗教文化生活一方面影响到节日的形式,一方面影响到节日文化的内容。

年画的主体在于画,是展示,以图像的形式,表现出人对自身,对大自然,对社会现实,对各种精神现象的理解与表达。当然,年画的制材也是千变万化的。当混沌初开的时节,人们面对的是沉寂的大地,石头是大地的骨骼,石头的庄严、挺拔、坚硬与持久被人们发现、认同,人们选择岩画的形式,实现了人类文明的第一次书写,即刻画,记录自己的世界,表达自己的情感、信仰和审美。其背后的文化生活应该是原始崇拜。

原始宗教文化生活与年画的起源有非常密切的联系。

原始崇拜与原始文明是一体的,与原始宗教的文化生活形式有关。

如人所言,人类社会经历了蒙昧时代、野蛮时代、文明时代,在漫长的时代发展中,逐渐形成自然崇拜、图腾崇拜、祖先崇拜、生殖崇拜、英雄崇拜和灵魂崇拜等信仰形态。每一种形态都包含着丰富的情感、信仰和审美,融入日常生活之中,形成具体的礼仪、禁忌和信念、意志,影响人们的生产、生活等行为。各种崇拜之间有相互交叉的现象,体现出混沌特征,混沌的审美形态成为中国传统文化的意象设置方式,强调象征和寓意,这应该是后世木版年画审美表现的重要源头。

第一节 自然崇拜是中国民间文艺的重要基础

自然崇拜的实质在于对大自然的信仰,主要有大地崇拜,有山川河流崇拜,有草木鱼虫崇拜,也有日月星辰崇拜,有雷电风雨崇拜。人们以为自己的生存得益于大自然的赐予,自己的生产劳动与生活行为都要听从大自然的安排,因为大自然是有生命的,其变化即生命力的体现,能够影响到人的生活,所以对其表现出敬仰或恐惧的心理。

土地崇拜是中国传统文化的底色。土地被赋予生命,与天庭一起构成人神共处的空间,而且成为生命的起源。所有的山川河流都从大地上开始运行,土地生育出参天的大树和无数的牛羊,如妇女生育人类,所以把大地视作母亲,称为后土。如《周易》中所讲,"乾为天,坤为地","乾为父,坤为母";亦如《老子》所讲,"玄牝之门,是谓天地根,绵绵若存,用之不勤"。《周易·系辞》解释道:"天地絪缊,万物化醇,男女构精,万物化生。"《大戴礼记》解释为:"阳之精气曰神,阴之精气曰灵,神灵者,品物之本也。"许慎《说文解字》称:"土,地之吐生物者也。"于是,大地崇拜形成一种朴素的观念,人的生命犹如谷物,从大地孕育出禾苗,生长出谷穗,终老于大地,野合成为伴随谷物苗壮成长的自然行为。进而,人以为当生命的一种形式结束之后,回到土地,灵魂仍然存在,社稷观念、阴阳观念、风水观念等信仰随之而生。当然,这种观念不仅存在于中国原始文明,在许多民族的原始文明中都存在。大地是生命最古老的家园,各个方位都有主导生命的神祇,东方苍龙,西方白虎,南方朱雀,北方玄武,守护大地的安宁。中央之土,雄踞天下,本固邦宁。之后,形成数不胜数的土地神、山神、水神,以及路神、宅神等自然神,都是大地崇拜的结果。在婚姻礼仪中,有"一拜天地",在丧葬礼仪中,魂归故里,入土为安,都成为生活的规则。总之,岩画,在大地上刻写图画,形成大地的宣言,其本身就是大地崇拜。

与大地相对的是苍天,苍天有南斗、北斗,主宰人间的生命;苍天有二十八宿,影响人间的命运。日月星辰,各有自己的职能,各有不同的传说故事,如太阳中的三足乌,如月中的蟾蜍、玉兔、桂树,更不用说牛郎织女的美丽传说。在许多仙人传说中,天庭是他们的居所,天国成为自由和幸福的乐园。在对天的信仰中,太阳崇拜是大自然崇拜的典型,鸟儿是太阳的使者,也是太阳的象征,被敬仰。河南渑池仰韶文化陶器出现鸟纹,安徽含山凌家滩遗址出现八角星纹玉版和太阳纹玉鹰,许多原始文明都有太阳崇拜的内容,太阳纹成为文明出现的重要标志。四川金沙遗址出土太阳纹金箔,外表为圆形,有四只逆向飞行的神鸟,应该是象征春夏秋冬四季,首足前后相接,伸展开翅膀,向前飞翔;内为镂空图案,周围有十二道弧形,应该是象征一年有十二个月,其等距离分布成顺时针旋转的金色光芒;日月相映,构成具有高度审美价值的图画。太阳崇拜与大地崇拜相结合,构成四时八节,构成二十四节气,成为中国传统文化影响普遍的时间单位。可以说,所有的节日都有大自然崇拜的内容,都起源于对大自然的信仰。

原始文明中的宗教生活是历史的产物,是民族文化传统的重要基础,与民族精神的形成与发展联系在一起。大地崇拜与日月星辰一起构成中国传统文化的时空结构,形成重要的秩序和伦理,也形成重要的文明与礼仪,生生不息,代代相传。如《礼记·祭法》所言:"燔柴于泰坛,祭天也;瘗埋于泰折,祭地也;用骍犊。埋少牢于泰昭,祭时也;相近于坎坛,祭寒暑也。王宫,祭日也;夜明,祭月也;幽宗,祭星也;雩宗,祭水旱也;四坎坛,祭四方也。山林、川谷、丘陵,能出云,为风雨,见怪物,皆曰神。有天下者,祭百神。诸侯,在其地则祭之,亡其地则不祭。"人们相信大自然的生命力,以为大自然千变万化,是对人的举止行为所做的报应,于是,有许多的神庙,供奉各种来自大自然的神灵,形成中国传统社会古老的自然崇拜体系,维持大自然的健康发展。

所以,在年画中出现最多的是花鸟,是各种风景,而花鸟和风景都属于大自然。

第二节 图腾的意义

图腾观念是原始文明的重要组成部分,也是宗教生活的重要内容。

图腾的概念一再被解释为借用印第安语"totem",是"亲属""标志"的意思,一方面人把图腾作为血缘关系的识别,一方面对其表现出敬仰,希望得到其庇护。图腾的意义应该是一个部落或氏族独立出现的标志,许许多多的人以某种图腾相聚在一起,成为一个相对稳定而牢固的命运共同体。许多人以为,这个概念最早出现在英国人类学家龙格《一个印第安译员兼商人的航海探险》中,该书于1791年在伦敦出版。图腾的概念出现很晚,但图腾的存在历史非常久远。图腾即信仰和崇拜的对象有动物和植物,也有一些自然现象和生活中的实物,以及具有某种寓意的符号,包括图腾柱等,形成神圣标志。

图腾的意义不仅体现在具体的生物形制等方面,更是一种观念和形态,在信仰的驱动下,形成图腾生活和图腾生态,如图腾圣地、图腾神话、图腾艺术、图腾禁忌、图腾仪式等。从原始文明的遗迹来看,并不是每一种动物或植物都能够成为图腾的,只有那些被认同被选择的存在,才能形成图腾。图腾的存在与所在群体的命运相联系,部族或族群壮大,或者被融化,被融合,就形成图腾形制的变化。而且,即使同一个部族或族群,其图腾在各个时代与各个地区的表现也不尽相同。因为受实物为证观念的影响,我们对图腾的认识更多局限于某种物的理解,常常忽略图腾的多样性;其作为宗教文化生活的存在,可能是艺术的,成为图腾艺术,也可能就是一种图腾,不具有艺术的特征,但无可否认的是,图腾属于一种文明。

我国原始文化的类型被划分为仰韶文化、河姆渡文化、大汶口文化、龙山文化、马家窑文化、齐家文化、良渚文化、屈家岭文化和二里头文化、二里岗文化等,之前还有山顶洞人,其中大汶口文化的前期以前阶段,属于母系社会,大汶口文化的中晚期以后,属于父系社会,每一种文化都有自己的标志。山顶洞人的标志,以北京周口店龙骨山的山顶洞穴为典型,使用火,采集狩猎,捕鱼捞蚌,使用磨制和钻孔技术,能制造石器、骨器,缝制衣物,形成有血缘关系的氏族,而且具有灵魂观念。仰韶文化等母系社会的标志以河南渑池仰韶遗址等为典型,使用刀耕火种的生产方式,出现畜牧,养殖猪、狗、鸡、羊等动物,捕鱼,种植粟、水稻,使用弓箭、陶器,使用麻线织布,以母亲血缘关系形成氏族公社,土地、房屋等,归氏族公社所有。龙山文化等父系社会,以山东龙山遗址为典型,使用双孔石斧、石铲、鹤嘴锄、石刀和骨镰、蚌镰等工具,出现酿酒等手工业,确定了以父权为中心的氏族社会,其晚期,氏族公社解体,出现私有制;二里头文化以河南偃师二里头遗址为典型,系河南龙山文化晚期,出现以农业为主的夏文化和商文化,出现青铜、玉器和石磬等,有了相对发达的文明。当然,每一种文化类型的形成都不是孤立的,其文明核心都非常鲜明,相互之间都存在着积累和组合、重构、飞跃的过程。在事实上,每一个文化类型都形成一个特殊的图腾体系。如河南渑池仰韶文化,出现陶质的钵、盆、碗、罐、细颈壶、小口尖底瓶与瓮等器具,红色和黑色陶器上出现彩绘的几何形图案、动物形花纹,出现水鸟啄鱼纹船形壶、人面纹彩陶盆、鱼蛙纹彩陶盆、鹳衔鱼纹彩陶缸。这些动植物等物体形象的出现绝不是无端的,都应该包含着选择与认同,尤其是彩陶花纹如六角星纹、太阳纹、星月纹、网纹,和龙虎图案、隼鸟、鹰、鹿、羊头、人面头像和壁虎等图案,都应该包含着信仰的寓意,具有图腾的色彩。浙江余姚河姆渡文化的重要标志在于大量的黑陶与骨器,诸如釜、罐、盆、盘、钵、豆、盉、甑、鼎与耜、鱼镖、镞、哨、匕、锥、锯形器等物品的出现,最突出的图案就是稻穗纹陶盆与木雕的鱼,表明其与中原地区不同的稻作文明。其中的"双鸟朝阳"纹象牙碟形器,出现火焰纹和勾喙鸷鸟;其中的陶器口沿和腹部,出现太阳、月亮、花草树木、鱼鸟虫兽等图案,和鱼藻纹、稻穗纹、猪纹、五叶纹等花纹,这是典型的江南景色。这些图案和花纹同样包含着图腾的踪影。山东泰安大汶口文化东临黄海,出现新的陶器文明,如夹砂陶、泥质红陶、灰陶、黑陶与白陶,出现镂孔圈足豆、双鼻壶、背壶、宽肩壶、大口尊、觚形器、釜形器、钵形器、罐形器、实足鬶、袋足鬶、高柄杯和瓶等器具,也出现许多石锛、玉铲、龟甲、雕花的骨珠和獐牙钩形器等。在这些器具上出现猪头纹、弦纹、划纹、乳丁纹、绳索纹、附加堆纹、锥刺纹、指甲纹等图案。无疑,这些图案和花纹也包含着图腾的元素,各种物品与各种符号之间,在事实上形成宗教文化生活。中华民族是在历史文化发展进程中逐步形成的,包含了众多的民族;各个民族中又不同程度包含了众多的氏族和部落,各种历史文化形成相互的影响。如龙与龙图腾,在不同历史时期的宗教文化生活中,形成不同的信仰形式,成为中华民族重要的国家形象。而且,图腾物的选择主要在于对文化秩序和社会伦理的设定,如《礼记·礼运》记述:"何谓四灵?麟凤龟龙,谓之四灵。故龙以为畜,故鱼鲔不淰;凤以为畜,故鸟不獝;麟以为畜,故兽不狘;龟以为畜,故人情不失。故先王秉蓍龟,列祭祀,瘗缯,宣祝嘏辞说,设制度,故国有礼,官有御,事有职,礼有序。故先王患礼之不达于下也,故祭帝于郊,所以定天位也;祀社于国,所以列地利也;祖庙所以本仁也,山川所以傧鬼神也,五祀所以本事也。"所谓"灵",即神灵,既是人们信仰的对象,又是国家、民族、社会等命运共同体、文化共同体的标志。

图腾的变迁是更为复杂的问题,如夏文化对龙的崇拜,从鲧和大禹与熊(龙)的联系,可以看到龙图腾的主题;殷商文化崇拜鸟,歌唱"天命玄鸟,降而生商",可以看到鸱鸮(猫头鹰)、燕子、凤凰等鸟图腾的变化与整合。[1] 共同的图腾生活与图腾文化，形成广泛的文化认同，影响到祖先崇拜等信仰形态中血缘关系、宗族关系的重构。

第三节 祖先崇拜与生殖崇拜是中国民间文艺的重要特色

原始文明的宗教生活是有群体差异的。祖先崇拜是一种文化选择和文化认同。祖先崇拜的根源在于对历史的尊重，是历史记忆的重要传承方式，也是对智慧、经验的敬重。祖先崇拜的核心在于强调家族记忆，强调血脉相连，是对感情和友谊的重要守护。在文明的进程中，需要齐心协力，形成强大的力量，战胜来自各个方面的敌人和各种灾害。家国政治成为中国文化的重要传统，尽管不同的部族和族群有不同的祖先，国与家形成共同的文化结合体，形成对每一个人的安全保障。如《礼记·祭法》所述："有虞氏禘黄帝而郊喾，祖颛顼而宗尧。夏后氏亦禘黄帝而郊鲧，祖颛顼而宗禹。殷人禘喾而郊冥，祖契而宗汤。周人禘喾而郊稷，祖文王而宗武王。"所以，祖先崇拜既具有一定的现实性和功利性，又具有必要性，顺应社会发展中的必要诉求，形成共同利益的守护与发展。因为有私有制的存在，国家和民族的存在是必然的，具有非常重要的合理性与必要性。因而，祖先崇拜是必需的，而且，祖先崇拜成为民族记忆的同时，也形成精神品格的重要升华，每一个祖先能够被记起，都是对其优良品质的怀念和记取，从而形成文明向往，形成必要的凝聚力和向心力。当然，祖先崇拜与民族主义有非常密切的联系，常常与种族主义和沙文主义联系在一起，而问题是如何把握合理的民族主义。

---

[1] 此可见动物图腾的转变顺序，如司马迁《史记·周本纪》记述道："昔自夏后氏之衰也，有二神龙止于夏帝庭而言曰：'余褒之二君。'夏帝卜杀之与去之与止之，莫吉。卜请其漦而藏之，乃吉。于是布币而策告之，龙亡而漦在，椟而去之。夏亡，传此器殷，殷亡，又传此器周，比三代莫敢发之。至厉王之末发而观之。漦流于庭，不可除。王使妇人裸而噪之。漦化为玄鼋，以入王后宫，后宫之童妾既龀而遭之，既笄而孕，无夫而生子。"无夫而生子，当为一种生殖崇拜的观念遗迹。

或者可以说,祖先崇拜也是爱国主义的重要来源,热爱家乡,珍惜情谊,是对历史与现实的整体把握。如《礼记·祭法》所言:"夫圣王之制祭祀也:法施于民,则祀之;以死勤事,则祀之;以劳定国,则祀之;能御大灾,则祀之;能捍大患,则祀之。是故,厉山氏之有天下也,其子曰农,能殖百谷;夏之衰也,周弃继之,故祀以为稷。共工氏之霸九州也,其子曰后土,能平九州,故祀以为社。帝喾能序星辰以著众,尧能赏均刑法以义终,舜勤众事而野死。鲧障鸿水而殛死,禹能修鲧之功。黄帝正名百物,以明民共财,颛顼能修之。契为司徒而民成,冥勤其官而水死。汤以宽治民而除其虐,文王以文治,武王以武功去民之灾。此皆有功烈于民者也。及夫日月星辰,民所瞻仰也,山林、川谷、丘陵,民所取材用也。非此族也,不在祀典。"热爱家乡,热爱生活,是祖先崇拜的重要标志。人们不仅看到自己家族的眼前利益,而且看到国家和民族的整体利益,祖先崇拜作为历史文化遗产,在民族振兴等事业中具有重要价值。民族共同体与文化共同体有许多相通之处,是民族记忆的重要财富,因为现实社会存在着民族与国家的利益,存在着各种政治、经济和文化上的差异,尤其是各种冲突,影响着人类命运共同体的健康发展。祖先崇拜在现代社会超越了狭隘的利己观念,成为集体主义和爱国主义的重要资源。

在年画中,光宗耀祖的门第观念,如各地流行的《五子登科》等门神画,对贤达人士的颂扬,对贤妻良母等光荣门庭的赞颂,与见贤思齐的人生观念相联系,形成中国文化追求美好人生的传统。

生殖崇拜在中国古代宗教文化生活中的表现更突出。

生殖崇拜是一个十分复杂的信仰形态。既有生命崇拜,把生命的繁衍视作一种自然现象,而影响生命繁衍的力量,是生命的又一种存在形式;又有人口崇拜,以为生殖是人口数量增加的主要原因。生殖崇拜也包含着自然崇拜、祖先崇拜和灵魂崇拜等信仰崇拜,人们以为人口生产与大地的作物生长有联系,在野外进行交媾,既能使作物旺盛生长,得到丰收的喜悦,又能使孕育的生命获得天地之间的滋润,被赋予奇特的能力。特别是其与性崇拜的联系,意义更为丰富,古人对性的崇拜既有对生殖即生命力的崇拜,又有身心愉悦的本能体现,包括对幸福和美丽的追求。在世界许多民族中,都有这些信仰。如印度河文明时代的生殖之神有兽主和吠陀风暴之神鲁陀罗,转变成毁灭之神,也是再生之神湿婆,其象征物就是林伽,即男根。湿婆的身份是多种多样的,是舞蹈之神,也是神界统帅,有五颗头、三只眼和四只手,他的手中分别拿着三股叉、神螺、水罐、鼓等器具;他骑着一头白牛,穿着兽皮,头上有一弯新月,颈上有一条蛇。印度生殖神还有梵天和玛雅,是生育众神和万物的善良母亲。古希腊和古罗马的生殖神是朱庇特的妻子朱诺,称为"神之母",她是贞洁女神和婚姻家庭女神;欧洲的中世纪,因为曼陀罗花形状像男性的生殖器,那些巫医和占卜者使用它卜筮,为人治病,消除灾难。日本东京南部的川崎,流传着古老的生殖器崇拜,把男根称为"塞神""幸神""金精神""道镜神",每年都会举行一次 Kanamara 祭。他们膜拜男性生殖器,把它视作生命的图腾,希望能被赐予幸福,增强自己的生育能力。中国生殖崇拜的形式更多,也有把大地作为女阴的观念,如许慎《说文解字》对"也"的解释,其称:"也,女阴也。象形。"土与也,组成"地",说明土地与生殖崇拜的联系。最典型的现象就是考古发掘中所显示的,如辽宁牛河梁红山文化遗址中的女神像,臀部和乳房被夸大,突出表现丰乳和肥臀,都是对性的指示;又如,河南淮阳太昊陵的子孙窑,在墙壁上雕刻成女阴形状的石洞,让人抚摸,认为可以影响人生育男女。在一些少数民族的节日中,性崇拜得到张扬,在春天举行歌舞,如苗族和彝族的"跳月",侗族的"月堆华",瑶族的"放牛出栏",把生殖崇拜与农作物的播种安排在同一个时间段内。总之,生殖崇拜强调的是人口的数量与质量,是对人作为自然本体与社会文化本体的可持续发展问题的理解与表达。

生殖崇拜的目的在于繁衍人口。人口的多少,特别是父系社会中的男权,强调男性的核心地位,以为男性数量是力量的重要证明,是家族、家业兴旺发达的标志;对家庭而言,是幸福和尊严的体现,包含着养老、生产能力

第四章 民间文艺中的神话与原始思维

和文化权利、社会声誉等实际问题,与宗庙中的地位有关,所以被称为"香火"。一方面,古人认为,人口的兴盛是由某种神秘的力量影响作用的,这种神秘的力量或来自天神,或来自地祇,或来自某种动物,或来自某种植物,或来自某种具象的山川河流,或无形的云、气、雷电、虹霓和灵魂,以及个人功德、善举报应。另一方面,古人认识到女性是生育的主体,婚姻的形式与生育有密切联系,各种仪式包含着性崇拜为基础的人口观念;男性和女性的生殖器官是生命的重要来源,尤其是女性的身体,孕育新的生命,充满神秘的意蕴,受到敬仰、崇拜,被神话化,神巫化,融入审美的成分。

　　早期的生殖崇拜典型体现应该是人面像、人兽合体、鸟兽合体等图案。这应当是一个被隐喻的世界,在图像背后,包含着许多不可以被言说的内容。其中的人面兽身、人面鸟身、人面蛇身等形状,在《山海经》等文献中的出现,一方面意味着氏族部落的图腾徽帜,另一方面其变形的背后应该意味着部落之间的融合,融合的方式包含着媾和、野合。按照人们对生理的理解顺序,看到女性分娩作为生命繁衍形式,原始初民对女性生殖器的崇拜应该比其对男性生殖器的崇拜早得多。或者说,男根崇拜主要体现为坚强的力量,女阴崇拜则体现为旺盛的生命力,二者共同构成生殖崇拜的主体。如浙江绍兴大禹陵有男根"窆石",云南剑川县石钟山剑川石窟有"阿姎白"女阴石雕,新疆呼图壁县大型生殖崇拜原始岩画,男女群体呈现出交媾形态,而且翩然起舞。但是,就总体而言,由于民族审美传统的不同,我国原始文明对女性生殖器的崇拜并没有更多直接的部位显示,而是通过某种替代关系,隐喻其中。例如河南汝州纸坊乡纸北村阎庄出土鹳鱼石斧图彩陶缸,用鸟衔鱼象征男女交配,形成原始文明的艺术表现。此后,中国文化传统形成一种针对生殖崇拜的审美规则,用鸟、棒槌和箭镞等象征男根,用鱼、蛇、花、石臼和树洞等象征女阴。特别是以汉族为主体的审美表现,将交配、交媾比喻为云雨、采蜜、摘花,引申为掏鸟、摸鱼,寓意为交会、相会,以水边、林中、花丛中、月下等僻静处作为男女相会的场景。由生殖崇拜融入幸福和欢乐,纳入性崇拜和感情等因素,逐渐形成爱情,爱情成为一种生活境界,超越了功利性的宗教文化生活。当然,爱情与生殖崇拜并不是能够简单区分开的,爱情以性爱为基础,相互倾慕,相互爱怜,总是一个生命的过程。这些现象在《诗经》中被歌唱,如《召南·野有死麕》:"野有死麕,白茅包之。有女怀春,吉士诱之。林有朴樕,野有死鹿。白茅纯束,有女如玉。舒而脱脱兮!无感我帨兮!无使尨也吠!"又如《秦风·蒹葭》:"蒹葭苍苍,白露为霜。所谓伊人,在水一方。溯洄从之,道阻且长。溯游从之,宛在水中央。蒹葭萋萋,白露未晞。所谓伊人,在水之湄。溯洄从之,道阻且跻。溯游从之,宛在水中坻。蒹葭采采,白露未已。所谓伊人,在水之涘。溯洄从之,道阻且右。溯游从之,宛在水中沚。"《鄘风·桑中》歌唱道:"爰采唐矣?沬之乡矣。云谁之思?美孟姜矣。期我乎桑中,要我乎上宫,送我乎淇之上矣。爰采麦矣?沬之北矣。云谁之思?美孟弋矣。期我乎桑中,要我乎上宫,送我乎淇之上矣。爰采葑矣?沬之东矣。云谁之思?美孟庸矣。期我乎桑中,要我乎上宫,送我乎淇之上矣。"这里的爱与情,都与性联系在一起。或曰,这是宗教文化生活的影响,春天也好,秋天也好,男女相会,总要选择祭祀神灵的背景下,合情合理地实现幽会。春天是播种的季节,秋天是收获的季节,也自然是男女相会的季节,把个人的狂欢纳入天地的狂欢,性崇拜及其所包含的生殖崇拜、生命崇拜,就不仅仅属于个人的行为。此"桑",应该是桑间濮上,是高禖之祭的体现。如《周礼·地官·媒氏》所记述:"仲春之月,令会男女,于是时也,奔者不禁。若无故而不用令者,罚之。"其中的"令会男女"就是集体无意识的宗教文化生活。

在生殖崇拜的物象选择中,与女性形体相似的动物或植物得到青睐,其原因在于,一方面生殖力旺盛意义的借用,如相似巫术的道理,影响人丁兴旺,另一方面则意味着女性裸体的审美关照。人们按照自己的意志和审美选择自己信仰的对象,形成宗教文化生活中的意象指向,如鱼和莲花,既有鱼和莲蓬多子的寓意,又有其形体性感、色彩鲜艳的体现。自然,威风凛凛的将军形象,是用来辟邪的。这种体现方式常常是不自觉的行为,其审美意识存在于宗教文化生活之中,在天津杨柳青和江苏苏州桃花坞等地的木版年画中,应该是信仰的意义在前,审美的意义在其次;同样的图画,在年节的显示与在日常的显示,意义明显不同。

人们也注意到,《诗经》里的植物所表现的生殖崇拜,如瓠子和荇菜等植物与女性的体能和性情特征有关。包括鹿、羊、鹤等动物,其形体的矫健、优美,包括玉环等玉文化的审美外形对女性形体的审美体现,都应该包含着性感的审美。生殖崇拜所表达的不仅仅是多子的愿望,而且有符合人审美的意愿,即人按照自己的愿望和审美方式塑造了新的自我,是对其自身的生命与力量的延续,也是对其自身信仰与情感意志的设定。这种现象影响到中国传统文化的审美表现机制,随着社会文化的发展变化,性与信仰的意义越来越淡化,而审美的意义越来越突出。而且,人们常常忽略了一种现象,在生殖崇拜中,老鼠受到特殊的礼遇,正是因为老鼠繁殖力非常旺盛,被人恐惧,也被人向往。应该说,正是这种原因,十二生肖才把老鼠放在第一位。十二生肖同样包含着生殖崇拜的审美表现,各个属相被赋予的性格、体能,在原始文明与宗教文化生活中都能找到其源头。或许,这种意义影响到木版年画中的老鼠形象,老鼠嫁女的背后,就在于老鼠危害人们的生活,而且层出不穷;这里的题材选择既有对老鼠的恐惧,形成辟邪的效果,又何尝不包括对老鼠繁殖力旺盛的惊羡!

自然,生殖崇拜衍生的不仅仅是人口的数量观念,还有人口的质量,在木版年画中,形成一种独特的母性形象,诸如《三娘教子》《许状元祭塔》《精忠报国》《杨家将女英雄》等,相夫教子、教子成才与舍生取义、舍身救国等品格被放大。与此同时,父亲的角色则淡化,尽管也有《五子登科》《福禄寿》《文王百子》等体现社会理想的图画,更多的是社会化的生活观念表达。

第四节　英雄崇拜与灵魂崇拜问题

原始文明的宗教文化生活中,英雄崇拜和灵魂崇拜都具有祈福禳灾的重要意义。

英雄崇拜在原始文明宗教文化生活中具有重要影响。所谓英雄,在不同的时期有不同的概念,不同民族有不同的英雄与英雄群体。英雄的出现是有条件的,常常伴随巨大的灾难,诸如战争、瘟疫、洪水、干旱等紧要关头,有人舍生取义,敢于牺牲,敢于献身,用自己的生命或非凡的智慧拯救集体,获得崇高的声誉。从时间阶段上划分,神话传说中出现的突出人物,不论成败,不论命运如何,都可以看作英雄。盘古是开天辟地的英雄,女娲是造就人类、炼石补天的英雄,伏羲是开创文明的英雄,神农氏是开创农耕的英雄,炎帝黄帝是统一天下的英雄,仓颉和嫘祖是发明创造的英雄,大禹等人是治水的英雄,而蚩尤、共工、刑天、夸父、精卫、后羿等,是抗争的英雄。每一个英雄都具有鲜明的个性,都具有非凡的成就或业绩,在神话的文化叙说中被神圣化,形成普天下的道义和力量的象征。他们的文化形象在神圣叙说中定格,成为神坛领袖。如开天辟地的盘古等大神们,成为民族精神的化身,受到海内外华人的尊崇,享受祭祖的香火,而夸父作为追日的英雄,成为大自然探索者、挑战者的典型,被敬奉为河南西部山区的山神。神话战争只有过程,没有是非,没有结果,是因为群神被无利益化叙说,超越了眼前的社会生活。他们在神话叙说中越来越超然,被赋予越来越丰富而鲜明的国家意志与民族精神,成为文化的元典。

英雄崇拜的实质在于特殊的灵魂崇拜,以超乎自然与现实的崇高、悲壮、神圣,感化自我,提升自我。在岩画和青铜器中,英雄同样存在,虽然没有姓名的标记。其中的偶像,诸如奇特的神人、神兽、神鸟、神鱼、神树和神秘的花纹与符号等,都具有英雄的特征。这里的英雄崇拜具有神话化的意义,主要是避邪,用超越自然与现实的力量,守护生命的安全。这里的英雄神既有形象化的表达,又有物化的体现,而更多出现在宗教文化生活中。

随着私有财富的积聚增多,氏族公社瓦解,私有财产在社会政治体制中居于主导地位,英雄的形象越来越局限于利益集团等群体的叙说,从战争和政治斗争中出现的妇好、晏子、毛遂、孙膑、荆轲、项羽、韩信,到关羽、秦琼、罗成、薛丁山、杨家将、岳飞、文天祥、林则徐等,被历史化,形成越来越多的意识形态话语。张衡发明地动仪、浑天仪,蔡伦造纸,张骞出使西域,苏武牧羊,玄奘西游,郑和下西洋等,虽然具有全球化语境中的人类意识,却被相对弱化,屈原、王羲之、李白、杜甫、苏轼等文学艺术家,在文脉中被神圣化、传奇化,也常常处于时代的边缘。中国文化传统强调对朝代更替话语的关注,人们更热衷于政治话语的叙说。同样,从夏桀王、殷纣王到周幽王,到苏秦、张仪、李斯、秦始皇、刘邦、曹操、李世民、朱元璋等历史人物,以及陈胜、吴广、黄巾军、黄巢、宋江、方腊、李自成、洪秀全、义和团等,形成文化叙说的复杂化表达,或者是俊杰,或者是恶魔,更多是作为恶魔的俊杰出现,被叙说;又如蔡京、严嵩等人,本来具有杰出的才能,却由于道德品格的分裂,被矮化。当然,历史评价具有时代认同与选择的多样性。宗教文化生活的选择越来越远离政治,超越历史的阶段性,形成新的神话叙说。如木版年画中选择的门神,关羽就不仅仅属于三国时期,秦琼和敬德就不仅仅属于唐朝,岳飞和杨家将也不仅仅属于宋代,一切都被神话化,在神话主义的世界形成位移和重塑。而这些现象,都从原始文明的宗教文化生活中生发,是守护神的形象。诚然,宗教文化是信仰被格式化的文化生活。

人是生命的复合体,既有自然的属性,又有社会文化的属性。作为自然的属性,受到饥饿、病苦和各种自然灾害的威胁,所以出现恐惧等心态,需要心理安慰,需要物外的保护,产生原始宗教的灵魂崇拜。作为社会文化的属性,人保持自身的发展,不断提出新的诉求,日益增长新的精神文化,因而从自身出发,不断拓展自己的认知空间和表达空间——灵魂不断发生聚合与裂变,宗教文化生活以此为基础,曾经不断发展壮大,曾经非常丰富。

灵魂崇拜是以原始文明为背景的宗教文化生活中最突出的现象。万物有灵,是原始文明中存在的普遍现象。灵魂的多样性,是灵魂崇拜非常重要的形式。灵魂是体魄之外的生命形态,或超乎自然与现实的精神表现,是巫术思维的表现,也是一种特殊的意志、感情和品格,在社会现实生活中指事物存在和发展变化的核心。

灵魂是一个历史文化的命题,也是一个精神现象。古希腊、古埃及、古印度等古代文明都有灵魂崇拜,许多民族相信有来世,诸如各种灵物,以及木乃伊和各种陵墓、塔、神阙、教堂等,灵魂崇拜的形式多种多样。在中国,这个概念在先秦文献中就已经出现,如《楚辞·九章·哀郢》歌唱:"心绦结而不解兮,思蹇产而不释。将运舟而下浮兮,上洞庭而下江。去终古之所居兮,今逍遥而来东。羌灵魂之欲归兮,何须臾而忘反!"诗歌中的意象是神话化的世界,寄托着诗人的灵魂。通神与通灵,成为中国诗歌的重要传统。作为一种文化现象,灵魂在原始文明中的表现与人的生死有关,诸如岩画和青铜器中的各种图像造型,其实就是灵魂的记录。原始初民和殷商文化重视占卜,即凡事须问鬼神,就是灵魂崇拜的重要表现。更不用说各种社稷崇拜,以及各种祠堂、神庙、纪念碑等,都有灵魂崇拜的意义。中国古代论述灵魂的文献有许多,如《礼记·礼运》中记述:"人者,其天地之德,阴阳之交,鬼神之会,五行之秀气也。故天秉阳,垂日星;地秉阴,窍于山川。播五行于四时,和而后月生也。"意在强调灵魂是人的精神、意志和信念的表达。系统揭示灵魂崇拜在人类文明中的重要作用的,应是英国人类学家爱德华·泰勒,他在《原始文化》中论述道:"我们看来没有生命的物象,例如,河流、石头、树木、武器等等,蒙昧人却认为是活生生的有理智的生物,他们跟它们谈话,崇拜它们,甚至由于它们所作的恶而惩罚它们。"他又说:"每一块土地、每一座山岳、每一面峭壁、每一条河流、每一条小溪、每一眼源泉、每一棵树木以及世上的一切,其中都容有特殊的精灵。"对此,他论述道:

"人如此经常地把人的形象、人的情欲、人的本质妄加到自己的神的身上，因而我们能够称它为与人同性同形之神，与人同感同欲之神，最终是与人同体之神。"[1] 在他看来，原始文明是文化进化和发展的重要起源，野蛮人的标志就是妄想与自然的对话，灵魂崇拜就是人与自然的同体，是原始文明的核心内容。

万物有灵其实只是灵魂崇拜的一种形式，万物之外，还有许多灵魂的存在。人们看得见的物体具有神性，具有灵魂，而看不见的世界中，灵魂仍然存在，而且具有多样性。多维视角中的灵魂，既有不同的形状，又有不同的性能，相互之间具有不同的联系。当然，这一切都围绕着人的主体而发生，诸如梦幻、感应、巫术等现象。尤其是巫术崇拜，其发生基础就是对灵魂的信仰，没有对灵魂的信仰，就不会形成巫术。巫术的类型同样有多种，被人概括为相似巫术和接触巫术，其实不仅仅这些，还有巫术文化、巫术生活、巫术艺术、巫术建筑、巫术制度、巫术法则等，但是，无一例外，巫术崇拜起源于对灵魂的信仰。年画影响人的生活，影响人的情感，体现人的信仰和审美，都是通过灵魂崇拜的方式所形成的。随着时代的变化，年画所表达的审美成分越来越突出，但是隐藏其中的仍然有灵魂崇拜的成分。自然，这种成分与宗教文化生活联系在一起，既有原始文明的宗教文化生活，又受到后世产生的道教、佛教等宗教文化生活的影响。而且，从某种意义上讲，年的信仰，包括年画的传承，在不同的受众中受到宗教文化生活的影响程度不同，总是具有宗教文化的色彩。今天的文化是从历史文化中继承和发展出来的，宗教文化的形式多种多样，融入历史文化之中，必然影响到今天，只是影响的形式、内容和程度不同。

灵魂崇拜的形式主要表现在人与灵魂的沟通，人对灵魂的信仰崇拜需要借助某种仪式来完成，一方面人认为灵魂与现实世界的人一样，不应该总

---

[1] 爱德华·泰勒著，连树声译：《原始文化》，广西师范大学出版社2005年版，第390、519、599页。

是飘荡,所以要为灵魂安个家,让灵魂得到居所的稳定;另一方面,人以为可以与灵魂对话,可以沟通,能够向灵魂表达敬意或关注,表达某种愿望和诉求。其中,招魂是灵魂崇拜的典型形式。长期以来,人们对于招魂的理解,更多倾向于宗教的法术,这未免过于狭隘,因为招魂具有宗教的法术意义,但并不仅仅限于法术,而是文化的本能。在原始文明中,就存在着对灵魂的呼唤,人们以为在现实世界之外,还存在着与人一样具有生命力的世界,而且,能够影响人世间的生活。人世间的各种缺憾,在原始初民的眼中,正是灵魂的缺失,所以需要让灵魂回归本位。从岩画到年画,所有的图像,都因为对灵魂的信仰,被赋予呼唤生命力的文化指示意义,而具有招魂的色彩。因此,年画就形成一系列的吉祥图案,所以,年画又被称为"年花"。年画的传承是文化选择与认同的结果,审美的成分无论多么突出,都不应该忽略信仰的实际存在。或者说,审美受信仰影响,离不开信仰。

第五节　宗教文化与原始宗教一脉相承

中国民间文艺与宗教生活息息相关,而其源头应该与原始宗教一脉相承。

原始宗教在各个民族的文化生活中都有,它是原始文明的重要表现,既有巫术崇拜、灵魂崇拜等信仰崇拜,也有审美的存在。作为审美的表现,其图像形式多种多样,有人物形状,有鸟兽鱼虫的形象,有树木、花草,有山水和云霞等风景,更有许许多多的花纹与抽象的符号,与一定的寓意和仪式,成为连接人与天地神灵的使者和纽带。自然,在审美表现中,人是文化的主体,原始初民按照人自己创造了属于人的这一切,意在使人得到更有力更持久更美好的发展。这种审美活动与审美方式常常是集体性的,是不自觉的,是无意识的,其形成与发展以灵魂崇拜为重要基础,形成宗教文化生活。

原始文明的宗教文化生活影响了氏族社会之后的宗教文化生活,在中

第四章 民间文艺中的神话与原始思维

国社会历史文化的发展中,道教是最早的宗教文化生活形式。道教作为宗教,具体形成于东汉时期,以张陵创立的"五斗米道"和张角创立的"太平道"为标志,形成相对完整的宗教思想、宗教文化、宗教仪式和宗教生活。其社会基础在于民间,利用民众对天地鬼神的信仰,运用符箓咒水等形式,为民众治除病痛,避邪驱鬼,得到底层民众的支持和响应。其中,道教文化合理吸收了道家文化的思想,对老子、庄子等人的思想文化理论进行借用和改造,日益壮大。原始道教与道教文化有十分密切的联系,二者之间形成再造和转化。从原始宗教到战国时期的神仙方术,原始神话被巫术利用、改造为宗教生活的极端化,形成以长生不老为主体的神仙崇拜,把得道成仙作为非常重要的人生目标。道教形成和发展的初期,神仙方术得到更进一步的极端化改造,逐渐形成两个重要的派别,一派炼丹,如《周易参同契》,将易学、黄老、火候三者参合,总结历史上的养生炼丹术,强调内修和养生,达到生命的最高值;一派借助于符箓咒语等形式,如《太平经》,提出建设气化天地、天人合一、天道承负、乐生好善的"太平世道",强调对鬼神的沟通,祛除邪恶。后者将符箓咒语等渐渐演化为画图,利用图像和各种符号在人与神仙之间沟通、交往与呼应。两派道教之间也相互影响、共同发展,不断被改造,甚至形成反抗官府、相互救济的民众运动。从原始宗教的人神相通、天地共主等巫术信仰,其逐渐融入浓郁的社会政治思想,出现了"苍天已死,黄天当立""均平"社会的黄巾军,以及"义舍天下""置义米肉""行路者量腹取足"的"五斗米道"等道教力量。这种思想文化主张代表了广大民众的声音,严重威胁到统治者的利益,此后的道教发展也因此受到社会政治力量的打击和压抑,葛洪、陶弘景、寇谦之割舍了道教文化中的"均平"等社会政治思想,逐渐回流于内修为主的养生之道。同时,道教形成分流,一部分在民间社会传承,形成以巫术和法事等内容为主的民间信仰;一部分驻守道观,以道教徒为主体,修行身心。值得注意的是,道教文化始终把神仙与长生作为宗教文化生活的主题,把生命的形态与神仙世界、巫术世界等信仰

先秦定鼎：中国文化的醒目"路标"

融合在一起，强调阴阳，强调"巫觋杂语"和"符水咒说"，在事实上继承和发展了原始宗教，是对以原始文化为主体的宗教文化生活的发展。当佛教文化传入，并兴旺起来的时候，受佛教文化关于佛国净土等信仰的影响，其形成一种对应的文化策略，撰造了与中国古典神话世界相通的天宫神仙世界，塑造了"玉清元始天尊、上清灵宝天尊、太清道德天尊"等新的神仙体系，三清、四御、各路星君和黄帝、老子、三茅等形形色色的道教神粉墨登场。尤其是唐朝，在社会政治上，尊老子为祖先，奉道教为国教，道教文化达到历史发展的鼎盛时期。民间社会崇拜玉皇大帝，崇拜王母娘娘、碧霞元君、九天玄女、妈祖娘娘，崇拜龙王，崇拜雷公电母，崇拜文昌帝君，崇拜真武大帝，崇拜关圣帝君，崇拜五路财神，崇拜灶王，崇拜城隍，崇拜土地神，崇拜山神、水神、井神、河神、路神，崇拜八仙，崇拜鲁班等能工巧匠，崇拜各路神灵，一个庞大的民间社会道教神系，赫然列于中国传统文化的圣殿。可以说，中国传统春节的各种仪式，大多起源于道教文化的多神信仰。春节的道教色彩浓郁，在于其源自原始文明。自然，中国传统木版年画无论是作为文化艺术的表现形式，还是其图画表现的内容，都与道教文化密不可分。

其次是佛教文化对中国木版年画产生影响。

一般人认为，佛教产生于公元前 10 世纪，形成于中国南部的古印度，其创始人是迦毗罗卫国（今尼泊尔境内）王子乔达摩·悉达多。佛的概念为梵语 Amitabha Buddha 的音译，即"佛陀（浮屠）"。佛的本意为"无量光觉者"，"觉者"即圆满的智慧、究竟的觉悟，其又称如来、世尊、应供、善逝、世间解、无上士、天人师、正遍知、明行足、调御丈夫等。佛承认人世间有命运的存在，希望人开创命运，而且命运因为行慈悲、培福德、修忏悔能够得到改变。佛教在发展中形成不同的派别，如上座部和大众部，其中的南传佛教上座部诸派与汉传佛教、藏传佛教等对中国文化有重要影响。东汉永平年间，大月氏僧迦叶摩腾和印度僧人竺法兰等著名僧人来到中国洛阳，建立白马寺，成为中国佛教文化开端的重要标志。佛教在传入中国的过程中，经历许多重大事件,在魏晋南北朝时期和隋唐时期形成文化高峰,形成禅宗、天台宗、华严宗等文化流派,深入影响到中国文化的发展。如南北朝以来,佛教徒大力宣传佛教文化,对佛教经典进行合理演绎和倡导,将佛经故事和义理化用为图像展示和口头演唱等形式,影响民间社会,对变文、宝卷、弹词、鼓词和戏曲等艺术的发展具有重要的推动作用。又如,佛教文化影响中国传统节日,每年的农历四月十五到七月十五实行结夏安居,举办"佛欢喜日",众僧自恣,忏悔,形成中国人祭祖追思的盂兰盆法会和目连救母等传说故事。其他如腊八节、浴佛节等,丰富了中国传统文化,吃斋念佛成为中国社会向善人生的传统。许多学者强调中国印刷术起源与佛教有密切联系。隋唐时期我国已经出现佛经、日历和诗集等雕版印刷品,如《金刚经》等佛教文化典籍,作为最早发现的雕版印刷品,备受关注。20世纪以来,许多地方发现唐代雕版印刷的实物,如1906年在新疆吐鲁番发现唐代印刷品《妙法莲花经》,1944年在四川成都市东门外望江楼附近的唐墓出土唐代印刷品梵文《陀罗尼经咒》,更不用说敦煌文物中发现曹元忠组织工匠刻印的许多佛像佛经,如《观世音菩萨像》《大圣天王像》《大圣文殊师利菩萨像》等。最值得注意的是1967年8月,陕西沣西西安造纸网厂出土唐印本梵文《陀罗尼经咒》[1],画面上有祥云,有活动的人物,有莲花、花蕾、法器、手印和星座等图案,有淡墨,有彩绘,与后世木版年画有许多近似处,其雕版印制的时间应当更早。唐代社会寺院文化的图像雕版已经非常普及,如历书、佛经、佛像和韵书等,被民间社会广泛接受,其客观上影响到民众对历书,应该还包括年画等宗教文化生活的兴盛。再者,应该注意的是佛教文化中的水陆画,总是被历代开国帝王追荐忠臣烈士与死难民众,抚慰民心,稳定社会。作为我国古代寺院举行水陆法会时悬挂的一种宗教图画,唐代社会已经流行,主要有轴画、壁画、雕塑等形式。明清时期,水陆画与水陆法会达到兴盛

---

[1] 安家瑶、冯孝堂:《西安沣西出土的唐印本梵文陀罗尼经咒》,《考古》1998年第5期。

的顶峰,这一时期木版年画也达到兴盛的高峰,二者之间应该有关系。水陆画的装裱突出彩绘,画轴镶边有上堂与下堂,装饰黄绫与红绫,图像人物呈现各种动作,具有故事情节。其表现内容不限于佛教,而是儒释道三教中各色人物混杂,诸佛菩萨、玉皇大帝、孔圣老庄等共处一堂,有鲜花,有瑞兽,有三清四御、六曹四司、五岳大帝、十二真君、三十六天将、二十八宿,有山神、水神、风雨雷电诸神,有帝王、名臣、太子、后妃、名将、英雄、烈女和祖师、天王、力士、夜叉、飞天、护法诸天等,熙熙攘攘。水陆法会中水陆画的画面布局与木版年画有许多相同之处,其实就是后世木版年画中《万仙阁》《众仙图》等神仙画的起源,其融宗教文化与世俗生活为一体的信仰方式与审美表现,表明其与木版年画有密切联系。

总之,中国民间文艺的典型——年画,其实质在于迎神。如此,年画中的每一个画面、每一个符号,都具有巫术的意义,都成为宗教文化生活的一部分。

文化需要传承,需要传播,有继承,有选择,一切都在运动之中。年画是中国传统文化的重要表现形式,与岩画艺术、青铜文明和画像石等文化形式具有密切的联系,与各种宗教文化生活有着更直接的联系。其宗教文化生活的表现意义更明显,其审美以信仰为起点。年画中的景象,有各种自然物,如各种美丽的鲜花、甜蜜的瓜果、俊俏的鸟儿、鲜亮的鱼虾,牛羊成群,猪肥牛壮,五谷丰登,金鸡高唱,以及金银玛瑙等各种宝物,被赋予鲜活的生命力,闪放出光泽。这些自然物在年节这个特殊时间段,以图画的形式出现在人们的视野中,都是对大自然的赞颂,是对生活美好前景的憧憬与期待,年画因此充满生机,成为吉祥物。吉祥物区别于现实生活中生活用品的关键,就在于吉祥物具有灵魂崇拜等信仰的意义,能够使平凡转换为非凡,形成文化转换,转换为美好的生活愿望。年画展示自然物的同时,还表现历史,展望未来,对历史上的著名人物、著名事件进行重新叙说,对生活的前途进行勾画，也有对当世发生的重大事件进行描绘。而这一切，都包含着神话化的审美过滤，其文化基础在于无意识的灵魂崇拜。所以，许多地方的年画可以表现各种历史人物与历史传说故事，诸如《渭水垂钓》《重耳走国》《荆轲刺秦王》和《孟母三迁》《岳母刺字》《昭君出塞》等生活事件，诸如《黄河阵》《长坂坡》《古城会》《南唐关》《破洪州》等战争场面，诸如《捉拿一枝花》《盗马窦尔敦》《狄青招亲》《武松打虎》《李存孝打虎》等历史传奇，通过对既往历史的回顾，形成思想的狂欢，在情感的宣泄中实现审美的愉悦。其中，年画中的神仙文化更为特殊，一方面它是历史的，借历史之名，述说现实与未来，如《牛郎织女》《孟姜女》《梁山伯与祝英台》《白蛇传》和《云台山》等，表现人神之恋、人神之交，述说人在世间的喜悦与忧愁；一方面它是超越自然与现实的，如《西王母蟠桃会》《二郎担山赶太阳》《八仙过海》等，表现人对生命的遐想。其他如《陶朱公》《沈万三》等财富传说，《农事图》《耕织图》和《牛耕图》等图画中刻录的民间歌谣与谚语，《闹新春》《闹元宵》《渔樵乐》等风俗画卷，都是以年的信仰为中心，表达对生活的期待、对吉祥的理解，融入以社会风俗与生活为表象的宗教文化生活，从而形成生活的美学。

第五章
石头上的故事

在中国民间文艺传承中,年画与画像石的联系非常密切——它们都是立像以言意。

画像石在汉代之前就已经出现,它的集中出现主要是汉代社会厚葬风俗的产物。它是视死如生的艺术,属于另一个世界,有最早的门神,是灵魂世界享用的年画。它从艺术形式、叙说方式、主题内容与表现题材等方面,对后世年画都具有重要的影响。

较早涉及画像石的是宋代学者欧阳询与赵明诚,民国时期张伯英等人对徐州等地汉画像石的收藏,掀起画像石被现代学者所关注与研究的热潮。鲁迅等学者也曾经对画像石表现出热情,常任侠等学者曾经对汉画像石的图案进行过深入研究,而真正把画像石作为学科进行研究应该是伴随着新中国考古学的发展而兴起的。

这里的汉画像是一个广义的概念,既有汉墓中石质的画象石、画碑、画像砖等画像,又有祭祀神灵的碑阙等广场文化。

汉代社会是一个神权复苏、兴盛的阶段,画像石体现了当时人们的信仰观念。

汉画像出现的第一个阶段应该在西汉社会的中期,即汉武帝、汉昭帝、汉宣帝三个时期。这一时期的画像石以南阳卧龙岗赵寨画像石为典型,以建筑画像为主,占据画像面积的一半。其中的一座汉墓画像石有楼阁、门阙,八扇门刻有楼阁图案,五根柱刻有门阙图案,楼阁大门处刻有铺首衔环图案,楼阁上部有双层望楼,脊顶处站立有凤鸟,楼阁下部有菱形穿环图案。

其次是画像石的发展时期,从元帝、成帝、哀帝、平帝等阶段到王莽新朝,以河南南阳、江苏徐州、山东鲁南地区画像石为典型,题材较为丰富。如河南南阳杨官寺汉画石,中柱的正面,和两侧柱的内侧面,以及门楣石正面,分别雕刻建筑图画、人物画像、鸟兽图案、几何图形等。其中的画像石有社会现实生活场景,与"水""火""日""月"等画像。又如河南唐河针织厂画像石,盖顶石刻有骑马画像,中柱刻有菱形穿环图案与菱形图案,两侧柱刻有门吏画像和十字穿环画像,四扇门扉图案更丰富,刻有白虎、朱雀铺首衔环等画像。墓主有南北墓室,南部的顶部刻有月宫、蟾蜍、星宿等画像。北部的顶部刻有白虎、青龙、朱雀、玄武等方位神,以及三足乌、鱼与长虹等图案。其中的建筑图案与几何图形占据多数,白虎或朱雀铺首衔环非常突出,出现了人物故事图案,出现山水、人与兽、神兽等图案。这与后世木版年画中的花鸟画、人物画、风俗画等表现内容,具有相同的文化观念,体现出独特的信仰崇拜。

画像石的第三个阶段是兴盛时期,集中在汉光武帝、汉明帝、汉章帝到汉安帝等阶段。

这一时期许多地方都有画像石,题材和形式越来越多样化,也越来越格式化。伴随着汉墓的大规模出现,各种各样的画像石在汉墓的各个地方以不同形式表现出来,既有神话传说故事与历史人物的图案,又有各种动物与花草树木等装饰性图案,更不用说日月星辰与铺首之类的图案。画像石的题材与形式越来越规范化,如门扉正面一般是白虎铺首衔环画像,具有避邪的意义,这应该看作最早的门神画,所不同的是画像石强调生命与灵魂的寂静不受打扰,而后世年画表现出热烈与狂欢。墓的门楣同样具有门神的意义,其正面多刻逐疫辟邪、祥瑞升仙等画像。墓门的立柱是墓门的一部分,其正面多为门吏画像,在门吏周围装饰许多吉祥物,特别是朱雀、熊、仙鹤、多头神鸟等瑞兽。画像石是天国的圣经，意在让墓主享受到无忧无虑的自由、幸福与快乐，而理想的生活就是神仙世界，所以，在主室内，在四壁与石柱等位置，大量刻画着神仙世界的生活场面，多为伏羲、女娲等神话传说画像，或者伏羲女娲合像，显示不同的寓意：有手执规与矩，象征他们规划天地；有尾部相交，象征他们生育人类，是人类的祖先；有相拥而立，象征他们正人伦，制定人间礼仪。而这些内容，正是后世木版年画天地神灵图像的原型，其前身应该是岩画中出现的人面像，供人瞻仰。也有西王母的画像，同样表达出天国的富丽堂皇，表现出对自由、幸福和快乐的向往与追求。画像石出现大量百戏图像、酒宴图像，刻画车马出行、歌舞宴乐、战争、狩猎、迎宾、农耕、采桑、庖厨与神人怪兽等生活图像，歌舞升平的景象显示出社会现实的时尚。

第四个时期是画像石的衰落期，出现在桓帝、灵帝、少帝、献帝等阶段。进入魏晋时期之后，画像石越来越凋零，代之而起的是石窟。石窟画像与岩画、青铜文明和画像石对文化与信仰的传承，应该是一脉相承的，从山野间的石壁，到庙堂间的祭祀器具，再到灵魂寄居的墓室，重回到阳光下的土地，每一次转换都意味着文化的转型。

这个时期由于社会文化发展出现新的诉求，画像石随着汉墓的形制变化而呈现出衰落，画像石在所表现的内容上也发生相应的变化。最重要的原因是社会政治的黑暗和腐败，外戚专权，整个社会乌烟瘴气，军阀混战，天灾人祸并行，加剧人民的痛苦与贫穷。汉墓的结构发生变化，墓门的封闭式代替敞开式，墓室越来越简陋，画像石的数量明显减少，画像石所表现的内容越来越单调，题材出现简单重复，图案上的人物形象越来越失去生动，刻画较为粗糙。与之前相比，这一时期画像石表现题材简单化越来越明显，如几何图案越来越多，龙的形象越来越突出，骑龙升天、二龙穿壁、二龙交尾等画像越来越盛行，同时，画像石出现越来越多的仙人，频繁出现蟾蜍、莲花、莲子等图画，表现出典型的财富观念与人生观念。与之前一样的是，墓门仍然多白虎铺首衔环等画像。

在地域分布上,画像石集中在山东、河南、陕西和江苏、四川等地。

第一节　画像石的分布

一、山东画像石

山东画像石主要有沂南画像石、嘉祥武氏祠画像石、济南孝堂山郭氏祠画像石、诸城汉墓画像石、济宁两城山画像石、平阴实验中学画像石、邹城卧虎山画像石等,富有浓郁的生活气息。如沂南画像石《百戏图》,将不同的百戏集于同一个画面,表现出众人的狂欢。诸城画像石《庖厨图》,表现烹调生活,融入捕猎、打鱼、宰杀猪鸭和辘轳打水等活动,具有风俗志的意义。在灵魂信仰的世界中,这些画像石就是墓主永远的年画。

沂南画像的石墓门画像有四幅:横额刻有《攻战图》,有战争场面,战车、骏马、武士等形象,表明墓主可能是一个生前为国家立下赫赫战功的将军,其死后得到国家的奖励,用图画作为对其功勋的纪念和颂扬。值得注意的是,画像石出现一群深目高鼻、短衣、戴盔的武士,这应当是中原地区之外的胡人。墓门横额下有三根立柱,刻画有神话传说中的伏羲、女娲、东王公、西王母等神仙,以及奇珍异兽的图像。这一部分应该是对墓主灵魂的祝福,希望他得到神仙的佑护,得到富贵的生活。

沂南画像的石墓前室画像刻有富丽堂皇的神仙人物与神仙世界的各种祥瑞,有青龙、白虎、朱雀、玄武、凤鸟和羽人,表现出对神仙世界的向往。南壁图两侧还有轺车,显示出墓主身份的高贵。画像的主题在于祭祀,各色人物立定,排列有序,面向祠堂,在领祭人的指挥下,或鞠躬行礼,或拜伏于地;庭前摆放着各种祭品。与之相对的是,西壁图中有主祭者在诵读祝文。

沂南画像的核心似乎在石墓的中室。其画像有神话传说中的圣人故事,如仓颉造字,有历史上著名的贤人典故,如周公辅佐成王执政、孔子问礼于老子、蔺相如完璧归赵、苏武牧羊、管仲治国，也有历史上影响国家命运重大事件的记述，如齐桓公宠爱卫姬、晋灵公加害赵盾等，似乎在从另一个方面述说墓主人一生的贡献。墓室四壁的横额上，是对墓主灵魂到达天国景象的述说，表达祝福。如《出行图》表现出贵族出行的礼仪，所刻画的人物有车马和仆从，在一处宅第前，停着轺车与各种仪仗，仆人恭恭敬敬，拜伏在地，等候主人。《仓廪图》显现出对墓主人衣食无忧的祝愿，在画面上的粮仓前，有停放的牛车，表明装运粮食，一旁有仆人忙忙碌碌，往口袋里面装送粮食，一旁又有监工，席地而坐，打量着仆人。《庖厨图》应该是表明希望墓主人的灵魂享受到珍味美食，画像石叙说着抬猪、宰牛、杀羊与厨房做菜、烧火等景象。《百戏图》则表达了对墓主人精神生活的设置，是对社会现实中动人的艺术移植于墓主灵魂世界的安排，画像石有奏乐、击鼓等演奏乐器的活动，又有载竿、戏车、飞剑、跳丸、盘舞、马术等杂技演出，以戏竿、伐鼓、乐队和戏车为中心，以飞剑、跳丸、七盘舞、走绳等动作为衬托，伴有小队奏乐，有送酒浆的仆从穿插其间。这应当是从另一个方面记述了当世艺术形态。

沂南画像中的后室画像当是寝室的壁画，是对墓主人生活的补充安排，有侍女捧奁、送馔，有仆人侍奉涤器、备马等场景，应当是当世主仆关系与风俗的记录。在世俗的目光中，使用仆人就是高贵的标志。

嘉祥武氏祠中著名的"武梁祠画像"，曾见诸欧阳修《集古录》等文献，画像石有159种，429张，是我国规模最大、保存最完整的汉画像石群。其主体有四个部分，包括武梁祠、武荣氏、武斑氏和武开明祠。其保存神话传说人物有伏羲、女娲、西王母、东王公与雷公电母、北斗星君，以及众仙出行等内容，也有周公辅佐成王、文王十子、管仲射钩和二桃杀三士等历史传说，包括孔子问礼于老子、孔门弟子，以及赵宣子、荆轲、邢渠等的传说故事。

武梁祠分东西两阙，有六幅刻石，有"武梁祠画像"三幅，有"祥瑞图"两幅，有"武家林"断石柱一幅。武梁祠东壁、西壁、中壁的上部，皆有画像石，集中描绘40多则神话传说故事、历史传说与生活故事，如创制文明的伏羲，与夏商等时代的帝王，有历史上著名的英雄，如蔺相如、专诸、荆轲等忠臣义士，也有单衣顺母的闵子骞、奉养二亲的老莱子、刻木奉母的丁兰、割鼻守节的梁高行等以孝义闻名的传说人物。武梁祠东壁、西壁、中壁下部，有车马出行、家居、庖厨等生活画像。东西壁的山尖，刻画东王公与西王母相会的神话传说故事，有黄龙、比翼鸟、比肩兽和神鼎相伴。武梁祠"前石室画像"有十二幅石刻，"后石室画像"有两幅石刻，其中有"孔子问礼于老子"画像石。这些神话传说故事与沂南画像中的表现意义有许多相同之处，都表现为对墓主灵魂的祝福。

济南长清孝堂山郭氏祠画像石主要保存在墓室前石祠内壁，该祠传说是东汉时期著名的孝子郭巨为其母亲所建享祠。祠有北、东、西三面石壁与中央石柱三角形石梁，画像石就刻写在这里。

其北壁有上下两层，上层有吹箫人、击鼓人，有鼓乐车，有马和马车，以及肩荷长戈、背负弓箭筒的骑士；下层刻画有宫殿、石阙等建筑，以及建筑上的珍禽异兽。

其东壁画像分为许多层，分别刻绘有蛇身人首而手持神矩的伏羲、手持弓箭的东王公、乘车击鼓的雷神等神话传说中的人物，有周公辅佐成王等历史传说，有狩猎场面，有轺车，有乘马人、乘象人、骑骆驼人、步行持戟人、持弓人、持笏人，有庖厨图、舞乐图与弄丸、戴竿等杂技百戏图画。其中庖厨图有杀猪、井中取水等景象。

其西壁也有多层，其中有蛇身人首手持神规的女娲，有雍容华贵的西王母，有人身兔首者，有贯胸国人，展现出神话传说的扑朔迷离。值得注意的是其中有战马驰骋、万箭齐发的战争场面，有兵败献俘的场面，出现骑兵、胡王、随从、汉王、侍者、大臣等不同身份的人物，有头戴高冠、深目高鼻的胡人。

中央石梁上刻画《捞鼎图》，应该是《泗水捞鼎》故事，画面有人从桥上堕于水中，正在打捞，其上方出现霓虹和神人，其底面是日（赤乌）、月（蟾蜍)、织女、牵牛和北斗等星象。故事对应司马迁《史记·秦始皇本纪》所记："始皇还,过彭城,斋戒祷祠,欲出周鼎泗水。使千人没水求之,弗得。"[1] 尤其是连理树和比翼鸟,非常醒目。

平阴实验中学画像石与武梁祠画像石有许多相同处,也有神话传说故事中的伏羲女娲规划天地,有玉兔捣药,也有历史传说中的孔子与老子,有狩猎场面,有抚琴、杂技等表演,更值得关注的是其中所表现的胡汉战争。战争中的汉兵一方,使用长戟、剑盾、弓箭等武器,穿戴铠甲、戎冠;胡兵一方使用弓箭,着武士服,头戴尖顶帽。双方对峙,手持兵器和盾牌,后随鹿车等器械。画面上出现胡兵倒在地上的场景,其首级被砍掉,滚落在地。这是十分难得的战争史料,通过对墓主的业绩记述,为后人留下了一段珍贵的社会历史场景。

邹城卧虎山画像石表现的神怪图像更耐人寻味,图像的中央上部出现头生双角的怪兽,披发,长须,口中露出牙齿,衔着一条长蛇,蛇口吐云。怪兽前方出现一个头戴斗笠、正在前行的神人,神人前面又有一个坐着的巨人,朝神人头顶吹出云气,似乎在施展法术。怪兽的下方有一个力士,手持双轮,也在奔跑中。整个画面充满动感,具有浓郁的巫术色彩。其背后肯定有一些与升仙相联系的故事。

二、河南画像石

河南的画像石与中原文化的发展具有密切联系。河南汉画像石集中在南阳、唐河、新县、方城、叶县、襄城、洛阳、登封、新密、禹州等地。这里的画像石表现内容分为四大类:一类是日、月、苍龙星、白虎星、玄武星等天文星宿图像;一类是神话传说故事中的伏羲、女娲、东王公、西王母、嫦娥奔月等;

---

[1] 郦道元《水经注·泗水》称:"周显王四十二年,九鼎沦没泗渊。秦始皇时,而鼎现于斯水。始皇自以德合三代,大喜,使数千人没水求之,弗得,所谓鼎伏也。亦云系而行之,未出,龙啮断其系。"

一类是历史传说,如狗咬赵盾、伯乐相马、范雎受袍等;一类是各种飨宴、乐舞、角抵、蹴鞠、投壶、六博等百戏之类。

河南画像石最突出的典型应当是登封的嵩山三阙,即太室阙、少室阙和启母阙。其建造于东汉,所敬奉的山神应该是嵩山山神,中岳嵩山横跨荥阳、新密、巩义、登封和偃师、伊川等地。其主体在登封。太室山居东,少室山居西,三阙传说与大禹治水的神话有联系,其修造年代为汉代。在神话传说中,太室阙的太室,与少室相望,本来是大的山神居住场所,却被演绎为大禹的第一个妻子。太室阙画像石以"中岳太室阳城"为题,刻画有宫殿、车马、玄武四神、神鱼、人与犬、车轮、飞鸟、羊头等图案,应当是祭祀山神的场景。山神是谁?或为中岳大帝,或为治水的大禹,或为轩辕黄帝。少室阙以"少室神道之阙"为题,阙身前后分别有画像石,刻画的图案更为丰富,有车马出行、赛马、马戏、驯象、踢球、蹴鞠、射猎、狐追兔、斗鸡、斗兽、角力等运动场景,也有月宫、山水等景物刻画,又有四灵、羽人、双龙穿璧、铺首衔环等神灵信仰,阙壁四周画像石有六十余幅。其中的马戏图最为生动,图画中有两匹马,骏马腾空飞驰,前面一匹马上倒立一位少女,挽双丫髻,穿着紧身衣裤,后面一匹马上有一女子挺立,长袖随风飘起,身体向后倾。启母阙位于峻极峰下,以"开母庙神道石阙"为题,有两方阙铭,皆位于西阙北面,一方为启母阙铭,一方为嵩高庙请雨铭。画像石中突出了大禹治水的英雄业绩,如夏禹化熊与启母化石等场景,同时,有羲和驭日、月宫景象等神话传说,也有骑马出行、斗鸡、驯象、吐火、进谒、倒立等奇异技能表演和宴饮等各种生活场景,而且出现郭巨埋儿等孝道传说故事。

南阳汉画像石在整个汉画像石中最具有典型性,其题材之丰富,分布区域之密集,种类之众多,都是相当少见的。

南阳汉画像石是一个庞大的画像石文化群,主要集中在南阳市区和唐河县等地。南阳画像石的分布出现自己的格式化特点,首先是墓门,相当于人间的门户,可谓门神,一般为朱雀和龙、虎等吉祥物的铺首衔环,有一些是整装的文官、武将。这意味着方位设置,是对墓主灵魂位置的安放,对灵魂加以守护。然后是前室或主室,是汉墓的中心位置,其壁面、横楣处,多是宫阙、车骑、宴饮、乐舞等景象。是对墓主灵魂幸福、愉快场景的想象,是一种祝福。再其次是后室或侧室,壁上多是庖厨、农作场景等。应该是从世俗社会的衣食起居角度所作的设置,意味着在另一个世界生活的安逸。其后壁上方相当于神龛的位置,借助天国的主神,关照墓主的生活,一般选择伏羲、女娲,或者是西王母。汉墓的室顶意味着墓主的灵魂头顶苍天,所以一般设置为天象图,多为日月星辰,或者各种星宿的形象化。在壁面、立柱与室顶等位置,一般设置为各种吉祥的花草、秀美的珍禽等装饰,也有历史传说中的英雄、贤达、义士、烈女等正面人物,或意味着对墓主的人生所做的表彰、祝愿。这种格式化的表达,反映了汉代社会风俗及生活的观念与形态。

汉代社会是从神话向仙话转变的重要时期,或者是神话与仙话共融时期。南阳画像石的神话传说一般选择伏羲女娲、东王公、西王母、嫦娥奔月、后羿射日与羽化升天等题材,出现蟾蜍、凤凰、神龟、龙、虎和瑞草、神树等吉祥物。这些神话传说的出现,都意味着对美好生活的期许,是富贵、祥和的空间设置。特别是西王母画像石,一般为西王母于中间位置端坐,与东王公相对,传说中两位神仙愉快的相会,意味着心想事成。西王母是神话世界最尊贵的女神,其凭几而坐,周围出现众多仙人为其服侍,以及九尾狐、玉兔、三足乌、龙、朱雀等神话传说中的使者,供其御用,也都意味着当世最高境界的想象。又如女娲与伏羲的神话形象,被赋予新的文化意义。唐河针织厂画像石墓北主室,其北壁所刻画的伏羲女娲图像与当时的文献所记述有明显不同,《论衡》《淮南子》《风俗通义》等文献还没有伏羲与女娲的结合,而这里的女娲与伏羲都是人面蛇身形;相距不远的唐河电厂画像石墓,其南壁西侧柱所刻画伏羲女娲图像,则表现出人面蛇身神和交尾。这不仅仅是祖先崇拜与创始神话的传承问题,还是当时社会普遍存在的信仰观念。与之内容近似的是神话化的天文景象与动植物等,如唐河针织厂汉墓的主室,其顶部有太阳白虎图、四环图、河伯出行图等。画像石在汉墓中的题材并不是随意的，其充满温馨的颂祷，具有诗意的刻画，都别有一番用心。如其墓门上刻画着铺首衔环、猛虎等形象，意在镇守墓主的灵魂安居的空间，不受邪恶力量的侵害。幸福与自由相伴，墓门上的朱鸟，寓意墓主灵魂的升腾，可以自由自在地超越世俗，获得自由。墓的盖顶上刻画日、月，日中刻画三足乌，月中刻画蟾蜍，日月生辉与繁星密布，长虹横贯，二十八宿气象万千，林林总总，都是为墓主的灵魂所做的安排，将其送上一个充满光明的天国。从神话到仙话，有一个漫长的过渡。如唐河县电厂画像石墓出现骑吏、羽人戏龙等画面，又出现长虹、北斗星、三足乌等画像，既有神话的超然，又有仙话的自在。又如唐河针织厂出土画像石，有河伯出行图案，端坐车中的是河伯，河伯前面有两仙人，仙人前面又有四鱼套前，有两鱼护后，同时，有两侍从骑鱼相随其旁。河伯与仙人出现的意义与伏羲、女娲和东王公、西王母他们出现的意义有着明显不同，这里的鱼也与《山海经》中的鱼有了明显不同，这些意味着现实生活的写照。其实，一个汉墓就是一个独特的神话，是一幅独特的神话图像，融合仙话，是以祭祀为主题的祝愿、祈祷、歌颂的神曲。

南阳画像石选择历史的叙说，同样是有独特的寓意的。历史传说故事是往日的现实，昭示当世，南阳画像石所选用的题材如伯乐相马、二桃杀三士、狗咬赵盾、鸿门宴和孔子问礼于老子等内容，都与文明发展的时代诉求有联系。画像石是展示给墓主灵魂的，表达对天地神灵的敬仰，突出历史人物的英勇与贤达，便是对历史的有效化用，同时，也是对历史文化的认同。尤其值得注意的是画像石中的孔子形象。许多地方的画像石都出现孔子问礼于老子等内容，孔子形象被展示给世人，是因为社会现实政治独尊儒术的时代风尚，而展示给灵魂，又意味着什么呢？孔子周游列国，受尽千难万苦，他向所到之处宣扬自己的仁爱政治主张，总是遭遇挫折。画像石彰显孔子勤奋好学的美好品德，应该是比之于墓主。非常醒目的是，孔子手持有鸠杖,鸠杖是长者、尊者的标志。相传鸠鸟也称为不噎鸟,具有祝寿的意义,它是朝廷表彰文化楷模的证明。这便意味着对墓主文化身份的指示,也意味着尊老、敬老的观念。相传鸠杖上端的鸠鸟有祝老人身体健康之意。后世木版年画多出现寿星拄杖,其源头应该在这里。

百戏是画像石中最突出的狂欢。百戏的概念也应该是宽泛的,或者可以说许多人面兽、各种形状的动物相互角逐、各种人兽共舞,都具有百戏的意义。如司马迁《史记·夏本纪》所记述:"于是夔行乐,祖考至,群后相让,鸟兽翔舞,《箫韶》九成,凤凰来仪,百兽率舞,百官信谐。"[1]百戏的主要角色固然是人,而许多角色是人乔装的兽类、鸟类、鱼类,所要表达的意义也是非常复杂的。值得注意的是,百戏成为巫术的艺术,是后世宗教艺术的重要来源,是庙会等节庆艺术的雏形,也可能是戏剧艺术的源头之一。其中的艺术成分是服务于巫术的,审美的表现形式与灵魂崇拜联系在一起。如南阳王庄《乐舞百戏》画像石,一侧有三人,身段都被有意拉长,他们各有不同的动作,一人体态苗条,挥舞长袖,一人表情滑稽,形体憨朴,跳可笑的舞蹈,一人体态轻盈,做柔道表演,共同组成戏谑的场景。与《吕氏春秋·古乐篇》中的"三人操牛尾,投足以歌八阕"相比,具有更显著的抒情色彩。南阳东郊李相公庄许阿瞿墓画像石,少年许阿瞿坐在榻上,观看三个赤身短裤的人舞蹈,同时,又有三个人表演,一个人抱盘而立,似乎在表演击鼓舞或者在歌唱;一个人赤膊袒腹,跳丸弄剑,似乎是主角;他们中间有一个女子飞舞长袖,正在跳七盘舞。他们的演出得到乐器伴奏,有人弹瑟,有人吹排箫。唐河县新店新莽郁平大尹墓出土的《乐舞百戏》汉画像石,多种角色相互配

---

[1] 百戏成为戏曲的萌芽,有一个重要的过渡阶段,而且以歌舞形式形成礼乐制度。如《隋书·音乐志》记述:"初于芳华苑积翠池侧,帝帷宫女观之,有舍利先来,戏于场内。须臾,跳跃激水满衢,鼋鼍龟鳖,水人虫鱼,遍覆于地。又有大鲸鱼喷雾翳日,倏忽化成黄龙,长七八丈,耸踊而出,名曰黄龙变。又以绳系两柱,相去十丈,遣二倡女对舞,绳上相逢,切肩而过,歌舞不辍。又为夏育扛鼎,取车轮、石臼、大瓮器等,各于掌上而跳弄之。并二人戴竿,其上有舞,忽然腾透而换易之。又有神鳌负山、幻人吐火,千变万化,旷古莫俦。"

合,其中有一乐伎跽坐,右手握一管,正在吹奏;其侧,有一人盘坐,右手摇鼓,左右有执排箫吹奏者;画面的中间,是一个女伎,翩翩起身做盘舞。又有一大汉,赤裸上身,一手托着双系壶,一手掷弄着两丸,旁边有人在樽上单手倒立。显然,百戏之百,在于百色杂糅,是综合性的演出,有音乐,有舞蹈,有各种具有巫术色彩的艺术动作;百戏之戏,在于各种动作具有连贯性,具有系统性,包含着各种故事和寓意。后世木版年画如江苏苏州桃花坞年画中的《文王百子》、天津杨柳青年画中的《顽童闹学堂》,以及各地年画中的《闹新年》《闹元宵》《嬉闹洞房》等风俗画,就应该与此相关,把嬉闹作为狂欢的方式,一方面形成情感的宣泄,一方面意味着对天地神灵的祈求,和对美好生活的期待。

农耕、纺织、冶铁、煮盐等生产行为在画像石中的出现具有双重性,一方面是对当世社会生活的记录,一方面是通过对这些劳动行为的"转化",形成财富的赠予,即希望墓主的灵魂继续享受生前的富足,保持着生活的温暖。其典型如河南新密打虎亭一号墓画像石,其中墓门、甬道、前室和三个耳室等处,刻画有许多与生产劳动相关的画像石。在各个墓室顶部,包括石门等处,刻画有许多仙人、神人,及一些奇禽异兽,配饰云纹。整个墓室俨然一幅温馨、富足的农家生产劳动与日常生活的缩影,其东耳室有《庖厨图》,北耳室西壁有《宴饮图》,南耳室南壁有《收租图》,每一幅图画都有生动的写照。

中国农耕社会的主要关系就是人与土地的关系,就是以土地为中心人与人之间的劳动关系,最终落实到劳动成果的获得。中国社会结构的基础,长期表现为地主与农民的关系,地主占有大量的土地,许多农民为地主耕种,构成租借关系。画像石中的《收租图》就是这种租借关系的忠实记录。画像石《收租图》画面的右侧,是一座有楼梯的仓楼,楼的前面有一个牵马的奴仆,马上有一个孩子,正拉开弓弦。画像石的上方,席上坐了一个身材肥硕的人,应该是主人,他面前跪着一人,双手捧着谷物之类的东西,跪者身后又站立一人，应该是同行。主人的席前放有几案，几案一侧放有一只砚。主人的身后站有一人，双手伸开，接取跪者手中的东西，应该是主人的帮手，或者是家奴。画面上的席下侧，出现三堆谷物，有一人做送来谷物状，有一人张开口袋接收，有一人往仓库移动。画面上还有一人用车送来粮食，用斗装运粮食。地上有许多粮食，有斗斛。从画像石可以看出，主人（即收租者）与交租者之间表现出正常的动作，没有什么冲突。这应该是用图画形式表达对墓主的祝愿，寓意墓主拥有源源不断的粮食，生活富裕。

由此可以想见后世木版年画中许多瓜果展示，以及农耕气象图，应该是表达同样的祝愿，希望生活幸福甜蜜。只不过是画像石的历史时代转换为新的时代，租借关系被淡化，审美的方式替代了生活的写实。

三、陕西画像石

西北地区的画像石与其特殊的自然生态、历史文化有着密切联系。由于特殊的历史地理因素，这里有古代的张骞出使西域和民族交融等事件发生，汇聚了草原文化、西方文化、中原文化和戎文化等多种文化。

西北汉画像主要集中在陕北绥德、榆林、米脂等地，以及山西离石，即历史上汉兵大破北匈奴的上郡一带。这里既是汉人与匈奴人交兵的前线，又是垦荒种田的农耕地带。如司马迁《史记·李将军列传》记述："匈奴大入上郡，天子使中贵人从广勒习兵击匈奴。中贵人将骑数十纵，见匈奴三人，与战。三人还射，伤中贵人，杀其骑且尽。中贵人走广。广曰：是必射雕者也。广乃遂从百骑往驰三人。三人亡马步行，行数十里。广令其骑张左右翼，而广身自射彼三人者，杀其二人，生得一人，果匈奴射雕者也。已缚之上马，望匈奴有数千骑，见广，以为诱骑，皆惊，上山陈。广之百骑皆大恐，欲驰还走。广曰：吾去大军数十里，今如此以百骑走，匈奴追射我立尽。今我留，匈奴必以我为大军诱之，必不敢击我。广令诸骑曰：前！前未到匈奴陈二里所，止，令曰：皆下马解鞍！其骑曰：虏多且近，即有急，奈何？广曰：彼虏以我为走,今皆解鞍以示不走,用坚其意。于是,胡骑遂不敢击。有白马将出护其兵,李广上马与十余骑奔射杀胡白马将,而复还至其骑中,解鞍,令士皆纵马卧。是时会暮,胡兵终怪之,不敢击。夜半时,胡兵亦以为汉有伏军于旁欲夜取之,胡皆引兵而去。"

画像石作为历史的记录,表现出这一特殊地域曾经发生的社会生活。匈奴人长期占据这一地区,留下历史的影子;汉人在这里守边,并不仅仅与匈奴人发生战争,而是坚持农业耕种与牧业生产,又有狩猎活动,使这一地区的经济得到发展。所以,画像石记述这些现象,其内容多为农业、牧业和狩猎等活动,画像题材主要有车马出行、乐舞百戏、居家守舍等。如陕北绥德县城西山寺王得元墓画像石,有一幅画像的正中是一楼阁,楼阁内有两人对坐,应该是墓主的画像。画像的两侧有歌舞和车马出行、狩猎、放牧等景象。墓室的左壁门框等处,有耕牛、牛车、马匹、禾穗和人物等图画,这应当是现实社会生活中劳动生产的反映,画像石中的神兽、仙人,以及树木、禽兽等图像,则意味着对墓主生活的安排,而安排的内容与方式,自然与地方社会的文化水平相关,反映出客观现实的生产水平与生活水平。又如山西离石交口村吴执仲墓,整块画像石为单边饰,画面主要是车骑出行,其中的出行队伍方向由左至右。画像石形成左右两部分图案,图左边部分,有两人前行,腰挎长刀,手捧长管,边走边吹,其后有一辆双马拉的轺车,再其后有一骈车。右边图显示,出行队伍最前面两人腰挎长刀,手中捧起长管形乐器,一边行走,一边吹奏,他们后边的人随着两乘轺车前行,再后有一乘辎车,车后跟随两个骑吏,出行队伍的最后是一乘轺车。山西忻州九原岗北朝墓有四层壁画,分别有仙人、畏兽、神鸟等形象,其中仙人手持一把岐头式羽扇,一边向前奔跑,一边扭头回顾。

行走是一个文化主题,也是一个具有哲学意义的命题。汉画像表现出行的画面,是对墓主灵魂的一种期许,希望在行走过程中表达一种祝福。与之相距不远的临潼骑马射猎图画像砖,也有表现人物奔跑的画面,猎人骑马,追射狂奔的鹿,又有猎犬追逐。临潼四图像空心画像砖,分别出现侍卫、宴享、苑囿和射猎等场景,画面有手持盾牌和戟的卫士,卫士头上戴冠,穿着长衣;画面中的主宾相对坐,座前摆放酒食器皿,有乐伎在一侧;画面出现猎者骑马,弯弓射箭,有鹿奔走,有猎犬追逐,周围有山丘、树木、亭阙。

这种地域文化特征影响到后世木版年画,就有了陕西凤翔年画的粗犷、夸张,整个画面都富有动感。同是表现耕读渔樵或武将骑马等内容的年画,这里的年画大红大绿,色彩对比非常强烈。

行走的文化主题也成为一种情结,与原始文明的狩猎有联系,与贵族人物的出行有联系,寓意人行动的自由、平安、顺畅,在后世年画中演化为车马、行旅等图画。

四、江苏画像石

江苏以长江为界,分为苏南、苏北,画像石主要集中在苏北徐州、宿迁等地,如张圩、九女墩、燕子埠、占城、瓦窑、栖山、茅村、洪楼、苗山、白集、利国、柳新、汉王等地,以及徐州郊区,都有可观的汉画像石群落。徐州市南郊云龙湖东岸有徐州汉画像石艺术馆,集中展现这一地区的画像石风貌。

江苏画像石的分布,主要体现在徐州及其周围地区。其毗邻山东、河南、安徽等地,齐鲁文化、河洛文化、江淮文化等文化汇聚、交织在这里。其处于天下交通要道,是天下富庶之地,有许多商贾与地主豪强聚集这里,所以,汉画像石的大量出现与地方社会历史文化的发展形成对应。徐州古称彭城,有5000多年的文明史。从当年传说时代帝尧建立的大彭氏国,到汉高祖刘邦与西楚霸王项羽,到三国政治家曹操等人,十三位楚王,五个彭城王,以及戏马台、泗水亭、霸王楼、歌风台、拔剑泉、子房祠、王陵母墓等历史遗迹,在这里熠熠生辉,给徐州及其周围的土地涂上一层层神秘的色彩。

与其他地方的画像石一样,徐州等地的表现内容多为神话传说、神树、日月星辰、仙人和车马出行、射猎、战争、宴饮、歌舞、耕作、斗兽等,这些图画的背后所隐藏的各种传说故事,或者能在文献中找到对应的内容,或者被时代所传承,或者只能停留在画面上,消逝在岁月的风风雨雨中。

在表现神话传说的众多画像石中,徐州铜山苗山小李庄一号墓非常突出,其设前后室,前室南壁墓门东西有两幅图像,被人解释为"炎帝升仙图"和"黄帝升仙图"。[1] "炎帝升仙图"的右上角有一圆形,圆形刻画玉兔和蟾蜍,应该与月亮崇拜或者月亮神话有关;画面的左方站立着一个头戴斗笠的人,一手拿着插地的耒耜,一手牵引凤凰之类的神鸟;画面的下方有一头神牛,神牛口中衔着草或穗。这种图画的叙事意义,在其后不久王嘉的《拾遗记》中被进一步解释为"炎帝始教民耒耜,躬勤畎亩之事,百谷滋阜。圣德所感,无不着焉","时有丹雀衔九穗禾,其坠地者,帝乃拾之,以植于田,食者老而不死"。"黄帝升仙图"的左上角也有一个圆形,圆形中站立着三足乌,应该与太阳崇拜或太阳神话有关;图画的右上方则刻着一个人兽结合的人,人首,熊身,身上生出翅膀;图画的中间位置,出现一匹马,马身上生出翅膀。之所以被解释为"炎帝升仙图"和"黄帝升仙图",可能是一个图中出现神牛,一个图中出现人首熊身,炎帝的图腾是牛,黄帝的图腾是熊。熊的形象出现在汉画像石中,不仅在这里有,也不仅在徐州地区有,在其他地方也有保存。如徐州铜山洪楼祠堂两处画像石,一幅有三条翼龙拉着一辆车,车上置放一座建鼓,有一个熊首神人正在击鼓;另一幅有三只翼虎拉一辆车,车被两只神龟驮起,也有一个熊首神人在击鼓。这种解释神熊的方式受到人的质疑,有人以为未必所有的熊都与轩辕黄帝有关。如《左传·昭公七年》记述:"郑子产聘于晋。晋侯疾,韩宣子逆客,私焉,曰:寡君寝疾,于今三月矣,并走群望,有加而无瘳。今梦黄熊入于寝门,其何厉鬼也? 对曰:以君之明,子为大政,其何厉之有? 昔尧殛鲧于羽山,其神化为黄熊,以入于羽渊,实为夏郊,三代祀之。晋为盟主,其或者未之祀也乎? 韩子祀夏郊,晋侯有

---

[1] 王德庆:《江苏铜山东汉墓清理简报》,《考古通讯》1957年第4期。

间,赐子产莒之二方鼎。"此情结随着历史文化的传承,化为后世木版年画的主题,如河南开封朱仙镇木版年画中的《飞熊入帐》,讲述周王梦见飞熊,得到姜子牙的帮助,成就大业。更不用说许多地方木版年画有《丹凤朝阳》之类的图画。其意在于求吉祥,与当年的神鸟引导灵魂升天的意义是相通的。这应该是"炎帝升仙图"和"黄帝升仙图"画像石的主题转化,而且这种图画对应方式,很明显地成为后世木版年画门神画的对开形式,形成对称的审美。

西王母是汉画像石中普遍存在的神话主题。许多人以为,画像石中最早表现西王母形象的是江苏沛县的栖山石椁画像。其中,有一组画像石分为四个部分,最左端一幅是众仙朝拜西王母,中间一幅是神话扶桑树,第三幅是鼓舞,最后一幅是神人格斗与祭祀神灵,四幅画之间看似没有什么联系,其实贯穿着一条主线,即人间到天国的道路是如何开通的,拜见大神西王母是一个关键。所以,朝拜西王母成为图画的核心。朝拜西王母的图画中,其左端有一座两层楼阁,有一妇人正面戴胜凭几端坐。楼阁的正面向左右敞开,左右两侧出现一棵墓树,瘦长,呈三角形。与楼上的妇人相对的是,楼下有一只大鸟,大鸟嘴中衔着某种东西。一楼的左端有一具梯子,其右侧上端有一只三足鸟,三足鸟的嘴里衔着东西,其身后有一只九尾狐。楼阁的下端有两个侍从,他们手执杵,在壶中捣药。朝拜西王母的另一组图像,或人身蛇尾,或马头人身,或鸡头人身,他们各自代表着不同的神话王国;一旁是一位长髯老人,佩戴一副长剑。与之相类似的还有山东省滕州市马王村出土的石椁,也有玉兔执杵捣药,有凤鸟和鸟头人身神。山东省济宁市微山岛出土画像石表现众仙朝拜西王母,有楼阁,有神树,所不同的是,出现狗和鱼神。与楼阁内的西王母相对的有五个神怪,左侧是两个鸟头人,右侧是两条蛇。鸟头人的身后有一只狗,狗扑向鸟头人,蛇后有人头鱼身,即鱼神。《山海经》多处记述西王母,如《山海经·大荒西经》所记述:"西海之南,流沙之滨,赤水之后,黑水之前,有大山名曰昆仑之丘。有神,人面虎身,有文有尾,皆白,处之。其下有弱水之渊,环之,其外有炎火之山,投物辄然。有人戴胜,虎齿,有豹尾,穴处,名曰西王母。此山万物尽有。"又如《山海经·西山经》所记:"又西三百五十里,曰玉山,是西王母所居也。西王母其状如人,豹尾虎齿而善啸,蓬发戴胜,是司天之厉及五残。有兽焉,其状如犬而豹文,其角如牛,其名曰狡,其音如吠犬,见则其国大穰。有鸟焉,其状如翟而赤,名曰胜遇,是食鱼,其音如录,见则其国大水。"这是较为原始的西王母,与九尾狐、青鸟、玉犬等神话动物相伴,被附加玉兔等仙话动物,亦应和"万物尽有"。此后,西王母形象被不断丰富,加入了东王公,一东一西,形成张望,也形成相会。再到后来以《西游记》中孙悟空大闹天宫,破坏蟠桃会,加入象征长寿的蟠桃和活泼好动的孙猴子,西王母神话更加丰富多彩,寓意长寿、富贵,成为后世木版年画的重要题材。

汉画像石中的神话王国源自原始文明,保存着原始人民的各种图腾和信仰,表现出旺盛的生命活力。这种生命活力在于社会生活中源源不断的文化创造,既有历史文化,又有审美艺术,也有宗教生活,是各种文化的大融合。如江苏徐州九女墩汉墓,其墓室分为前室、中室和后室三室,前室的东西两侧各有一间耳室,中室的东西端各有一间侧室。后室有石柱,用条石做门楣。在这些石头世界中,到处都刻画着神话传说中的景象。有青龙、白虎等神话动物,意味着骑龙升仙,引导灵魂步入神仙世界;有车骑过桥,意味着行走文化,即步入天国的意蕴;有宾主宴饮、侍者献食、歌舞升平和仙人点灯,意味着天国的自由和美满,无忧无虑,尽情享受。其中有老子过函谷关等图像,寓意更为丰富,应该在于得道的启示,指点人超越世俗。或曰,所有的景象都化作了文化。这里的建筑与世间的建筑形状有相似之处,缺少了人间的艰辛;这里的饮食与世间的烟火是相通的,却失却了人间的美味,都属于想象,归之于灵魂的享受。此九女墩汉墓后室的门楣,是弧形的,借助桥的拱形安排了一幅车马过桥图,桥上有护栏,桥中间位置有高耸起的灯柱,桥头装饰有瑞兽,其体现的意蕴应该在于交通之外,是灵魂的出行。画像石上画有开花的仙草,有采果的仙人,忙忙碌碌,享受着劳动的快乐,也有形态自然的麒麟和神猴,装点着风景。由此推及那些耕作图、纺织图,所表现的意义就不仅在于显示物的形状了。诸如江苏泗洪重岗画像石的耕地,有二人二牛耕地,有三人播种。其中有一人扶犁在后,一人牵牛在前,有二牛并排,被横木连在一起,与传统的耕作方式完全相同。这说明,画像石对现实生活的表现,一方面成为社会现实的写照,而另一方面,为灵魂准备充足的食物,则成为物质的满足。天国的世界首先是物质生活的满足,然后才是精神世界的享受,而形成从物质生活到精神生活的不断满足,不仅需要从现实世界出发,更需要激情和想象。以神话人物为中心,所有的动物、植物和建筑,以及各种器具,都属于神话,属于灵魂。神话的主角是创始世界的英雄,神仙是神话的衍生,是对社会现实生活的超越和升华,是人不断求索、进取的结果。所以,神仙世界的各种吉祥文化,诸如鲜花、水果,就成为后世木版年画表现的内容,其意在于敬献,敬献天地神灵,也敬献给年节中的各色人群,让人赏心悦目。

五、四川画像石

四川画像石以四川成都、绵阳、大邑、广元、德阳、彭州等地为著名,其他如成都市郊曾家包和羊子山的砖室墓、郫县太平乡(今属四川省成都市郫都区)的砖室墓和新胜乡的石棺、新津宝子山的崖墓,各有特色。

与其他地方的画像石一样,四川画像石也有许多神话传说题材,如四川彭州义和乡、九尺镇等地画像石,有伏羲、女娲、东王公、西王母等神话人物,有苍龙、朱雀、白虎和玄武等四神,有日月星辰,有彩云、神鼎,有人兽结合的神兽、羽人,有各种奇禽异兽,以及各种具有神话色彩的装饰图案与花纹等,如菱形纹、垂幛纹、三角纹、水波纹、穿环纹、流云纹等边饰,神庙和宫阙等建筑中的藻井和铺首衔环,以及各种历史传说故事图像等。应该说,每一种图案和花纹的出现都有着特殊的用意,都有神话的寓意在其中。如四川彭州义和画像石中的骖龙雷车,车上坐着雷神,三条骖龙拉着雷车往前飞奔;又如四川彭州九尺画像石中的仙人和鹿,前面一个仙人骑在鹿上回首向后招呼,后面一个仙人一手托起仙草,一手向前面的仙人伸出手臂,他们中间立起一棵秀美的仙草。图画的神话叙说更多停留在画面上了,让人去想象,去回味。

四川画像石具有综合性表现意义,以绵阳平阳府君阙为典型,神话传说与历史故事等内容相混合,形成画像石的传说故事生态,分布在阙基、阙身、楼部、顶盖等位置。如双阙主阙阙额部位为车马出行图,绕阙身一周,有骑者导引向前,后随辎车与持剑人;右阙楼部第二层左侧有童子捉鸟图,斗拱拱心有一只长尾短足鸟,鸟下方正中拱间等处有几个儿童从不同位置向鸟靠近,其中一个儿童用手指着鸟儿,形象非常传神。绵阳平阳府君阙的神气与仙气共融于一体,如右阙副阙楼部第二层背面有玄武图,左阙主阙第四层正面有三神山图,右阙楼部第四层右前脚有仙人、狮、兔图,左阙楼部第四层右后角有仙人戏马图,其中的马生出翅膀,与飞天的仙女对应,仙气缭绕,瑰丽多彩。这些文化风格在四川绵竹年画中得到自然传承,诸如其中的儿童与鸟等题材。

其次是四川画像石的劳动生产题材非常突出,天府之国除了自然环境的优裕,还有人民的勤劳,农妇采桑耕织、农夫犁耕锄耘、地主收租放粮,以及放牧狩猎、放筏冲船、舂谷酿酒、市井买卖和冶铁锻炼等场面尤其生动。如四川德阳柏隆画像石,分为上下两层,上面一层人体较大,做播种动作,与下面一层农夫做挥起农具收获相对;如四川彭州太平画像石前后两排人,做出舂米的动作;如四川彭州义和画像石的酿酒,有人担谷米往酿酒酒坊送,有人在酒坊中酿酒,有人推车往外送酒;如四川彭州升平画像石有人卖酒,有人牵羊,有人买羊卖羊;如四川广汉农场画像石中的放筏,有人在水中冲荡木筏,有人在岸上呼应,又有废弃的鸟儿和鱼儿;如四川成都新都画像石中的建场,图中上下左右各有一人,分别做出建造房舍的动作,再现建造场屋的情景等。

再次是四川画像石中的车与马,造型尤为秀美。在画像石世界中,车与马都是运动的形象,象征着从此处到达彼处,应该寓意着从凡世到仙境的过往,是一种图像的叙说,也是一种希望的表达,更是一种信仰的体现。此马当为天马,此车当为神车,都纳入神话图像,成为神话世界、神仙世界的一部分。如四川彭州太平画像石中的三个骑马吏,前面一个吏,骑着一匹马,身旁并行一匹驮着宝物的马,后面两个吏,各骑着一匹马,都在往前奔去;天子六驾,象征六合世界的主人,那么,三驾又该意味着什么呢?如四川彭州太平画像石中的轺车,一人乘车,一人驾车,只有一匹骏马,马的形象非常肥硕、俊俏,车的双轮和车盖特意显示出来;四川成都新都清白画像石的轺车骑从,前面有一辆轺车,后面有一随从骑马;四川成都新都清白画像石中的轺车骖驾,车上有三个人,一个驾车人,两个乘者,前面的三匹马,马头有装饰,更显华丽和富贵。此车与此马应该寓意非凡,引导的乘者,应该与墓主的身份相关。四川彭州太平画像石的斧车也是一人乘车,一人驾车,一匹马拉车,突出的是车上竖立的一柄大钺斧。四川成都市郊画像石中的斧车就不一样了,画面分为三个部分,中间是一辆斧车,有一匹马,一辆车,车上有一个驾车人和一个乘者,车上的斧钺高高竖立着;上图和下图,分别有一个指路的仙人。其寓意在于官威,通过斧钺和马,展示权力和威仪,如《后汉书·舆服志上》所记述:"大使车,立乘,驾驷,赤帷。持节者,重导从:贼曹车、斧车、督车、功曹车皆两。"总之,这两幅斧车图表达的都与富贵的文化主题相关。四川成都跳蹬河画像石中的车马出行,前面一辆车有两匹马,一人驾车,一人乘车,车顶有车盖,一旁一匹快马,应该是一个出行的车队。车不仅是人间的交通工具,而且意味着人神相通。如司马迁《史记·天官书》称:"斗为帝车,运于中央,临制四乡。"在人们的心目中,徒步行走、骑马和坐车是不同身份的重要标志,坐车的文化寓意在于将车、人、马三者融合成一个整体,即天人相通。在画像石中,大量的车不但意味着能够引导人灵魂通向天国,而且意味着人走进天国,成为神话意境中的一员,即实现成仙与得道的理想愿望。

四川画像石更为耐人寻味的是飨宴图等生活场景的表现,展示出天府之国物产丰富,美食佳肴令人向往、垂涎。四川大邑安仁画像石中的宴饮图,最上方有三人,一人居中,身旁各有一人相伴,他们面前分别有两人相望而坐,一派肃穆,座中有一件盛饭的器具,露出一把勺子;四川成都昭觉寺画像石中的宴乐图,分上下两部分,上部分有一人主人形象坐定,对面一人弹琴,下面有盛饭的器具,两侧各有一人做舞蹈动作。天国的生活也充满礼仪,如四川彭州太平画像石中的迎谒图,分左右两部分,左侧有人衣冠整齐,向人曲躬行礼,右侧有两人;四川广汉砖厂画像石的拜谒图,一个主人高居座上,前面有三个人行跪礼;四川大邑安仁画像石的谒见图,宫殿中有一人在座中静待一人行跪礼;等等。这些礼仪的展现,一方面显示出当世的生活秩序和伦理,一方面是对灵魂的祝福,希望其保持尊贵的身份和地位。飨宴伴随歌舞,如四川彭州太平画像石中的《盘舞杂技》,左侧架子上立着一只凤凰,凤尾高扬起,右侧是两个步态矫健的舞者,其中一个挥舞起长袖。四川成都新都马家镇画像石《骆驼载乐》,是一幅特殊的舞蹈图,骆驼上面有人载歌载舞。自然,所有的欢乐都敬献给地下的灵魂,导引它们升上天国。

四川画像石中也出现莲花、六牙白象、立佛、坐佛和弟子等宗教图像,许多图像的核心是佛教文化,但是,其表现方式与主题内容却融化了中国传统文化的各种元素。

四川画像石的色彩、线条、造型和传说故事的传承,在四川绵竹木版年画中非常突出,如《节会游行》《老鼠嫁女》《三猴烫猪》《狗咬财神》《看官盗壶》等传统题材,都能在画像石中找到相似的内容与原型。

我国地大物博,山河秀丽,人民勤劳,画像石在许多地方广为分布,记录了特殊时代的社会历史文化。我国传统的木版年画也是时代的产物,记录了不同时期不同地域的社会文化发展,记录了不同的社会风俗和生活,尤其是不同类型的民间传说故事。作为信仰的体现,画像石与年画都刻画了天地神灵;作为艺术,都表现了丰富的情感、意志和审美。画像石对传统年画的影响是曲折的,经过岁月的淘洗,融入民族文化的传统,显示出中国传统文化坚韧的生命力。

第六章
《山海经》时代

第一节 《山海经》成书及其内容的基本构成

《山海经》是中国古代神话系统最早的集成,所以,我们称之为"神话之源"。当然,这并不是说神话是从《山海经》才开始出现,而是突出其语言扑朔迷离,其内容博大精深,其"源"的意义在于显示出以原始信仰为基础的原始文明,尤其是其中神话文化与神话生活所具有的混沌特征。

《山海经》作为我国最古老的神话典籍,其成书是世代积累,薪火相传,不断增删的结果。

一、《山海经》的作者、成书和流传

《山海经》作为纵横上古万千年、神州千万里的文化奇书,无论从时间还是地域上讲,它都不可能是一人一时一地所能完成的。《山海经》包括《五藏山经》《海内经》《海外经》《大荒经》,共计18卷,各卷风格并不完全相同,述说的内容也有很大差异,显然这是一部由古人整理的相关典籍的大汇编。犹如一部宏伟的民族史诗,它主要讲述我国远古文化的发展历史,特别是异常丰富的神话传说故事,使此书披上了一层神秘的光辉。

古人为了抬高书的身价,故意托名于远古或近世的圣贤们,从而强化书的神秘性,达到目的。后世的神怪文化是这样,《山海经》更是这样。如,

刘歆（秀）在《上〈山海经〉表》中，称《山海经》"出于唐虞之际"，先铺陈出"洪水洋溢，漫衍中国，民人失据"的艰难背景，显示大禹的丰功伟绩，而后有"禹别九州，任土作贡，而益等类物善恶，著《山海经》"的圣举。东汉时的赵晔，在《吴越春秋·越王无余外传第六》中说得更是神乎其神：禹带领益等到"名山大泽"，召其神而问之"山川脉理，金玉所有，鸟兽昆虫之类，及八方之民俗，殊国异域，土地里数"，"使益疏而记之"，所以叫《山海经》。王充在《论衡·别通篇》中也把《山海经》看作禹和益的共同作品。为《山海经》作注的晋人郭璞，同样认为是夏代的著作。

  打破禹、益作者之说，后世越来越多的学者提出了新的不同见解。如，宋人朱熹在《楚辞集注·楚辞辩证》中说，《山海经》与《天问》的"问"相对，是解答《天问》之作。这样，原说作者为禹、益就被战国时人所替代。明代胡应麟在《少室山房笔丛》中也坚持认为《山海经》是采《离骚》《天问》之遐旨及先秦诸书之异闻而作。清代研究《山海经》成为一种热潮，如涌现出吴任臣的《山海经广注》、汪绂的《山海经存》、毕沅的《山海经新校正》、郝懿行的《山海经笺疏》和吴承志的《山海经地理今释》、陈逢衡的《山海经汇说》等一大批专著，解开了许多古谜。如，陈逢衡根据《山海经》的内容，断定其为南人"夷坚"所作，"其书留传楚人，至屈原作《天问》时，多采其说而问之"（《山海经汇说》）。近世学者论述者更众，他们基本上否定了作者为禹、益说，从《山海经》所表现的地望等内容阐述各自的见解。如，陆侃如从作品的内容与《楚辞》《庄子》有相通处，就假定其作者为楚人。袁珂认为，禹、益虽然不是《山海经》的直接作者，但书中的主要内容则很可能是禹、益作为酋长兼巫师口述下来传至后世的[1]，此书大约是从战国初年到汉代初年楚和巴蜀地方的人所作。吕子方以为《山海经》属南方民族作品[2]。蒙文

---

[1] 袁珂等人文章见中国《山海经》学术讨论会编辑《〈山海经〉新探》，四川省社会科学院出版社1986年版，第231—240页。

[2] 吕子方：《中国科学技术史论文集·读〈山海经〉杂记》，四川人民出版社1984年版。

通更详备地说,《五藏山经》和《海外经》是楚国作品,《海内经》是蜀国作品,《大荒经》是巴国作品[1]。南人说的影响颇大,其主要依据就在于《山海经》中所反映的许多怪物,是黄河流域的作家很难创作的,尤其是《山海经》的主体部分在他们看来是以古代的巴、蜀、楚等地为"天下之中"。当然,这中间不乏偏见。

也有许多学者从地望上等内容考据《山海经》为北人说。如,茅盾、郑德坤、袁行霈等强调西部、西北部神话的丰富,断定炎黄二族自西北渐入河洛而成为《山海经》叙述的主体。徐显之则强调"伊洛入河之会被认为天下的中心"[2]。日本学者小川琢治在《山海经篇目考》中强调《五藏山经》以洛阳为中心,为洛阳人东周时的作品。法国学者兰姆坎皮瑞(Lamcanperie)以为《五藏山经》为"商代山岳之纪事"。日本学者和田清以"玄股之国""其为人衣鱼"证为北方说。他们认为这些内容是南方人所编造不出来的,因为"鱼皮达子"是北方特有的[3]。

更有人说《山海经》是外国人的作品。如,法国学者马伯乐(H.Maspero)就强调《山海经》是受公元前5世纪外来的印度、伊朗等国的文化潮流刺激形成的。卫聚贤以为《山海经》是印度人"随巢子"所作[4]。泛巴比伦主义的代表人物苏雪林说得更奇,她以为《山海经》为阿拉伯半岛的"地理书",由"古巴比伦人"所作,并且是由"战国时波斯学者携来中国"的[5]。由此可见,一部《山海经》所反映的内容实在太丰富了,令许多国外学者也以为与他们有关。

在我国历史文化发展中,巫是一个特殊的阶层。尤其在原始信仰浓郁

---

[1] 蒙文通:《研究〈山海经〉的一些问题》,《光明日报》1962年3月17日。
[2] 徐显之:《山海经探原》,武汉出版社1991年版,第150页。
[3] 小川琢治:《山海经篇目考》等,见《中国史论丛》,东京生活社1965年版。
[4] 卫聚贤:《古史研究·第二集》,商务印书馆1934年版。
[5] 苏雪林:《屈赋论丛·昆仑之谜》,"国立"编译馆《中华丛书》编审委员会1980年版。

的历史阶段,他们充当着社会政治、文化领袖。这样,他们就直接参与了全社会的文化整理和宣传,成为指导文化建设的重要力量。对于《山海经》的作者,我们以为还是应当着重从文化的视野,特别是从神话的角度来考察才会更有意义。在这个问题上,鲁迅强调《山海经》为"古人巫书"[1]。袁行霈强调《山经》是战国初期、中期巫祝之流根据远古以来的传说记录的一部巫觋之书,是他们"行施巫术"的底本,《海经》是秦汉间的方士书[2]。游国恩[3]、何观洲[4]、方孝岳[5]、程耀芳等都称《山海经》为战国时期阴阳家代表人物邹衍所作。此说虽然也不能令人信服,但它说明此书有浓厚的巫的色彩。萧兵说,《山海经》很可能是东汉早期方士根据云集燕齐的各国人士所提供的见闻和原始记载编纂整理而成的一部带有巫术性、传说性的"综合地理书"[6]。或曰,其东南西北中方位如此明显,各个山或荒的地理方位及其神话传说描述中,既有非常详细的神灵形象,又有各种与之相关的信仰行为,诸如"不敢西向社"之类的禁忌,这应该是一部具有神巫主体意义的地理书,是一部以四方神灵崇拜为主要内容的招魂书。笔者将在其他地方详细论述这个问题。当然,一切都有自圆其说的证据,更属于见仁见智的合理性解说。

关于《山海经》的成书时代与作者问题,我们从书中所羼杂的成分,如后世的一些礼仪观念,可以看出截止到晋代郭璞注释该书时,该书是一直处于增删状态的。其基本规模,我们觉得从书中对帝与禹的称呼等内容来看,应该初步形成于夏代,是由当时的巫们具体整理而成的。战国和汉代则进

---

[1] 鲁迅:《中国小说史略·神话与传说》,人民文学出版社 2007 年版。
[2] 袁行霈:《〈山海经〉初探》,《中华文史论丛》1979 年第 3 辑。
[3] 杨金鼎主编:《楚辞研究论文选》,湖北人民出版社 1985 年版。
[4] 何观洲:《〈山海经〉在科学上之批判及作者之时代考》,《燕京学报》第 7 期,1930 年 6 月。
[5] 方孝岳:《中国文学批评》,三联书店 1986 年版。
[6] 肖兵:《〈山海经〉:四方民俗文化的交汇》,见中国《山海经》学术讨论会编辑《山海经新探》,四川社会科学院出版社 1986 年版。

行了更大规模也更重要的整理,当然,增删就难以避免了。这里应该强调的是,战国时代的方士们把夏商时期分散流布的各种材料进行详细整理,对于《山海经》的系统性成书具有决定性意义。从战国时代的文化氛围来看,将经过散失的有关口传资料、图画资料、鼎文等文字资料进行搜集整理,直至汉代在民族大统一的背景下更行考订增删,这才有我们今天所见到的《山海经》底本。邹衍一类的学者们虽然各有取舍的标准,但他们都做出了非凡的贡献。此书是由汉代以前的中国知识分子整理而成的,这是毫无疑问的。《山海经》的整理,经过了夏代、商周、战国、汉代这四个阶段,甚至延续到晋代,通过刘歆、郭璞等学者的辛勤劳动,才得以保存这份珍贵的民族文化瑰宝。

《山海经》具体成书于战国时代,是和我国文化体制发展变化的历史分不开的。作为这样一部具有远古时代百科全书性质的宏大的文化工程,它不会孤立地出现。在我国古代典籍中,较早提及《山海经》的是司马迁。他在《史记·大宛列传》中说:至于《禹本纪》《山海经》中所记载的怪异现象,他不敢随便引说。关于它的具体成书,较早是由刘歆在《上〈山海经〉表》中提到的:"出于唐虞之际",益所"著"。王充为他补充说:禹和益共同治理洪水,禹负责治水,益负责记述怪异的现象。海外的山脉气象,没有不记下来的。靠他们所亲眼看到和听到的材料,写作完成了《山经》[1]。但这种记述是需要有一定社会条件的。春秋之前,文化知识的流传以口授为主,甲骨、青铜器、岩石、墙壁等材料上的记录都是十分有限的。进入战国初期,随着生产力的发展,竹简的出现,才有弟子记述先师的语言、行动的文化活动,如《论语》等著述活动。到战国后期,独立著书立说的风尚才流行开来,如诸子百家的大争鸣。正是在这样的条件下,才有可能使《山海经》系统成书。有史可证,在西汉的景帝、武帝时,《海经》和《山经》是分别以地理性

---

[1] 王充《论衡·对作篇》曰:"冀悟迷惑之心,使知虚实之分。"其《论衡·别通篇》作此云。

质的书而流传的。到汉成帝时，才有尹咸将《山经》5篇、《海经》8篇校定为13篇；到汉哀帝时，已经有32篇，后由刘歆进行整理，改为18篇。被刘歆删去的内容有许多是很珍贵的神话材料，它们被学者们称为《大荒经》和《海内经》。到晋代郭璞注《山海经》时，才将它们一并收入，使我们看到丰富而完整的内容。

《山海经》在流传过程中，应该有图画相配。比如，郭璞所注《海外南经》《大荒北经》中有"画似仙人""画似猕猴"等语句，陶渊明的《读山海经》十三首（第一首）中有"流观山海图"句。有人讲，是因为战国时代之后，光文字已经满足不了人们的阅读需要，这才出现图文相配的[1]。我们认为很可能是先有古人传下来的图，之后才有后人所作的说明。因为《山海经》中，特别是在《山经》中有很多简短的句子，残缺不全，不像《海经》和《荒经》中有相对完整的情节。毕沅在《山海经新校正》中曾断言《山海经》有"古图"，"有汉（代）所传图"，甚至断言《海经》图为"禹鼎"。有学者以为此说不可信[2]。我们觉得应该从文化传统上去理解此问题。从《汉书》和《史记》中可知，《管子》《吴孙子兵法》《齐孙子》等著作都有或附有图制，《山海经》中有图配文是很自然的。再者，《汉书·郊祀志》曾提到大禹将"九牧"收来的金子铸成九鼎，象征九州的分野和管制，以告慰天帝。《左传·宣公三年》中也提到类似的事情。杜预注释时说，这是先让人用图画的形式描绘天下的山川奇异景象，连同"金"一起奉献给禹。图画的绘制作为一种宗教活动的需要而形成一种文化传统，直接影响到《山海经》图的创作。禹是神话传说中的人物，我们不必过于强调他是否真正收九牧之金以铸鼎，单从后世出土的各种鼎，就可以管窥图案在宗教文化传播中的重要作用。当然，《山海经》的原始图绘在今天已经很难见到。我们所能见到的，

---

[1] 徐显之：《山海经探原》，武汉出版社1991年版。

[2] 袁行霈：《〈山海经〉初探》，《中华文史论丛》1979年第3辑。

都是后来绘制的。如，梁代的张僧繇曾绘《山海经图》。再者，《初学记》中有引张骏《山海经图画赞》的，可知唐代前有此类图。总之，在《山海经》的具体流传中，与书文相配的图绘内容及其文化传播的价值意义，我们是不应该忽视的。

从具体的语言来看，《山海经》中无论《山经》还是《海经》，都不像现在所保留的《易经》《尚书》等典籍那样佶屈聱牙，而显得简洁、通畅，明显是战国时代的语言。特别是《海经》中的一些神话传说，具有相对完整的故事情节，其所出更晚。尽管在《山海经》中出现了一些秦汉时郡县的地名，但这并不能说明全部内容为秦汉时所写成，而只能说是秦汉间人整理时留下的痕迹。再者，《山海经》中的地名和神话一样，我们不应该强求其真实、详备。一些学者花费很大力气去考证，恐怕意义并不是像他们所想象的那样。若我们把这部书当作我国上古时代的神话传说的著录，许多问题就迎刃而解了。当然，神话传说是历史发展曲折的反映与表现，其产生是离不开一定的社会实际存在的背景的。既然是神巫语言，真真假假，扑朔迷离，无论如何是不能作为信史看的。诚然，我们绝不是不可知论者。从《山海经》集中反映的内容看，表现夏代社会生活最为突出。关于这一问题，有位学者说得很好，不管怎样，无法改变《山海经》是夏人之作的形式和内容。如果说《山海经》是春秋战国时代人的作品，为什么春秋战国那样一个激烈动荡，对文化有着强有力的冲击的时代，竟然见不到相关的人名、国名、事名，而多述禹及其以前的事呢？[1] 即使其中提到"齐燕"等字样，但据考证，齐非齐地，燕则为后人所掺杂。

《山海经》有原始史诗的痕迹与特征。其是否可以称作我国远古时期的史诗呢？将其语言文字所保持的韵律等特征，比照我国少数民族中流传的许多史诗演唱格式，这种推测应该有相应的道理。

---

[1] 徐显之：《山海经探原》，武汉出版社1991年版。

从《山海经》的整体来看,面目是质朴而完整的,带有战国语言的痕迹而又明显不同于一般诸子著作的个性,它充分体现出"群巫"之作的"野蛮"风貌。在一些章节中,我们甚至可以欣喜地看到歌谣的音律美,如《海外北经》中的"钟山之神,名曰烛阴,视为昼,瞑为夜,吹为冬,呼为夏,不饮,不食,不息,息为风。身长千里",显得铿锵有力,节奏分明、优美。这种现象甚为普遍。由此我们可以设想,除掉后人所加的成分,整部《山海经》的《山经》部分是诵,而《海经》部分是有诵有唱,或者以唱为主的。这是各民族英雄史诗语句特点的普遍体现。甚至我们可以说,《海经》部分就是我国古代民族英雄史诗的融合会聚,经过整理后仍然可见这种史诗的规模与痕迹。进而我们可以继续设想,《海经》是一群巫师所唱的经卷汇编。这一点毫不奇怪,无论是西方的《伊利亚特》《奥德赛》,还是我国至今仍在流传的《格萨尔》《江格尔》《玛纳斯》等英雄史诗,以及苗族的《古歌》《创世纪》等,都有传唱的成分,巫的讲唱使史诗不断延续、传播开来。这一问题我们将在其他场所作更详细的论述,此处不再赘述。

关于《山海经》的书名,毕沅曾称"司马迁已称之,则其名久也",但众人常忽略的是王充在《论衡·谈天篇》等处所举《山经》之名。有学者认为这是《五藏山经》的略称。前面曾提到,在一个时期内,《山经》和《海经》是分别流传的,后世刘向刘歆父子校书时,将《五藏山经》5篇、《海外经》4篇、《海内经》4篇加起来,才有此书名。整部《山海经》的字数在流传中不断增删而发生变化,如,《山经》在郝懿行统计时是21265字,《海外经》《海内经》和《荒经》共13篇计9560字,合计30825字,但刘歆校书时,《山经》仅15503字,少5762字。这是否因为刘歆嫌一些字句冗杂而有意舍弃呢?或许不一定是这样。刘歆所舍部分,学者们大都以为是郭璞注时所说的"此《海内经》及《大荒经》本皆在外"(即"逸在外")的内容。《山经》是这样,《海经》等篇就更难讲了。《山海经》在《汉书·艺文志》中是13篇。在《隋书·经籍志》中则称《山海经》23卷,另有《山海经图赞》2卷和《山海经音》2卷。在《旧唐书·经籍志》中，称《山海经》18卷，另有《山海经图赞》2卷和《山海经音》2卷；《新唐书·艺文志》却称《山海经》23卷，另有《山海经图赞》2卷和《山海经音》2卷。《宋史》中只提及有《山海经赞》2卷。清代注家众多，一般学者所提为18卷。这种现象表明，在历史文化的长河中，关注这部经典者都在努力检索其中的奥秘。从这种意义上讲，《山海经》对中国文化的影响从来没有停止过；同时，我们也可以看到，在《山海经》的研究中，注入了不同时代的文化思想。研究《山海经》与中国文化的联系，我们不能不注意到这些情况。除了字数和篇目，更突出地表现在时人的思想直接加诸其上。如《海外南经》的首段所说的，"地之所载，六合之间，四海之内，照之以日月，经之以星辰，纪之以四时，要之以太岁，神灵所生，其物异形，或夭或寿，唯圣人能通其道"。据考，"太岁"首出于战国。这一段显然不是原始信仰，而是战国时代的社会观念。又如，《大荒经》和《海内经》中的"有鸾鸟自歌，凤鸟自舞。凤鸟首文曰德、翼文曰顺、膺文曰仁、背文曰义"，以及《南次三经》的"有鸟焉，其状如鸡，五采而文，名曰凤皇，首文曰德，翼文曰义，背文曰礼，膺文曰仁，腹文曰信"，其中的德、义、礼、仁、信，这些观念绝不会在上古产生，明显为春秋战国后学者们的说教。这些观念的掺杂，确实影响了《山海经》保持的原始面目，但从另一方面讲，正是伴随着这种掺杂，才使这一经典与社会发展相结合而不至于很快散失。像《禹贡》《穆天子传》等典籍的散佚，其原因是否与此有关很难说。

当然，《山海经》也有自己的绝对优势，那就是其自身宏大的气派、丰富的内容，吸引了人们的广泛关注，才使它流传不衰。我们应该注意到，就中国文化发展的实际而言，不可能有绝对纯粹的原始典籍留存。除了像汉墓中画像石之类的文物被后人所发掘并较为完整地保存，典籍的流传总是被不断增删的。另外，像一些原始咒语，在流传中也难免有后人掺入的成分。若别除这些，《山海经》的面目将是清新、生动的。国家大统一，民族大融合，文化在交流中迅速发展壮大。《山海经》掺杂后世思想观念是很正常的事情。

总之,《山海经》基本形成于夏代,这从文中对禹、启和其他帝(神)不同称呼可以看出;作为书与图的记录形式,则是时代发展的原因,如成册竹简的出现限定《山海经》只能在春秋战国时代成书;由于文化发展和社会政治等因素,只有在汉代才出现体系相对完整的《山海经》,其中,博学多识的方士起到突出的作用,从而保存下这部民族文化奇书;在晋代,郭璞收入了逸失的部分内容,使《山海经》的内容更为完善。不同时代的注释整理,融入了学者们的心血,集中表现出他们对民族文化尤其是神话学、民俗学、哲学、历史学和地理学等古代人文学科的思想智慧。

《山海经》及各家注释阐微,是我国古代思想文化的重要内容。

二、《山海经》内容的基本构成

《山海经》18卷,大体上分为山、海、荒三种文化体系,山为神山,海为神海,荒为神荒(神原),每一种体系都具有相对独立的内容。山、海、荒各为一种神话存在方式,即《五藏山经》为一种神话系统,《海外经》《海内经》为一种神话系统,《大荒经》包括《海内经》另为一种神话系统。

1. 《山经》系统

《山经》包括《南山经》《西山经》《北山经》《东山经》和《中山经》。其中,可以粗略统计出,有447座相连的山,有276条源于各山之中的河流,有56种神鸟,有88种神兽,有38种神鱼,有16种神虫(其他形状神奇者、怪异者未计入),以及白玉、璋、糈和草木等祭祀物。这里的山川河流和各种草木鱼虫未必就是自然真实的,其神话属性更为明显。

《山经》的地域范围,谭其骧认为,晋南、陕中、豫西地区记述得最详细最正确,其文中距离与实际相差一般不到两倍;离开这个地区越远,记述就越模糊,与实际差别越大。在他看来,《南山经》的大致范围东起今浙江舟山群岛,西至湖南西部,南至广东南海(不包括今广西、贵州、云南、海南和广东西南部高雷一带)。《西山经》的大致范围北至今宁夏盐池西北、陕西榆林东北一线,西南至甘肃鸟鼠山、青海青海湖,西北可能到达新疆的东南角(不包括罗布泊以西以北)。而《北山经》的大致范围西起今内蒙古腾格里沙漠,东抵河北中部即《山经》中所提的大河河水下游,北抵内蒙古阴山以北,北纬43°迤北一线。《东山经》的范围东抵今山东成山角,北起莱州湾,南抵安徽潍河。《中山经》的范围西南到达四川盆地的西北边缘。[1]

谭其骧先生的意见与今天的实际地望并不完全相合,而且不能自圆其说。既然《中山经》描述得更详细,为何自己勾画得又很粗略呢?在这一点上,徐显之先生与他的意见不同。徐显之先生认为,《中山经》的全部区域范围相当于今天黄河中下游的中原地区,即它包括了伊洛地区、中条山地区、岷山地区、伏牛山—大别山地区、荆山—大别山地区、幕阜山地区,一共六个地区[2]。

伊洛地区指以洛阳为中心的伊水、洛水流域。司马迁曾说"昔三代皆出于河洛之间",就指这一地区。许多文献表明,这里是夏文化的中心。中条山地区在今山西西南部,紧连着伊洛地区。这一带有传说中的"舜渔雷泽"的雷水(今山西永济市南),禹曾在安邑(今山西夏县以北)建都,也是夏文化的中心。岷山地区的范围包括岷山、大巴山、巫山一带,有着丰富的巴蜀文化内涵。究其根底,《华阳国志》称"肇于人皇",是"黄帝高阳之支庶",与夏文化有着密切的联系。伏牛山—大别山地区包括今伏牛山、桐柏山两大山脉和大别山以北,这里的桐柏山脉厉山即烈山,是炎帝族生活的地方。《山海经》中称这一地区为"桑多",即农桑发达。应该说,炎帝和黄帝两族更易于在这里形成结合部。荆山—大别山地区与以上地区紧紧相连,大致范围在湖北汉水以南,东至大别山南北,是楚文化的重要集结地。幕阜

---

[1] 谭其骧:《〈五藏山经〉的地域范围提要》,见中国《山海经》学术讨论会编辑《〈山海经〉新探》,四川省社会科学院出版社1986年版。
[2] 徐显之:《山海经探原》,武汉出版社1991年版。

山地区为长江以南湘蠡之间的洞庭、柴桑一带,多"黄金""玉""银"和"美铜",也是夏文化的重要聚集地。

在《山经》诸篇中,有一些固定的句式,如"有×焉,其状如……"有的句式较简短,有的句式较长。这些名物以草木鸟兽鱼虫为最多,特别是鸟兽鱼虫,我们可以把它看作群山的灵魂。正是这些鸟兽鱼虫的奇形怪状和各种习性,形成《山经》的主要神话传说内容,它们至今还在流传。也正是这些瑰丽多彩的神话传说,使这些山川成为中华民族文化的"活化石"。如果我们做一简单归纳,即可看到这样一些内容:提及名称和介绍最多的是兽,有名者 36 种,作形态介绍者 88 种;其次是鸟,有名者 20 种,作形态介绍者 56 种;再次为鱼,有名者 16 种,作形态介绍者 38 种;最后是虫,有名者 16 种,作形态介绍者 10 种。另外还有未提到名称的鸟、奇鸟(兽)、怪鸟(兽)、白鸟(兽)、奇鱼、怪鱼、怪虫和怪蛇。它们中,有的是多尾,多身,多足,有的是多种物体的杂合,有的是变形,如人面的各种鸟,人首状的兽,鸟状的鱼,兽状的鱼,有鸟翼的虫或兽,等等。这些本书另有详述,此处略。

在《山经》中,著名的神话传说中的鸟兽鱼虫几乎都提及,当然,这里的鸟兽鱼虫应该是神鸟神兽神鱼神虫,都具有神话意蕴、神话色彩、神话特征。如白虎、天狗、天马、人鱼、飞蛇、龙龟、白蛇、三足龟(鳖)、凤凰、三青鸟、精卫、鸾鸟、象、夔牛、玄豹、白鹿、九尾狐、蛟、虎蛟等。其中,提及次数较多的如赤鹫、鸩、尸鸠、鸲鹆、白鸟、白兽、虎、豹、马、犀、兕、牛、羊、鹿、人鱼、蛟、蛇和龟。这从一个方面表现了原始思维的基本特征。这里所提及的著名神话传说人物与前所列举的鸟兽鱼虫相比,则要少得多。如,在《南山经》中除"鸟身龙首""龙身鸟首""龙身人面"的山神外,几乎没有别的鬼神。《西山经》中提到的"十神"皆为"人面而马身","七神"是"人面牛身","有天神焉,其状如牛,而八足二首,马尾",有司天之九部之神及帝囷之神,"状虎身而九尾,人面而虎爪"。最典型的是西王母,其状如人,"豹尾虎齿而善啸,蓬发戴胜",其神职在于"司天之厉及五残"。另如长留之山神"白帝少昊","其状如黄囊,赤如丹火,六足四翼,浑敦无面目,是识歌舞"的"帝江",泐山之神"蓐收";从崇吾之山到翼望之山的山神"皆羊身人面"。在《北山经》中,"单狐之山"至于"堤山"的神与"管涔之山"至于"敦题之山"的神一样,都是"蛇身人面"。"太行之山"至于"无逢之山"的神有44个,20个"马身人面",14个"彘身(猪身)而载玉",10个"彘身而八足蛇尾"。《东山经》中,"樕朱之山"至于"竹山","其神状皆人身龙首";"空桑之山"至于"䃌山","其神状皆兽身人面载觡";"尸胡之山"至于"无皋之山","其神状皆人身而羊角"。《中山经》中,"辉(辉)诸之山"至于"蔓渠之山","其神皆人面而鸟身";"和山"的"吉神"泰逢,"其状如人而虎尾","好居于萯山之阳,出入有光",其神力能"动天地气";"鹿蹄之山"至于"玄扈之山","其神状皆人面兽身";"休舆之山"至于"大騩之山",有16位神"皆豕(猪)身而人面",苦山、少室、太室三山的神"皆人面而三首";"景山"至"琴鼓之山","其神状皆鸟身而人面";"骄山"神"䨲围","其状如人面,羊角,虎爪","出入有光";"岐山"神"涉䨲"其状"人身而方面三足";"女几山"至于"贾超之山","其神状皆马身而龙首";"首山"至于"丙山","其神状皆龙身而人面";"翼望之山"至于"几山","其神状皆彘身人首";"夫夫之山"神"于儿","其状人身而身操两蛇","出入有光";"洞庭山"有"帝(尧)之二女",多怪神"状如人而载蛇,左右手操蛇";"篇遇之山"至于"荣余之山","其神状皆鸟身而龙首"。这些神话人物几乎都没有完整的故事,一方面是与《五藏山经》主要作为一部地理书有关,另一方面则反映出其相对朴素、原始的面目,即所谓神话学上所讲的离有文字记载的商周时期越近,所表现出的故事越少,离有文字记载的商周时期越远,故事表现的内容越为详细的道理。

最后是神话空间,即神话世界中那些祭祀的内容。其多"祠",祭物有"白鸡""稻米""白菅""稷米""玉"以及"太牢""烛""牺牲""瘗""糈""狗"等。有学者认为这些祭祀行为和"见则多风雨"之类的语言一样,并不是原始的巫术表现,而是秦汉间人所加。我们认为这是有一定道理的,但不能一概而论，其中的祭祀礼仪和预测性言论，在一定程度上表现出原始人民的信仰特征。况且，即使是后世的祭礼，也是以原始信仰崇拜为基础而形成的。

  2.《海经》(《海外经》《海内经》)系统

  《尔雅·释地》："九夷、八狄、七戎、六蛮，谓之四海。"可知，此处"海"的概念并不是现代意义上的海洋。再者，从《海外经》和《海内经》所描述的具体内容看，"海"的概念是和"国"密切联系在一起的，即表达出一种原始信仰观念。这里的"海内"所指为国土内的范围。所以，就有与《山经》相重复的地理概念，如"昆仑"，但《海内经》的范围明显超出《山经》。应该说，这是随着社会日益发展，人们的视野不断扩大，见闻益广的结果。如，《海内经》有"蓬莱山在海中""桂林八树在番隅东"句，其域为"山"即陆地所环绕之内处，而《海外经》则更远，是四海之外更为辽阔的地方。但是，无论"海内"或者是"海外"，这里的"海"明显带有极为浓郁的想象成分，所以我们很难像阐释《山经》那样可以列出与实地相符的几个具体地区。究其原因，这和文本形成的时代是分不开的，尤其是和秦汉间方士阶层所宣扬的神异观念对社会现实的冲击相联系在一起的。总的说来，"海"就是国土。它与"山"不同的是，"山"多指大致的地貌，多纵横的山脉及奔腾在山间的河流，间或有对那些藏居山间水畔的奇木异草、神鸟怪兽以及神秘的鱼虫所作的描述。而"海"多指传说中的遥远的土地。它使我们联想起李白笔下的诗句"海客谈瀛洲"，"海客"的"海"应该和这里的"海"在意义上是一脉相承的。这种现象还使我们想起北京城的"海"，和笔者的家乡中原农村旧时称水流相绕的"海"。北京的"海"意味着神圣、博大，像中南海、什刹海，都有此种意义。而笔者的家乡，在旧时对城周围的水沟也称作"海"，"海"意味着一种狭隘的极限，是人们生活的区域边缘。这两种意义应该都是从《海经》所生发、绵延而遗存的吧。

  理解《海外经》和《海内经》各篇，我们从宏观上可以看到各篇中所描述的"国"。"国"即部族、部落,以某种形状为标志。

《海外经》中,"国"的记述依次为:

《南经》12 国:结匈国、羽民国、讙头国(朱国)、厌火国、三苗国(三毛国)、䴢国、贯胸国、交胫国、岐舌国、三首国、周饶国(焦饶国)、长臂国。

《西经》10 国:三身国、一臂国、奇肱国、丈夫国、巫咸国、女子国、轩辕国、白民国、肃慎之国、长股之国。

《北经》9 国:无臂国、一目国、柔利国、深目国、无肠国、聂耳国、博父国、拘缨国、跂踵国。

《东经》7 国:大人国、君子国、青丘国、黑齿国、玄股国、毛民国、劳民国。

《海内经》中,"国"的记述依次为:

《南经》9 国:伯虑国、离耳国、雕题国、北朐国、枭阳国、氐人国、匈奴国、开题国、列人国。

《西经》2 国:流黄酆氏之国、貊国。

《北经》6 国:犬封国(犬戎国)、鬼国、林氏国、盖国、朝鲜、射姑国。

《东经》6 国:埻端国、玺晱国、大夏国、竖沙国、居繇国、月支国。

以上所列 61 国,其中《海外经》38 国,《海内经》23 国,多以貌命名。诚如有人所言,此处之国,即"民",在形状、性情等方面表现出共同特征的氏族部落、集团。在这些人群中,发生了许多令人眼花缭乱的神话传说故事,特别是其中存在的以"昆仑"为中心的神话群,表现出中国神话的系统性特征。这里的"民"的形状和性情与《山经》中诸神的"其神状 × 首 × 身"的基本模式相比,显示出原始人民对自然、社会认识和理解的不断提高。特别是《海内经》《海外经》诸篇中,许多神话都是自成体系,同时,各神话群中又有相互联系的内容,它体现出在"海"的意义上这一神话系统的文化个性。这些神话群成为后世文化的经典性内容,深深地影响着我国神话文化的具体发展和衍化规律。

例如,《海外南经》中有关于不死民长寿的记载,关于昆仑虚地区羿与凿齿战争的记载,关于在狄山"帝尧葬于阳,帝喾葬于阴"的记载,关于"南方祝融,兽身人面,乘两龙"的记载。《海外西经》中有关于"大乐之野,夏后启于此儛九代,乘两龙,云盖三层。左手操翳,右手操环,佩玉璜"的记载,关于"形天与帝至此争神,帝断其首,葬之常羊之山。乃以乳为目,以脐为口,操干戚以舞"的记载,有"女丑之尸,生而十日炙杀之"和因"畏轩辕之丘"而"不敢西射"的记载,关于在肃慎之国的雄常(雒棠)树"先入伐帝,于此取之"和"西方蓐收,左耳有蛇,乘两龙"的记载。《海外北经》中有关于"钟山之神"(即"烛阴")的"视为昼,瞑为夜,吹为冬,呼为夏,不饮,不食,不息,息为风。身长千里"而"人面,蛇身,赤色"的记载,关于"禹杀相柳,其血腥,不可以树五谷种",和相柳"九首人面,蛇身而青",以及"共工之台""众帝之台"的记载,关于"夸父与日逐走,入日,渴欲得饮,饮于河渭,河渭不足,北饮大泽。未至,道渴而死。弃其杖,化为邓林"的记载,关于在务隅之山,"帝颛顼葬于阳,九嫔葬于阴"的记载,和"北方禺强,人面鸟身,珥两青蛇。践两青蛇"的记载。《海外东经》中有关于"汤谷上有扶桑,十日所浴,在黑齿北。居水中,有大木,九日居下枝,一日居上枝"的记载,关于"东方句芒,鸟身人面,乘两龙"的记载。

又如,《海内南经》中有关于"苍梧之山,帝舜葬于阳,帝丹朱葬于阴"的记载。《海内西经》中有关于贰负与其臣危"杀窫窳"和"后稷之葬,山水环之。在氐国西"的记载,有关于"海内昆仑之虚,在西北,帝之下都"的记载。此帝即黄帝。文曰:"昆仑之虚,方八百里,高万仞。上有木禾,长五寻,大五围。面有九井,以玉为槛。面有九门,门有开明兽守之。百神之所在。在八隅之岩,赤水之际,非仁羿莫能上冈之岩。""开明"是昆仑山的守护神,其"身大类虎而九首,皆人面,东向立昆仑上"。在其周围,西有凤凰、鸾鸟,北有珠树等生长珍珠和美玉的树和不死神树,以及戴着盾甲的凤凰和鸾鸟,东有群巫(巫彭、巫抵、巫阳、巫履、巫凡、巫相),他们手持不死之药去救窫窳,南有长着六个脑袋的树鸟和蛟、蛇、豹等,更显出昆仑山的繁华。《海内北经》中有关于"西王母梯几而戴胜杖"的记载,她的南面有三只为她取食的青鸟,在昆仑山东北处,有各为两座四方形的帝尧、帝喾、帝丹朱、帝舜的灵台的记载,有舜妻"登比氏"也叫"登北氏"生下"宵明"和"烛光",居住在河畔大泽之中,神女的灵光能照耀方圆百里的记载,以及"蓬莱山在海中"和"大人之市在海中","大鲲""大蟹"在海中等景象的记载。《海内东经》中有关于"雷泽中有雷神,龙身而人头,鼓其腹(则雷)"的记载。

在以上所列举的神话材料中,我们可以清晰地看到,《海内经》有一个中心区域,即昆仑山,它地势险要,如,"其南渊深三百仞",其坐北朝南,神主为西王母,她的护守神使为开明神兽,周围遍布奇花异草、神巫和尧舜等帝王的灵台。而在《海外经》中,虽然也有昆仑山地区的描述,如羿与凿齿的战争的记载,但范围明显更为扩大,神话人物也更为繁密。如祝融、夏后启、刑天、女丑、蓐收、烛阴、相柳、夸父、禹、颛顼、禺强、句芒等,熙熙攘攘。事实上,《海内经》和《海外经》在总体范围上并没有超出多少华夏族早期活动的区域。特别是各神灵之间的联系仍然是松散的,神谱的意义并不十分明确,这表明在"海"的意义上昆仑神话系统与蓬莱神话系统趋向于"合"的态势,尽管其走向并不十分明显。

3.《大荒经》(包括《海内经》)系统

《大荒经》(包括《海内经》1篇)在内容上是相对独立于前面所举的《山经》和《海内经》《海外经》各篇的。在这一点上,以往许多学者总是误把《荒经》看作《海经》中所掺杂的。《大荒经》中保存的神话最为丰富,也最为系统。其最突出的地方就是它展示出一个以"帝俊"为中心的神话世界,而不像《海内经》和《海外经》那样以"昆仑"为中心。毕沅在《山海经新校正·篇目考》中这样解释道:《山经》和《海内经》《海外经》是禹、益所作,《大荒经》为禹、益之后人所作。他还说,这是刘歆所增。郭璞注释整理《山海经》时早已提到,《大荒经》是刘歆进上《山海经》之外的部分。郝懿行在《山海经笺疏》中,根据其次序的不同,校书款识的不同,认为《大荒经》非刘歆所增,也非其进上的《山海经》之内,而是刘歆之后为了诠释《海内经》和《海外经》而撰写的文字。近人袁行霈则认为《大荒经》既非刘歆所增,也非后人诠释之文,而是本来就"杂在海外、内经中"的文字,同《海内经》《海外经》一样,是"秦或西汉初年的作品"。他说:"所谓大荒,指的就是海外,并不是在海外之外另有一个地域叫大荒。"[1]事实上我们不必这样强究"大荒"在"海外之外"的意义,"荒"和"山""海"是三种不同意义的概念,《大荒经》在内容上和《山经》《海经》既有联系又具有相对独立性,是又一个以"帝俊"为中心的神性体系。同时,它也不是对其他文本的补充或诠释。即使是《海经》,内与外标志着它们在形式上是分开的,但在内容上尤其是神话所发生的区域范围上却并没有十分明显的区别。如《海外经》中有"帝尧""帝喾""轩辕之丘"和"昆仑"的记述,《海内经》中同样有记述,只不过《海内经》的"昆仑"中心地位更突出而已。而在《大荒经》中,帝俊的中心是非常突出的,动辄有"日月所出入处"的描述,应该说,这是和帝俊的角色即神性神职所分不开的,更是其他文本所不能比拟的个性所在。当然,其形成时期也不尽相同。

《大荒经》中关于以帝俊为中心的内容主要表现在这些方面:

《大荒东经》中载:"有中容之国。帝俊生中容,中容人食兽、木实,使四鸟:豹、虎、熊、罴。""有司幽之国。帝俊生晏龙,晏龙生司幽,司幽生思士,不妻;思女,不夫。食黍,食兽,是使四鸟。""有白民之国。帝俊生帝鸿,帝鸿生白民,白民销姓,黍食,使四鸟:虎、豹、熊、罴。""有黑齿之国。帝俊生黑齿,姜姓,黍食,使四鸟。"

《大荒南经》中载:"大荒之中,有不庭之山,荣水穷焉。有人三身,帝俊妻娥皇,生此三身之国,姚姓,黍食,使四鸟。""有襄山。又有重阴之山。有

---

[1] 袁行霈:《〈山海经〉初探》,《中华文史论丛》1979年第3辑。

人食兽,曰季厘。帝俊生季厘,故曰季厘之国。有缗渊。少昊生倍伐,倍伐降处缗渊。有水四方,名曰俊坛。""东南海之外,甘水之间,有羲和之国。有女子名曰羲和,方日浴于甘渊。羲和者,帝俊之妻,生十日。"

《大荒西经》中载:"有西周之国,姬姓,食谷。有人方耕,名曰叔均。帝俊生后稷,稷降以百谷。稷之弟曰台玺,生叔均。叔均是代其父及稷播百谷,始作耕。""有女子方浴月。帝俊妻常羲,生月十有二,此始浴之。"

《大荒北经》中载:"东北海之外,大荒之中,河水之间,附禺之山……丘方圆三百里,丘南帝俊竹林在焉,大可为舟。"

在《海内经》中,帝俊的神话传说异常丰富,如:"帝俊生禺号,禺号生淫梁,淫梁生番禺,是始为舟。番禺生奚仲,奚仲生吉光,吉光是始以木为车。""帝俊赐羿彤弓素矰,以扶下国,羿是始去恤下地之百艰。""帝俊生晏龙,晏龙是始为琴瑟。""帝俊有子八人,是始为歌舞。帝俊生三身,三身生义均,义均是始为巧倕,是始作下民百巧。"

在《大荒经》和《海内经》中,帝俊庞大的家族十分显赫,中容、晏龙、帝鸿、黑齿、三生之国、十日、十二月、季厘、后稷、禺号、三身、八子(为歌舞)都是其家族的成员,更不用说旁系了。在这样一个家族中,帝俊的地位是崇高的,所以,就连黄帝那样著名的神人在这里也不得不退"位"。在帝俊神话系统中心世界里,日月的出入处,如大言山、合虚山、明星山、鞠陵于天山、东极山、离瞀山、孽摇頵羝山上的扶木、猗天苏门山、壑明俊疾山、甘渊、方山上的柜格之松青树、丰沮玉门山、鏖鏊钜山、常阳之山、大荒之山、龙山等场所,形成了无比辉煌的神话氛围,衬托出帝俊的神话典型形象。那么,帝俊是否在后世神话流传中被解构或消失了呢? 如果是,又如何形成这种神话现象呢?

再者,从与此相连的神话系统中,我们可以清楚地看到黄帝家族和颛顼家族的非凡影响。另外诸如禹神话群、共工神话群、蚩尤神话群、夸父神话群,也都有丰富的内容。其他像所提及的西王母、炎帝、女娲、应龙、女魃、王亥、后稷、羲和、常羲、祝融、禺号、尧、舜、嚳、烛龙、赣巨人、羿等神话人物和各种神秘色彩浓郁的山川草木、鸟兽鱼虫,都比《山经》和《海内经》《海外经》中的要完整、生动。这种局面与帝俊中心相对比,体现出我国古代神话的交融性、丰富性、系统性并存的特征。有人认为,形成帝俊中心的原因在于殷人崇拜观念对神话的渗透,应该说这是有道理的。但是,正因如此,《大荒经》和《海内经》才形成自己的系统特征而有别于《山经》系统和《海内经》《海外经》系统。也就是说,《大荒经》系统的形成,有着自己独特的历史文化背景,因而,在我国古典神话世界中,它占据着独特的位置,包容着更丰富的价值和意义。特别是从《山经》到《海经》再到《荒经》,神话面目越来越清晰,系统性越来越完整,这种现象更值得我们重视。

第二节 《山海经》的神话群及其文化类型

一、《山海经》的神话群

所谓神话群,一般指原始先民对自然和社会所表现出的形象的认识与表达所显示出的集群现象。神话群体形象不但包括以帝王、英雄、圣贤、妖魔、怪异形象出现的神人,而且包括各种奇异的鸟兽鱼虫,和具有神秘色彩的草木山石。

《山海经》的神话系统中,影响最大的是神人。特别是在《海内经》《海外经》和《大荒经》诸篇中,神性家族构成了神话中的核心内容,成为全书中最有光彩的一部分。但我们也不可忽视那些以鸟兽鱼虫、草木山石面目所出现的神话内容。作为神人存在和活动的基本背景,这些内容是整个神话系统不可分割的"基础"。

《山海经》中的神人众多,其有名者,如黄帝、炎帝、羲和、颛顼、尧、舜、鲧、禹、西王母、刑天、共工、应龙、蚩尤、相柳、女娲、精卫、帝俊等;其无名者,如各山之神。神人的形状、活动,构成了我国古典神话系统的基本内容。其中的一些片段,被渲染成后世文学中天地变化的大事件,深深烙印在我们民族的心灵上。如果我们把所有记述这些神人及其相关活动、场所的内容概称为神话群,那么,我们就不难发现,在这部书中拥有许多光彩照人的神话群,它们不同程度地分布在崇山峻岭和江河湖海间,映射出我们民族昨天的辉煌和艰辛。兹分述之。

1. "帝"神话群

此处帝以地分,此地不仅仅是土地。

这里的帝,身份很明朗,姓名却很模糊,他可以是天帝,也可以是人间的帝王,但更多的是天帝,统摄天地之间的万事万物。后世学者总是要把这些帝与具体的神话人物联系在一起,不无牵强附会之处。我们说,在黄帝、炎帝、帝俊等神话中的帝王之外,确实是存在着一个帝系神话群的。而且,在这个帝系神话群中,帝也绝对不止一个。在这里,为了行文方便,我们姑且把所有的帝都列入一个帝的名下。帝神颇多,林林总总,如《西山经》载,可称为"西山帝神话群",以山为界,各有一片自己的神话范围:

"又西三百五十里,曰天帝之山,上多棕楠,下多菅蕙。有兽焉,其状如狗,名曰溪边,席其皮者不蛊。有鸟焉,其状如鹑,黑文而赤翁,名曰栎,食之已痔。有草焉,其状如葵,其臭如蘼芜,名曰杜衡,可以走马,食之已瘿。"

"西次三经之首,曰崇吾之山,在河之南,北望冢遂,南望䍃之泽,西望帝之搏兽之丘,东望䗡渊。"

"又西北四百二十里,曰钟山。其子曰鼓,其状如人面而龙身,是与钦䲹杀葆江于昆仑之阳,帝乃戮之钟山之东曰嵫崖。"

"又西三百二十里,曰槐江之山。丘时之水出焉,而北流注于泑水。其中多蠃母,其上多青雄黄,多藏琅玕、黄金、玉,其阳多丹粟。其阴多采黄金银。实惟帝之平圃,神英招司之,其状马身而人面,虎文而鸟翼,徇于四海,其音如榴。"

"西南四百里,曰昆仑之丘,是实惟帝之下都,神陆吾司之。其神状虎身而九尾，人面而虎爪；是神也，司天之九部及帝之囿时……有鸟焉，其名曰鹑鸟，是司帝之百服。"

又如，可称"中山帝神话群"，《中山经》载：

"又东十里，曰青要之山，实惟帝之密都。北望河曲，是多驾鸟。南望墠渚，禹父之所化，是多仆累、蒲卢。"

"中次七经苦山之首，曰休舆之山。其上有石焉，名曰帝台之棋，五色而文，其状如鹑卵，帝台之石，所以祷百神者也，服之不蛊。"

"东三百里，曰鼓钟之山，帝台之所以觞百神也。"

"又东二百里，曰姑媱之山。帝女死焉，其名曰女尸，化为䔄草……服之媚于人。"

"又东南五十里，曰高前之山。其上有水焉，甚寒而清，帝台之浆也，饮之者不心痛。"

"又东南三十里，曰毕山。帝苑之水出焉，东北流注于滽，其中多水玉，多蛟。"

"又东五十五里，曰宣山。沦水出焉，东南流注于水，其中多蛟。其上有桑焉，大五十尺，其枝四衢，其叶大尺余，赤理黄华青柎，名曰帝女之桑。"

"又东南一百二十里，曰洞庭之山，其上多黄金，其下多银铁，其木多柤梨橘柚，其草多葌、蘪芜、芍药、芎䓖。帝之二女居之，是常游于江渊。"

在《山经》中，帝的出现集中在《西山经》和《中山经》里。而一般学者以为，《西山经》和《中山经》的地域范围大致在陕西、甘肃、青海、宁夏、新疆东部和河南、山西一带。这说明一个问题，河洛为"三代"之居绝不是偶然的。帝的影响在这一带频繁出现，标志着《山海经》的神话中心之所在。

《海外南经》中载："有神人二八，连臂，为帝司夜于此野。在羽民东。其为人小颊赤肩。尽十六人。"

《海外西经》载："刑天与帝至此争神，帝断其首，葬之常羊之山。乃以乳为目，以脐为口，操干戚以舞。"

《海外东经》载:"帝命竖亥步,自东极至于西极,五亿十选九千八百步。竖亥右手把算,左手指青丘北。"

《海内西经》载:"贰负之臣曰危,危与贰负杀窫窳。帝乃梏之疏属之山,桎其右足,反缚两手与发,系之山上木。""海内昆仑之虚,在西北,帝之下都。昆仑之虚,方八百里,高万仞。上有木禾,长五寻,大五围。面有九井,以玉为槛。面有九门,门有开明兽守之,百神之所在。"

《大荒南经》载:"有巫山者,西有黄鸟。帝药,八斋。黄鸟于巫山,司此玄蛇。"

《大荒北经》载:"共工臣名曰相繇,九首蛇身,自环,食于九土。其所歍所尼,即为源泽,不辛乃苦,百兽莫能处。禹湮洪水,杀相繇,其血腥臭,不可生谷;其地多水,不可居也。禹湮之,三仞三沮,乃以为池,群帝是因以为台。在昆仑之北。"

《海内经》载:"洪水滔天。鲧窃帝之息壤以堙洪水,不待帝命。帝令祝融杀鲧于羽郊。鲧复生禹。帝乃命禹卒布土以定九州。"

在以上的材料中,我们可以看到"天帝之山"景色的绚丽多彩,"帝之平圃"的富丽堂皇,"帝之下都(昆仑之虚)"的巍峨壮观,以及"帝"在杀戮众神、与刑天争神、桎梏逆神中的战斗激烈,和"帝台"前"觞百神"的盛大场面,"帝台之浆"的神奇药效,以及"帝女之桑"的高大,帝女的命运,神使守卫所衬托出的威严。天帝的职能集中体现在使世界保持安宁,不仅他是这样,黄帝、炎帝和其他人间的帝王都如此。他们的征杀,在事实上反映出远古的部落、氏族间的不断争斗,中华民族迈上民族统一的漫长的征程。当然,这里的帝更多属于远古人民的想象,是将他们理想化、典型化了。

2. 黄帝神话群

黄帝神话群包含着这样一些内容,一是黄帝神谱,由"黄帝生×"的句式作为标志,组成庞大的"黄帝家族";二是与黄帝发生联系的群神,表现出黄帝与其他部落的战争等重大事件;三是黄帝的个人行为对世界的影响,以及在黄帝的生存环境中直接表现出的物产和各种自然景观等神话现象。

黄帝家族在我国神话体系中占据着很特殊的地位。司马迁描述的历史中国家的形成就是从黄帝开始的,后世也多以黄帝为中华民族的始祖。在《山海经》中,集中体现黄帝家族谱系即神谱的主要有《大荒经》和《海内经》的一些篇章。

如《大荒东经》载:"东海之渚中,有神,人面鸟身,珥两黄蛇,践两黄蛇,名曰禺䝞。黄帝生禺䝞,禺䝞生禺京。禺京处北海,禺䝞处东海,是惟海神。"

《大荒西经》载:"有北狄之国。黄帝之孙曰始均,始均生北狄。"

《大荒北经》载:"大荒之中,有山名曰融父山,顺水入焉。有人名曰犬戎。黄帝生苗龙,苗龙生融吾,融吾生弄明,弄明生白犬,白犬有牝牡,是为犬戎,肉食。"

《海内经》载:"流沙之东,黑水之西,有朝云之国、司彘之国。黄帝妻雷祖,生昌意。昌意降处若水,生韩流。韩流擢首、谨耳、人面、豕喙、麟身、渠股、豚止,取淖子曰阿女,生帝颛顼。""黄帝生骆明,骆明生白马,白马是为鲧。"

由此可知,黄帝的嫡系血统有禺䝞、始均、苗龙、昌意、骆明等,继续推算,颛顼家族、鲧禹家族、犬戎家族、北狄之国和禺京海神家族都可列为黄帝族系之内。

与黄帝族发生联系的有夔、蚩尤。

如《大荒东经》载:"东海中有流波山,入海七千里。其上有兽,状如牛,苍身而无角,一足,出入水则必风雨,其光如日月,其声如雷,其名曰夔。黄帝得之,以其皮为鼓,橛以雷兽之骨,声闻五百里,以威天下。"

《大荒北经》载:"有系昆之山者,有共工之台,射者不敢北乡。有人衣青衣,名曰黄帝女魃。蚩尤作兵伐黄帝,黄帝乃令应龙攻之冀州之野。应龙畜水。蚩尤请风伯雨师,纵大风雨。黄帝乃下天女曰魃,雨止,遂杀蚩尤。"

夔是一个具有坚强力量的部落,却被黄帝所击败。这里的"以其皮为鼓"以威天下"背后，可能隐含着一场异常残酷的战争[1]。而在与蚩尤的作战中，黄帝的队伍就显得更加壮大，如应龙、天女魃等神，应该说是黄帝族战斗力量的一部分，是神使，或者是归附来效命的氏族部落集团。值得一提的是，著名的阪泉之战却没有在这里提及，以下还有类似的情况，如"女娲之肠"没有女娲造人、补天的提及，这些现象显示出《山海经》神话材料的庞杂、散乱，也显示出其质朴的本色。当然，问题也可能更复杂。如果我们以此对照《史记》和后世更多的关于黄帝的典籍，我们会在黄帝神话的衍变即历史发展的嬗变中发现许多值得我们进一步思索的重要内容。

黄帝的个人行为主要表现在《西山经》里。

如《西次三经》载："又西北四百二十里，曰峚山，其上多丹木，员叶而赤茎，黄华而赤实，其味如饴，食之不饥。丹水出焉，西流注于稷泽，其中多白玉。是有玉膏，其原沸沸汤汤，黄帝是食是飨。是生玄玉。玉膏所出，以灌丹木。丹木五岁，五色乃清，五味乃馨。黄帝乃取峚山之玉荣，而投之钟山之阳。""又西三百五十里，曰天山，多金玉，有青、雄黄。英水出焉，而西南流注于汤谷。有神焉，其状如黄囊，赤如丹火，六足四翼，浑敦无面目，是识歌舞，实为帝江也。"

黄帝以玉为饮食，取"峚山之玉荣，而投之钟山之阳"。作为天山英水神，其有着特殊的形状，而且"识歌舞"（毕沅、杜预等人认为帝江即帝鸿，帝鸿即黄帝）。这里，黄帝的神话性格更显得丰富而突出。

与黄帝相关的"轩辕之丘""轩辕之山""轩辕之台""轩辕之国""建木"，同样是黄帝神话群的重要内容。如：

关于"轩辕之丘"，《西次三经》载："又西四百八十里，曰轩辕之丘，无草木。洵水出焉，南流注于黑水，其中多丹粟，多青、雄黄。"

关于"轩辕之山"，《北次三经》载："又东北二百里，曰轩辕之山，其上多

---

[1] 参见拙作《鼓神考》，《中国音乐学》2007 年第 4 期。

铜,其下多竹。有鸟焉,其状如枭而白首,其名曰黄鸟,其鸣自詨,食之不妒。"

关于"轩辕之台",《大荒西经》载:"有轩辕之台,射者不敢西向射,畏轩辕之台。"

关于"轩辕之国",《大荒西经》载:"有轩辕之国。江山之南栖为吉。不寿者乃八百岁。"

关于"建木",《海内南经》载:"有木,其状如牛,引之有皮,若缨、黄蛇。其叶如罗,其实如栾,其木若䔩,其名曰建木。在窫窳西弱水上。"《海内经》载:"有木,青叶紫茎,玄华黄实,名曰建木,百仞无枝,有九欘,下有九枸,其实如麻,其叶如芒。大皞爰过,黄帝所为。"

黄帝不但是一个伟大的神界领袖,而且是一个卓越的人间帝王。在他的身上,集中了我国古代神话人物的典型形状、性情、职能。在他的周围,神奇的山川草木、鸟兽鱼虫,都呈现出独特的光辉。他不但平息了蚩尤那样的乱贼,使国家得到安宁,而且建造了高大的建木神树,使天界和人间得到沟通。他有着奇异的形状,以玉为饮食,不但是一位威震四方的战神,而且是一位识歌舞的文化大神。更重要的是他生养了一大批群神,诸如禺䝞那样的海神,颛顼和鲧、禹等人间的帝王和英雄。可以说,在我国神话系统中,没有任何神话典型能与黄帝神话群相媲美。这就难怪"百家言黄帝"!特别是他领导的国土上,人民长寿,年龄短者也有八百岁。《大荒东经》提到"帝俊生帝鸿",若如毕沅和杜预所言,帝鸿(帝江)即黄帝,那么,这个神性家族就更加庞大。黄帝神话群的形成,表明我国古典神话与原始思维的密切联系及我国神话结构的基本特色。

关于帝俊神话系统,我们在前面论及《山海经》的基本系统部分时已详述,此处省略。

3. 颛顼神话群

在中国神话谱系中,次于黄帝神话群的庞大景观者,这里可推颛顼神话群。

颛顼在我国神话系统中也占据着十分重要的地位,直接影响着我国神话的基本内容和发展变化。在《山海经》中,关于颛顼的神话内容集中体现在《海外北经》《大荒经》和《海内经》中。如:

《海外北经》载:"务隅之山,帝颛顼葬于阳,九嫔葬于阴。一曰爰有熊、罴、文虎、离朱、鸱久、视肉。"

《大荒东经》载:"东海之外大壑,少昊之国。少昊孺帝颛顼于此,弃其琴瑟。"

《大荒南经》载:"又有成山,甘水穷焉。有季禺之国,颛顼之子,食黍。""有国曰颛顼,生伯服,食黍。"

《大荒西经》载:"有国名曰淑士,颛顼之子。""有芒山。有桂山。有榣山,其上有人,号曰太子长琴。颛顼生老童,老童生祝融,祝融生太子长琴,是处榣山,始作乐风。""大荒之中,有山名曰日月山,天枢也。吴姖天门,日月所入。有神,人面无臂,两足反属于头山,名曰嘘。颛顼生老童,老童生重及黎,帝令重献上天,令黎邛下地。下地是生噎,处于西极,以行日月星辰之行次。""有池,名孟翼之攻颛顼之池。""大荒之中,有山,名曰大荒之山,日月所入,有人焉三面,是颛顼之子,三面一臂,三面之人不死。是谓大荒之野。""有鱼偏枯,名曰鱼妇。颛顼死即复苏。风道北来,天及大水泉,蛇乃化为鱼,是为鱼妇。颛顼死即复苏。"

《大荒北经》载:"东北海之外,大荒之中,河水之间,附禺之山,帝颛顼与九嫔葬焉。爰有鸱久、文贝、离俞、鸾鸟、皇鸟、大物、小物。有青鸟、琅鸟、玄鸟、黄鸟、虎、豹、熊、罴、黄蛇、视肉、璚瑰、瑶碧,皆出卫于山。丘方圆三百里,丘南帝俊竹林在焉,大可为舟。竹南有赤泽水,名曰封渊。有三桑无枝。丘西有沉渊,颛顼所浴。""有叔歜国,颛顼之子,黍食,使四鸟;虎、豹、熊、罴。有黑虫如熊状,名曰猎猎。""西北海外,流沙之东,有国曰中𰼷,颛顼之子,食黍。""西北海外,黑水之北,有人有翼,名曰苗民。颛顼生驩头,驩头生苗民,苗民釐姓,食肉。"

《海内经》载："流沙之东,黑水之西,有朝云之国、司彘之国。黄帝妻雷祖,生昌意。昌意降处若水,生韩流。韩流……取淖子曰阿女,生帝颛顼。"

关于颛顼的神话传说,在历史中明显少于黄帝族系。但不可否认的是,颛顼在我国神话系统中是一个承前启后、继往开来式的神话人物。从以上材料中,我们可以看到颛顼为黄帝之后,属昌意之孙。他在年幼时,曾被少昊抚养,在东海之外的大峡谷中扔过他玩的琴瑟,还曾在附禺山西侧的深渊中洗过澡。最后,他就葬在附禺山,有九位嫔妃伴他在这里长眠。他有巫的色彩,如化为鱼妇的一段描述,这在我国原始神话中具有一定代表性。更重要的是他生化出了许多子民,如"季禺之国""伯服""淑士""老童(延及祝融、长琴一系及重及黎一系)""三面之人""叔歜国""中輈""骓头(生苗民)"等。其中有不少族"食黍",这是农耕文化在颛顼神话群中的反映。值得注意的是,在颛顼族系中,祝融是老童即颛顼之子所生,与《海内经》中"炎帝之妻,赤水之子听訞,生炎居,炎居生节并,节并生戏器,戏器生祝融"相比,它使我们思索这样一个问题:祝融为炎帝之后,也为颛顼之后,而颛顼为黄帝之后,这种以祝融为交叉点的炎帝、黄帝两大族系是如何发生相互交融的联系呢?

4. 大禹神话群

类比于帝系神话群、黄帝神话群、帝俊神话群和颛顼神话群,《山海经》中有广大影响的神话群,我们还可以列举出禹神话群。

在某种程度上讲,禹神话群的出现和形成在我国神话发展史上意味着一种古典系统的终结。也就是说,从神话本身所包含的层次上来看,黄帝神话系统的出现,意味着我国神话体系的高度完善,而禹神话群则宣告了我国神话时代的结束。当然,这是历史发展的必然——殷商文明以文字为主要载体,无情地揭示出史前时期的最后一页,而掀开"有史"文明的第一章。这样,禹神话群就理所当然地标志着中国古典神话的最后一次辉煌。

禹神话群的范围限定在这样一个环境中:鲧神话成为其序幕,夏启神话则作为其结尾,中间包含着对禹——治水英雄与人间帝王身份的合一的各种活动的述说。他们三代人在神话中的体现,我们应看作是一个不可分割的整体。这也是我国神话系统的一个重要特色。

鲧的出现,是一个悲剧英雄的神话性格的具体展现。

《海内经》言:"黄帝生骆明,骆明生白马,白马是为鲧","禹、鲧是始布土,均定九州",而后其详述:"洪水滔天。鲧窃帝之息壤以堙洪水,不待帝命。帝令祝融杀鲧于羽郊。鲧复生禹。帝乃命禹卒布土以定九州。"在《中次三经》中提到"青要之山,实惟帝之密都……南望墠渚,禹父之所化"。《大荒北经》中说:"有榆山。有鲧攻程州之山。"由此我们可以看到,鲧属黄帝族系,其"布土""窃帝之息壤"等活动都是为了"治水"。应该说,其中蕴含着著名的神话类型之一的洪水神话。为了禹的治水事业得到成功,鲧被祝融杀于羽郊。鲧同样是一个英雄,尽管他是一个悲剧英雄。他为禹的治水事业积累了可贵的经验,如"布土",就被后世推为筑城的先驱,蕴含着创造神话的许多重要内容。禹继承了父业,经过艰苦卓绝的奋斗,终于使洪水平息下来,实现了父愿,从而也使曾在一个时代占据重要位置的洪水神话、禅让的政治神话都宣告结束。

直接描写禹的神话内容,除了《海内经》所述的"布土""均定九州"和《中次三经》中所述的"青要之山"作为"帝之密都"是鲧所化之外,他的身世、业绩等内容在《海外》诸经和《大荒》诸经中都得到了详细的反映。其中我们可以看到征杀在禹神话系统中占据着突出位置,这表明禹族系在征服四野部落中经历了许多艰苦卓绝的搏杀,最后的治水成功在事实上标志着他对其他部落征伐的胜利。他杀的并不是某一个具体的神人,而是具体的部落氏族。这一点上,在许多神话与史实的联系中都普遍地表现出来。当然,禹神话与其他神话所不同的内容主要就在于,禹不但是一个治水英雄,而且是一位功勋卓著的部落首领、神坛领袖,还是一位识天辨地的文化英雄。从《山海经》中,我们可以相当清晰地看到这些内容。其相关的内容

如下:

《海外北经》载:"共工之臣曰相柳氏。九首,以食于九山。相柳之所抵,厥为泽溪。禹杀相柳,其血腥,不可以树五谷种。禹厥之,三仞三沮,乃以为众帝之台。""禹所积石之山在其东,河水所入。"

《海外东经》载:"帝令竖亥步……竖亥右手把算,左手指青丘北。一曰禹令竖亥。"

《大荒南经》载:"大荒之中,有山名朽涂之山,青水穷焉。有云雨之山,有木名曰栾。禹攻云雨。有赤石焉生栾,黄本,赤枝,青叶,群帝焉取药。"

《大荒西经》载:"西北海之外,大荒之隅,有山而不合,名曰不周负子,有两黄兽守之。有水曰寒暑之水。水西有湿山,水东有幕山。有禹攻共工国山。"

《大荒北经》载:"大荒之中,有山名曰先槛大逢之山,河济所入,海北注焉。其西有山,名曰禹所积石。""有毛民之国,依姓,食黍,使四鸟。禹生均国,均国生役采,役采生修鞈,修鞈杀绰人。帝念之,潜为之国,是此毛民。""共工臣名曰相繇,九首蛇身,自环,食于九土。其所歍所尼,即为源泽,不辛乃苦,百兽莫能处。禹湮洪水,杀相繇,其血腥臭,不可生谷;其地多水,不可居也。禹湮之,三仞三沮,乃以为池,群帝因是以为台。在昆仑之北。"

这里的禹神话群包含这样几种内容:杀相柳(即相繇),积石,令竖亥测地,攻共工国、云雨等山,生均国等。除了湮水即治理洪水的伟大业绩,这些内容构成禹神话群的存在氛围。从诸如后世衍生的娶涂山氏女,杀无支祁,索(锁)蛟,三过家门而不入,化能(熊),会诸侯于会稽山,杀防风氏等传说,我们可以看到禹神话发展嬗变的轨迹及它与原始先民理想的有机联系。禹神话的道德品格即献身治水事业的伟大精神,成为整个大禹神话传说的核心;而在《山海经》中,禹的形象更重要的是作为神界的领袖、人间的帝王和英雄出现的,应该说,这才是它最为原始的面目。以此与《史记》等作品中关于禹神话的具体描述相联系,我们可以更清楚地看到我国古代神话对整个中国文化发展的具体的影响作用。关于这个问题,将在别处详述。

启在《山海经》中的地位与称呼颇特殊,明显有别于他人,即称为"夏后启"。他和禹的血缘关系,《山海经》中并没有明确交代,但我们从相关的文献中可以看到这些内容。启的出现,在历史发展中是以结束尧、舜、禹相沿的禅让制而作为神话时代分水岭的。在一些神话传说中,启是禹的儿子,生于石阙,即涂山氏女弃禹而走,禹唤"还我子"所得。还有一些传说中讲,启荒淫无道,背离了大禹,如何如何。而在《山海经》中,启即开,是著名的文化大神。如,《大荒西经》载:"西南海之外,赤水之南,流沙之西,有人珥两青蛇,乘两龙,名曰夏后开。开上三嫔于天,得《九辩》与《九歌》以下。"《海外西经》载:"大乐之野,夏后启于此儛九代,乘两龙,云盖三层。左手操翳,右手操环,佩玉璜。在大运山北。一曰大遗之野。"之外还有关于"夏后启之臣"孟涂"司神于巴"的记述。辉煌、壮丽的启神话,在这里却处于支离破碎的状态,这究竟是何原因呢?

现代科学中有全息学说,以此来解释、分析我国古代神话群落是很有意义的。全息的一般意义为,从事物的一个极小部分可以看到整体的存在状态。禹神话群在我国远古文化发展中代表着神话的终结时代。这一时期的科学技术、文化、社会政治等内容已经相当完备,给我们传递出许多关于神话时代必然结束的信息。《诗经》等文献中盛赞"普天之下,惟禹之功"的意义,正在于禹神话群所传达的神话末世的最后一次辉煌景观在原始先民的记忆中所留下的烙印,以及他们对这位最后一位神话英雄的无限推崇、景仰。以鲧为端,以启为尾,显现出禹神话群的蔚为壮观的景象。更为重要的是,整个《山海经》中,禹的称呼没有像其他神人那样被尊称为帝,这从一个方面说明禹神话的产生时代与整个《山海经》的形成时期的复杂联系。所以,刘歆、杨慎、郝懿行等学者都认为这部神话经典始于夏代。运用全息学说观察禹神话群,使我们得出了上述的结论。

《山海经》的神话中心,在整体看来是以黄帝家族为核心内容的。在我国古代典籍中,存在着尊崇黄帝的历史传统,这里,已经很明显地存在着。炎帝族曾经是与黄帝族相抗衡的又一大部落,而在这里全退居于一种相对隐没的状态。这从另一个方面也说明炎帝族为黄帝族吞并后的压抑情状。相似的神话现象还有很多,如蚩尤、刑天、祝融、夔、相柳(相繇)等群神。这种现象我们同样不能忽视其存在的价值和意义。

5. 众神谱

中华民族是漫长的历史长河中许多民族融合而成,历来尊崇平和、安定,所以,中国古典神话谱系中突出表现出大融合的气象。众神同居,成为《山海经》神话系统的重要特色。

与帝神话群、帝俊神话群、黄帝神话群、颛顼神话群、禹神话群相对存在的古典神话群落,在《山海经》中还有尧神话群、舜神话群、誉神话群、丹朱神话群、西王母神话群、昆仑神话群、共工神话群、蚩尤神话群,以及夸父神话、精卫神话、禺强神话、烛龙神话、祝融神话、相柳神话、刑天神话、应龙神话、蓐收神话、句芒神话、羲和神话、帝女神话、羿神话、日月神话,各山山神神话,以及曾经辉煌而在此褪色的炎帝神话、伏羲神话、女娲神话,更不用说那些神奇的山川草木和鸟兽鱼虫诸神了。

在这里,我们可以看到神话中如潮水般汹涌澎湃而来的生命形象群体。我们如何能断言我们中国无神话或少神话呢?

帝尧、帝舜、帝誉、帝丹朱,他们在《山海经》中常常是连在一起的。如,在一些地方提到"帝尧台、帝誉台、帝丹朱台、帝舜台各二台,台四方"之类的内容。这里的台即神台,和共工之台的意义一样,是典型的灵魂崇拜,也可以称为灵台,它直接影响着后世的民间信仰的祭祀形式与行为。其意义将另文叙述。

昆仑崇拜在《山海经》的神话系统中具有非常特殊的意义。它不像上述的帝尧、帝舜、帝丹朱、帝誉等帝的神台那样令人畏惧"不敢向射",而是作为一个巨大的神话载体,包容着我国古典神话的基本内容。这里,我们可以把这种现象称为昆仑神话群。

昆仑神话群包括"昆仑丘""昆仑虚"和"昆仑渊"等。

《西次三经》载:"……昆仑之丘,是实惟帝之下都,神陆吾司之。其神状虎身而九尾,人面而虎爪。是神也,司天之九部及帝之囿时。有兽焉,其状如羊而四角,名曰土蝼,是食人。有鸟焉,其状如蜂,大如鸳鸯,名曰钦原,蠚鸟兽则死,蠚木则枯。有鸟焉,其名曰鹑鸟,是司帝之百服。有木焉,其状如棠,黄华赤实,其味如李而无核,名曰沙棠,可以御水,食之使人不溺。有草焉,名曰蒉草,其状如葵,其味如葱,食之已劳。河水出焉,而南流东注于无达。赤水出焉,而东南流注于汜天之水。洋水出焉,而西南流注于丑涂之水。黑水出焉,而西流注于大杅。是多怪鸟兽。""……钟山。其子曰鼓,其状如人面而龙身,是与钦䲹杀葆江于昆仑之阳……""……槐江之山……实惟帝之平圃,神英招司之,其状马身而人面,虎文而鸟翼,徇于四海,其音如榴。南望昆仑,其光熊熊,其气魂魂。"

《北山经》载:"又北三百二十里,曰敦薨之山,其上多棕枬,其下多茈草。敦薨之水出焉,而西流注于泑泽。出于昆仑之东北隅,实惟河源。"

《海外南经》载:"昆仑虚在其东,虚四方。一曰在岐舌东,为虚四方。"

"羿与凿齿战于寿华之野,羿射杀之。在昆仑虚东。"

《海内西经》载:"流沙出钟山,西行又南行昆仑之虚,西南入海,黑水之山。""海内昆仑之虚,在西北,帝之下都。昆仑之虚,方八百里,高万仞。上有木禾,长五寻,大五围。面有九井,以玉为槛。面有九门,门有开明兽守之,百神之所在。在八隅之岩,赤水之际,非夷羿莫能上冈之岩。""昆仑南渊深三百仞。开明兽身大类虎而九首,皆人面,东向立昆仑上。"

《海内北经》载:"西王母梯几而戴胜杖。其南有三青鸟,为西王母取食。在昆仑虚北。""帝尧台、帝喾台、帝丹朱台、帝舜台,各二台,台四方,在昆仑东北。""蛟,其为人虎文,胫有䏿。在穷奇东。一曰状如人,昆仑虚北所有。""昆仑虚南所,有氾林方三百里。"

《海内东经》载:"国在流沙中者埻端、玺映,在昆仑虚东南。""西胡白玉山在大夏东,苍梧在白玉山西南,皆在流沙西,昆仑虚东南。昆仑山在西胡西。皆在西北。"

《大荒西经》载:"西海之南,流沙之滨,赤水之后,黑水之前,有大山,名曰昆仑之丘。有神,人面虎身,有文有尾,皆白,处之。其下有弱水之渊环之,其外有炎火之山,投物辄然。有人戴胜,虎齿,有豹尾,穴处,名曰西王母。此山万物尽有。"

所谓昆仑,《尔雅》中有"三成为昆仑丘"之语,毕沅注道:"是昆仑者,高山皆得名之。"在《水经注》中也有"东海方丈,亦有昆仑之称"的释义。昆仑山在我国神话传说中的意义应该是指其崇高、神圣的一面,而非实指,在《山海经》中也应当是这样。在《西次三经》中,称其"西南四百里",指明为"帝之下都"。显然,若我们一定要找出其具体位置,那将是徒劳的。因为这是一座瑰丽而险奇的神话山,集中表现出原始先民对天帝生存环境的神奇的想象。昆仑景观是东方文化中的奥林匹斯山,神人们在这里上下,演绎了许多动人的神话故事。所以,直到今天,我们还习惯于把我们的国家保障力量——人民军队称为"昆仑",它是神话中神圣、崇高、坚强有力的意义喻指。

昆仑山上的神话内容异常丰富,有"虎身而九尾,人面而虎爪""司天之九部及帝之囿时"的陆吾,有"人面虎身,有文有尾皆白"的山神,有"戴胜,虎齿,有豹尾,穴处"的西王母,还有"身大类虎而九首"的守护神开明兽。昆仑有崇山峻岭,也有"方八百里,高万仞"的神台,同样,又有深百仞的深渊。在这座神奇的山中,有高大的"木禾",奔腾向四面八方的长河源头,有食人的土蝼,像鸳鸯一样大的蜂鸟钦原,为天帝服侍的鹑鸟,有黄色的花朵、红色的果实,"其味如李而无核"的沙棠,"食之已劳"的外表如葵、味道如葱的神草蓍草。这里有钦䴔杀葆江、羿射杀凿齿的战争,有帝尧、帝喾、帝丹朱、帝舜的神台。尤其是开明神兽作为昆仑守护神,它的周围更加绚丽。它有着九个脑袋,如虎的身躯,伫立在昆仑山上,面向东方。它的四周,东面有成群的巫。正操作着以不死之药救治神人的"仙术",西边是头上头下胸前都佩戴着蛇的凤凰和鸾鸟;南边有很多神奇的兽和树木,诸如有六个脑袋的树鸟,像蛇的身躯而生出四只脚的蛟及长尾猿;北边则有许多生长珍珠、美玉的神树,生长不死之药的灵树,结出果实的稻子树,高大的柏树,以及那些头上戴着盾的凤鸟和鸾鸟。这样令人眼花缭乱的昆仑盛景,一些学者却视而不见,认识不到其丰富的神话意蕴。

昆仑山女神西王母的存在,在我国古典神话系统中是一个很典型的现象。我们可以将她的形象与帝俊、黄帝、颛顼、禹和尧、舜、喾、丹朱等帝王神相比照,与炎帝、伏羲那些隐没的帝王相比照,与共工、蚩尤、刑天、羿、祝融这些英雄神相比照,也可以与女娲、帝女、舜妻、羲和、精卫等神女相比照,从中看出她的独立性和突出性。在她的身上,我们可以看到远古部落的酋长与神话女王双重身份融合的痕迹。在一定程度上,我们可以把她看作是昆仑山的灵魂。

《西次三经》载:"又西三百五十里,曰玉山,是西王母所居也。西王母其状如人,豹尾虎齿而善啸,蓬发戴胜,是司天之厉及五残。有兽焉,其状如犬而豹文,其角如牛,其名曰狡,其音如吠犬,见则其国大穰。有鸟焉,其状如翟而赤,名曰胜遇,是食鱼,其音如录,见则其国大水。"

《海内北经》载:"西王母梯几而戴胜。其南有三青鸟,为西王母取食。在昆仑虚北。"

《大荒西经》载:"有西王母之山,壑山、海山。""西海之南,流沙之滨,赤水之后,黑水之前,有大山,名曰昆仑之丘。有神,人面虎身,有文有尾。皆白,处之。其下有弱水之渊环之,其外有炎火之山,投物辄然。有人戴胜,虎齿,有豹尾,穴处,名曰西王母。此山万物尽有。""王母之山"具体究竟在何处? "万物尽有"是神话世界的重要标志,为何如此为西王母拥有?

郭璞对西王母居处不一如此解释道:"西王母虽以昆仑为宫,亦自有离宫别窟,游息之处不专住一山也。故记事者各举所见而言之。"(《山海经传》)其实,这是神话流传中的普遍现象,即变异。玉山,昆仑山,王母山,都是神话中王母的居处。西王母的形象主体是"戴胜""虎身"("虎齿"),与《西次三经》中的具"虎身""虎爪"的陆吾相似,一个是"司天之厉及五残",一个是"司天之九部及帝之囿时"。在他们的周围都有神异的生命,如一个周围有一出现即使国家丰收的吉祥神兽"狡",一出现即使国家发生大水灾的凶恶神鸟"胜遇";一个周围有食人的神兽"土蝼",能蠚死鸟兽和树木的神鸟"钦原",以及御水神木沙棠、疗饥的神草薲草。神兽和神鸟都是他们的神使。这表现出更为原始的神话情结,用神使统摄神界,显现出西王母神话的质朴特色。这是其他神话所不具备的内容和意义。

《山海经》神话中天帝、帝俊、黄帝、颛顼和禹构成了一个庞大的神性家族,在血脉上我们可以把他们看作一体。以西王母为主体内容的昆仑神话是又一个体系。而在其中若隐若现的炎帝、伏羲、女娲则很明显属于另外的体系,包括一些山神在内。我们可以从宏观上把他们看作"四大家族"。这"四大家族"在神话中因为不同的历史文化背景而具有不同的地位和意义。也就是说,整个《山海经》神话系统,是以黄帝家族(包括帝、帝俊、颛顼、禹,以及尧、舜、喾、丹朱等神话形象)为主体,展示其生存状态和行为方式的。作者们着力推崇的也是这一家族,同时,自觉或不自觉地在排斥其他神性家族。特别是炎帝家族,在《山海经》中出场的次数相当少。如《北次三经》中提到"发鸠之山,其上多柘木。有鸟焉,其状如乌,文首、白喙、赤足,名曰精卫,其鸣自詨。是炎帝之少女,名曰女娃";《大荒西经》提到"炎帝之孙名曰灵恝,灵恝生氐人,是能上下于天";《海内经》提到"炎帝之孙伯陵,伯陵同吴权之妻阿女缘妇,缘妇孕三年,是生鼓、延、殳。殳始为侯,鼓、延是始为钟,为乐风";"炎帝之妻,赤水之子听訞生炎居,炎居生节并,节并生戏器,戏器生祝融。祝融降处于江水,生共工。共工生术器,术器首方颠,是复土穰,以处江水。共工生后土,后土生噎鸣,噎鸣生岁十有二"。大体上就是这样一些材料。但由此也就不难理解祝融、共工他们为何被黄帝家族所征伐了。至于伏羲、女娲神话的隐没,除了年代的久远,更重要的原因恐怕还是由于他们在血缘上与黄帝家族离得较远。当然,《山海经》的整理者在信仰观念上对黄帝家族的尊崇,对昆仑神话的厚爱,对伏羲、女娲、炎帝家族和闲散在漫山遍野间各类山神水神的排斥,也是相当重要的原因。所以在先秦两汉乃至于魏晋时期的一些典籍中,随着社会发展和思想统治的相对松懈,除黄帝家族之外的神性集团的神话才逐渐恢复出丰富、系统、生动的具体面目。但古老的文化传统对后世的影响是很大的,以至于在漫长的岁月中,整个中国古典神话系统都是以黄帝家族为中心的。像女娲神话等著名神话,在《淮南子》中其面目才清晰起来,更不用说盘古等大神,在《山海经》中就没有明确提到,只在三国时期徐整编纂的《三五历纪》等著作中才有清晰的面目。甚至可以说,战国和秦汉时代的方士和学者对我国古代神话的这种倾向性较强的取舍,是我国古典神话材料大量流失的重要原因。

《山海经》的神话系统虽不是也不可能涵括全部中国古典神话系统,但它却表现了中国整个神话世界的核心部分与基本面貌,是我国乃至全世界古代神话的一种典型。

二、《山海经》的神话文化类型

神话类型是依据一定的神性角色及其活动而对其总体特征属性所做的概括总结。各个民族有着不同的生成和发展背景,反映在神话中,也就有着不同的神话文化类型。我国神话文化的基本类型在《山海经》中大体上都得到体现,总的来讲有这样几种:世界生成和部落起源神话、民族迁徙神话、战争神话、洪水神话、太阳神话、文化创造神话、英雄神话、山岳神话、海洋神话、巫术神话。其中,最生动的是英雄神话。当然,这些类型的划分是相对的,他们之间许多地方是相混合的。这也反映出远古时期各部落集团间的复杂联系。

1. 世界生成和部落起源神话

世界生成的神话几乎遍布世界各个民族之中,反映出原始先民对其所处世界及各种现象的认识和阐释。这种神话类型在内容上具体包括天地形成及变化原因、人类起源等。我国古典神话中的世界生成神话内容丰富,在《山海经》的神话系统中虽没有十分明确的体现,却表现出一些端倪。如,《海外北经》载:"钟山之神,名曰烛阴,视为昼,瞑为夜,吹为冬,呼为夏,不饮,不食,不息,息为风,身长千里。在无启之东。其为物,人面,蛇身,赤色,居钟山下。"《大荒北经》载:"西北海之外,赤水之北,有章尾山。有神,人面蛇身而赤,直目正乘,其瞑乃晦,其视乃明,不食,不寝,不息,风雨是谒。是烛九阴,是谓烛龙。"这里形象地阐释了天地间关于白天、黑夜、风、冬天和夏天的形成原因。

部落起源神话常和世界生成神话连在一起。在《山海经》中,把部落与大自然的发展变化作为一个整体来描述的几乎没有,此书是以一种"××生××"的模式来说明部落起源的。当然,诸如具体的人类起源的神话,在《山海经》中也有表现,如《大荒西经》载:"有神十人,名曰女娲之肠,化为神,处栗广之野,横道而处。"郭璞将"女娲之肠"解释为"或作女娲之腹"。也就是说,女娲生人的主题作为一种神话原型在这里已经出现,但关于女娲抟土造人和补天的神话还是在《淮南子》和《风俗通义》中才有了更为系统完整的解释。《山海经》中对部族起源的解释更多的表达方式为"××生××"。这里的"国"和某个具体的神人,我们都可以看作一个部落,此类内容之丰富是其他典籍所无法比拟的。

如《大荒东经》所记:"有中容之国。帝俊生中容,中容人食兽、木实,使四鸟:豹、虎、熊、罴。""有司幽之国。帝俊生晏龙,晏龙生司幽,司幽生思士,不妻;思女,不夫。食黍,食兽,是使四鸟。""有白民之国。帝俊生帝鸿,帝鸿生白民,白民销姓,黍食,使四鸟:虎、豹、熊、罴。""有黑齿之国。帝俊生黑齿,姜姓,黍食,使四鸟。""东海之渚中,有神,人面鸟身,珥两黄蛇,践两黄蛇,名曰禺虢。黄帝生禺虢,禺虢生禺京。""帝舜生戏,戏生摇民。"

《大荒南经》记:"大荒之中,有不庭之山,荣水穷焉。有人三身。帝俊妻娥皇,生此三身之国。姚姓,黍食,使四鸟。""又有成山,甘水穷焉。有季禺之国,颛顼之子,食黍。""有襄山。又有重阴之山。有人食兽,曰季厘。帝俊生季厘,故曰季厘之国。有缗渊。少昊生倍伐,倍伐降处缗渊。""有蔗民之国。帝舜生无淫,降蔗处,是谓巫蔗民。""有国曰颛顼,生伯服,食黍。""有人焉,鸟喙,有翼,方捕鱼于海。大荒之中,有人名曰驩头。鲧妻士敬,士敬子曰炎融,生驩头。"

《大荒西经》记:"有国名曰淑士,颛顼之子。""有西周之国,姬姓,食谷。有人方耕,名曰叔均。帝俊生后稷,稷降以百谷。稷之弟曰台玺,生叔均。叔均是代其父及稷播百谷,始作耕。""有北狄之国。黄帝之孙曰始均,始均生北狄。""有芒山。有桂山。有榣山。其上有人,号曰太子长琴。颛顼生老童,老童生祝融,祝融生太子长琴,是处榣山,始作乐风。""颛顼生老童,老童生重及黎,帝令重献上天,令黎邛下地。下地是生噎,处于西极,以行日月星辰之行次。""有氐人之国。炎帝之孙名曰灵恝,灵恝生氐人,是能上下于天。"

《大荒北经》记:"有叔歜国,颛顼之子,黍食……""有毛民之国,依姓,食黍,使四鸟。禹生均国,均国生役采,役采生修鞈,修鞈杀绰人。帝念之,潜为之国,是此毛民。""大荒之中,有山名曰成都载天。有人珥两黄蛇,把两黄蛇,名曰夸父。后土生信,信生夸父。""大荒之中,有山名曰融父山,顺水入焉。有人名曰犬戎。黄帝生苗龙,苗龙生融吾,融吾生弄明,弄明生白犬,白犬有牝牡,是为犬戎,肉食。""有人一目,当面中生。一曰是威姓,少昊之子,食黍。""西北海外,流沙之东,有国曰中輻,颛顼之子,食黍。""西北海外,黑水之北,有人有翼,名曰苗民。颛顼生驩头,驩头生苗民,苗民釐姓,食肉。"

《海内经》记：

"流沙之东，黑水之西，有朝云之国、司彘之国。黄帝妻雷祖，生昌意。昌意降处若水，生韩流。韩流……取淖子曰阿女，生帝颛顼。"

"西南有巴国。大皞生咸鸟，咸鸟生乘厘，乘厘生后照，后照是始为巴人。"

"伯夷父生西岳，西岳生先龙，先龙是始生氐羌，氐羌乞姓。"

"炎帝之孙伯陵，伯陵同吴权之妻阿女缘妇，缘妇孕三年，是生鼓、延、殳。殳始为侯，鼓、延是始为钟，为乐风。"

"黄帝生骆明，骆明生白马，白马是为鲧。"

"帝俊生禺号，禺号生淫梁，淫梁生番禺，是始为舟。番禺生奚仲，奚仲生吉光……"

"少皞生般，般是始为弓矢。"

"帝俊生晏龙，晏龙是始为琴瑟。"

"帝俊生三身，三身生义均，义均是始为巧倕，是始作下民百巧。"

"炎帝之妻，赤水之子听訞生炎居，炎居生节并，节并生戏器，戏器生祝融。祝融降处于江水，生共工。共工生术器，术器首方颠，是复土穰，以处江水。共工生后土，后土生噎鸣，噎鸣生岁十有二。"

这里，我们可以看到帝俊、帝舜、颛顼、鲧、黄帝、炎帝、大皞、伯夷父、少皞他们所"生育"的特殊意义，即对更广大的部落的繁衍。部落起源在这里得到十分鲜明的显示。当然，每个被"生"的部落，肯定还有着绚丽多彩的神话故事，它们与《山海经》中所突出的黄帝族神话群、昆仑西王母神话群、炎帝神话群、各山山神神话群，即所谓神话"四大家族"相融为一体，使我们中华民族的神话显得格外耀眼夺目，成为后世文化发展的重要源头。

2. 民族迁徙神话

在我国古典神话中，民族迁徙的主题常被人所忽视。它给人一种印象，即只有在边疆地区的兄弟民族的史诗中，才有这样的主题。其实，这在《山海经》中就已经有所表现,最典型的就是夸父族的追日。

夸父族是一个善于奔走的民族。《西山经》中提到"有兽焉,其状如禺而文臂,豹虎而善投,名曰举父(郭璞注'或曰夸父')",《东山经》中提到"有兽焉,其状如夸父而彘毛,其音如呼,见则天下大水",《北山经》提到"有鸟焉,其状如夸父,四翼、一目、犬尾,名曰嚣,其音如鹊,食之已腹痛,可以止衕",《中山经》中提到"又西九十里,曰夸父之山,其木多棕楠,多竹箭,其兽多㸦牛、羬羊,其鸟多鷩,其阳多玉,其阴多铁。其北有林焉,名曰桃林,是广员三百里,其中多马"。夸父山,夸父兽,夸父鸟,都表明夸父族的非凡,透露出夸父族的坚毅、勇猛。《海外北经》载:"夸父与日逐走,入日。渴欲得饮,饮于河渭,河渭不足,北饮大泽。未至,道渴而死。弃其杖,化为邓林。"《大荒北经》载:"夸父不量力,欲追日景,逮之于禺谷。将饮河而不足也,将走大泽,未至,死于此。应龙已杀蚩尤,又杀夸父,乃去南方处之,故南方多雨。"其中提到夸父追日的路线,河水、渭水是两个重要地点。大泽在何处?在《山海经》中有两处大泽。《海内西经》载:"大泽方百里,群鸟所生及所解。在雁门北。"《大荒北经》载:"有大泽方千里,群鸟所解。"清代毕沅在《山海经新校正》中讲,大泽即古之瀚海。显然,这样一处广阔的土地,与河水、渭水有相当远的距离。禺谷,郭璞注为"禺渊""日所入也"。这都是行进的地点。死于大泽并不重要,重要的在于"应龙已杀蚩尤,又杀夸父"。这表明夸父族为应龙部族所迫,进行艰难跋涉,逃亡奔向大泽的"长征"。《山海经》描述事物多为静止的陈述,即何处有何物,像这样描述迁徙进程的很少。《山海经》神话充满悲壮与辉煌,后世坚韧不拔、坚强不屈的民族性格与民族精神受其影响。

应该说,一个民族的追日绝不是偶然的,它既不是少见多怪的嬉戏,也不是测量日影的文化创造,而是为了部族生存所进行的大迁徙。这样的内容在少数兄弟民族的神话和史诗中是相当普遍的。它应该是历史文化的折射。

3. 战争神话

在神话传说中,战争是常见的主题。不同的民族有不同的发展道路,其中,发展的过程常常就包含着战争的内容。《山海经》中的战争,内容异常丰富,反映出部族间的征杀,同时,从总体上看来,也反映出黄帝族统一世界的复杂进程。如:

《海外南经》载:"羿与凿齿战于寿华之野,羿射杀之。在昆仑虚东。羿持弓矢,凿齿持盾。一曰戈。"

《海外西经》载:"刑天与帝至此争神,帝断其首,葬之常羊之山。乃以乳为目,以脐为口,操干戚以舞。"

《海外北经》载:"共工之臣曰相柳氏,九首,以食于九山。相柳之所抵,厥为泽溪。禹杀相柳,其血腥,不可以树五谷种。禹厥之,三仞三沮,乃以为众帝之台。在昆仑之北,柔利之东。相柳者,九首人面,蛇身而青。不敢北射,畏共工之台。台在其东。台四方,隅有一蛇,虎色,首冲南方。"

《海内西经》载:"贰负之臣曰危,危与贰负杀窫窳。帝乃梏之疏属之山,桎其右足,反缚两手与发,系之山上木。在开题西北。"

《大荒东经》载:"有困民国,勾姓而食。有人曰王亥,两手操鸟,方食其头。王亥托于有易、河伯仆牛。有易杀王亥,取仆牛。河念有易,有易潜出,为国于兽,方食之,名曰摇民。帝舜生戏,戏生摇民。""大荒东北隅中,有山名曰凶犁土丘。应龙处南极,杀蚩尤与夸父,不得复上,故下数旱。旱而为应龙之状,乃得大雨。"

《大荒南经》载:"有人曰凿齿,羿杀之。"

《大荒西经》载:"有人无首,操戈盾立,名曰夏耕之尸。故成汤伐夏桀于章山,克之,斩耕厥前。耕既立,无首,走厥咎,乃降于巫山。"

《大荒北经》载:"共工臣名曰相繇,九首蛇身,自环,食于九土。其所歍所尼,即为源泽,不辛乃苦,百兽莫能处。禹湮洪水,杀相繇,其血腥臭,不可生谷;其地多水,不可居也。禹湮之,三仞三沮,乃以为池,群帝因是以为台。在昆仑之北。""有系昆之山者,有共工之台,射者不敢北乡。有人衣青衣,名曰黄帝女魃。蚩尤作兵伐黄帝,黄帝乃令应龙攻之冀州之野。应龙畜水。蚩尤请风伯雨师,纵大风雨。黄帝乃下天女曰魃,雨止,遂杀蚩尤。魃不得复上,所居不雨。"

《海内经》载:"洪水滔天。鲧窃帝之息壤以堙洪水,不待帝命。帝令祝融杀鲧于羽郊。鲧复生禹。帝乃命禹卒布土以定九州。"

《西山经》载:"又西北四百二十里,曰钟山。其子曰鼓,其状如人面而龙身,是与钦䲹杀葆江于昆仑之阳,帝乃戮之钟山之东曰嵫崖。"

其中,规模最大的战争为黄帝战蚩尤。黄帝联合应龙和魃两支力量,才打败了蚩尤,可见战争的规模之大。其次是大禹部族与共工部族之间的战争。禹打败了相繇,血流成河,"其血腥臭,不可生谷",让人感觉到战争的残酷。再者为刑天与帝的争神。刑天失去首,仍然"以乳为目,以脐为口",继续进行殊死的斗争,可见其坚韧不拔的拼杀精神。其他像羿与凿齿之战,贰负与窫窳之战,有易与王亥之战,成汤与夏桀之战,祝融与鲧之战,钦䲹与葆江之战,这些战争都反映出部族间的攻伐。

战争孕育了英雄,许多战神都可以看作英雄神。这里我们应该重视的是,在《山海经》战争神话中,交战的双方只有力量的悬殊和具体的胜败,而没有明显的正邪之分,没有对战争性质的评价。这是我国古典神话的重要特征。尽管其中因为有"帝"的参加,战争的格局得到改变,但仍然没有对失败者的谴责和诘难,从而显示出质朴的原始神话本色。这也正是《山海经》神话的特色。由此我们可以联想到古希腊神话中的战神阿瑞斯等神话的特点,其更多的是单枪匹马,或战争由双方的众神参与而让人具体交战,特别是《荷马史诗》中由金苹果所引发的战争,表现了对力量的崇尚。而以《山海经》为代表的中国古典神话,则没有对力量的崇尚,只有对胜败和征战过程的描述。在一些篇章中,自然界的变化被描绘成战争引起的结果。虽然《山海经》神话有许多地方显得零乱,没有古希腊神话那样严谨细腻,但它的内涵同样是丰富的,它以独有的特色屹立于世界各民族神话之林,显现出自己的文化个性。

4. 洪水神话

原始先民对洪水的认识和表述,体现了他们自身的实际感受。在《山海经》中,洪水的内容并不是很多,主要有两大类:一是鲧禹神话中的战洪水,均定九州,一是许多神怪现象引起大水的阐释性揭示。这里,非常明显地表现出中国洪水神话的个性特征,类似希伯来神话等天帝降水对人罚罪的情结在这里毫无踪影。它表现出我国原始先民特有的思维方式和认识习惯。这里,典型的洪水神话当数两处:

一是《海内经》写道:"洪水滔天。鲧窃帝之息壤以堙洪水,不待帝命。帝令祝融杀鲧于羽郊。鲧复生禹。帝乃命禹卒布土以定九州。"

一是《大荒北经》写道:"共工臣名曰相繇,九首蛇身,自环,食于九土。其所歍所尼,即为源泽,不辛乃苦,百兽莫能处。禹湮洪水,杀相繇,其血腥臭,不可生谷;其地多水,不可居也。禹湮之,三仞三沮,乃以为池,群帝因是以为台。在昆仑之北。"

《海内经》中的洪水和《大荒北经》中的洪水是不尽相同的。前者洪水是作为一种背景存在,甚至直接威胁到了天帝,才有了帝命的情节而生发出鲧治水事业失败的悲剧,接着是禹继承父业,继续与洪水搏斗;后者的洪水却是由相繇造成的。这样,禹与洪水的战斗就是与相繇的战斗——相繇的血又成为毁坏五谷的灾难之源,于是,就有了禹"三仞三沮"的艰辛努力,最后"乃以为池",利用池泥为群帝造就神台而结束。洪水神话的主角在这两处材料中都是禹,结局也大致相同,一个是"卒布土以定九州",一个是"乃以为池,群帝因是以为台",总之,都是平息了洪水。

洪水是远古人民记忆中最深刻的大事件,大灾难。作为当时人们难以抵挡的大劫难,各民族的神话中常常把这劫难作为改天换地的转折,于是就有了借助于某种工具而留下幸存者,幸存者又继续造就人类的神话模式。

这种模式在《山海经》中不存在的原因是多方面的,我们觉得最重要的原因是记录手段问题。经过许多神话学、民间文化学学者的努力,现在在中原地区和边疆地区都搜集到此类洪水神话,这绝不是偶然的,应该说,其传承意义是相当重要的因素。此问题在其他章节中将继续论述。

在《山经》的许多章节中,我们把那些奇鸟怪兽所引发的大水现象,也看作洪水神话。如《西山经》中的"赢鱼,鱼身而鸟翼,音如鸳鸯,见则其邑大水",《东山经》中的"有兽焉,其状如夸父而彘毛,其音如呼,见则天下大水","有兽焉,其状如牛而虎文,其音如钦,其名曰轻,其鸣自叫,见则天下大水","是神也,见则风雨水为败","是兽也,食人,亦食虫蛇,见则天下大水",《中山经》中的"有兽焉,其状如白鹿而四角,名曰夫诸,见则其邑大水"等。这里的大水,其实就意味着洪水,它蕴含着这样一种因素,洪水就是这些神、神鱼、神兽所引发的。而它们为何能引发大水呢?显然,这与那些见则"其邑大旱"等现象一样,具有更为复杂的巫术意义。也正是这样众多的洪水神话类型,表现出中华民族远古神话的具体特色。

5. 太阳神话

太阳崇拜是远古人民精神生活中一个异常重要的内容。可以说,在所有的古老部落中都有太阳崇拜的神话存在。在《山海经》中,太阳神话的内容尤为丰富。如:

《海外西经》载:"女丑之尸,生而十日炙杀之。在丈夫北。以右手鄣其面。十日居上,女丑居山之上。"

《海外北经》载:"夸父与日逐走,入日。渴欲得饮,饮于河渭,河渭不足,北饮大泽。未至,道渴而死。弃其杖。化为邓林。"

《海外东经》载:"下有汤谷。汤谷上有扶桑,十日所浴,在黑齿北。居水中,有大木,九日居下枝,一日居上枝。"

《大荒东经》载:"大荒中有山,名曰明星,日月所出。""大荒之中,有山名曰鞠陵于天、东极、离瞀,日月所出。""大荒之中,有山名曰孽摇𩠋羝。上有扶木,柱三百里,其叶如芥。有谷曰温源谷。汤谷上有扶木,一日方至,一日方出,皆载于乌。""大荒之中,有山名曰猗天苏门,日月所生。""东荒之中,有山名曰壑明俊疾,日月所出。""有女和月母之国。有人名曰鹓——北方曰鹓,来之风曰狻——是处东极隅以止日月,使无相间出没,司其短长。"

《大荒南经》载:"东南海之外,甘水之间,有羲和之国。有女子名曰羲和,方日浴于甘渊。羲和者,帝俊之妻,生十日。"

《大荒西经》载:"有人名曰石夷,来风曰韦,处西北隅以司日月之长短。""西海之外,大荒之中,有方山者,上有青树,名曰柜格之松,日月所出入也。""大荒之中,有山名曰丰沮玉门,日月所入。""大荒之中,有龙山,日月所入。有三泽水,名曰三淖,昆吾之所食也。""大荒之中,有山名曰日月山,天枢也。吴姖天门,日月所入。有神,人面无臂,两足反属于头山,名曰嘘。颛顼生老童,老童生重及黎,帝令重献上天,令黎邛下地。下地是生噎,处于西极,以行日月星辰之行次。""大荒之中,有山名曰鏖鏊钜,日月所入者。""大荒之中,有山名曰常阳之山,日月所入。""有寿麻之国。南岳娶州山女,名曰女虔,女虔生季格,季格生寿麻。寿麻正立无景,疾呼无响。爰有大暑,不可以往。""大荒之中,有山,名曰大荒之山,日月所入。有人焉三面,是颛顼之子,三面一臂,三面之人不死。是谓大荒之野。"

《大荒北经》载:"大荒之中,有山名曰成都载天。有人珥两黄蛇,把两黄蛇,名曰夸父。后土生信,信生夸父。夸父不量力,欲追日景,逮之于禺谷。将饮河而不足也,将走大泽,未至,死于此。应龙已杀蚩尤。又杀夸父,乃去南方处之,故南方多雨。"

《海内经》中有"帝俊赐羿彤弓素矰,以扶下国,羿是始去恤下地之百艰",羿曾射杀凿齿,也曾射日,这里是否包含射日的隐喻,值得人去思索。当然,射凿齿是主要的,但也不排除射日的因素。此问题另处详述,此略。

《山海经》中记述日月,主要是记述太阳神话的内容,如太皞本来就是太阳神,在《海内经》中有行动的踪迹,但却并没有点明。

《山海经》中的太阳神话,在内容上可以分为这样几大类:太阳的生成(如《大荒南经》中"羲和者,帝俊之妻,生十日");太阳的出入(如《大荒西经》中"柜格之松"等处"日月所出入也"句);对太阳的测量(如《大荒西经》中"寿麻正立无景");管理太阳(如《大荒西经》中"石夷"的"司日月之长短");对太阳起居栖息的认识(如《海外东经》的"汤谷上有扶桑,十日所浴");追日(如《海外北经》和《大荒西经》中的"夸父与日逐走");太阳杀人(如《海外西经》的"女丑之尸,生而十日炙杀之");太阳鸟(如《大荒东经》中的"一日方至,一日方出,皆载于乌")。这里的太阳神没有希腊神话中阿波罗那样恣肆,而是显得温和、朴实,成为帝俊家的小儿,而且有十位,这是我们的祖先对太阳崇拜的表述中所体现出的天体观念、方位观念、时空观念的综合,同时,它也反映出远古人民不畏艰难的追求和探索精神。尤其是其中的夸父追日神话,那种牺牲精神更突出地表现出其英勇无畏的本色。太阳神话的生活化即世俗化,成为我国太阳神话的重要特征——日可以生,也可以控制,既能探索太阳,又能掌握太阳,太阳成为神人家族普通的一员。其中的扶桑树和甘渊、汤谷,我们可以称为太阳神树、神水。这是包容了山、水、树木、鸟和人的一个庞大的太阳神家族。关于《山海经》中的太阳崇拜对后世文化的影响,将在另处述及。

6. 文化创造神话

神话的产生本身就是文明的象征,但它毕竟属于蒙昧时代的认知,在神话中融入大量的文化创造的内容,则标志着远古人民的认识能力、创造能力和思维能力、审美水平的不断提高。

在《山海经》中,文化创造神话集中体现在《海内经》中:

"炎帝之孙伯陵,伯陵同吴权之妻阿女缘妇,缘妇孕三年,是生鼓、延、殳。殳始为侯,鼓、延是始为钟,为乐风。""帝俊生禺号,禺号生淫梁,淫梁生番禺,是始为舟。番禺生奚仲,奚仲生吉光,吉光是始以木为车。""少皞生般,般是始为弓矢。""帝俊生晏龙,晏龙是始为琴瑟。""帝俊有子八人,是始为歌舞。""帝俊生三身,三身生义均,义均是始为巧倕,是始作下民百巧。后稷是播百谷。稷之孙曰叔均,是始作牛耕。大比赤阴,是始为国。禹、鲧是始布土,均定九州。""共工生后土,后土生噎鸣,噎鸣生岁十有二。"

其他如《大荒西经》中述:

"有芒山。有桂山。有榣山,其上有人,号曰太子长琴。颛顼生老童,老童生祝融,祝融生太子长琴,是处榣山,始作乐风。""寿麻正立无景,疾呼无响。""西南海之外,赤水之南,流沙之西,有人珥两青蛇,乘两龙,名曰夏后开。开上三嫔于天,得《九辩》与《九歌》以下。此天穆之野,高二千仞,开焉得始歌《九招》。"

《海外东经》中述:"帝命竖亥步,自东极至于西极,五亿十选九千八百步。竖亥右手把算,左手指青丘北。一曰禹令竖亥。一曰五亿十万九千八百步。"

《海外西经》中述:"大乐之野,夏后启于此儛九代,乘两龙,云盖三层。左手操翳,右手操环,佩玉璜。在大运山北。一曰大遗之野。"

在这些文化创造活动中,我们可以看到相当广泛的文化创造内容,既有物质文化,又有精神文化。如其中的"钟""乐风""琴瑟""歌舞""《九辩》与《九招》"和"儛九代",是一套详备的艺术,我们可以把这些内容称作音乐文明;而"舟""车""弓矢""百巧"属于生产工具文明(生产工具的发明代表着科学技术的萌动);寿麻测日影和噎鸣生岁十有二(即发明一年有十二个月的历法)属于天文文化;后稷播"百谷"、叔均作"牛耕",是典型的农业文明;而大比赤阴的建立国家和鲧、禹的"布土""均定九州",代表着制度文化和政治文明;竖亥"步""算",测量山河,我们可以看作地理学的萌动。这些文化创造的意义在于它们表现出远古人民在长期的生活、生产实践中的勤奋探索,它们孕育了后世更为发达的科学文化事业。因此,我们可以说《山海经》是神话之源,也是文化之源,科学之源。当然,其中的音乐文化、农耕文化、天文文化等文明现象的创造绝不是神话中所说的某一个人所能完成的,而是千百万劳动者共同的心血结晶,当然我们并不否认某些杰出的历史人物所做出的特殊贡献。在古代的神话传说和历史描述中,文化创造常属于圣贤的专利,这一方面表现出对杰出人物的肯定——对其劳动的认可,另一方面更突出地表现出我们中华民族对文化创造的神圣的情感态度。

7. 英雄神话

英雄崇拜和太阳崇拜一样,是世界各民族神话中普遍的信仰现象之一,甚至可以说,离开了英雄的活动,神话就不再存在。英雄即神性英雄是神话中最动人的内容,它不像神性帝王那样给人以威严无比的感觉,而是独具鲜明的个性,以某种功勋作为自己的神性标志。英雄神的个性也就时常在那些惊心动魄的事件中呈现出来。所谓英雄,一方面在于个性的突出,另一方面,其更重要的意义在于有无畏的品格。无畏、勇敢地拼搏、抗争,是英雄神的个性形成的核心内容。当然,英雄还要代表着正义、公平,不能为患于人间。事实上,判断神话中的英雄的思维活动,往往融合了人们审美分析和道德评价的双重因素。在《山海经》中,英雄神的形象主要在人与自然、人与人的交往中表现出坚韧不拔、无畏抗争、敢于牺牲、宁死不屈等个性特征,如:

《海外西经》所述:"刑天与帝至此争神,帝断其首,葬之常羊之山。乃以乳为目,以脐为口,操干戚以舞。"

《海外北经》所述:"夸父与日逐走,入日。渴欲得饮,饮于河渭,河渭不足,北饮大泽。未至,道渴而死。弃其杖。化为邓林。"

《大荒北经》所述:"蚩尤作兵伐黄帝,黄帝乃令应龙攻之冀州之野。应龙畜水。蚩尤请风伯雨师,纵大风雨。黄帝乃下天女曰魃,雨止,遂杀蚩尤。"

《海内经》所述:"洪水滔天。鲧窃帝之息壤以堙洪水,不待帝命。帝令祝融杀鲧于羽郊。鲧复生禹。帝乃命禹卒布土以定九州。"

《北次三经》所述:"又北二百里,曰发鸠之山,其上多柘木。有鸟焉,其状如乌,文首、白喙、赤足,名曰精卫,其鸣自詨。是炎帝之少女名曰女娃,女娃游于东海,溺而不返,故为精卫。常衔西山之木石,以堙于东海。"

《大荒东经》所述:"东海中有流波山,入海七千里。其上有兽,状如牛,苍身而无角,一足,出入水则必风雨,其光如日月,其声如雷,其名曰夔。黄帝得之,以其皮为鼓,橛以雷兽之骨,声闻五百里,以威天下。"

从以上描述我们可以看到,英雄神的类型又可分为战争英雄(如刑天、蚩尤)、治水英雄(鲧、禹)、性格英雄(夸父、精卫、夔等)三类,绝大部分的英雄神都以悲剧形成自己的具体个性。刑天的悲剧是为天帝所杀,但他"以乳为目,以脐为口",则显示出不屈的个性;蚩尤虽为魃所杀,却不是黄帝和应龙所能够征服的,同样具有坚忍的个性;鲧因窃帝之息壤而为祝融所杀,他也没有屈服,其"腹"生禹,使治水事业继续进行,更显其无私无畏的刚毅;夸父要与太阳竞走,是人类生命的悲壮的展示,虽渴死于路途,终究以邓林的葱茏显示其不息的生机;精卫以微弱的力量担负起堙平大海的重任,当是不畏惧强大,勇敢的挑战者形象;夔的力量是雄壮的,虽然被黄帝所"得",即杀伐,但它的灵魂仍然发出昂扬的声音,能震撼天下。所有这些英雄神都以悲壮和崇高来张扬自己的个性,都具有虽死犹生的不屈志气和品格,都有各自神圣不可侵犯、不能辱没的尊严。这些神话之所以能在后世流传,最重要的原因恐怕还是这些英雄神所体现出的民族气节,不断激励和鼓舞着后世人民去拼搏进取。特别是在民族危亡的关头,它成为民族抗争强暴,驱逐邪恶的精神支柱。一些仁人志士常以这类英雄神自喻,以陶冶自己的品格和情操,如陶渊明就有"刑天舞干戚,猛志固常在"的诗句(《读〈山海经〉十三首》,《陶渊明集》,中华书局1979年版),更有秋瑾等近代爱国英雄以精卫自比的《精卫石》等光辉篇章。而在《山海经》中被羿射杀的凿齿、被禹杀的相柳(相繇)、被太阳炙杀的女丑、被有易所杀的王亥等神性角色,虽然也有抗争的成分,但没有成为英雄神,这就是我们在前面所讲的,英雄神不但要有突出的性格,而且要有品格,既是力量的代表,又是品格的代表,有美的理想的形象化的个性,能引起人情感上的共鸣。也就是说,《山海经》不但影响到中华民族的思维格局,而且深刻地影响到审美的道德的个性塑造方式,使中华民族具有崇尚正义和力量的光荣传统。

8. 山岳神话

《山海经》中的山岳处处都闪烁着神话的灵光,在崇山峻岭间,充斥着神性的光辉。仅以《山经》为例,《南山经》"大小凡四十山,万六千三百八十里",《西山经》"广凡七十七山,一万七千五百一十七里",《北山经》"凡八十七山,二万三千二百三十里",《东山经》"凡四十六山,万八千八百六十里",《中山经》"大凡百九十七山,二万一千三百七十一里",总计447座。又如《中山经》末所举"禹曰:天下名山,经五千三百七十山,六万四千五十六里,居地也……天地之东西二万八千里,南北二万六千里,出水之山者八千里,受水者八千里",以及"出铜""出铁"者。这些内容都体现出古代神话的方位观念和灵魂观念。我们可以把这些大大小小的神山及其山间奔腾的河流、奔跑的鸟兽鱼虫、挺立的草木等大大小小的精灵,统称为山岳神话。

《山海经》中纵横的山岳里,几乎每一座山都有神灵守护,而每一条河流又都源于这些山岳,同样,那些神树、神鸟、神虫、神鱼、神兽、神人、神草、神实、神龟等神灵都以特有的生命形态放射出远古神话瑰丽的光芒。这片天地的神灵又是由帝所统摄而各司其职,各尽其责的,展示出密密麻麻的神话群。在这些神话群中,我们可以看到这样一些特点:方位观念成为维系神话的基本结构;图腾形态的多样化成为神话的外部特征;如歌谣般的行板式旋律成为其特有的神话叙述方式。

第一,方位观念成为维系神话的基本结构。

《山海经》中方位观念最典型地体现在东西南北四方神上,如:

《海外南经》:"南方祝融,兽身人面,乘两龙。"

《海外西经》:"西方蓐收,左耳有蛇,乘两龙。"

《海外北经》:"北方禺强,人面鸟身,珥两青蛇。践两青蛇。"

《海外东经》:"东方句芒,鸟身人面,乘两龙。"

最为典型的是昆仑山在《山海经》中的方位描述。以昆仑为中心,集中了许多重要的神话群或称为神性部落、神性集团。如《海内西经》中的昆仑之虚,为"帝之下都",其"方八百里,高万仞。上有木禾,长五寻,大五围。面有九井,以玉为槛。面有九门,门有开明兽守之,百神之所在,在八隅之岩,赤水之际,非仁羿莫能上冈之岩"。在开明的东西南北,又分别有凤、五树、巫彭、树鸟等物,形成一个繁华无比的神界天地。这里不但有东南西北四方位,还有"西北""西南"等方位,以及"东之东""西之西"等方位。如"赤水出东南隅,以行其东北""海内昆仑之虚,在西北""弱水、青水出西南隅,以东,又北,又西南,过毕方鸟东"和"开明兽身大类虎而九首,皆人面,东向立昆仑上"等。

此外,还有上、下的方位,如《大荒东经》写道:"东海之外大壑,少昊之国。少昊孺帝颛顼于此,弃其琴瑟。""大荒之中,有山名曰孽摇頵羝。上有扶木,柱三百里,其叶如芥。有谷曰温源谷。汤谷上有扶木,一日方至,一日方出,皆载于乌。""有五采之鸟,相乡弃沙。惟帝俊下友。帝下两坛,采鸟是司。"

这里的空间方位是由上、下组成的,从而将上方的天帝等神(如帝俊)与世间或下界的神联系在一起。其实,它反映出天、地、人三界相联的方位观念。此类材料还有《大荒北经》中禹杀相繇"三仞三沮,乃以为池,群帝因是以为台"等,让我们看到整个神话世界中各种神性角色的具体位置。

《大荒西经》中有"炎帝之孙名曰灵恝,灵恝生氐人,是能上下于天",及"日月所入"的山峦,"寿麻正立无景","有轩辕之台,射者不敢西向射,畏轩辕之台"等,表明神使"氐人"将天界与地界相连接,并反映人对太阳、神台的动态观察等内容。将此与舜等帝王葬之山之"阴"或"阳"等材料相联系,我们可以说,这种方位观念与战国两汉时代的五行观念应该是有着一定联系的。也就是说,《山海经》不但是神话之源,而且是哲学之源,它包含着远古人民朴素的哲理观念,并孕育了后世人文哲学的基本内容。

第二,图腾形态的多样化成为神话的外部特征。

图腾(totem)是外来语,《简明不列颠百科全书》解释为:"图腾是标志或象征某一群体或个人的一种动物、植物或其他物件。"图腾崇拜(totemism)则是:"相信人与某一图腾有亲缘关系;或相信一个群体或个人与某一图腾有神秘关系的信仰。"我们中华民族是融合了许多民族的大家庭,在历史的发展中,包含着许多图腾文化。人们通常以为,龙是我们中华民族的总图腾,故中华民族有龙的子孙之称。事实上,龙的形状本身就包蕴着许多更为细微的图腾单位,例如豕(猪)、鹿、马、鸡等动物图腾符号,综合成为龙图腾的典型形象。在《山海经》中,所有具有生命的动物包括神人,都有多种动物的特征,这是图腾形态多样化的具体表现。它体现出在社会发展中,各部落间的生存状况及其相互间的联系。应该指出的是,各种具有神话意义的山神、水神、树木之神,以及各国之民,他们常以怪异的形状出现,每一种形状在事实上我们都可以看作一个生命符号,是一个图腾单位。在每一种怪异的形状背后,都蕴含着一个部落氏族的文化。

首先是四方之神,他们或践蛇,或乘龙,若我们把他们看作四方的部落,那么这些部落的图腾徽帜就是龙或蛇。图腾崇拜离不开灵魂不灭这个思想基础,即在先民信仰中,泛神信仰是一种普遍现象。由此,远古人民以为每一种事物即自然物的存在,都是由神性操纵的,所以就有大大小小的山神、树神、水神、鸟神、人神等神性角色。以《山海经》的《中山经》为例,我们可以清楚地看到:甘枣之山的山神为"其状如默鼠而文题";渠猪之山和渠猪之水有神鱼"豪鱼","状如鲔,赤喙尾赤羽";霍山山神兽"其状如狸,而白尾有鬣";鲜山鸣蛇之神"其状如蛇而四翼,其音如磬";阳山之神"化呼","其状如人面而豺身,鸟翼而蛇行";蔓渠之山神马腹,"其状如人面虎身,其音如婴儿";鮮诸之山至蔓渠之山"凡九山","其神皆人面而鸟身";敖岸之山神夫诸,"其状如白鹿而四角";青要之山神魁武罗,"其状人面而豹文,小要而白齿,而穿耳以锯,其鸣如鸣玉",騩山正回之水有神鱼"其状如豚而赤文",和山之神泰逢,"其状如人而虎尾……出入有光";厘山之神犀渠,"其状如牛,苍身,其音如婴儿";潼潼之水神獭,"其状如獹犬而有鳞,其毛如彘鬣";自鹿蹄之山至玄扈之山"凡九山","其神状皆人面兽身";首山神䬼鸟,"其状如枭而三目。有耳,其音如录",平逢之山骄虫,"其状如人而二首",密山豪水神龟,"其状鸟首而鳖尾,其音如判木",傅山厌染之水"其中多人鱼";休舆之山至大騩之山"凡十有九山",十六山神"皆豕身而人面";骄山神䖢围处之,"其状如人面,羊角虎爪";岐山神涉䖢,"其状人身而方面三足";景山至琴鼓之山,"凡二十三山","其神状皆鸟身而人面";女几山至贾超之山神,"皆马身而龙首";首山至丙山"凡九山",山神状"皆龙身而人面";翼望之山至几山,"凡四十八山","其神状皆彘身人首";夫夫之山神于儿,"其状人身而身操两蛇,常游于江渊,出入有光";篇遇之山至荣余之山,"凡十五山","其神状皆鸟身而龙首";等等。

各山之神在图腾上具体表现为"人面鸟身""人面虎身""人面豹文""人身虎尾""人面兽身""人面豕身""人面而羊角虎爪""人面龙身""人面彘身""马身而龙首""人身而方面三足""鸟神而龙首""如人而二首""如枭而三目""鸟身而鳖尾""人鱼"等。应该说,这里的虎、龙、鸟、豕、羊、豹、蛇、鳖等动物就是居于山地部族的图腾徽帜。这些动物的图腾形状就是神话的一部分,从而构成神话的外部特征。而更为典型的山岳神图腾现象,还有昆仑山。

第三,如歌谣般的行板式旋律成为其特有的神话叙述方式。

或以为《山海经》中有歌舞和戏曲的踪影。这是我的猜测,也是一种感觉。应该说,在《山海经》的时代,戏曲是可能存在的,这就是原始歌舞为表现特色的戏曲状态。这丝毫不牵强。

什么是戏曲？如王国维在《戏曲考原》所说"戏曲者,谓以歌舞演故事也"。山岳神话的叙述语言有着内在的旋律,如行板一般,表现出音乐美感。这种叙述方式形成整个《山海经》的语言特色。如整个《山经》分为五个部分,按东西南北中排列。每一部分的开头一般为"×山经之首曰×山",然后分述其他山时,语句多为"又×(方向)×百里",即以百里为基本单位。语句多短而整齐,中间为"其中多×(兽或树)","有×焉,其状如×而××"。若我们与《诗经》中的诗歌相比较,就会看到两者都有对称、节奏明快等共同的乐感特征。甚至我们还可以想象,古代的巫师或方士是怎样演唱《山海经》这部神话经典的。这种抑扬顿挫、铿锵有力的句式,十分整齐的节拍,是典型的诗歌语言形式,只不过还糅合进诵式的述说罢了,它与《江格尔》《格萨尔》《玛纳斯》等民族史诗的结构方式有着惊人的相似之处。所以,我们再一次断言,《山海经》应该是我国上古时代的史诗汇编。从其内容和句式上,我们都可看到这些痕迹。

9. "海洋"神话

对海洋的认识和表现,在我国古代神话典籍中唯《山海经》最为突出。这不仅是因为该书本身就是山地与海域的有关内容的融会之作,而更重要的还在于它典型地表现出我们远古祖先独特的海洋观念。我们把这些以海神面目出现,生存在海域或以海为背景的神性角色内容称为海洋神话。特别需要指出的是,《山海经》中的海并非全是现代地理学意义上的海,而是生命存在的一种环境,既有真实的海,又有虚幻的海,还有特殊的海——远方的土地。当然,海洋神话的实质在于表现出远古人民的海洋观念。

海的存在,在《山海经》中集中在除《山经》之外的各篇章中,它细分为海外、海内两大部分。海上各种现象的变化,都是由天神、海神等神灵所操纵的。这种神话特色,也是我国古代神话区别于欧洲、美洲等民族神话的重要方面。尤其是以陆地为海的神话内容,更显现出中国古典神话的独特个性。这就是说,如果我们从《山经》中还可以看到与今天许多山地名称相一致的现象的话,那么,《海经》和《大荒经》中的海名、国名就更多是虚无缥缈的了。如,《南山经》中提到的"会稽山""丹穴山",《西山经》中提到的"华山""黄山""中皇山""天山",《北山经》中提到的"太行山""王屋山""燕山""雁门山",《东山经》中提到的"泰山",《中山经》中提到的"熊耳山""首山""历山""密山""夸父山""少室山""泰室山""大騩山""荆山""衡山""岷山""岐山""首阳山"等山名,在今天都有相对应的具体存在,而《海经》《大荒经》中的"羽民国""贯胸国""三首国""三身国""一臂国""奇肱国""女子国""白民国""一目国""无肠国""君子国""毛民国""犬封国""卵民国""不死国"等奇异的国度,我们到哪里去寻找呢？神话学告诉我们,神话中的地名人名可以在后世的实际生活中存在,而更多的可以不存在——神话只能看作历史曲折的反映和表现。神话中的海的意义,也就异常丰富而显得虚幻、神奇、迷离了。

在《山海经》中,海的方位得到具体的描绘。如《海外南经》包括海外"自西南陬至东南陬",《海外西经》包括"西南陬至西北陬",《海外北经》包括"东北陬至西北陬",《海外东经》包括"东南陬至东北陬",《海内南经》包括"海内东南陬以西",《海内西经》包括"海内西南陬以北",《海内北经》包括"海内西北陬以东",《海内东经》则包括"海内东北陬以南",而《大荒经》则指"东海之外""南海之外""西北海之外"和"东北海之外"。《海内经》的方位更为特殊,所言东西南北四方之海内外,可看作与今天的国土大致相符的一部分地区。其中的"海"更多的是指一片神秘的大野。

如,《海内南经》道:"瓯居海中。闽在海中,其西北有山。一曰闽中山在海中。""三天子鄣山在闽西海北。一曰在海中。""郁水出湘陵南海。"

《海内西经》道:"海内昆仑之虚,在西北,帝之下部。"

《海内北经》道:"朝鲜在列阳东,海北山南。列阳属燕。""列姑射在海河州中。""射姑国在海中,属列姑射。""大蟹在海中。""陵鱼人面,手足,鱼身,在海中。""大鯾居海中。""明组邑居海中。""蓬莱山在海中。""大人之市在海中。"

《海外北经》道:"北海内有兽,其状如马,名曰䮲䮚。有兽焉,其名曰驳,状如白马,锯牙,食虎豹。有素兽焉,状如马,名曰蛩蛩。有青兽焉,状如虎,名曰罗罗。"

《大荒东经》道:"东海之外大壑,少昊之国。少昊孺帝颛顼于此,弃其琴瑟。""东海之外,大荒之中,有山名曰大言,日月所出。""东海之渚中,有神,人面鸟身,珥两黄蛇,践两黄蛇,名曰禺䝞。黄帝生禺䝞,禺䝞生禺京。禺京处北海,禺䝞处东海,是惟海神。""东海中有流波山,入海七千里。其上有兽,状如牛,苍身而无角,一足,出入水则必风雨,其光如日月,其声如雷,其名曰夔。黄帝得之,以其皮为鼓,橛以雷兽之骨,声闻五百里,以威天下。"

《大荒南经》道:"南海之外,赤水之西,流沙之东,有兽,左右有首,名曰跊踢。有三青兽相并,名曰双双。""有阿山者。南海之中,有氾天之山,赤水穷焉。赤水之东,有苍梧之野,舜与叔均之所葬也。爰有文贝、离俞、鸱久……""南海渚中,有神,人面,珥两青蛇,践两赤蛇,曰不廷胡余。""大荒之中,有山名曰融天,海水南入焉。""有人名曰张宏,在海上捕鱼。海中有张宏之国,食鱼,使四鸟。""有人焉,鸟喙,有翼,方捕鱼于海。大荒之中,有人名曰驩头。鲧妻士敬,士敬子曰炎融,生驩头。驩头人面鸟喙,有翼,食海中鱼,杖翼而行。""大荒之中,有山名曰天台高山,海水入焉。""东南海之外,甘水之间,有羲和之国。有女子名曰羲和,方日浴于甘渊。"

《大荒西经》道:"西北海之外,大荒之隅,有山而不合,名曰不周负子,有两黄兽守之。有水曰寒暑之水。水西有湿山,水东有幕山。有禹攻共工国山。""西北海之外,赤水之东,有长胫之国。""西海之外,大荒之中,有方山者,上有青树,名曰柜格之松,日月所出入也。""西北海之外,赤水之西,有先民之国,食谷,使四鸟。""西南海之外,赤水之南,流沙之西,有人珥两青蛇,乘两龙,名曰夏后开。开上三嫔于天,得《九辩》与《九歌》以下。

此天穆之野,高二千仞,开焉得始歌《九招》。"

《大荒北经》道:"东北海之外,大荒之中,河水之间,附禺之山,帝颛顼与九嫔葬焉。""有儋耳之国,任姓,禺号子,食谷。北海之渚中,有神,人面鸟身,珥两青蛇,践两赤蛇,名曰禺强。""大荒之中,有山名曰北极天柜,海水北注焉。有神,九首人面鸟身,名曰九凤。又有神衔蛇操蛇,其状虎首人身,四蹄长肘,名曰强良。""大荒之中,有山名曰不句,海水入焉。""西北海外,流沙之东,有国曰中輶,颛顼之子,食黍。""西北海外,黑水之北,有人有翼,名曰苗民……有山名曰章山。""西北海之外,赤水之北,有章尾山。有神,人面蛇身而赤,直目正乘,其瞑乃晦,其视乃明,不食、不寝、不息,风雨是谒。是烛九阴,是谓烛龙。"

《海内经》道:"东海之内,北海之隅,有国名曰朝鲜;天毒,其人水居,偎人爱之。""西海之内,流沙之中,有国名曰壑市。""西海之内,流沙之西,有国名曰氾叶。""南海之内,有衡山,有菌山,有桂山。有山名三天子之都。""北海之内,有蛇山者,蛇水出焉,东入于海。有五采之鸟,飞蔽一乡,名曰翳鸟。""北海之内,有反缚盗械、带戈常倍之佐,名曰相顾之尸。""北海之内,有山,名曰幽都之山,黑水出焉。其上有玄鸟、玄蛇、玄豹、玄虎、玄狐蓬尾。有大玄之山。有玄丘之民。有大幽之国。有赤胫之民。"

若从目前的地理状况来看,南方、东方有海,而西方、北方又如何有海?事实上,即使是东海、南海,在《山海经》之中具体描绘的内容也是不尽相同的。这是中国人最早的海洋文化观。

神话中的海,即原始人视野中的海,常是居有奇异的鸟兽鱼虫的一片特殊的土地。这种思维方式深深地影响到后世文学中的神仙文化。例如东海龙王家族,给人印象最深的是在《西游记》世界中成为神仙世界的重要内容,我们说,这和原始先民对海洋认识的观念是有着密切联系的。也正因为如此,《山海经》的海域极其宽广,以至于美国等国家的学者在其中看到他们所熟悉的地理状况,乃断言《山海经》反映了他们国家的环境。甚至有人据此而声称居住在美洲大陆上的印第安人就是从中国大陆上迁徙去的。推测总归是推测,科学所依据的是大量事实的真实存在。我们不能妄加断言我们的祖先曾征服过全世界,但我们可以这样有把握地说,《山海经》中的海洋虽是神话中的存在,却并不是完全虚幻的东西,它是有一定根据的。其中的神话内容,是原始先民所创造的海洋文化的反映——表现远古人民的视野和胸怀,以及他们顽强的探索,这些是我们民族文化中非常宝贵的精神资源。

10. 巫术神话

或曰,《山海经》中的所有部落,都首先是巫的文化群体。巫术信仰是每一个远古部落的重要内容。古代神话表现出远古人民对各种现象的理解认识和征服的愿望及其具体思维方式,在《山海经》中,巫术神话的主要内容有两大类,一是巫术在神灵崇拜中的具体运用,一是神话中巫神的具体活动。

神话和巫术都存在于远古时代的民间信仰之中,它们之间的界限是很难划分得很精确的。尤其是在瀚海般的民间文化中,它们在一定意义上是互生互长的。在神话的具体内容中充满了巫术的成分,如颛顼的死而复生,巫咸和重黎等"绝地天通"。所以,以汉代王充为代表的学者们用理性的认识来理解神话,就斥之为荒诞。但人们应该知道,在巫术的具体表现中,其内涵是以神话传说故事为基础的。例如,在今天仍然存在的远古大神信仰崇拜的庙会上,一些巫术形式,诸如拴娃娃、跳花篮舞、食灵药等现象,在民间信仰中就是以神话传说为底蕴并且在神话传说的背景上进行合理的阐释的,即民间文化理论研究中的"民间阐释系统"的具体表现。因此,鲁迅等学者把《山海经》称为"古之巫书",认为"中国之神话与传说,今尚无集录为专书者,仅散见于古籍,而《山海经》中特多"。

《山海经》中的巫术信仰如上所言,一是祭祀的仪礼,一是神话中的巫神形象。一言以蔽之,在于两方面:巫的形状和巫的行为。

在《五藏山经》中集中表现出祭祀仪礼的内容,它具体包含三个方面的内容:一是对巫的"疗效"的认识,如"食之不×",二是对神灵形状的具体描绘,三是祭物的具体运用。这三种内容同样是不可分割的整体存在。如:

《南山经》道:"南山经之首曰䧿山。其首曰招摇之山,临于西海之上,多桂,多金玉。有草焉,其状如韭而青华,其名曰祝馀,食之不饥。有木焉,其状如榖而黑理,其华四照,其名曰迷榖,佩之不迷。有兽焉,其状如禺而白耳,伏行人走,其名曰狌狌,食之善走。丽麂之水出焉,而西流注于海,其中多育沛,佩之无瘕疾。"

"又东三百里,曰柢山,多水,无草木。有鱼焉,其状如牛,陵居,蛇尾有翼,其羽在魼下,其音如留牛,其名曰鯥,冬死而夏生,食之无肿疾。"

"凡䧿山之首,自招摇之山,以至箕尾之山,凡十山,二千九百五十里。其神状皆鸟身而龙首。其祠之礼:毛用一璋玉瘗,糈用稌米,一璧稻米,白营为席。"

诸如此类的"食之不×""其神状如×而×""其祠之礼:毛用××,糈用××""白营为席"或"瘗而不糈""投而不糈""皆玉""耳申用鱼"等,遍布《五藏山经》诸篇。巫的意义在佩戴某物或以食为药的效应上表现为对饥饿、迷茫的治疗,还有对忌妒等不良品性的治疗,它又能消除肿痛、疥疮等病痛,特别是能极大地增强体力,使之"善走"。这些信仰十分广泛地影响到后世的食、饮、服饰等民俗生活,它们作为一种独特的文化内容体现出民间思维的哲学品性。祠礼即祭祀的礼仪内容,在各个章节或烦琐或简约。简约者如《南山经》中的"其祠皆一白狗祈,糈用稌",烦琐者如《西山经》中的"太牢。瀹山神也,祠之用烛,斋百日以百牺,瘗用百瑜,汤其酒百樽,婴以百珪百璧。其余十七山之属,皆毛牷用一羊祠之。烛者,百草之未灰,白席采等纯之"。具体的"牺牲"有玉、米、白营和狗、鸡、羊、猪、鱼、牛(猪、牛、羊三牲具备为太牢)等动物,以及酒、烛和舞蹈。其中,玉的使用有陈(摆设)、投、埋等多种。米有稌、糈、稷等精细、粗糙之分,鸡和羊又有雌雄、纯色和杂色之分,黑色的太牢、少牢与一般的太牢、少牢之分,舞蹈中又有干舞（兵器为舞具）和璆冕舞（玉等饰物为舞具）之分。我们认为，这就是庙会的雏形。

巫术在文化发展中有着很独特的地位和意义，弗雷泽在其《金枝》中对此作了独到的探索。他曾提出相似巫术和交叉巫术概念，这些在《山海经》中都有具体表现。在《山海经》中，巫术更多地在"祠"中表现为相似巫术。应该说，《山海经》中的巫文化同样表现出中国特色。尤其是神灵形状的巫化表现，构成我国远古神话的重要内容，这在后世的民间古庙会上仍然有明显体现。如，中原地区的淮阳太昊陵古庙会上的泥泥狗，就是这种变形神话内容的遗存形式。图腾的意义更为复杂，巫术神话只是其一部分表现。

神话中的巫神形象集中体现在《山海经》中的《海经》和《荒经》诸篇中。群巫与群神相处在同一个空间，而颛顼、重、黎等神事实上就承担着巫的角色，更不用说巫咸等神巫了。这和前面所提到的祭祀行为一起构成巫术神话的重要内容，是整个《山海经》神话体系中一个独特的类型。《山海经》对神巫作直接描述的主要有：

《海外西经》道："巫咸国在女丑北，右手操青蛇，左手操赤蛇。在登葆山，群巫所从上下也。""女祭、女戚在其北，居两水间，戚操鱼觛，祭操俎。"

《海内南经》道："夏后启之臣曰孟涂，是司神于巴。人请讼于孟涂之所，其衣有血者乃执之。是请生，居山上，在丹山西。丹山在丹阳南，丹阳居属也。"

《海内西经》道："开明东有巫彭、巫抵、巫阳、巫履、巫凡、巫相，夹窫窳之尸，皆操不死之药以距之。窫窳者，蛇身人面，贰负臣所杀也。"

《大荒南经》道："有巫山者，西有黄鸟。帝药，八斋。黄鸟于巫山，司此玄蛇。""有载民之国。帝舜生无淫，降载处，是谓巫载民。巫载民盼姓，食谷，不绩不经，服也；不稼不穑，食也。爰有歌舞之鸟，鸾鸟自歌，凤鸟自舞。爰有百兽，相群爰处。百谷所聚。"

《大荒西经》写道："有灵山，巫咸、巫即、巫盼、巫彭、巫姑、巫真、巫礼、巫抵、巫谢、巫罗十巫，从此升降，百药爰在。"

这些神巫居于登葆山，以蛇为徽帜号，或手持不死之药；他们"不绩不经，服也；不稼不穑，食也"，和后世的神仙相似，甚至可以被看作后世神仙文化的源头。神巫将天与地、神与人联结成一个文化整体。巫术神话在《山海经》中的位置是十分重要的，它既包容着图腾的内容，如各种神灵的变形（鸟身人面、龙首人身、虎身人首等形状），是图腾的融合反映，又具有神使的意义，这是中国神话区别于西方神话的一个重要方面。

在巫术神话中，我们可以看到"蛇"和"不死之药"的特殊联系，这是典型的东方蛇崇拜的文化内涵的表现。除了以上这些内容，其中的一些"×兽"（或其他的鸟、虫等动物形象），用"其国有 ×（旱、水、兵、疫等灾难）"，"有 ×× 台，不敢 × 向射"的句式来表现，我们可以把它们看作巫师的咒语。这些语言模式并不是简单地将神灵与天地和人联结在一起，而是包容着相当丰富的内容。没有这些内容，可以说《山海经》就不会像现在这样完整系统地存留于世。也就是说，神话中的各种巫术表现，使神话的民间信仰功能得到强化，使神话作为文化的复杂载体被广大的民众所接受。没有"巫"的活动，就没有神话的流传和保存。巫术是中国文化中异常复杂的一部分内容。巫术与中国文化发展的联系更为复杂，在某种程度上，我们可以把巫术在神话中的表现看作中国传统文化及文化哲学的思想源流。

《山海经》的神话类型仅粗略地梳理出这些内容，就可以让人清楚地看到《山海经》作为神话之源、文化之源的意义所在。当然，这只是粗略的划分，若我们更精细地划分下去，还能分得更细致。像英国学者斯宾塞在其《神话学绪论》中就将整个国际上所保存的神话分成 20 多种类型：创造神话、人类起源神话、洪水神话、报答神话、惩罚神话、太阳神话、月亮神话、英雄神话、野兽神话、习俗或祭礼的解释神话、对阴曹地府的历验神话、神灵诞生神话、火起源神话、星辰神话、死亡神话、向死者供祭神话、禁忌神话、化生神话、善恶两元论神话、生活用具起源神话和灵魂神话等。但他更多的是依据欧洲文化而对整个人类神话作判断,这就难免失之偏颇。不同的民族对神话的态度即观念是不尽相同的,我们中华民族的神话更多地融注于历史、哲学、宗教、文学等人文内容之中,成为人们阐释自己的生活所依据的文化之源。《山海经》中的神话类型个性特色很突出,为我们认识整个文化发展的轨迹提供了有益的借鉴。当然,我们也不能因此就将神话类型中所表现的民族个性完全看作千百年间整个中华民族的文化个性,时代的变化发展深刻地影响着包括神话在内的各种文化现象。神话只能属于历史性的内容,它所反映的民族文化性格虽然对后世文化产生了十分重要的影响,却只能是在某一个方面,我们不能高估这种影响和作用。

第三节 《山海经》与中国文化发展问题

一、《山海经》对中国文化的多层次影响

神话是一个民族最古老的记忆,是一个民族文化长河的重要源头。

就文化的内涵而言,学者们多以经典作家的作品为其主要内容。最为典型的是先秦至两汉的儒家学派。他们认为世界万物变化的道理在孔孟那里已经穷尽,后人的任务就当然是对孔孟学说中的奥义进行阐释、演绎,后世的学说也都是万变不离其宗。这种学术思想影响甚远,甚至可以说,虽然五四学者高举的科学和民主思想的旗帜在整个20世纪飘扬,他们"打倒孔家店"的思想解放运动尤其深刻地影响着新文化的发展,但这种经学思想至今仍然存在着。究其实质,即对学科的理论探讨,不是从事物的实际出发,而是从某种教条出发,似乎世间的一切存在都是对某种教条的验证、说明。随着改革和开放的不断深入,人们的观念发生了重大变化,于是,20世纪80年代之后,越来越多的人把注意力转向了与经典相对应的另一个空间——民间的文化。钟敬文先生曾经在其《民俗文化学:梗概与兴起》(中华书局1996年版)中,系统地把文化分为三个层次,即以经典作家为主体

的上层文化,以下层民众为主体的下层文化(也叫民间文化或民俗文化),还有一种以市民为主体的中层文化。这种观点是学术发展的重要成果。早在20世纪之初,就有学者对民间文化给予了关注,如五四歌谣学运动学者们提出以歌谣作为新文艺、新学术的材料。但在实践中,在文学的发展中,民间文化实际上是不断被压抑的。当然,经典作家的思想也是极其宝贵的,它们代表着一个时代的高峰,这是民间文化所不能比拟的。但我们不能忘掉民间文化是整个民族文化的底色,必须关注到连同民间文化在内的所有的文化现象,只有这样,我们才能够全面、深入地理解民族文化。

理解《山海经》对中华文化的影响,我们同样要多层次、多角度地看待其发展变化的轨迹。也就是说,《山海经》虽然是上古神话最为丰富的会聚,但它并不能代表我国古代神话的全部内容,而且,它对不同时期、不同地域文化发展的影响程度也是不均衡的。在浩如烟海的文化世界中,一部《山海经》只是源头的一朵浪花,一股清流,它和先秦时期许多文化经典一样源自远古时代的社会生活,并一起汇合成文化大潮,流淌进后世千百年的岁月中。作为神话之源的《山海经》,对整个中华文化发展的影响固然相当有限,但这种影响却是十分重要的。

首先,《山海经》的神话内容在历史的发展中与其他典籍一同构成了整个中国神话的基本系统,这最为明显地表现在先秦时期。

先秦时期保存神话内容较多的典籍相当丰富。如《诗经》《楚辞》《礼记》《尚书》《易经》《禹贡》《国语》《左传》《庄子》《韩非子》《穆天子传》《竹书纪年》等。在时代上,它们的形成都晚于《山海经》,自然或多或少都受到《山海经》的影响,而更重要的是它们在神话保存方面对《山海经》起到了补充和丰富的作用。可以这样讲,若典籍中只有这部记载神话的《山海经》,我们对我国许多神话将难以解读。郭璞对于《山海经》的注释在文化发展上是很有价值的,而他最大的贡献就在于,他以他所熟识的神话来阐释、疏证《山海经》中的神话,所以他的注释才最有价值。而郭璞所借助的工具,基本上都是先秦时期的这类典籍。

总的来看,《山海经》对先秦文化的重要影响表现在哲学、文学、历史等方面。其中,对文学的影响,诸如其与《诗经》《楚辞》等作品的联系,我们将另作详述。这里,我们把《尚书》《易经》《庄子》《论语》《韩非子》等作品看作哲学类,而把《国语》《左传》和《礼记》《竹书纪年》《穆天子传》等作品看作历史类。

《尚书》《易经》《庄子》《韩非子》等作品是《山海经》之后蔚为壮观的文化典籍,对后世的影响尤为深广,成为后人认识先秦文化必不可少的经典。如《尚书》,它对《山海经》的继承主要表现在对神话的描述上。鲧禹治水神话在《山海经》中只是以洪水滔天为背景,由鲧窃帝之息壤而引发的悲剧。《尚书》则将其具体描绘成这样一幅画面:帝尧之时,洪水滔天,下民昏垫,帝尧询于四岳,举鲧治之。鲧堙洪水,大兴徒役,作九仞之城,九载,讫无成功。舜摄政,殛鲧于羽山,以其子禹为司空,使代父业,以益、稷佐之。禹吸取鲧的教训,劳身焦思,菲衣恶食,居外十三年,乘舟、车、辀、橇,跋山涉水,自北而南完成治水大业,先后治理黄河、济水、淮河、江水而告功成。另外还有《荀子》《管子》《孟子》等作品,我们可以将它们看作先秦时期重要的文化哲学著作。它们在思维方式上与《山海经》是一脉相承的,都以万物有灵的原始信仰作为思想基础。如《易经》,传说是伏羲或周公或文王或孔子所作,这虽然是一种附会,但它确实保存了不少与《山海经》相关的神话内容。如其《系辞下》载:

> 古者包牺氏之王天下也……作结绳而为网罟,以佃以渔,盖取诸离。包牺氏没,神农氏作,斫木为耜,揉木为耒,耒耨之利,以教天下,盖取诸益。日中为市,致天下之民,聚天下之货,交易而退,各得其所,盖取诸噬嗑。神农氏没,黄帝、尧、舜氏作……垂衣裳而天下治……刳木为舟,剡木为楫,舟楫之利,以济不通,致远,以利天下,盖取诸涣。服牛乘马,引

重致远,以利天下,盖取诸随……断木为杵,掘地为臼,杵臼之利,万民以济……弦木为弧,剡木为矢,弧矢之利,以威天下……上古穴居而野处,后世圣人易之以宫室,上栋下宇,以待风雨……古之葬者,厚衣之以薪,葬之中野,不封不树,丧期无数,后世圣人易之以棺椁……上古结绳而治,后世圣人易之以书契……

《易经》的主要用途在于占卜,其成书时代当在周代。《易经》由卦画、卦题和卦辞三部分组成,八卦分别为天(乾)、地(坤)、雷(震)、风(巽)、水(坎)、火(离)、山(艮)、泽(兑)。对于这种象征性的思维方式,我们可以把它同《山海经》中的各种自然崇拜联系在一起,可以看出其思维方式受《山海经》的影响。在神话时代的描述上,它基本上沿袭了《山海经》中的神话体系,如"神农氏没,黄帝、尧、舜氏作"。《易经》同样提到了舟、矢等劳动生产工具的发明,只是未像《海内经》中那样明确指出其为何人所创造。其中的葬礼,"葬之中野",使我们联想到《大荒经》等章节中所提到的"赤水之东,有苍梧之野,舜与叔均之所葬也""东北海之外,大荒之中,河水之间,附禺之山,帝颛顼与九嫔葬焉",以及《海外北经》等处所提到的"不敢北射,畏共工之台"等材料。神话对历史的曲折反映,无论是在战争、文化创造方面,还是在生活制度方面,都充满了灵魂不灭等观念。《易经》与《山海经》在继承的意义上明显地表现出图腾观念的淡化而更为世俗化。同是伏羲,在《山海经》中只是形影萍踪、有建木、太昊爱过之类的内容,而在《易经》中,就有了更为详细也更为世俗化的记述,如《系辞下传》:"古者包牺氏之王天下也,仰则观象于天,俯则观法于地,观鸟兽之文,与地之宜,近取诸身,远取诸物,于是始作八卦,以通神明之德,以类万物之情。"又如,《系辞》中有"雷泽归妹","雷泽"早在《海内东经》中出现:"雷泽中有雷神,龙身而人头,鼓其腹。在吴西。"吴承志在《山海经地理今释》中说:"雷泽即震泽。"可知雷泽作为神话概念在《系辞》中已变成地理(方向)概念,但其意义仍是与神话密切相连的,这是一种文化趋势。

又如《论语》中孔子提出的"敬鬼神而远之"(《雍也》),"不语怪力乱神"(《述而》),"祭如在,祭神如神在"(《八佾》)等,表明了淡化神灵的文化趋势。《韩非子·外储说左下》表现了孔子对神话的态度:

> 哀公问于孔子曰:"吾闻夔一足,信乎?"曰:"夔,人也,何故一足?彼其无他异,而独通于声。尧曰,夔一而足矣,使为乐正。故君子曰:夔有一足。非一足也。"

这种对神话的态度说明,在《山海经》中以夔为典型的神话在后世文化哲学发展中已渐被消解或曲解,这已成为一种普遍现象。

《山海经》对先秦文化哲学影响最深刻的要数《庄子》。有学者称庄子是中国历史上最有特色的哲人。庄子是中国文化自由主义的创始人,是中国民间文学的重要传承者,他的著作保留了许多无比生动的民间文学内容。在《庄子》中我们能够更为清晰地看到《山海经》神话的影踪,尤其是其中的寓言,借用神话的想象、夸张、象征、拟人等方法来述说道理,常常自觉或不自觉地以神话为例,显示出典型的神话哲学化的文化个性。

庄子继承发展了老子的天道观,形成著名的老庄学派,提出"自本自根,未有天地,自古以固存;神鬼神帝,生天生地"(《大宗师》)的文化哲学思想。一方面,他在文学实践中自觉借用《山海经》的语言模式,如《内篇·逍遥游》写道:

> 穷发之北有冥海者,天池也。有鱼焉,其广数千里,未有知其修者,其名为鲲。有鸟焉,其名为鹏,背若泰山,翼若垂天之云,抟扶摇羊角而上者九万里,绝云气,负青天,然后图南,且适南冥也。
>
> 藐姑射之山,有神人居焉。肌肤若冰雪,绰约若处子,不食五谷,吸风

饮露,乘云气,御飞龙,而游乎四海之外。其神凝,使物不疵疠而年谷熟。

其中的冥海鸟、鱼和姑射之山神人,在取材和思维形式上,都与《山海经》有着密切联系。另一方面,更典型的是庄子对神话的自由运用,形成了非常突出的哲学风格,我们可称这种理论为我国最早的神话哲学。而这些,又都与《山海经》中的神话类型有着千丝万缕的联系。如他在《内篇·大宗师》中对"道"的神话阐释:

夫道,有情有信,无为无形;可传而不可受,可得而不可见;自本自根,未有天地,自古以固存。神鬼神帝,生天生帝;在太极之先而不为高;在六极之下而不为深;先天地生而不为久;长于上古而不为老。狶韦氏得之,以挈天地,伏羲得之,以袭气母,维斗得之,终古不忒;日月得之,终古不息;堪坏得之,以袭昆仑;冯夷得之,以游大川;肩吾得之,以处大山;黄帝得之,以登云天;颛顼得之,以处玄宫;禺强得之,立乎北极;西王母得之,坐乎少广,莫知其始,莫知其终;彭祖得之,上及有虞,下及五伯;傅说得之,以相武丁,奄有天下,乘东维,骑箕尾而比于列星。

又如其《内篇·应帝王》写道:

南海之帝为儵,北海之帝为忽,中央之帝为混沌。儵与忽时相与遇于混沌之地,混沌待之甚善。儵与忽谋报混沌之德,曰:人皆有七窍以视听食息,此独无有。尝试凿之。日凿一窍,七日而混沌死。

他所举的伏羲、日月、冯夷、肩吾、黄帝、颛顼、禺强、西王母和混沌等神,在《山海经》中都有表现。这些神话人物在他的笔下显得辉煌壮丽,绚丽多彩,气势磅礴。所以,闻一多称赞庄子"是一个抒情的天才""一位写生的妙手"(见《闻一多全集》卷二,《古典新义·庄子》)。鲁迅也说过"其文则汪洋辟阖,仪态万方,晚周诸子之作,莫能先也"(见《鲁迅全集·汉文学史纲要》)。庄子对中国神话的保存有着重要贡献,这和他在自己的作品中大量引用神话尤其是《山海经》神话分不开。一方面,这说明在庄子时代,《山海经》神话可能已十分丰富,并广泛流传;另一方面,这说明了当时的一种文化风尚,即借用古老的神话来阐述新颖的道理,使文化的发展充满生命活力。又如《庄子·天地篇》写道:

黄帝游乎赤水之北,登乎昆仑之丘而南望,还归。遗其玄珠。使知索之而不得,使离朱索之而不得,使喫诟索之而不得也,乃使象罔,象罔得之。黄帝曰:异哉! 象罔乃可以得之乎?

他将黄帝变作自己的传声筒,从而使自己的学说充满神秘的意蕴。这种文化传统在后来不断被发扬光大,尤其是在中国现代文学即新文学的建设中,鲁迅、郭沫若、茅盾等新文化运动的旗手或帅将都借用远古神话发新思、铸新辞,为新文化的发展做出楷模。

先秦历史文化著作中,《国语》《左传》《竹书纪年》和《战国策》是历史的直接记述,《礼记》和《穆天子传》更多的是文化发展的记述,它们对神话的保存不像文化哲学著作那样较为随兴,而是作为"史"的存在或制度的渊源根据来述说的,但同样是依据《山海经》的神话类型来表现这种史学观念的。譬如,对黄帝的记述,《山海经》并没有对其出身、经历做详尽介绍,而是主要描写他与其他神的交往,突出他的神坛地位。而在《国语》中,黄帝"姬姓",明确了其"少典之子"的身份。《礼记·大戴礼记》说:"黄帝曰轩辕""黄帝居轩辕之丘"。《战国策》有"黄帝伐涿鹿而擒蚩尤",《国语·晋语》有少典娶有蛴氏生黄帝炎帝,《左传·昭公十七年》有"黄帝氏以云纪,故为云师而云名;炎帝氏以火纪,故为火师而火名"等记载。这些并不是

《山海经》的原始材料,而是对《山海经》的补充说明,使黄帝形象更加丰富起来。又如颛顼,在《国语·楚语》中是这样记述的:

> 古者民神不杂……及少皞之衰也,九黎乱德,民神杂糅,不可方物。夫人作享,家为巫史,无有要质……颛顼受之,乃命南正重,司天以属神,命火正黎,司地以属民,使复旧常,无相侵渎,是谓"绝地天通"。

在《左传》中,祝融为颛顼之子。颛顼的神性家族更多地纳入维护宗法秩序、维护道德的世界之中,而渐脱《山海经》中质朴的原始氏族部落神的面目。同样,帝喾在《山海经》中的神性显示不多,在《国语·鲁语上》中却变成了"能序三辰以固民"的守护神。如《国语·鲁语上》写道:

> 海鸟曰爰居,止于鲁东门之外三日,臧文仲使国人祭之。展禽曰:"……夫圣王之制祀也,法施于民则祀之,以死勤事则祀之,以劳定国则祀之,能御大灾则祀之,能捍大患则祀之。非是族也,不在祀典。昔烈山氏之有天下也,其子曰柱,能殖百谷百蔬。夏之兴也,周弃继之,故祀以为稷。共工氏之伯九有也,其子曰后土,能平九土,故祀以为社。黄帝能成命百物,以明民共财,颛顼能修之。帝喾能序三辰以固民,尧能单均刑法以仪民,舜勤民事而野死,鲧鄣洪水而殛死,禹能以德修鲧之功,契为司徒而民辑,冥勤其官而水死,汤以宽治民而除其邪,稷勤百谷而山死,文王以文昭,武王去民之秽……今海鸟至……无功而祀之,非仁也……非智也。

这里所展示的祭祀意义体现出神话的图腾观念对人们信仰观念的具体影响作用。展禽(即柳下惠)在臧文仲的政治格局中掌管刑狱,出于对历史的熟悉和对国家安宁的负责,用黄帝、颛顼、喾、尧、舜、鲧、禹、契、稷等在民间信仰中的威望及历史背景,来说服臧文仲不去祭祀那些平凡的海鸟。这从另一个方面也表现出,《山海经》中的群神形象已融进后世民间生活的内容之中。《国语》所反映的这种史实,让我们具体地看到《山海经》对先秦文化的影响。应该说,这种影响是文化传承的一种必然趋势。再者如炎帝,《山海经》中提到的很少,只有炎帝之女女娃"精卫"和炎帝之孙"灵恝"等材料的述说。《战国策》中有"神农伐补遂,黄帝伐涿鹿而擒蚩尤",《国语》中有"黄帝以姬水成,炎帝以姜水成",《春秋传》有"炎帝为火师,姜姓其后也"的记载。为何《国语》《春秋传》没有提神农而只提炎帝?有学者解释,这是刘歆等人比附五行说的结果。又如共工,在《山海经》中提及的材料也不是很多,如"共工之臣曰相柳(相繇)"为禹所杀等,而在《左传·昭公十七年》中更进一步明确其"以水纪,故为水师而水名"的身份。《国语·周语下》载:"共工……虞于湛乐,淫失其身,欲壅防百川,堕高堙庳,以害天下:皇天弗福,庶民弗助,祸乱并兴,共工用灭。"《周语·鲁语上》载"共工氏之伯九有也,其子曰后土,能平九土",比在《山海经》中的形象更加丰满,其被别的部族所杀的原因也更加明晰。事实上,这是典型的历史化结果,也是伦理化的悲剧结局。神话一旦历史化,就纳入了传统的宗法制之中,即以某一种权力为中心,顺者昌,逆者亡。这种历史化的影响是非常久而广的,直到近代神话学的建立,它一直处于文化史上的主导地位。此类的材料相当丰富,不仅黄帝、共工等是这样,颛顼、帝喾、尧、舜和禹也都是这样。《礼记》《穆天子传》和以史书面目出现的《竹书纪年》《国语》《左传》《战国策》,这些典籍不尽相同,同样述说历史,《礼记》等典籍更多的是记述民间信仰的内容。如《礼记》中的《月令》《乐记》等篇记述了相当多的民俗资料,尤其是《郊特牲》篇对祭祀礼仪的记述,我们可以看到其与《山海经》中的祭祀内容在许多方面有相似之处,如太牢、少牢之祭。又如一些咒语,在《山海经》的《大荒北经》中有这样一段内容:

蚩尤作兵伐黄帝,黄帝乃令应龙攻之冀州之野。应龙畜水。蚩尤请风伯雨师,纵大风雨。黄帝乃下天女曰魃,雨止,遂杀蚩尤,魃不得复上,所居不雨。叔均言之帝,后置之赤水之北。叔均乃为田祖。魃时亡之。所欲逐之者,令曰:"神北行!"先除水道,决通沟渎。

在《礼记·郊特牲》中记述了"大蜡八,伊耆氏始为蜡",又有蜡辞:

土反其宅,
水归其壑,
昆虫毋作,
草木归其泽!

"神北行"和"昆虫毋作,草木归其泽"的背景与意义基本相同。

《礼记》与《山海经》的联系,在一定程度上我们也可以将其看作流与源的关系。在形制上,它们有很多相似之处,如《大戴礼记·帝系篇》继承了《山海经》中的黄帝神谱,而且在这里更加系统化,乃至深刻影响到后世的史传:

黄帝居轩辕之丘,娶于西陵氏之子,谓之嫘祖氏,产青阳及昌意。青阳降居泜水,昌意降居若水。昌意娶于蜀山氏,蜀山氏之子谓之昌濮氏,产颛顼。颛顼娶于滕氏,滕氏奔之子谓之女禄氏,产老童;老童娶于竭水氏,竭水氏之子谓之高纲氏,产重黎及吴回。
……
黄帝产玄嚣,玄嚣产蟜极,蟜极产高辛,是为帝喾;黄帝产昌意,昌意产高阳。是为帝颛顼。颛顼产穷蝉,穷蝉产敬康,敬康产句芒,句芒产蟜牛,蟜牛产瞽瞍,瞽瞍产重华,是为帝舜。

又如帝喾、后稷、尧等神人之间的关系，《山海经》中同样是模糊的，而《大戴礼记·帝系篇》却使之明朗化：

> 帝喾……上妃……姜嫄氏产后稷，次妃……简狄氏产契，次妃……庆都氏产帝尧，次妃……常仪氏产帝挚。

由此可见，后稷、契、尧、挚同属帝喾之子。这种谱系的传承意义在后世不断丰富，于是就有了我们所看到的神话时代及其在民间活性形态的保存中相对完整的反映。《礼记》成为后世祭祀等文化行为的理论依据。应该说，《山海经》神话对后世文化的影响正是通过《礼记》这样的典籍而一代代传承下来的。有直接的传承，也有间接的传承，其中更多的是以间接性的传承使《山海经》神话融入博大精深的中国文化之中。

《穆天子传》在战国初年形成，共六卷，为晋太康二年汲县人盗墓所得书（竹书）。其主要内容描述"周穆王游行四海见帝台、西王母"，其中的帝台、西王母、"河伯无夷"（冰夷）、昆仑之丘等内容是直接承袭了《山海经》的神话概念。重要的是西王母形象在这里得到了变异，"虎豹为群，于鹊与处"而为人王。可见它受《山海经》的影响更为典型。

先秦时期是中国经典的重要形成阶段，作为神话之源的《山海经》融入这些经典，决定了中国数千年文化深受其影响。之后，进入中国历史的大统一、大变化、大发展的历史时期，《山海经》不仅影响了以司马迁为代表的史学，而且影响了魏晋南北朝时期典型的神异志怪文学，乃至深刻影响了以道教文化为典型的宗教文化。《山海经》犹如一块光芒四射的瑰宝，在中国文化的夜空显得格外明亮。更为重要的是，《山海经》的图腾崇拜、动植物崇拜、祖先崇拜、英雄崇拜、太阳崇拜等原始信仰观念，渗透在整个文化发展的各个方面。这里，我们应该强调的是，理解《山海经》对中国文化的影响必须有一个前提，那就是要认识到《山海经》是上古神话的集大成者，没有

《山海经》作为典籍对中国古代神话等内容的保存,中国神话的流传就会遭受想象不到的重大损失。从中国文化的发展来看,《山海经》一直作为神巫之典、神异之源流传着,这是毋庸置疑的。当然,中国文化发展中所受神话、巫术等因素的影响,绝不是仅仅秉承着《山海经》一部经典的思想,但是,神话、巫术等原始文化对中国文化的影响作用是以《山海经》为主要途径而具体实现的。这是一条重要的道路,它相当于连接两个世界的桥梁。

《山海经》对中国文化的影响的多层次意义表现在以下几个方面。

第一,文学的内容成为文化的重要内容。诸如《楚辞》、陶渊明和李白等人的诗篇,志怪小说和宋元话本小说,明清小说,乃至秋瑾、鲁迅等近现代革命作家以至毛泽东他们的诗篇等,可谓中国神话诗学的重要表现。这是中国文化的精华所在。

第二,以经学为代表的学问家在学术实践中,自觉地把《山海经》作为文化之源,深刻地影响到千百年间的学术文化传统。

第三,宗教文化的吸收和宣扬,使《山海经》与中国文化的联系更为密切。以道教文化为主要内容的宗教文化的形成和发展过程中,都有《山海经》的影踪。

第四,中国民间文化是一种个性色彩异常鲜明、内容异常丰富的文化。《山海经》的影响,影响到民间文化的思维机制,最为典型的就是与《山海经》内容相关的民间信仰崇拜活动至今还广布民间,成为民众的重要生活内容,包括以下几种形式:神话传说的民间流传;图案的形象显示成为物化的信仰;庙会和节日等民俗生活的集中体现。

其中,文学和民间文化是中国文化中最为突出的内容,也是最为重要的内容,集中展示了中华民族文化个性在千百年间所发生的变化及其实质。从这种意义上讲,我们认识《山海经》对中国文化的影响,不但要遍查古代典籍等文献,而且要进行以民间社会为主要考察对象的田野作业,同时,还要运用考古文物,在动态的、多方面多层次的范围内来认识这种内容。因而,这种综合性探索不但是我们认识文化发展的一面镜子,也是我们理解国情民情的一把钥匙。

二、《山海经》对后世中国民间文化的影响

《山海经》是神巫之书,是原始信仰的集大成者,是中国神话之源。它影响了中华民族的人文文化,更影响了后世浩如烟海的民间文化。从某种程度上讲,民间文化与《山海经》有着更为直接的继承意义上的联系。直到今天,当我们亲临民间文化的世界时,仍会自然而然地看到,在我们的民间文化生活中,相当完整地保存着一部《山海经》的"原始版本",有许多民间文化现象和远古时代的《山海经》在内容上惊人地吻合。正是在这种意义上,我们许多人把今天的一些民间文化称作民族文化的活化石。

这首先表现在,我们的神州大地上至今还有许多与《山海经》神话相一致的神话传说,诸如黄帝神话、大禹神话、颛顼神话、昆仑神话、西王母神话、炎帝神话、女娲神话、共工神话、蚩尤神话、夸父神话,更不用说尧、舜、喾、丹朱这些帝王,伏羲曾经看到的建木、日月所出入的扶桑,以及祝融、蓐收、禺貔、禺强、句芒等四方之神,河伯冯夷、风伯、雨师、烛龙及各山之神等自然神。在民间文化生活中它们都有一个能自圆其说的神话阐释系统,形成了一个个神话群。它们经过广大民间文化学者和社会学、人类学等学科学者的田野作业,显示出其丰赡的具有民族文化特色的朴实面貌,从而震撼了神话学坛,尤其是国际神话学界。这些神话在我国人民生活中的活性形态的存在,用事实打破了国际上一些学者对中华民族的偏见和歧视。在过去的岁月中,英国和日本都有一些学者以鄙视的态度说中华民族没有神话,称我们的祖先没有足够的智慧去创造像希腊神话那样瑰丽的神话文化;甚至一些中国学者,也嫌我们的祖先愚笨,断言黄河流域的先民缺乏想象力,所以没有丰富的神话流传。无论是谁曾经这样说过,就中国文化的实际而言,这都是谎言。事实证明,中国存在着大量内容具有丰富性、系统性、典型性特

征的民间神话。近一个世纪以来,我国学者经过各种努力,在包括汉族在内的各民族文化遗产中,发掘出许多珍贵的神话传说,能与《山海经》等神话典籍相对照,显现出远古人民杰出的文化创造力及远古神话流传至今的具体历程。诚如苏联神话学家、汉学家李福清对我国中原神话的评价那样,这些神话的发现,"代表着国际神话学的新方向"[1]。著名学者钟敬文也曾称中原神话的发现是"文化史上的奇迹"[2]。这些评价是十分中肯的。中原神话只是中华民族神话的一个重要组成部分,而由此也表明我国民间文化中的活性形态的神话群与《山海经》这些先秦神话典籍具有可对照的联系,在世界文化史上占据着重要的地位,同时也体现出中华民族卓越的文化创造力。

最为典型的是,这些源自《山海经》的神话传说不仅在民间口耳相传,而且依附于一定的"遗址",即祭祀活动中的庙宇、神台,形成诸如庙会之类的信仰活动中心。我们可以把这些庙宇、神台称为古典神话遗址,通过具体的民间信仰活动,我们可以考察到《山海经》神话对后世民间文化的广泛影响,尤其能清晰地看到神话原型的嬗变轨迹,从而更为准确地把握住文化发展的基本规律。

古典神话遗址的分布,集中在陕西、山西、河南、甘肃、河北、山东、湖北、湖南、四川、浙江、安徽、江苏、广东等地。当然,这种情况的出现是由于我国文化发展主要集中在长江、黄河两大流域,并形成了全国的文化中心。

民间神庙是民间神灵信仰的物化形态,它所依据的信仰基础在于相应的民间神话传说故事。这些神庙常常在物质形式上增强了一定的神灵信仰的辐射力,形成民间文化的中心,或者可以称为神话群的文化源点。当然,民间神庙除了以广泛的信仰崇拜作为其文化基础,更多的是依靠历史的继承。在千百年间的各种文化碰撞中,大浪淘沙,才存留下来今天的这些古典

---

[1] 李福清著,马昌仪译:《中国的神话与传说》,台北中正书局1988年版。

[2] 钟敬文:《中原古典神话流变论考·序》,上海文艺出版社1991年版。

神话遗址,它们是中华民族文化的一大景观。

神庙的历史至少有五千年。20世纪80年代初,我国考古学取得的一个重要成果,就是在辽宁牛河梁红山文化遗址发现有多个裸体彩绘女神泥塑的大型神庙[1]。我们将其与《山海经》中的"祠"礼相对照,如《中次九经》所说的"熊山,席也,其祠:羞酒,太牢具,婴毛一璧。干儛,用兵以禳;祈,璆冕舞",可以设想在远古时代,围绕着神庙所举行的是何等壮观的民间盛会。这种情形随着奴隶制国家的形成和发展,在商周时期具有了更完备的文化规模。如《尚书·商书·太甲上》所载,商先王顾諟天之明命,以承上下神祇,而"社稷宗庙,罔不祇肃"。同其相对的是"民有寝庙","庶人祭于寝"(《礼记·王制》)。在商周时代的卜辞中,宗庙有宗、升、室、亚等形式,结合氏族、宗族、家族而形成了宗庙、祖庙、祢庙体系。这种形制影响到整个秦汉时代的文化发展中的神灵信仰。在国家统一的政治推进进程中,神灵崇拜及神庙制度得到了秩序化发展。如,春秋时代的秦国,曾以西畤、鄜畤、武畤、好畤、密畤等神庙形制祭祀青帝、白帝、黄帝、赤帝等神灵。尤其是秦汉时代,由于政府干预,各种神庙的具体规模(规格)、祭祀时日等内容,都确定成制度。这种内容成为后世许多庙会活动的直接起源,也就是说,将《山海经》神话融进社会政治之中,庙会得到政府的有效管理而出现许多新的文化风尚。如《史记·封禅书》写道:

自崤以东,名山五,大川祠二。曰太室……恒山、泰山、会稽、湘山。水曰济、曰淮……自华以西,名山七,名川四、曰华山、薄山……岳山、岐山、吴岳、鸿冢、渎山……水曰河,祠临晋……而雍有日月、参辰、南北斗、荧惑、太白、岁星、填星、二十八宿、风伯、雨师、四海、九臣、十四臣、诸布、诸严、诸逑之属,百有余庙……各以岁时奉祠。

---

[1] 参见《辽宁牛河梁红山文化"女神庙"与积石冢群发掘简报》,《文物》1986年第8期。

另外，我们再以《风俗通义》相佐证，更不难看到汉代社会民间文化生活、政治生活中广泛存在的信仰活动对远古文化的继承和发展。以民间神庙为基本标志，《山海经》神话在民间生活中一代代传承下来，自然形成我们今日还能看到的众多的古代神话遗址，以及环绕在这些遗址周围的神话群现象。

魏晋南北朝时期在中国民间文化发展史上有着非常重要的地位，它是各种文化的一次空前剧烈、频繁、大规模的全方位碰撞与交融。一方面，道教的兴起和繁荣、佛教的传入和崛起，打破了固有的民族文化相对稳定的局面、成分相对纯朴的状况，融入了新的文化内容；另一方面，远古文化继续保持其完整面目，同时，融入了许多新的具有浓郁时代特色的人文精神；再一方面，源自远古时代的神话思维与时代相结合，生发出更多的神灵崇拜。在这种背景下，《山海经》的神话原型失去了以往的主导地位而渐被新的民间文化生活所湮没。这里，我们可从《水经注》所录的神庙名称来窥视上述现象：

河水神庙：

禹庙（禹）、风伯祠（风伯）、土楼神祠（土地神）、天封苑火井庙（火神）、子夏庙（子夏）、司马子长庙（司马子长）、后土祠（后土）、文母庙（文母）、舜庙（舜）、尧祠（尧）、夷齐庙（伯夷、叔齐）、北君祠（华山神）、周天子祠（周武王）、石堤祠（石堤山神）、天子庙、虞公庙（虞仲）、五户神祠（五户将军）、河平侯祠（河神）、周公庙（周公）、五龙祠、伍子胥庙（伍子胥）、邓艾庙（邓艾）

溧水神庙：

二子庙（臧洪、陈容）

汾水神庙：

介子推祠（介子推）、岳庙（霍太山神）、三神祠（霍太山山阳侯天使）、

尧庙(尧)

　　浍水神庙：

　　巫咸祠(巫咸)

　　晋水神庙：

　　唐叔虞祠(唐叔虞)

　　济水神庙：

　　赞皇山庙(赞皇山神)、陈平祠(陈平)、女郎祠(女郎山神)、朱鲔庙(朱鲔)、李刚祠(李刚)、鲁恭祠(鲁恭)、范巨卿祠(范式)、高祖庙(刘邦)、张良庙(张良)

　　清水神庙：

　　七贤祠(阮籍等竹林七贤)、太公庙(姜尚)

　　沁水神庙：

　　孔子庙(孔子)、华岳庙(华岳神)、张禹祠(张禹)

　　漳水神庙：

　　西门豹祠(西门豹)、铜马祠(刘秀)、董仲舒庙(董仲舒)

　　易水神庙：

　　白杨寺(白杨山神)

　　滱水神庙：

　　尧庙(尧)、恒岳庙(恒山神)、百祠、广南庙(广南)

　　沮水神庙：

　　白狼庙(白狼)、二陵庙(文明太后、高祖)、女郎祠(随山神)、代夫人祠、翩神庙(翩神)

　　濡水神庙：

　　孤竹君祠(孤竹君)

　　洛水神庙：

　　周灵王祠(周灵王)、九山庙(九山府君)、百虫将军庙(伯益)

渭水神庙：

女娲祠（女娲）、老子庙（老子）、怒特祠（梓树神）、宝鸡鸣祠（鸡神）、汧水祠（汧水神）、谷春祠（谷春）、邓艾祠（邓艾）、五畤祠（五帝）、凤台凤女祠（萧史、弄玉）、太公庙（姜尚）、白起祠（白起）、阳侯祠（水神）、五部神庙、华岳庙（华岳神）、恭王庙（汉恭王）、汉武帝祠（刘彻）、九庙（汉代诸帝王）

丹水神庙：

四皓庙（商山四皓）

汝水神庙：

叶君祠（王乔）、张明府祠（张熹）、青陂庙（青陂神）

颍水神庙：

许由庙（许由）、九山祠、柏祠、贾逵祠（贾逵）

洧水神庙：

张伯雅庙（张伯雅）、卓茂祠（卓茂）、子产庙（子产）

濄水神庙：

田丰祠（田丰）、翟义祠（翟义）

阴沟水神庙：

老子庙（老子）、孔子庙（孔子）、老君庙（老子）、李老母庙（老子母）、曹嵩庙（曹嵩）

汳水神庙：

灵庙（王子乔）、盛允庙（盛允）、梁孝王祠（梁孝王）

睢水神庙：

广野君庙、乔玄庙（乔玄）

瓠子水神庙：

尧庙（尧）、庆都庙（尧母）、中山夫人庙（尧妃）、仲山甫祠（仲山甫）

汶水神庙：

太山庙（太山神）、巢父庙（巢父）、亭亭山庙（亭亭山神）

泗水神庙：

原泉祠（原泉神）、颜母庙（孔子母）、孔庙（孔子）、华元祠（华元）、汉高祖庙（刘邦）、亚父祠（范增）、徐庙

淄水神庙：

尧山祠（尧）、景王祠（景公）

潍水神庙：

三石山祠（三石山神）

沔水神庙：

诸葛亮庙（诸葛亮）、女郎庙（张鲁女）、汉庙（汉女）、唐公祠（唐公房）、舜祠（舜）、汉高帝庙（刘邦）、刘表祠（刘表）、太山庙（太山神）、丞山庙（畴无余）、胥山庙（讴阳）、美人庙（秦始皇妃）

沘水神庙：

胡著庙（胡著）、樊重庙（樊重）

淮水神庙：

淮源庙（淮水神）、贾彪庙（贾彪）、子相庙（子相）、老子庙（老子）、江水祠（江水神）

濉水神庙：

尧祠（尧）、彭山庙（彭山神）、尹俭庙（尹俭）

淯水神庙：

独山庙（独山神）、范蠡祠（范蠡）

肥水神庙：

刘安庙（刘安）、刘勋庙（刘勋）

江水神庙：

汉武帝祠（刘彻）、贵儿祠（贵儿）、夏禹庙（禹）、朝云庙（巫山神女）、南岳庙（霍山神）

温水神庙：

竹王祠(竹王)

湘水神庙:

舜庙(舜)、二妃庙(娥皇、女英)、屈原庙(屈原)

耒水神庙:

苏耽祠(苏耽)

赣水神庙:

贾萌庙(贾萌)

庐水神庙:

宫亭庙(庐山神)

浙江水神庙:

乌山庙(乌山神)、赵昞祠(赵昞)、胥山庙(伍员)、禹庙(禹)、崞浦庙(土地神)、渔浦王庙(渔浦水神)

(以上材料参考段玉明所绘图表等材料)

从以上材料可以看出,《山海经》神话中的神格所存留者仅限于尧、舜、禹、巫咸和女娲等少数几个,像帝俊、黄帝、颛顼、西王母等大神却没有被列入。当然,这里也有因技术问题而导致遗漏的现象,但是它从一个方面表明了新的神灵不断涌现,极有力地冲击了民间文化中神话的纯朴性。顺着这种趋势发展,在后来的社会生活中远古大神的神庙越来越少。尤其是元、清两代,汉族的三皇五帝作为民族象征的意义被淡化处理时,那些曾经被视为异端的大神,像蚩尤、共工、祝融等神的神庙则崛起于民间,为远古非主流神的神话的复原提供了便利。特别是宗教力量的崛起,除了道教对黄帝、西王母、大禹的利用,《山海经》神话基本上被赶下社会上层政治的祭坛,却为民间文化所容纳,大量保存于民间故事与民俗活动中。这就形成了今天神话学通过田野作业而获得新资料、大飞跃的局面:民间文化几乎保存了《山海经》神话的所有信息。

就目前所发掘到的材料来看,古典神话遗址所反映的《山海经》神话原型内容,一般限于黄河的中下游地区、长江中下游地区,其中以黄河中下游地区为最为密集的区域。黄河中下游地区的神话遗址又极为密集地分布在以河南为中心的中原地带,形成了独具特色的中原神话群。

与《山海经》神话原型相关的中原神话群主要有如下几种:黄帝神话群、女娲神话群、伏羲神话群、王母神话群、颛顼神话群、尧神话群、舜神话群、大禹神话群、夸父神话群、炎帝神话群。这是中国古代神话谱系在当代社会所表现出的又一个重要特色。其中,内容最丰富、影响最大的为黄帝神话群和大禹神话群。构成这种状况的重要因素不是别的,正是河南所处的特殊的地理位置和历史文化的特殊地位。一方面,河南在历史上长期为政治经济文化的中心,"三代之居皆在河洛之间"(《史记·封禅书》),黄帝族、大禹族在这一地区形成强大的政治集团,所以应该存留下许多神话故事和传说中的神话遗址。另一方面,这些神话主要保存在中原偏僻的乡村,地处大山荒野间,与大都市的车水马龙相比,这里相对稳定,较少受到外来文化(现代文明)的冲击,所以可能会保存下较为朴实的神话故事。而且,有许多神话故事是由民间巫婆神汉所讲述的,具有浓郁的原始文明色彩。同时,这也更显现出中原地区古典神话的非凡价值和意义。当然,如果有人一定要否认原始文化、原始艺术在当下的遗存,只能说是没有共同的感受,无法进行相互间的交流与对话。

首先是黄帝神话群。

《山海经》中的黄帝是一位显赫的部落联盟领袖。轩辕之山、轩辕之国、轩辕之台和轩辕之神都与这位黄帝相联系,具有神圣而不可侵犯的特殊地位。如《海外西经》中有"轩辕之国在此穷山之际""穷山在其北,不敢西射,畏轩辕之丘",《大荒西经》中有"射者不敢西向射,畏轩辕之台"。黄帝的生命力异常旺盛,如《大荒西经》中有轩辕之国"不寿者乃八百岁"。黄帝的子孙众多,集团力量异常庞大。如《大荒东经》中有"黄帝生禺猇",海神是他的子孙。《大荒北经》中有"黄帝生苗龙",融吾、弄明、白犬都是他的后代。《海内经》中的昌意、韩流和骆明、白马、鲧,也都是他的子孙;许多现象表明,其影响历史文化之久远、范围之广阔。

黄帝还是不可战胜的,如在《大荒东经》中有他得夔,"以其皮为鼓"而"威震天下",《大荒北经》有他战胜蚩尤的故事,都充满征服者的胜利姿态。在更多的文献典籍之中,黄帝征服了四野,合并了炎帝部族,一统中原,祭祀于河洛,成为中华民族的始祖。《史记》等历史文献也都是从黄帝算起。

在中原地区,黄帝神话群主要分布在豫西地区。

民间关于黄帝的传说主要有炎黄之战、涿鹿之战、创造发明、建立国家、与王母斗智、练兵讲武、访仙得道、炼丹、升天等,集中在河南的新郑、新密、灵宝等地。

传说依附于一定的自然景观,就成为我们所说的古典神话遗址。如新郑被称为"轩辕故里",传说黄帝生于新郑,此地原来建有轩辕观。民间传说黄帝的父母即公孙少典和附宝,居住在具茨山姬水河边的一个山洞里。附宝在野外感白光而孕,后生下肉团,轩辕黄帝从肉团中出世。后来,人们将具茨山改名"轩辕丘",在上面修了一座祖师庙,也叫轩辕黄帝庙。附宝感光受孕处有一块石头,人称"天心石"。黄帝成年后,四处寻找猛将良相,如力牧、大鸿、风后、常先、大隗等。这些人的名字成为今天这一地区的地名或山名,如大鸿就在新郑、禹州、新密交界处,新密则有力牧台、大隗镇。在新郑的风后岭极顶东侧,有王母洞,传说黄帝曾和王母有交往。在新郑县城南关外,有一条双洎河,传说黄帝曾在这条河边试才,选出一个孩子主王位,一个辅政。

在新密同样有许多黄帝神话遗址,如云岩宫是传说中黄帝的行宫、寝宫。当地百姓讲,黄帝曾在此处担土修城,被人道破天机,留下"庙岗""大岗"两堆土,成为今天的山岗。"破鞋岗"则是传说黄帝将鞋子扔在此处变成的,也有人说是鞋子中的泥土堆成的。云岩宫景色秀美,当地有一首歌

第六章 《山海经》时代

谣唱道：

> 南京到北京，
> 比不过云岩宫。
> 三百（柏）二十（石）一座庙，
> 王母娘娘坐空中。
> 石头缝里长柏树，
> 老龙叫唤不绝声。

所谓三百是三棵柏树的谐音，二十是两块石头的谐音。三柏二石都是河水中的树木和石块，庙即云岩宫神庙。王母神洞在峭壁上，王母离地而居，所以叫"王母娘娘坐空中"。"老龙叫唤不绝声"是指云岩宫院内的大峡谷中有一条激流穿过，发出激越的声响，犹如龙鸣。在云岩宫附近还有许多地名传说都与黄帝的活动相关，如养马庄（养马处）、仓王庄（储粮处）、饮马河、马脊岭（蹓马处）。大鸿山上还有传说中的避暑宫、御花园、梳妆台、擂鼓台。云岩宫存有唐代独孤及的《云岩宫风后八阵图记》碑文，从另一方面说明黄帝传说历史悠远，在神话与史实之间并非全凭人们妄言假想而成。在大隗镇有明代碑文记载，黄帝曾在此造访广成子。所有这些，若我们比照《山海经·西次三经》中的"峚山"有玉，"是有玉膏，其源沸沸汤汤，黄帝是食是飨"等内容，便不会有太多奇怪的感觉。

所有的传说都是民间文化对历史文化的记忆表现形式。

在灵宝阌乡东南荆山铸鼎塬上，有传说中的黄帝陵。这里原有黄帝庙。传说黄帝当年在此铸鼎立国，此庙保存有唐虢州刺史王颜撰文的《轩辕黄帝铸鼎碑铭》。碑文序中，有"黄帝守一气衍三坟，以治人之性命，乃铸鼎兹原，鼎成上升"的内容。据载，汉武帝时，荆山铸鼎塬就有黄陵神庙，配祀香火以祭黄帝。可以设想这就是汉代的黄帝陵会。至今，每年冬天，当地百姓仍在此祭祀黄帝,应是庙会遗俗。这一地区的神话传说中,黄帝是朴素的人间君主,曾在骑龙升天时,被百姓拦住。有九孔莲藕的遗址,相传它就是黄帝所骑龙须所化而生。黄帝陵在这里还叫葬靴冢,据说和陕西桥山及甘肃、河北等处的黄帝陵一样,都是黄帝的衣冠冢。当然,由于特殊的历史、地理因素,陕西黄陵名扬中外,人们就忽略了其他处的黄陵神话遗址。

在巩义一带还有黄帝得河图洛书的"遗址"。传说当年"黄帝东巡过洛河,修坛沉璧,受龙图于河,龟书于洛",在此发明历法、房屋,令仓颉造出文字,祭祀天帝。至今,洛口村北寨门还有对联"休气荣光连北阙,赤文绿字焕东周",歌唱黄帝在洛河畔祭天、沉璧的文化盛事。

与《山海经》相比,黄帝神话在中原地区有了更多的仙味。应该说,关于黄帝的神话,源自《山海经》,在后来的历史发展中,渐渐融入其他的文化因素。这正是一般古典神话嬗变的基本规律。

就现实而言,没有宗教文化不断渗透,神话传说便无法流传。

其次是女娲神话群。

《山海经》中的女娲神话内容记述相对简单,只有《大荒西经》"有国名曰淑士,颛顼之子。有神十人,名曰女娲之肠,化为神,处栗广之野;横道而处"的内容。关于她炼石补天、抟土造人的故事,见于后世文献《风俗通义》《淮南子》和《论衡》等典籍,至于她与伏羲结为夫妻的内容,则见于唐代卢仝的诗歌等文献。这些内容是《山海经》女娲神话的嬗变、衍生形态的具体表现。它在中原地区的神话遗址主要分布在淮阳、西华、孟州、太行山、陕州、晋州、涉县、临潼等地。再者就是甘肃天水等地。在民间文化中,她的身份称呼是多种多样的,如"人祖奶奶""人祖姑娘""女娲娘娘""老奶奶""娲皇老母"等,体现出民间信仰的丰富性。

在一些古代文献典籍中,女娲和伏羲、神农并称为"三皇"。"皇者,天。天不言,四时行焉,百物生焉。"(《风俗通义》)这是民族女神"女皇"(《世本·姓氏篇》)的神圣角色。她在中原地区,不但是生化万物的创造大神,而且是一定地区的民间保护神,许多神话遗址相传都是她留传给人间的,具有神秘性。如西华县聂堆镇思都岗村,有传说中的女娲陵、女娲神庙,这个村庄就是女娲城的一部分。当地百姓每逢初一、十五就来朝拜他们这位人祖奶奶,在腊月和正月举办庙会,唱神戏,祭祀这位"天地全神"的统领。中药黄芪,在这里传说是女娲传给民间识别运用这种药材的方法的,所以,当地称黄芪为娲芪。在一些民间节日中,还有烙面饼抛在房顶上"补天"的习俗(不仅河南有,陕西、甘肃、山西等地也有,参见一些地方志中的民俗资料)。更为典型的是民间经歌中对女娲开辟世界、创造人类和文明的礼赞,表现出虔诚的信仰。天下雨太久,有"雨不霁,祭女娲"(《论衡·顺鼓篇》);天大旱,也要祭女娲,民间百姓在神庙前让烈日曝晒自己,以期得到女娲感动而降甘露。这种信仰汉代典籍中有记载,明代如杨慎在《词品》中也有记载。西华民间传说中,女娲不但炼就了五彩石,补得苍天,而且多次托梦救人,变幻魔法退去偷袭的敌兵而避免了灾难。人们传说天边的彩霞之所以那样美,是因为女娲补天用尽了五彩石,于是将自己的血肉糊在了天上,补天行动壮烈绚丽。女娲作为人间正义、道德的代表,无处不在,无时不在,伴随着人们世世代代生活在这片土地上。这也表现出中华民族普遍的信仰观念,即传统的人杰地灵观:在一个地方若生存过一位具有历史影响意义的大人物,这里的人就会感到无上自豪。当然,这也包含着人们对自己家乡的热爱,对生活的热爱,对英雄的崇尚,对美好生活前景的向往。所以,女娲信仰在广大中原农村曾表现为每一个乡村都有奶奶庙,人们有了女娲这位人祖奶奶在自己的身边,就有了安全感、幸福感。

在孟州一带,有女娲山的传说。这在《太平寰宇记》《地理通释》等典籍中就有过记载,即"太行山,一名皇母山,一名女娲山"。太行山上有多处女娲祠,陕西渭南的女娲陵、山西临汾的女娲庙、河南商丘的娘娘庙、河北邯郸的娲皇宫、河南安阳的清凉山,都是女娲信仰的重要表现。尤其是河北邯郸的娲皇宫,每年都举办大型庙会,四面八方的香客会聚此地,载歌载舞,遍设香烛,祭祀这位传说中的人祖女神。汉代宋衷注《世本》中曾提到"天皇封弟娲于汝水之阳"。由此我们可知,黄河中下游地区的河南中部、北部,河北的南部,山东的西部,以及陕西、甘肃等地,作为女娲的封地,其神话遗址之多是可想而知的。宋代崔伯易在《感山赋》中说:"客有为余言,太行之富,其山一名皇母,一名女娲。或云于此炼石补天,今其上有女娲祠。"他盛赞"仁智所依,仙圣其迹","服皇娲之妙道,藏补天之神石"。太行山系千里绵绵,女娲神庙兴兴灭灭,灭灭兴兴,如繁星闪烁,体现出女娲神话在这广大地区的深厚基础。人们对一片碎石寄予深情,以为是当年女娲补天所剩下的。这些信仰行为远远超出了《山海经》神话中"处栗广之野"的原型,但不可否认的是,这些神话的思维机制和《山海经》是相同的。它从另一方面说明《山海经》神话思维对我国民间文化的广泛影响。

在更多的神话传说中,女娲和另一个大神伏羲结成夫妇,而且是兄妹婚,加入了洪水神话的内容。在豫东、豫东南、皖西、鄂北等地区的黄淮平原和大别山系,有许多洪水神话故事的流传。其情节如下:一个孩子外出,遇见一个神灵的化身(或为兽,或为人,或为树),告诉这个孩子说天地要毁灭,要他带一些食物来,以便躲进一个地方,逃过这场大劫难。这个孩子一般是男孩,又带上姐姐或妹妹一同来到这里。灾难过后,世界又是一片洪荒,神灵要两个孩子成婚,继续繁衍人类。经过一系列的验婚,两人终于结合成夫妇,重新造就人类和文明。毁灭世界的灾难一般都是洪水。这个女孩子一般都是女娲,她的同伴是伏羲。这种神话故事若我们掩去人名和地名,就会发现和南方一些兄弟民族的洪水神话完全相同,甚至和阿拉伯、希腊的洪水神话也有相同之处。应该说这是整个人类共有的神话思维的表现。作为洪水神话中的女娲,和《山海经》中处于栗广之野的女娲绝不是毫不相干的。在千百年的人类社会发展中,两种内容都依据远古时代的原始思维即神话思维,使女娲神话系统日益丰富起来。同时,在民间神话的流传中,我们也可看到不同神话系统混生混合的现象。

第三是伏羲神话群。

伏羲在《山海经》中出现的场次很少,而且,伏羲与太昊并没有联成为一体,其仅见于《海内经》的两段文字。一是"有九丘,以水络之……有木,青叶紫茎,玄华黄实,名曰建木,百仞无枝,有九木櫔,下有九枸,其实如麻,其叶如芒。大皞爰过,黄帝所为"。一是"西南有巴国。大皞生咸鸟,咸鸟生乘厘,乘厘生后照,后照是始为巴人"。这位大皞,郭璞、吴任臣、郝懿行等学者都释为伏羲。大皞,太昊,在秦末汉初时代的《世本》中,称太昊伏羲。《吕氏春秋·孟春纪》中说"其帝太皞",高诱注为"太皞,伏羲氏"。在今天民间神话传说中,太昊伏羲仍是一体的。如淮阳太昊陵就称为太昊伏羲陵。中原地区的伏羲神话群集中在豫东、豫东南一带,如淮阳的伏羲陵和神庙群,上蔡、新蔡、汝南、正阳等地也都曾有伏羲神庙。其中,以淮阳的伏羲神庙的影响为最大:在这片土地上形成了甘肃天水和陕西宝鸡等地所无法相比的规模庞大、仪式浩繁的神话群,最典型的就是每年农历二月二到三月三的淮阳太昊伏羲陵古会。此外,孟津也有伏羲神庙。我们不必再一一详述伏羲的各种神迹,诸如伏羲创制八卦,教人渔猎、制簧做笙、织衣、游戏等神话故事。伏羲信仰与《山海经》神话联系最为紧密的是庙会上的神兽和祭木。在这里,我们几乎可以把这些内容当作《山海经》的某种翻版。

我坚持民间文化具有原始文明保存意义的"活化石"说。

庙会上的神兽被俗称为皮老虎、泥泥狗、小叫吹。如五颜六色的老虎,有的是用红布或黄布缝制的,眼睛、嘴或用布缀成轮廓,或用彩墨绘出,有的是用皮做成的,有的则是用布料和牛皮纸做成的。这些虎可用来做儿童的玩具,也可用来观赏,而更重要的用途在于镇邪。其源头我们可以追溯到《山海经》中的一些神话内容。如西王母形象在《西次三经》和《大荒西经》中都以"虎齿"而名,"有神人面虎身,有文有尾"。在《大荒东经》中,有许多以"虎"为图腾的部族,如说有神人名曰天吴"八首人面,虎身十尾"。《海内北经》中有"穷奇状如虎,有翼,食人从首始","林氏国有珍兽,大若虎,五采毕具,尾长于身,名曰驺吾,乘之日行千里"。在《海内西经》中,昆仑神山的守护者开明兽"身大类虎而九首"。从这里我们可以看到远古人民对虎迅猛、威严、勇敢有力的性格的尊崇。虎崇拜在事实上就是图腾崇拜。它在民间文化中的广泛出现,我们可以从《山海经》中找到本原。应该说,民间文化中以虎镇邪、驱邪的意义即源于《山海经》中的内容。

泥泥狗又俗称灵狗、陵狗,传说是人祖爷伏羲的守护者、使者。一般有虎、猴、狗、马、蛙、燕、斑鸠等形状,多黑底绘彩,既可用作玩具,又可用作"巫药"。

泥泥狗最突出的特点就是变形。变形的方式有两种,一是独体变形,一是联体变形。独体变形如虎首狗身,或狗首虎身、狗头猴身、猴首虎身等,为兽与兽的部位综合。这使我们联想到在《山经》中普遍存在的各山之神的形状。如《南山经》中的"(招摇之山)有兽焉,其状如禺而白耳,伏行人走,其名曰狌狌,食之善走";"(基山)有鸟焉,其状如鸡而三首、六目,六足、三翼";自招摇之山以至箕尾之山,"其神状皆鸟身而龙首"。在《南次二经》中,浮玉之山的山神"其状如虎而牛尾";自柜山至于漆吴之山,"其神状皆龙身而鸟首"。各山山神的变形,在原始信仰的意义上我们可以有两种解释,一是图腾的徽帜的重合现象,二是生殖崇拜的象征。特别是在一些泥泥狗的阴部,民间艺人用红、白两种最醒目的色彩绘成花卉或太阳放出光芒等形状,其意义就在于对性的夸张显示。联体变形的内容则更加丰富,一般分为鸟与鸟,兽与兽两大类。鸟与鸟的相叠相交有多种,一是两只鸟的尾部相联,即一只鸟身的两头都是鸟头形,这明显象征交尾。二是在一只大鸟的身上堆满小鸟,民间称为"咕咕堆",也有称为"娃娃山"的,这同样是生殖意义的显示,取意于"多子"。兽与兽的联体,有同类相联与异类相联两种。同类相联的意义在于生殖崇拜,异类相联的意义也是生殖崇拜。异类相联的有八大高、四不像、猴背虎、猴骑虎。这自然使我们联想起《中山经》中的"有神焉,其状如人而二首""其神状皆人面兽身""其状人面而鸟身""其神状皆马身而龙首""其神状皆彘身人首""其神状皆鸟身而龙首"等。这里的人面和猴面并无太大的分别,可以说泥泥狗中的猴就是人,虎也是人,猴与虎相交就是人与人相交。假若我们再联系到汉画像石中的伏羲与女娲的交尾,联系到庙会的日期农历二月二到三月三,正是"仲春之月",与古代上巳节高禖崇拜相关联,以及庙会上至今尚存有的"扣子孙窑"的女阴崇拜、野合与拴娃娃习俗,我们就不难想象这些泥泥狗与生殖崇拜、图腾崇拜的密切联系。

小叫吹类似于古代的埙这种乐器,有的是一只葫芦,有的是一只猴或虎或鸟的头,更多的是独体的鸟蛋形。其意义应该说是与《山海经》中的鸟崇拜意义相联系在一起的,鸟或者象征着男性生殖器,或者象征着女性生殖器。当然,所有这些器物与前面所提到的虎和泥泥狗,在具体运用上全然没有淫秽色彩,这正体现出我国古代文化中生殖崇拜的自然特色。因为这些器物的使用有一种前提,或者说是深厚的民间信仰内容构成了一种生活氛围,那就是所有的神兽都是伏羲施舍给人间的。

祭木在庙会上的使用有两种:一是木质结构而糊以彩纸装饰,正中贴有伏羲神像的"彩楼";二是全为木质结构,在一根红色木棍的上端装上一只斗形木盆的"神楼"。它们所蕴含的意义,我们可以追溯至《山海经·海内经》的"太皞爱过,黄帝为之"的"建木"。建木的意义和扶桑是一样的,是连接着天与地的神树,日月可以栖居在这里,巫咸、巫彭他们可以带着不死之药由此升降,即我们常说的"绝地天通"。庙会上的祭木的意义就在于媚神娱神,一方面向伏羲虔诚地敬拜、表白自己的良苦用心,另一方面以祭木代替神树,为神灵上下来往于天地之间提供方便。同时,我们也可以把这种和建木一样的无枝无叶的神楼看作是男性生殖器崇拜的物化表现。

正由于在淮阳太昊伏羲陵会上有如此众多的伏羲崇拜等原始信仰的文化内容,所以,伏羲陵、伏羲神庙,以及与伏羲神话相关的蓍草园、画卦台、白龟池等景观,就自然成为古典神话遗址。

在孟津老城雷河村,至今还保存着传说为伏羲"受龙马图于河"的神话遗址,有伏羲殿和"龙马负图处""龙马记"等碑文,以往曾有隆重的香火会。

第四是王母神话群。

文字学家告诉我说,甲骨文中对神话传说故事的保存,因为多种原因,只有王母的身份最明确。

《山海经》中的西王母是玉山之神、昆仑女神、王母山神,虽和黄帝、颛顼、大禹等有自己明确的集团成员帝王神话不一样的,但她更有神威,尤其是她"蓬发戴胜""司天之厉及五残"(《西次三经》),有三青鸟为其取食(《海内北经》)。这是一个身处神山,"戴胜,虎齿,豹尾"(《大荒西经》),威风凛凛的女皇。我们可以想象,她应该是一个独处神国的帝王,是一个更原始、更自然、更神秘的氏族首领。遍查《山海经》,西王母和其他的帝王神几乎没有任何往来,不像其他帝王那样去征杀四野,平息动荡,虽然身有重职,却不见任何杀机。不论她怎样"豹尾虎齿而善啸",却并不令人可怕,相比起来,她倒显得是那样可爱。她不怒自威,有一种令人景仰的神圣地位。如《大荒西经》中所言,西王母所处的"昆仑之丘","其下有弱水之渊环之,其外有炎火之山,投物辄然","此山万物尽有"。在神国之中,她是威严的象征,也是富贵华丽的象征,比那些帝王神更具有神性的崇高的尊严,所以,后世的许多文学作品都把她作为景仰的对象,无论是哪一位帝王,若能与王母交游、相会,就会身价百倍。如《穆天子传》中有"天子宾于西王母,乃执白圭玄璧以见西王母",《竹书纪年》也谈及穆王面见西王母,《西游记》中孙悟空大闹王母娘娘蟠桃会的故事,民间传说经典作品《牛郎织女》有王母拔簪划天河留下人间千古恨的故事。关于王母的传说数不胜数,家喻户晓。

中原民间关于西王母的神话更为丰富。有许多西王母神话遗址成为风光秀丽的旅游胜地。如新密云岩宫的峡谷峭壁上有王母洞,在日暮时分,晚霞映在谷底的河水,经反射,再照到王母洞的岩石上,犹如仙云闪动,格外奇丽。这里的王母洞传说是自然生成的。有人讲,在月黑风高时,黄帝驾云来到这里和王母约会,共话修仙之事。据说,春三月草长莺飞时,人们还能听得见洞内传出的琴声。在新郑的千户寨乡风后岭的东顶峭壁上,也有一个王母洞。洞内塑有伏羲、神农和有巢氏的神像。依洞口向外看时,上有险峰,下有深谷,给人以清凉幽静的感觉。当地有人讲,这个王母洞在桃花盛开时,有彩蝶飞来飞去,它们便是王母娘娘向人间派出的神使。黄帝建造了这个神洞,是为了感谢王母。传说当年黄帝铸鼎中原,祭祀河洛,到处寻访治国安民之道。他跋山涉水,被一位神仙指点,在翠妫河边遇到仙鹤衔走《神芝宝图》。于是,他就奋力追赶,到风后岭时,不见了仙鹤,却遇到一位鹤发童颜的老者。老者自称是华盖童子,受王母娘娘之命,将《神芝宝图》送给黄帝来帮助他安邦定国。黄帝得到宝图后,把国家治理得非常好。显然,新密云岩宫、新郑风后岭两处的王母洞都掺入了道教的神仙思想。但我们从这里可以看到民间信仰中王母神话的衍生状态。在三门峡南岸的煤矿,关于王母的传说是另一种情况,即梳妆台上的"娘娘鞋"和煤的故事。当地老百姓讲,三门峡是一块宝地,李老君选中了此地,想在这里修宫殿住下。王母也看中了这个地方,就和李老君争起来。李老君悄悄将金手杖埋在地下,王母娘娘则运用法术,在金手杖下埋上自己的绣花鞋。李老君受骗后,一怒之下,挑起两座煤山去了河北岸的山西。王母娘娘舍不得煤被带走,就又拉又扯的,鞋子都弄脏了,也没有拦住。结果,山西的煤很好很多,而三门峡的煤只有地表上面很少的一些。王母娘娘在河边洗了脸,就有了梳妆台;她将弄脏的鞋子塞进石缝,就有了这娘娘鞋。娘娘鞋和梳妆台都是传说中王母娘娘留下的石头,这和《山海经》所述相去甚远,但它同样包含有《山海经》的神话思维成分。

在中原农村,新中国成立前许多地方建有规模大小不等的王母神庙。在每年的农历三月初三,传说中的王母娘娘生日,人们会来到庙里供奉上香,甚至有民间巫婆"坐坛",在神庙中大唱大跳,称自己是王母附体,代神立言,蛊惑人心。应该说,是愚昧的土壤培育了这种王母信仰。

第五是颛顼神话群。

在《山海经》中,颛顼是黄帝的子孙。如《海内经》所言,"黄帝妻雷祖,生昌意。昌意降处若水,生韩流",韩流"取淖子曰阿女,生帝颛顼"。《大荒北经》称,"东北海之外,大荒之中,河水之间,附禺之山,帝颛顼与九嫔葬焉"。"丘西有沉渊,颛顼所浴"。颛顼家族同样很庞大,如叔歜国、中辑国、䲄头、苗民、淑士国、老童、祝融、重、黎、伯服、季禺之国等,都是他的子孙。再者,颛顼是人间的帝王,又是巫。如《大荒西经》中,有"颛顼死即复苏","风道北来,天乃大水泉,蛇乃化为鱼,是为鱼妇"。

颛顼族和猪图腾密切相关。他绝地天通,使人间和天上分开。正因为他集中了神巫的成分,所以,关于他的传说多是亦神亦鬼之类的民间祸害之源。如《搜神记》所载"昔颛顼氏有三子,死而为疫鬼",疟疾鬼、魍魉鬼、小儿鬼。中原民间打傩,常打此三鬼。中原民间还有夜晚不在户外晾小儿衣服的习俗,传说是惧怕颛顼的小女儿会将血污染在小儿衣服上而掠走小儿的灵魂。在《玄中记》和《齐东野语》中均有此类记述。至今,许多地方为了驱除颛顼小女儿化生的九头恶鸟,流传着以柏枝火熏室内、放爆竹驱鸟等习俗。颛顼的身份在《山海经》中更多的是具有神巫色彩的帝王。他的继承者是喾,曾娶姜嫄生后稷,娶简狄生契,娶陈锋氏女生尧,娶常仪生帝挚(《世本·王侯大夫谱》)。他们二人合称为二帝,在河南安阳黄县梁庄镇三杨庄村西北的硝河西岸,至今仍有他们的陵墓,俗称为二帝陵。陵有神庙,据考,为唐代大和四年(830)所建,之后多次修葺。这里还曾因此而设高陵县。当地百姓称颛顼为高王爷,每年举办庙会,纪念这位远古帝王。

1986年,有关部门曾组织清除淹没过二帝陵的沙土,清出大殿、山门、厢房、宋砖砌井、陵墓围墙紫禁城,以及"颛顼陵""颛顼帝陵"等石碑,使民间传说具有更耐人寻味的神秘性。这使我们联想到《大荒北经》的附禺山。三杨庄村风沙居多,处于黄河故道,其环境与"河水之间,附禺之山"基本相同。应该说这并非完全出于偶然。

当地百姓讲,颛顼之所以葬在这里,是因为黄水怪。传说当年黄水怪经常来这一带危害百姓,颛顼受民之托,在女娲的帮助下得到天王宝剑,赶走了黄水怪。颛顼又用天王剑砍了一座附禺山,划了一条硝河,让这里的百姓过上了山清水秀、草茂粮丰的幸福日子。后来,黄水怪又作怪,一口气喝干硝河水,一尾巴打碎附禺山,这里又变成了贫瘠的荒原。颛顼年纪大了,就问卜,想知道自己怎样死,死在何处。有人对他讲,他死的地方为一寇姓之地。经过很长一段时间的搏杀,颛顼杀死了黄水怪,自己也筋疲力尽了,一问人这是什么地方,人说是寇家的地面,于是,他就笑着死在了这片土地上。这是这里地势形成的传说。颛顼所葬的附禺山即民间传说的鲋鱼山,常化作神鱼出来巡视人间,抚慰善良,惩除邪恶。他退去洪水救得百姓脱险,由此更受民间拥戴,这恰好和"颛顼死即复苏"、蛇化鱼妇的灵魂再生神话相吻合。又有传说颛顼教化百姓,教会民间百姓制衣、垦荒种谷、编订历法、养殖猪羊牛马,似乎是又一位人祖。这都反映出民间百姓美好的向往,也体现出民间文化对远古文化、对《山海经》神话的自觉继承。

第六是尧神话群。

《山海经》中的尧是位天帝,涉及他的内容更多的不是他个人的活动,而是他的葬所。如《海外南经》说他葬于"狄山"之"阳",《海内北经》说他的灵台在"昆仑北",《大荒南经》说他"葬于岳山",《海外东经》则说他葬于"嗟邱"之东。后世的典籍中称他是位好君主,善良,俭朴,谦逊,敢于承担责任,是难得的"仁君"(《述异记》)。他的传说充满神奇色彩。如,传说"赤龙与庆都合,有娠而生尧"(《绎史》引《春秋合诚图》),"尧为仁君,一日十瑞"(《述异记》),"尧时有草夹阶而生"成为较早的历法(《论衡》《帝王世纪》),"尧在位七十年",有神鸟纳福驱邪(《拾遗记》)等。流行较广的传说是他诚恳地四处访贤。在河南登封箕山,传说还有他访问过的贤人许由的墓,山下有牵牛墟,颍水边还有犊泉、犊蹄印。尧帮助山民找水,于是,在太行山有尧王池、尧河、捏掌村,成为民间神话传说的"圣迹"。尧后来将王位传给贤能的舜,除去了居心不良的丹朱(单珠)。在河南范县濮城东、黄河北岸有单珠堌堆和单珠墓,流传着这些远古神话传说,其内容丰富了《山海经》中的尧的神话形象。

第七是舜神话群。

舜在《山海经》中的出现,情况和尧差不多。《海内南经》和《大荒南经》都说他"葬于苍梧",《海内经》说他葬于九嶷山。他的灵台和尧、喾、丹朱并位于昆仑。与尧所不同的是,舜的家族更为庞大。如,在《大荒东经》中有"帝舜生戏。戏生摇民",在《大荒南经》中有"帝舜生无淫"。在《山海经》中,帝舜的具体身份同样没有明确交代,只是依据先秦其他典籍,我们可以了解到他有两个妻子,即娥皇、女英。而《大荒南经》中,又有"帝俊妻娥皇,生此三身之国,姚姓,黍食,使四鸟"的记载。若帝俊即帝舜,那么帝舜家族就异常庞大了。但就目前而言,我们还不能断言帝俊就是帝舜。

中原民间舜神话传说集中述说三个方面的内容:一是孝待父母,二是宽待他人,三是驯象耕田。孝待父母的故事流传最广,其基本情节是:舜的父亲后又娶了妻子,共同虐待舜。先是让舜把炒熟的麻籽种上,继而让舜到井下淘井,把舜掩埋在井里,又让舜到房顶上修房时将房点燃;但是,这些都没有害死舜,舜也不计前嫌,仍宽厚对待父母兄弟。这是民间孝道化的故事附会,是民间百姓在舜的身上所附予的理想化、道德化的美化。因而,舜被列入传统的《孝子图》,千古传颂。孝敬父母,宽待他人,既有孝的意义,又有仁的意义。宽待他人的故事做了更多的生活化处理,如尧王夸奖舜所驾驭的耕牛好,舜就说不要随便夸奖,而要顾及其他的牛。尧看舜很贤能,便将自己的两个女儿,即娥皇、女英,都嫁给舜,舜待她们都很好,二妃从未有争风吃醋的俗举。舜驯象耕田的故事流传也很广,问题在于"历山"究竟在何处,多少年来争执不下。山东的济南千佛山、菏泽雷泽,山西的垣曲舜王坪、永济东南历山,以及浙江和湖南、河北等省,都有传说中舜驯象耕田的历山,以及舜井、舜祠等。应该说,这是民间神话对农耕文明的开创的阐释。在中原一些地方传说中,象为猪所生,猪与象同生。这给我们提供了关于原始信仰中猪图腾研究的新课题。舜耕在中原,中原图腾为象,象与猪同生,包括颛顼族也有猪的图腾。这些内容都表明,中原农耕神话中所包含的猪图腾是一个不可忽视的文化现象。或者说,猪图腾与龙图腾、熊图腾等原始文化是否有联系呢?而且,既然在颛顼神话中有明显的猪图腾的色彩,那么,颛顼与舜神话是否也有着密切的联系呢?

舜神庙在中原地区较为典型的是偃师邙山岭上的舜王庙,每年都有庙会。四面八方的百姓赶来,祭祀舜王。周围地区还有舜王治水、舜王赶鱼、舜王退敌、娥皇女英骑牛骑骡而骡不生驹的传说故事。此外,在这里关于舜的出生逸事颇类似于姜嫄神话,即瞽叟梦见凤凰而得舜,也有传说梦见朝阳而得舜的。这类神话原型应引起我们多重含义的文化思索。

第八是大禹神话群。

大禹是民间文化中流传最广的大神,其主要身份是治水英雄,被后世尊崇为人间帝王、天国神使,有着宗教领袖、科学大神、战争之神等多种身份。他的影响是其他神几乎无法相比的。

在《山海经》中,概括起来讲,禹的神话形象还是一位相当朴素的治水英雄,其事迹主要有"杀相柳"(《海外北经》)、令竖亥测算东西两极距离(《海外东经》)、"攻共工国山"(《大荒西经》)、"攻云雨"(《大荒南经》)、"积石"(《大荒北经》)、"生均国"(《大荒北经》)、"湮洪水"(《大荒北经》)、为群帝造神台(《大荒北经》)、"布土以定九州"(《海内经》)。其生存背景是鲧治水失败,为天帝所杀,显示出悲壮的文化氛围。

在后世的文化典籍中,如《史记》在《夏本纪》《五帝本纪》中,称"唯禹之功为大,披九山,通九泽,决九河,定九州","成美尧之事者"。在一些神怪小说中,禹的形象更是洋溢着不凡的仙气,其事迹被演绎成许许多多的离奇故事。禹的"足迹"分布最为广泛,大江南北,黄河上下,江河济淮之间无不留下有关禹的神话遗址。诸如河精授禹以"河图",逐防风氏,捉拿无支祁,克三苗,导河积石,劈开龙门山,化熊打通轩辕山,喝令涂山氏还子,三过家门而不入,锁蛟,大会群神于会稽山等,均成为千古绝唱。纵观神州大地,禹神话遗址的分布呈西北向东南线条分布状,即从西北的积石山到东南的会稽山,间以中原地区的河洛为中心,形成一条线。其中,河洛地区的禹神话信息最为密集,神话遗址也最多。这一方面和"昔三代君之,皆在河洛之间"分不开,另一方面是和历史上的治水事业集中在黄河中下游分不开的。当然,四川、湖北、湖南等地也有数量相当可观的禹神话遗址。

　　河洛的地望在今天看来基本上是以嵩岳为中心的,除河南地域之外,还包括山西、陕西和山东、河北、甘肃等省的一部分,这是著名学者戴逸等人所提出来的。若这样说,那么河洛就是历史上的大中原,以黄河的中游为主包括下游一部分地区。从史实和考古发掘来看,虽然中华民族是多源头的,但这片土地也确实是中华民族的主要发源地,这是无可争议的。也就是说,在河洛地区形成禹神话遗址的大面积分布,绝不是偶然性的,它是以雄厚坚实的历史积淀,深刻地影响着民间信仰这一民间文化的主体内容的。神话遗址中很多民间文化内容虽然有许多夸张、虚妄、神秘的成分,但绝不全是杜撰,其基本背景就在于原始信仰等具体的社会内容对民族心灵的多维辐射的投影。

　　河洛的中心在嵩岳。这和大禹建都阳城的历史传说有着密切联系,而其中最突出的神话遗址就是启母石、启母阙、启母庙等处。关于启母传说,不见于《山海经》,详见于《淮南子》:

　　　　启……其母涂山氏女也。禹治鸿水,通轩辕山,化为熊。谓涂山氏曰:欲饷,闻鼓声乃来。禹跳石,误中鼓,涂山氏往,见禹方作熊,惭而去.至嵩高山下,化为石,方生启。禹曰:归我子! 石破北方而启生。

　　这段记载和今天的民间传说是一致的。当地百姓对此解释道,嵩山脚下所立启母石，就是传说中的禹得涂山氏裂腹生子处。启母石附近有启母阙，是传说中大禹的家门，上绘有农耕、狩猎的浮雕，是当时社会生活的记载。传说当年禹治水时，嵩山之南，东自禹州，西至龙门，颍水两岸，一派汪洋。禹为了泄洪，在登封西北䓖岭口（轩辕山）凿山治水，想把嵩山南面的洪水引入北面的洛河，归于黄河。在凿䓖岭口时，他化作了巨熊以推倒山岩，涂山氏送饭至此，见到丈夫化身，不由气急交加，在启母石这里化成石人。禹看到巨石，想起妻子怀胎尚未分娩，大喊："还我儿子！"此时"轰"的一声，石破，蹦出一子，即为启。禹得子叫"启"，就是取从石头中得来之意。

启母石还引发了许多传说，如穆王观夏后启之于太室等，清代景冬阳在《说嵩》中对此有详述。今启母阙和太室山、少室山两处的石阙并称为"中岳汉三阙"。启母石、启母阙相距半里许，启母庙在二者之间，但此庙今已不存。

启母阙浮雕画的内容，我们可看作《山海经》神话内容的再现，主要有这样几类：第一，大禹治水，重点突出禹化熊等事迹和三过家门而不入的忘我精神；第二，动物图腾，诸如龙、虎、鹿、天马、大象等；第三，狩猎生活，诸如放虎逐鹿、骑马等；第四，各种仙术，诸如幻术、杂技、玉兔造药等内容；第五，孝道故事，如郭巨埋儿等；第六，星辰崇拜，如太阳等。这里所汇聚的民间文化内容，是有着典型的历史文化价值意义的，与其周围地区的神圣氛围相呼应。

这些浮雕画所表现的内容远远超越了《山海经》的时代，明显具有汉代封建统治的思想。但正因为有了这些画面的内容，禹治水等神话传说才能一代又一代作为口碑继承下来。我们同样可以把这些石阙画看作远古文化的痕迹，从某一方面显示《山海经》对后世文化的影响。

在嵩山周围，广泛分布着有关大禹治水的神话遗迹。如太室祠、少室庙（少姨庙），传说是涂山娇、涂山姚姐妹俩相随大禹来到嵩山，当涂山娇变成石头时,禹抱起从石头中得来的启去找涂山姚,涂山姚就嫁给了大禹。后人把涂山娇住的崇山叫作太室山,把涂山姚住的季山叫作少室山。这颇有娥皇、女英嫁与大舜的意味。若我们引申开来,却能发现群婚制的野合或对偶婚形态的痕迹,这种太室少室的划分方法是后人受伦理道德观念的影响,对前人野合等生活内容的合理化解释。在神话流变史上,后人按照自己的生活方式去理解远古神话,是一种普遍现象。

嵩山北面的五指岭,传说是大禹的五指所化。当地人讲,禹凿龙门,涂山氏带着儿子启去迎接大禹回家。此时,禹正化作巨熊,用左手推倒拦住水流的山头,以便让龙门水东流。这五指被涂山氏所看见,涂山氏大叫,所以,大禹恢复原形时,左手就化作石头而不能复原了。这里的禹指化为石和涂山氏化为石,都体现出在《山海经》中作为重要内容的巫术文化的特殊意义。这种现象在我国民间文化中相当普遍,如著名的望夫石,也是对远古巫术自然继承的映现。

嵩山周围地区的禹庙相当多,甚至一些村庄就以禹王庙作为村庄的名字,更不用说在日常生活中对禹的敬祀、举行庙会以及各种歌谣的演唱了。其中,嵩山东南方向的近邻禹州,取此地名就是为了纪念禹的治水神功。在这里流传着丰富的禹神话,诸如著名的锁蛟井、诸侯山、坐窝、汗沟等传说中的禹神话遗迹,饱含着民间百姓对大禹的景仰之情。其中,最为著名的是锁蛟井。

锁蛟井在禹州城内禹王庙前古钧台街。此井用砖圈成,井口有大石圈,井的外侧立了一根石柱,系着一条大铁链子,连接着井下,即传说中的锁蛟绳。蛟的形状传说不一,有人说像一头野猪,有人说像一头牛,有人说像一只野猫。锁蛟并不独禹州有,但这里的锁蛟井却更具特色:井上方建有高大的亭榭,亭榭外壁上绘着几十幅大禹治水的图画,诸如斗蛟、泄洪、三过家门而不入、劈开龙门山等,异常生动,惟妙惟肖,意味深长。面对这些神话内容,人们浮想联翩,犹如穿越到了远古时代,正亲睹大禹治水的动人场景。

禹王锁蛟的传说流传甚广,河南的禹州、桐柏、四川、浙江、江苏、山东、山西、陕西等地的传说情节大致相同,同时,它又与各地的具体风物相结合。20世纪30年代,我国著名神话学家黄芝岗在他的《中国的水神》中对此做过详细描述。故事的背景一般在大禹治水过程的中间阶段,主要人物即禹和蛟。蛟是被水冲到某地的孤儿,被一对老夫妇收养为义子。蛟喜欢到河水(或江水)中玩耍,而且异常任性,不受父母管制。大禹微服访蛟,发现了它的行踪,就扮作一个要饭的老人,在蛟的家中等候。原来,禹多次捉拿蛟,蛟都逃脱,现在又扮作孤儿来到这里藏身。禹的真实身份被蛟发现后,蛟急忙逃窜。后来,蛟疲于奔命,在一条小河旁稍作休息,吃下一碗面条(或米饭),而这碗中的食物就是大禹设计伪装成的铁锁链,一下子锁住了蛟的心脏。禹把蛟压在井中,不准它出来。蛟不服,问何时能出来。大禹说,铁树(或石头)开花时才能出来。后来,有人来这里游玩,无意间把带有红色装饰品的帽子挂在了井旁石柱上,结果,蛟以为是铁树(或石头)开了花,就腾身使水涌出井口。当那人取走那顶帽子时,蛟又回到了井中。

锁蛟的情节虽然不见于《山海经》,但蛟作为一种凶猛的水怪,在《山海经》产生的时代,民间信仰中肯定会有这种动物图腾的观念。也就是说,蛟的出现是《山海经》神话的"遗留物",即远古文化的痕迹。后面的铁树(或石头)开花的语言契约,显然又是对原始巫术的意义延伸、继承。整个故事都可看作大禹神话世俗化的典型体现。世俗化的实质就是神话思维在原始社会之后,当社会生产相对发达时,它所继续发生的影响作用。

禹州东北的诸侯山,传说大禹曾在这里率领各路诸侯,挖开此山(原名蜘蛛山)与灵山之间的山岗,使水流畅通。所以,此山得名诸侯山。诸侯山的山顶有一块巨石,上面有一处呈凹形,传说大禹在上面坐过,所以叫"坐窝"。坐窝向南的山下有一条沟,相传是大禹挖山时流了许多汗,汗水冲成这样的形状,所以叫"汗沟"。

此外,禹州百姓敬仰大禹,把大禹当成地方保护神,流传着许多禹王爷显灵捉妖拿怪的故事。这和伏羲、黄帝等远古帝王在民间显灵的文化意义是一样的,都表达出千百年来流传不息的祖先崇拜、道德崇拜思想。

洛阳龙门,传说是禹劈开山石,使河水通畅的地方(《左传》有"大禹疏龙门,伊水出其间"),至今这里仍有禹王池遗址。在龙门庙会时,有人敬祀大禹,在这里洗神羊,掷钱币。《拾遗记》中曾载,大禹凿龙门时,在山洞中遇到猪和狗变成的黑衣仙人带领他去见伏羲,得到伏羲给他的能够测量天地的玉简。今天,这个故事仍在流传。这个山洞传说就在禹王池下面,但被石头泥沙所覆盖。凭着这一尺二寸长的玉简,大禹平水患,除妖怪,劈开龙门。在传说中,大禹用玉简杀死蛤蟆精,留下龙门山脚下的蛤蟆泉。还有人说,龙门以上是很大的湖,大禹听从一个放羊娃的"龙门开"歌谣,劈开龙门山,形成龙门口,泄去洪水,造福于民。

关于龙门的传说不仅洛阳有,山西的河津和陕西的韩城之间也有龙门阙。我们不必强求认定哪一个地方才是真正的禹所开的龙门,这像远古神话中的"禹所导积石""禹攻云雨"一样,都体现出人民朴素的感情,既是表达对自己家乡的热爱,又是对圣贤、英雄高尚品格的讴歌。

黄河三门峡的禹神话遗迹为三个豁口——三门。这种传说的历史甚为久远。如《水经》所载:"河水东过底柱间。"郦道元注:"昔禹治洪水,山陵当水者凿之,故破山以通河。河水分流,包山而过。山见水中若柱然,故曰底柱也……亦谓之三门。"三门峡的三门即神门、人门、鬼门,在传说中为禹用巨斧劈开而成,可想见这种神话的壮丽宏伟。这里的山石草木都有大禹的神迹,形成又一个庞大的禹神话群。如娘娘山,也叫梳妆台,在有的传说中是王母娘娘留下的,有的传说中则与禹治水连在一起。在传说中,禹化作黑猪拱开河道,结果,他的妻子看见之后大声喊叫,破了他的法术,大禹很生气,打掉了妻子的头,妻子就化成石柱立在那里成为娘娘山。米汤沟,传说是禹的妻子送来米汤,看见禹的化身受惊之后摔碎米罐留下了这些像米汤一样的沟水。河水中的砥柱峰,传说是大禹留下的镇河宝剑。三门峡的三个石柱,传说是当年大禹造桥时,法术被妻子惊破,桥腿才朝上。其他传说还有大禹跃马过黄河时留下了"马蹄窝",站立在山石上劈山时留下了"神脚掌",等等。这里值得我们注意的是,禹神话传说增强了法术即巫文化的意义,有了猪图腾的内容,以及杀妻的情节,其中所蕴含的意义更为复杂。同时,我们也可以看见其在继承《山海经》神话的原始思维中所表现的泛神信仰与后世宗教思想、伦理观念、宗法意识的结合。

西行至灵宝,北行至太行、王屋,南行至桐柏,东行至开封,东北行至浚县大怀山、浮丘山,中原大地只要是有水的地方,我们几乎都可以找到禹的神庙。尤其是桐柏,这里的锁蛟井是用汉白玉砌成的,蛟变成了无支祁。这里的禹王庙处于淮源,石柱山的"禹舟铁环"和三家河的有关传说更显出民间想象的奇特。在开封的禹王台,大禹的形象有了更浓郁的帝王色彩,这和千年古都的文化氛围形成了一个整体。更不用说许多城市为了弘扬民族文化,塑起了大禹治水的雕像,形成现代文明与古代神话融为一体的景观,显现出禹神话的现代风采。特别是在一些民间庙会上,至今还有传说是源自禹的巫步,它象征大禹跋涉奔波的艰辛,这是更典型的野性艺术。若我们追溯其源头,可直指《山海经》中的巫彭和巫咸他们的"不绩而服"等行为。在很多地方,道教力量极力渲染大禹奉天命及其与鱼精水怪的交往,这些内容深刻地影响着一些民间文化的具体生成。这正是和《山海经》作为神巫文化的集大成者,对后世文化的性质所形成的影响分不开的。

第九是夸父神话群。

夸父在《山海经》中是追日的英雄。因为追日,所以可以将其看作太阳图腾的代表;这是中国古典神话传说中十分珍贵的太阳英雄神话。

其主要事迹如《海外北经》所载:

> 夸父与日逐走。入日,渴欲得饮,饮于河渭,河渭不足,北饮大泽。未至,道渴而死。弃其杖,化为邓林。

这是夸父神话的原型内容,一为追日,二为弃杖为林。追日的目的、缘由之所在,我们都难以从字面上得到答案。仅仅是出于好奇,或者是追求探索太阳运行的规律,这些猜想都不能令人信服。或许,这就是神话思维的表现。我们可以将此解释为太阳崇拜在原始神话中的具体表现,但又未免过于空泛。只有在联系之中,我们才能理解问题的实质内容,或者是更接近事实。

首先,我们可以看到夸父族以蛇为图腾的神话内容。《山海经·大荒北经》载:

> 大荒之中,有山名曰成都载天。有人珥两黄蛇,把两黄蛇,名曰夸父。后土生信,信生夸父。夸父不量力,欲追日景,逮之于禺谷。将饮河而不足也,将走大泽,未至,死于此。应龙已杀蚩尤,又杀夸父,乃去南方处之,故南方多雨。

这则材料,我们可以看作是《海外北经》的补充、丰富。"后土",郝懿行释为"共工氏之子句龙也"(《山海经笺疏》)。关于共工生后土,《国语·鲁语》释为:"共工氏之伯九有也,其子曰后土,能平九土。"《海内经》又有"炎帝之妻……生炎居……生祝融……生共工……共工生后土"句,可知夸父是炎帝族的一支。应龙既杀蚩尤,又杀夸父的内容还见于《大荒东经》。这都说明夸父和蚩尤都是炎帝集团的力量,在和黄帝集团发生战争时失败,很可能为了求得生存才奔向北方大泽的方向。《大荒东经》中有"应龙处南极",南方干旱的原因很可能在于应龙。那么,既然黄帝的统治区域在中原,为何夸父逃离他方之后,又要奔向黄帝的辖区呢?我们可以设想,此时的中原可能由于黄帝征伐四野而处于空虚,且夸父的家乡也可能先前就在中原。《中山经》有夸父之山及"其北有林焉,名曰桃林"的记载。因为从图腾神话来看,《海外经》中,南方祝融和东方句芒都乘龙,一个"兽身人面",一个"鸟身人面",而只有北方禺强"人面鸟身,珥两青蛇,践两赤蛇",

西方蓐收"左耳有蛇,乘两龙",夸父族的家乡更多地被说成是靠近北方和西方。很有可能是夸父族到南方参加炎黄战争,失败之后逃回家乡。《海外北经》中所提到的"博父国",有学者认为就是夸父国,"其为人大,右手操青蛇,左手操黄蛇。邓林在其东,二树木",更进一步说明夸父族以蛇为图腾。夸父向西北方奔去,更大的可能是由于战争失败,为了生存才离开南方的。正是在民族迁徙的艰难跋涉之中,才有如此惨烈的"道渴而死"的情况发生。我们把此神话看作氏族迁徙的悲壮史诗,是不为过的。

夸父是巨人族,从人类学意义上来讲,也应该是北方或西方的氏族。夸父之山的传说在南方也流传,如湖南沅陵县的夸父山传说,但从内容上看,这里的"夸父山"明显属于行进途中经过之地而非居民之邦。《山海经》中所提到的"夸父之山",郝懿行注为"一名秦山,与太华相连,在今河南灵宝县","其北有林焉,名曰桃林",郭璞注为"今弘农湖县阌乡南谷中是也"。这与今天灵宝的历史、文化、地理等内容是基本吻合的。在中原地区灵宝一带所流传的夸父神话传说及其遗址,与其他神话相比,与《山海经》联系得更为紧密。

据考,灵宝包括旧时阌乡,在历史上曾被称作桃林,唐代才改为灵宝,《地理通释》《阌乡县志》等典籍和方志都载有这里古代多桃林的内容。从今天的地势上看,夸父山和《山海经》中所载"夸父之山"大致相同。夸父山在灵宝的阳平乡东南处,其形状好似夸父仰卧在灵湖浴和池浴之间,有头、肩、腹、腿等部位,北临黄河、渭水。山北有夸父营,相传这里的居民是夸父的后裔,至今有将夸父祀为山神,八大社山民轮流主持迎夸父、送夸父的习俗。夸父营和夸父峪是两回事,夸父峪在夸父山北一处长20里许、宽10里许的山地,有8个村庄。历史上,夸父营、夸父峪、狼寨屯曾发生地界纠纷,后于道光年间,由县邑令出面裁决而立下了《夸父峪碑记》,碑中载下"东海之滨,有夸父其人者,疾行善走,知太阳之出,不知其入,爱策杖迫日,至此山下,渴而死,山因以名焉"这一段话。这里的山民曾建有夸父神庙,把夸父作为自己的祖先敬祀,作为山神、地方保护神来信奉,并且把桃树画在夸父神庙会的彩旗上面作为自己宗族的重要标志。他们也在祀神的花馍上做桃来教育子孙、寄托自己的意志,形成形象化的教材。诚如《夸父峪碑记》所载:"此山之神,镇佑一方,民咸受其福,理合血食,兹故土八社士庶人等,每岁享祀,周而复始,昭其崇也。"神庙会一代代传承着,引来三省(河南、山西、陕西)相邻的村民观看如此热闹的盛会。这山,这神庙,就是最生动的神话、最有意义的神话遗址。从这里,我们可以看到源自《山海经》的那些熠熠闪烁的文化光辉。

最后是炎帝神话群。

炎帝集团在《山海经》中是备受压抑的部落联盟,诸如共工、蚩尤、夸父、祝融等,都是这个联盟的重要成员。但是,我们从另一个方面可以看到,炎帝集团在同黄帝集团进行激烈搏杀时,那非凡的斗争勇气是异常可贵的。像禹杀相柳,相柳的血之多,竟汇聚成河,这事实上传达了一个远古战争的信息,即相柳的战士们前仆后继,宁死不屈,具有特别坚强的意志;又像蚩尤伐黄帝,黄帝费了那么大的气力才结束战争,是以应龙和女魃"不复上"的悲剧作为代价的。蚩尤和相柳都属于炎帝集团的力量,他们的意志代表着炎帝集团的精神。

炎帝是一位被掩盖了许多事迹的军事领袖,是农耕文明的重要代表者。见于《山海经》的炎帝神话内容更多的是他的妻子和子孙的情况,如《北次三经》中的"精卫",《大荒西经》中的"灵恝",《海内经》中的"伯陵"和"赤水之子听訞"等。只有《中山经》中,炎帝虽然有"神耕父"出现,却是一个"见则其国为败"的倒霉的凶神。真正使炎帝形象得到恢复的是《山海经》之后的《史记》《淮南子》和《搜神记》等典籍。如《史记·补三皇本纪》说:

炎帝神农氏,姜姓。母曰女登,有蟜氏之女,为少典妃,感神龙而生炎帝,人首牛身。长于姜水,因以为姓。火德王,故曰炎帝,以火名官。斫木为耜,揉木为耒。耒耨之用,以教万人。始教耕,故号神农氏。于是作蜡祭,以赭鞭鞭草木,始尝百草,始有医药。又作五弦之瑟,教人日中为市,交易而退,各得其所。

神农的形象在这里才清晰起来。首先,他和黄帝一样为少典之子,是龙的后代,以牛为图腾。他是农耕文明的文化大神,前面所引《山海经》曾提到他的子孙为钟为乐(如《海内经》有伯陵与阿女缘妇生"鼓、延、殳","始为侯","始为钟,为乐风"),但没有地位,只有《史记》才记载他进行了各种创造活动,成为"神农"、医药之神、音乐之神、商贸之神。在《水经注》中,他的身份更了不起,甚至可被奉为井神。炎帝的形象能够真正影响后世民间文化,我们可以讲,并不是因为《山海经》中所记载的内容。应该说,这是《山海经》的成书过程中扬黄抑炎而形成的冤案,它被司马迁和干宝他们翻了过来。除了作为农神的炎帝,还有作为医药之神和音乐之神、商贸之神的炎帝,而流传至今的主要角色,则是农神和医药之神。《淮南子》说炎帝"尝百草之滋味,一日而遇七十毒",《搜神记》说他"以赭鞭鞭百草,尽知其平毒寒温之性,臭味所主,以播百谷,故天下号神农也",我们既可把它们看作是对《山海经》炎帝神话的平反昭雪,又可看作炎帝神话形象的复元、补充、丰富。

全国所分布的神农神话并不少,如浙江、江苏、四川、湖南、湖北、山东、河北、山西、陕西和北京等地都有。作为神话遗址,分布表现最典型的就是各地的神农庙、神农坛和五谷台。其中,湖北随州的神农架、湖南炎帝岭,影响最大。其次就是遍布中原的神农神话遗址,及其所包含的神话传说(特别是其中流传的神农为药王菩萨的意义更为特殊)。

中原地区首屈一指的神农神话遗址当推黄河游览区(郑州)的炎黄二帝像。这是为全国所瞩目、为全世界所关注的炎黄文化工程。我们称其为神话遗址,主要是指此工程凝结着中华民族的文化传统精神,它以神话历史为基本内容,体现民族大团结的思想和对美好前途赞美之情。之外,较为典型的就是淮阳的五谷台、温县的神农涧、太行山上的神农庙等。

淮阳的五谷台,是为了纪念传说中的神农炎帝而立的。传说神农在这里教会人们种植五谷,告别了茹毛饮血的历史时代。又有传说神农在这里教会百姓收割、收藏粮食,而且让粮食生虫,不独为人所拥有,使五谷养活世上所有的生命。神农受到民间百姓爱戴,在每年的农历二月二至三月三的太昊陵会上,许多斋公即善男信女都要去拜神农,一来请求保佑家中无灾无病,二来请求保佑粮食丰收。说到底,还是把神农作为农神和医药之神来祭祀的。

温县神农涧,涧有2丈多深,10丈多宽,两岸生长着许多名贵药草。人们传说,这是当年神农路过这里,遇见许多百姓病亡,带人爬山越岭,四处寻找药草,帮助百姓治好了病。为了改变这里阴气太浓、易使人患病的地理环境,也为了方便百姓取药,神农就拔剑而起,看准地势,划开地表,种下百样药草,于是,这里就有了这条神农涧。

中原民间和其他地方一样,炎帝神农神话形成两种影响层面:一层是上层文化,其意义在于弘扬炎黄团结的精神,把炎帝当作民族的祖先神;而另一层是下层文化,其意义在于把神农作为保护神,无论是农神还是药神,都为了求得对生命的保护。当然,有时这两种层面的文化又相互交融,共同影响着民族文化的发展。但我们不能不承认,上层文化越来越成为主流,而下层文化正被上层文化所改造、同化。也就是说,民间文化正被飞速发展的现代科学文化所冲击,其神秘性意义正渐渐淡化,民间神话被进行以科学文化为基本内容的审美化处理。

神话遗址的巫的文化成分和意义正越来越淡,以远古文化为内容的人文自然景点,被纳入旅游文化的建设之中。当现代科学文化成为神话遗址的一部分内容时,一些神话故事就被电器演绎成新的图像景观,或神庙中的神胎被现代雕塑技术处理过,神话却依然存在着。但不可避免的是,《山海经》中沿袭了数千年的神巫之气,会越来越多地被现代科学文化所过滤,会被注入现代的审美观而具有一种自觉的现代文化内容。当然,目前在这一方面也出现了一些误区,即大量的人造景点的涌现,尤其是设计者严重缺乏原始文化等古代文化知识,造成了一些不伦不类的文化垃圾。

在某种意义上来讲,不读《山海经》就不能全面理解中国神话及其与中国文化的联系,这绝不是空话。只有在与社会历史相结合的文化比较分析中,我们才能更深切地理解中国文化的意义。

《山海经》神话与中国民间文化的联系,除了上述神话遗址或神话遗迹,还表现在民族文化的图腾艺术与民间巫术上。

图腾属于古老的民间文化,在《山海经》中得到广泛表现,流传到了今天,它更多的内容被化解到生活的世俗信仰之中。所谓世俗信仰,即是与宗教行为相对的,存留在普通民众的生活之中而表现出的信仰观念。诸如祭祀神灵的民间仪礼、仪式,服饰,生活环境和生产、生活用具的装饰,一举一动,一草一木,都充满了图腾意识。当然也包括语言文化中对图腾内容的自觉运用,作为审美机制的图腾艺术的具体表现。图腾的化解,其从神话到世俗的嬗变,是世界各民族的共有现象。正是这些图腾艺术的具体表现,才构成各民族的文化个性的具体内容。在现代国际争端中,许多内容除了表面上的政治、经济因素,重要的还是文化的冲突与碰撞。民族之间的相互尊重,相互理解,一个相当重要的问题就是如何从图腾的表现及认识上入手。图腾在远古文化中是不同的氏族的徽帜,在今天表现为一些崇尚或禁忌行为,它一方面是文化个性、审美风尚、生活态度取向的具体内容,一方面是一个民族远古文化的回响、残存。无论现代化对民族生活有多么强烈的冲击,图腾都不会完全消失。在美国、日本和德国、法国,以及新加坡、马来西亚、澳大利亚的现代化建设中,都表现了这些内容。尤其是西亚一些古代文明国家的消失历史,使我们看到,民族可能因为多种原因会消失,但民族文化的内容包括图腾绝不会随之而完全消失。在某种程度上讲,对图腾的认识,就是对一个民族的文化和历史的认识。

在《山海经》中,图腾的表现主要是各种动物,鸟、兽、鱼、虫等生命个体,也有一些植物、山、水、日、月具有图腾的意义,尤其是扶桑树、昆仑山,我们都可看作图腾的表现。同时,我们也可以看到,图腾常常表现出个体的独立性,也表现出相互交融,诸如"×首×身"的句式。图腾的影响范围、表现范围,有大有小,具有地区性、氏族性的多种差异。图腾内容的差异,实质就是文化性质的差异。它反映出不同氏族、地区的生存环境、生活内容与文化的具体联系。

首先是龙图腾成为《山海经》最具影响力而且最丰富的图腾内容。今天我们常讲中华民族是龙的传人,从远古文化中我们能更深刻地理解这一内容及其意义。龙的图腾,使中华民族具有很强的凝聚力、向心力和团结、创造精神。

龙在《山海经》中的表现,大多不是单纯存在。如《南山经》中的"凡雒山之首,自招摇之山,以至箕尾之山,凡十山,二千九百五十里。其神状皆鸟身而龙首","自柜山至于漆吴之山,凡十七山,七千二百里。其神状皆鸟身而龙首","白天虞之山以至南禺之山,凡一十四山,六千五百三十里。其神皆龙身而人面",《东山经》中的"自木敉之山以至于竹山,凡十二山,三千六百里。其神状皆人身龙首",《中山经》中的"(光山)神计蒙处之,其状人身而龙首,恒游于漳渊,出入必有飘风暴雨","自女几山至于贾超之山,凡十六山,三千五百里。其神状皆马身而龙首","自首山至于丙山,凡九山二百六十七里。其神状皆龙身而人面","凡洞庭山之首,自篇遇之山至于荣余之山,凡十五山,二千八百里。其神状皆鸟身而龙首"等。各山神的龙身或龙首,就是一种图腾合体。

在《海外经》各经中,龙图腾表现为"南方祝融,兽身人面,乘两龙","大乐之野,夏后启于此儛九代,乘两龙,云盖三层","西方蓐收,左耳有蛇,乘两龙","东方句芒,鸟身人面,乘两龙"。

《海内经》各篇中,龙图腾表现为"窫窳龙首,居弱水中,在狌狌知人名之西,其状如龙首,食人","雷泽中有雷神,龙身而人头"。

《大荒经》各篇中龙的图腾有"应龙"本身,再提到夏后启"珥两青蛇,乘两龙",以及"烛龙"等。他们佩龙、乘龙,或龙首,或作为龙的一种,在图腾意义上都是把龙作为自己氏族部落的徽帜,以区别于其他的氏族部落。

黄帝集团统一了各氏族之后,龙的图腾也得到了统一,自此,龙就在更广泛的意义上成为华夏子孙的图腾。这种图腾体现在上层政治文化中,出现了黄帝出入乘龙的神话内容。历朝的封建皇帝也自称为龙,衣服被称为龙袍而别于其他人,更不用说有神龙感应而使某女性怀孕得子为皇帝的附会舆论。体现在民间文化中,龙是神灵的象征,皇权的象征,尊贵的象征,图腾的意义才真正在世俗生活中消解。

龙神信仰是中华民族龙图腾世俗化的具体表现。就现实而言,确实有许多图腾遗俗,但是,没有任何一个图腾现象能够像龙在民间文化生活中有那么广大的影响。民间百姓既畏龙惧龙,又敬龙爱龙,向往龙,以龙为贵。同时,把龙分为几等,有善有恶,以龙比照世间的人等,龙信仰成为民间百姓生活的一部分,衣、食、住、行,各方面都有龙的身影。应该说,所有的龙传说都是以龙的信仰为根据的。

首先是民间文化中的风水观念,表现出对龙的尊崇。风水的解释根据仍然在于相应的传说。人们向往富贵,希望生在龙地,葬在龙穴,养出龙子龙孙。民间百姓把自己周围的生存环境看作龙虎气象的体现,讲究龙骨、龙须、龙首、龙尾、龙脉的地形及其运用。于是演绎出了许多龙的传说,诸如各地的金龙、银龙、玉龙、石龙、土龙、黑龙、白龙、恶龙和蛟龙的故事,并附会在一定的自然物上,像黑龙潭、白龙潭、九龙山、五龙口、龙水等具体的地名。更不用说在各地的古典建筑中所体现的龙神信仰,如开封有龙亭、繁塔传说与黑尾巴老李的故事。许多地方的河流,在传说中就是龙的化身。如,我的

先秦定鼎：中国文化的醒目"路标"

家乡河南项城有一条小汾河，起源于嵩岳地区，与颍河会聚于淮河。项城父老解释小汾河之所以有很多湾，是由于老龙东去，不忘娘亲，一步一回首，形成了这九九八十一条河湾。在我国广大乡村，新中国成立前许多村镇都建有龙王神庙，一方面是为了镇水患，坚定人们治水的信念，另一方面是为了求雨解旱，把龙作为家乡的保护神，使家乡保持安宁、康福、和谐。从而，龙图腾不但融进民间传说故事、歌谣之中，而且融于民间游戏、舞蹈，成为民间艺术的重要内容。人们不但把龙作为居住环境的一部分，而且把龙作为自身的一部分。如，民间盖房时，常把檩、梁称作龙，举行典礼时要为它拴上红布条，贴上红彩纸，以求坚实吉利。房舍布局上讲究左青龙，右白虎，即庭堂为坐北朝南，东侧房为龙，西侧房为虎，龙可高于虎，而虎不能高于龙，形成一种民间规则。逢初一、十五，民间举行跳龙舞、点龙灯、赛龙舟，献媚于龙王。而在天旱时，民间又有晒土龙、打龙王的游戏。事实上这是一种巫术与图腾信仰的结合。人们与龙共舞，与龙共居，与龙共存。

在俗语中，龙的信仰表现更多。诸如"龙生龙，凤生凤，老鼠生儿会打洞"，讲龙族与人出身的联系；"种下龙种，生下跳蚤"，讲的是龙为代表的希望与失望；"大水冲了龙王庙"，意为一家人不相识，自相欺侮。龙的图腾意义化解为人的生存方式、生存环境的具体内容。又如民间百姓敬龙、祀龙，不乏梦想成为龙，摆脱贫穷和低贱。在吃饭、穿衣上，都体现出这种意义。如，人们认为龙为灵物，在祝寿等喜庆时日吃龙须面，也吃鲤鱼宴，以为鲤鱼是龙的化身，吃了鲤鱼，可以变得尊贵、健康、美丽、聪明。在雷雨天气，一棵古树被雷电击中后，民间百姓认为是龙王抓妖怪，那些被击落的树枝或被击焦的树皮，就成了灵药，传说食后能治百病。农历二月二，龙抬头——这是非常古老的民间节日。在这一天，中原民间百姓崇尚吃油炸的花豆，油煎的烙饼，把春节后剩下的最后一块花馍吃掉。吃花豆意味着为当年的黑尾巴老李那个传说的土龙王东去而送行，吃花馍则意味着有龙在身而百鬼皆退，百病自消。花馍是春节的供品，祭祀神灵和祖先的祭物，在一块直径一尺许的面饼上,四周做成两条尾成一体的两条龙,并用枣或其他物品做成龙眼,用面做成龙须、龙角、龙鳞和龙爪,都栩栩如生。花馍以龙为饰,这是民间百姓朴素的理想愿望的具体表现,更重要的是对龙的信仰、敬仰,体现出图腾的内容。从民间庭院在雕梁画栋中饰以龙,垒成的院墙饰以龙,到民间儿童服饰上绘以龙,以及民间儿童的姓名中取龙字,有大龙、小龙、龙生、海龙、天龙、玉龙、龙娃等,我们可以想见,龙的图腾意义与世俗生活的密切结合。这是中国民间文化相当普遍的一种存在形式,是中国文化的一种缩影。这一切,都能够从《山海经》中找到根据或影踪。

典型的例子还有民间丧葬文化中龙图腾的意义的体现。我们在《山海经》中可看到"乘两龙",以及飞仙乘龙的许多传说故事。与此相应的是,丧葬文化中整个程序都有类似的内容。如,葬穴要点明,就是俗称的"点龙穴";死者的花裙图案上,男的绘上龙,女的绘上凤;棺椁启动时,所用的"龙驾"当然是龙的形状,即用红、黄、绿等彩布做成龙衣覆盖住棺椁,棺椁前方是高大的龙首,昂扬雄视前方。在吊唁的民间文书上,也常有"某某乘龙而去"的字样。应该说,这种文化的渊源就在以《山海经》为典型的图腾崇拜。

《山海经》的图腾内容异常丰富,龙图腾仅仅是其中很小的一部分。其他图腾,诸如常在各经中出现的使四鸟或四兽"虎豹熊罴"。特别是蛇的出现尤其多,在《山经》《大荒经》《海经》和《海内经》中,几乎无处不在。在后世的民间文化中,蛇崇拜仍然是非常重要的内容。我们甚至可以这样讲,龙图腾的影响范围主要在上层文化中,而蛇图腾的影响范围则主要在民间下层文化中。民间乡野中蛇所出没的环境,民间百姓称之为和龙一样的神居,称蛇为小龙。最典型的就是乡村神戏演出时,戏班主要虔诚地敬蛇,请蛇点戏(参见黄芝岗《中国的水神》)。很多地方称蛇为"大王爷",大王庙就是蛇神庙。更不用说流传千百年的《白蛇传》和民间蛇郎故事等,其生成背景我们一方面可追溯至以《山海经》为代表的原始神话思维,另一方面则可追溯到以《山海经》为典型的蛇图腾。蛇的身份在医药文化中常常作为仙而出入变幻,在农耕文化中常常是财神的象征,在渔文化中蛇是渔民的保护神,在宗教文化中蛇常常作为神使存在。《山海经》图腾还有凤凰、鹊、牛、马、羊、猪、鱼、犬、狐、鹤、鸡、毕方、狌狌、鸳鸯、猿、鼠、鹿、鹅、龟、虫和蜂等动物。这在民间生活的衣食住行诸方面都有不同程度的表现,体现出图腾文化的遗留意义。其他像玉、扶木、建木、铜、柏、草、磐石、火、鼓、韭、葱、桃、李、葵、棕枏、金、芍药、桑、蒲、樗、河、海、风、云等自然物,我们也可看到它们在《山海经》中所体现出的图腾意义。这些图腾文化的内容融入后世的民间文化生活中,从而产生许多具有特殊意义的崇尚或禁忌习俗,使普通的树木花草山石水火都具有鲜明的尊卑、吉祥凶恶的含义,影响着人们的思想、行为。这是我国文化中不可忽视的一部分。它们与《山海经》图腾的具体联系更为复杂。

《山海经》中的巫术常常和图腾联系在一起而构成神话的基本内容。如《海外西经》所提到的"巫咸国",在登葆山上有"群巫"上下,神巫们"右手操青蛇,左手操赤蛇","夹窫窳之尸","操不死之药以距之"。神巫的基本职能即在于"上下"于天地之间,为神代言。又如,《大荒北经》中有"有共工之台,射者不敢北乡"和"魃不得复上,所居不雨",这种"不敢"禁忌,"不得"悲剧,都是典型的巫术意义体现。再如,《五藏山经》中各篇结尾部分所列的"祠"礼,即巫术仪式和"珪""糈""婴""瘗""烛"以及太牢、少牢等内容。这些巫术表现为神巫人三者之间的联系,对后世文化的影响主要是作为一种神巫思维而融入后世巫文化之中。

巫表现在后世的社会生活中,一是巫的行为、职业作为一种个体存在,影响着周围的社会生活,一是巫的思想、观念漫布在民间文化和更广泛的社会生活中。前一部分以"操不死之药"为典型,后一部分以"射者不敢北乡(向)"为典型。

民间巫师在一些偏僻的乡村还相当流行,他们的主要任务是"驱鬼"。

"驱鬼"的形式有两种,一是用所谓"神药"或配合假想的擒拿鬼怪的动作为病人驱除身上带来病痛的"鬼怪";二是语言巫术,即一些歌诀对病魔或不祥之物的诅咒。此外,还有一种媚神的舞蹈,或伴有歌乐,主要表现在庙会上,以及"拴娃娃""扣子孙窑"等行为和心理上,体现为巫术文化对《山海经》神巫思维的具体继承。造神药者有时和传统的中医疗法连在一起。如,中原地区还有拔火罐治病的习俗,即用面皮敷在病人的痛处(一般为穴位),然后在特制的陶罐中放上点燃的火球(团),使空气产生压缩的力量,挤迫病毒排出。有人使用这种方式时,还念叨着求神灵保佑的词语。应该承认,这种方式还是有效的,只不过具有蒙昧的思想色彩。这使我们联想起中草药的炮制、服用,与《山海经》中关于一些兽或鸟"食之不×"的记载。"食之不×"句式中,常充满按照某种动物习性或特征补充或祛除某种人体功能的道理。民间有吃什么补什么的食物疗法,我们也可看作一种巫术表现。用一句形象的话来概括这种巫术,就是用魔鬼的外衣来包裹科学。所以,著名的文化人类学、民俗学家弗雷泽为巫术辩解,并将自己的著作取名为《魔鬼的律师》。正是这位学者,在他的《金枝》中提出了接触巫术和相似巫术的概念,论述了巫术的双重意义,即它既作为科学的载体,也作为愚昧的载体,影响着人们的生活。这种"食"的疗法或"驱鬼"疗法,就是典型的接触巫术。语言巫术是典型的相似巫术。这些歌诀的内容一般为驱鬼,可以用在治病的场所,也可以用在祝愿的场所。当然,这是很不科学的,治病绝对不能依靠"驱鬼"。如,在许多地方流传着治小儿夜哭的"贴帖",即在红纸上写上几句话,贴在路口,若行人按照帖上的话做了,小儿夜哭就会治好。歌诀为:

　　天黄黄,地黄黄,
　　我家有个夜哭郎,
　　行路君子念三遍,

一觉睡到大天光。

还有非常流行的治疟疾的歌诀。这是相传源自先秦时代的巫术疗法,即疟疾患者在太阳未出来时,将一只煮熟的鸡蛋剥去外壳,在青皮上写上一行歌诀,站在自家门口,面朝东,边吃边念,念上五遍就可将疟疾鬼赶走。歌诀是这样写的:

我从东方来,
路遇一池水,
水中一条龙,
九头十八尾,
问尔食的甚?
吾食疟疾鬼。

在河南林州红旗渠,我们曾搜集到一首咒噩梦的歌诀。即人在夜晚做了噩梦,神志受到伤害,就以为是噩梦神在作祟,在太阳未出来时,在心中默念三遍,一天之中就平安无事了。歌诀为:

此梦不祥,
贴在东墙,
太阳一出,
照个净光。

民间的招魂曲实际上也是这类巫术。巫术的思想基础在于泛神论,即一切事物的发展变化都是由一种特殊的灵魂所控制的,人们借助于一定的行为和语言,可以改变这种不利的控制。歌诀是一种表达方式,还有一种非歌诀的祝愿、祈祷语与一定仪式相结合的方式,即相当于《山海经》中的"祠"。只不过这里是一种依据现代生活的方式而制作的祭品,且多为纸、木质制品,诸如祭祀神灵和亡灵的冥器,有"冥币"(俗称"阴票子"),纸船,纸糊的飞机、电视,木质的串满纸钱的"摇钱树",纸叠的元宝、聚宝盆,等等。人们相信,这些物品在焚烧成灰后,在另一个世界中就会变成和当世的真物品一样为死者所享有和使用。这种灵魂不灭的信仰观念与巫咸、巫彭上天下地的思维机制是相通的。

巫术的相似意义不独能使人得到心灵的慰藉,而且更重要的价值在于它影响了许多民间文化艺术并使其妙趣横生。诸如秧歌、高跷、旱船、狮子、龙舟、肘阁、焰火、盘鼓、腰鼓、十八音、钹、锣、琴和一些地方戏,都曾带有浓郁的巫术色彩或本身就是巫术的一部分,在民间艺人的改造下,逐渐变为健康、文明的艺术。如浙江绍剧跳加官中的蚩尤舞,在演员的乳房上绘成眼,脐上绘成口,这就是取材于《山海经》中的刑天与帝争神的民间艺术。它原来的意义在于驱鬼祭台,在今天则成为一种民间戏曲艺术的典型。也就是说,以巫术的相似意义为背景,产生了唱神戏、跳傩、打傩的民间艺术,在时代精神的融入、改造中,这些艺术焕发出新的文化生机。庙会歌舞也同样。时代在发展,艺术也在不断发展,《山海经》对后世民间文化的影响的意义也在不断改变着。即巫的形象与形式正越来越多地被现代文化所改造和利用,变成大众文化的一部分。

《山海经》是中国民间文学史上十分独特的文化现象。

从现实走进典籍,从典籍走进生活,走进文化,可以看到,未必是一切都来自《山海经》,却有许多文化生活与《山海经》的文化世界息息相关。我们许多学者不无偏执地反对当代流传的神话传说故事的"活化石"这种比喻,那么又该如何解释这种生生不息的关联呢?《山海经》对中国文化特别是对中国民间文化产生极其深远而广泛的影响,在不同的时代具有不同的特色,在不同的地区具有不同的内容。考察这种影响,若仅仅从文献上着眼将是十分狭隘的,若仅仅采用考古和其他田野作业的方法,也同样是难免偏颇的。我们还是坚持文献、考古、田野作业的三重证据法,去透视《山海经》在民间文化中的继承内容,从而去把握我们中华民族的文化性格的生成和发展变化规律。我国民间文化浩如烟海,这里,我们的考察只能是从一滴水去看太阳的光辉,窥一斑而去知全豹。

第七章
历史从大禹时代开始吗

大禹时代是中国神话时代最后的强音。它以治水为中心内容,标志着中国神话自此走向消亡,代之而起的是历史传说。其中还有一个非常重要的因素,那就是当文明进入商周阶段时,卜辞和铭文成为史迹的证明。因此,也就有许多学者据此而把商周之前的历史整个称为中国历史的传说时代,或称口传时代。自大禹神话在这个时代的末尾登台亮相,就意味着中国神话时代的消解。而且在大禹时代,几乎聚拢了中国神话中所有的母题,大禹神话在某种意义上讲,成了中国神话类型的集大成。特别是禹与尧舜在政治禅让上成为一个神话连体,在神话性质上标志着禅让时代的彻底结束 —— 夏王朝的覆灭,形成远古人民最后的神话记忆。

第一节　中国神话时代的终结与历史的开端

中国民间文艺与中国社会发展历史的联系既是同步的,又是不完全一致的。

大禹的事迹在《尚书》"大禹谟"被记述为:

> 皋陶矢厥谟,禹成厥功,帝舜申之。作《大禹》《皋陶谟》《益稷》。曰若稽古。大禹曰文命,敷于四海,祗承于帝。曰:"后克艰厥后,臣克艰

厥臣，政乃乂，黎民敏德。"帝曰："俞！允若兹，嘉言罔攸伏，野无遗贤，万邦咸宁。稽于众，舍己从人，不虐无告，不废困穷，惟帝时克。"益曰："都！帝德广运，乃圣乃神，乃武乃文。皇天眷命，奄有四海，为天下君。"禹曰："惠迪吉，从逆凶，惟影响。"益曰："吁！戒哉！儆戒无虞，罔失法度。罔游于逸，罔淫于乐。任贤勿贰，去邪勿疑。疑谋勿成，百志惟熙。罔违道以干百姓之誉，罔咈百姓以从己之欲。无怠无荒，四夷来王。"禹曰："於！帝念哉！德惟善政，政在养民。水、火、金、木、土、谷，惟修；正德、利用、厚生，惟和。九功惟叙，九叙惟歌。戒之用休，董之用威，劝之以九歌，俾勿坏。"帝曰："俞！地平天成，六府三事允治，万世永赖，时乃功。"帝曰："格，汝禹！朕宅帝位，三十有三载，耄期倦于勤。汝惟不怠，总朕师。"禹曰："朕德罔克，民不依。皋陶迈种德，德乃降，黎民怀之。帝念哉！念兹在兹，释兹在兹，名言兹在兹，允出兹在兹，惟帝念功。"帝曰："皋陶！惟兹臣庶，罔或干予正。汝作士，明于五刑，以弼五教。期于予治，刑期于无刑，民协于中，时乃功，懋哉。"皋陶曰："帝德罔愆，临下以简，御众以宽；罚弗及嗣，赏延于世。宥过无大，刑故无小；罪疑惟轻，功疑惟重；与其杀不辜，宁失不经；好生之德，洽于民心，兹用不犯于有司。"帝曰："俾予从欲以治，四方风动，惟乃之休。"帝曰："来，禹！降水儆予，成允成功，惟汝贤。克勤于邦，克俭于家，不自满假，惟汝贤。汝惟不矜，天下莫与汝争能。汝惟不伐，天下莫与汝争功。予懋乃德，嘉乃丕绩，天之历数在汝躬，汝终陟元后。人心惟危，道心惟微，惟精惟一，允执厥中。无稽之言勿听，弗询之谋勿庸。可爱非君？可畏非民？众非元后，何戴？后非众，罔与守邦？钦哉！慎乃有位，敬修其可愿，四海困穷，天禄永终。惟口出好兴戎，朕言不再。"禹曰："枚卜功臣，惟吉之从。"帝曰："禹！官占，惟先蔽志，昆命于元龟。朕志先定，询谋佥同，鬼神其依，龟筮协从，卜不习吉。"禹拜稽首，固辞。帝曰："毋！惟汝谐。"正月朔旦，受命于神宗，率百官若帝之初。帝曰："咨，禹！惟时有苗弗率，汝徂征。"禹乃会群后,誓于师曰:"济济有众,咸听朕命。蠢兹有苗,昏迷不恭。侮慢自贤,反道败德。君子在野,小人在位。民弃不保,天降之咎。肆予以尔众士,奉辞伐罪。尔尚一乃心力,其克有勋。"三旬,苗民逆命。益赞于禹曰:"惟德动天,无远弗届。满招损,谦受益,时乃天道。帝初于历山,往于田,日号泣于旻天,于父母,负罪引慝。祗载见瞽瞍,夔夔斋栗,瞽亦允若。至诚感神,矧兹有苗。"禹拜昌言曰:"俞!班师振旅。帝乃诞敷文德,舞干羽于两阶,七旬,有苗格。"

继之,被记述于《尚书》"禹贡":

禹别九州,随山浚川,任土作贡。禹敷土,随山刊木,奠高山大川。冀州:既载壶口,治梁及岐。既修太原,至于岳阳;覃怀底绩,至于衡漳。厥土惟白壤,厥赋惟上上错,厥田惟中中。恒、卫既从,大陆既作。岛夷皮服,夹右碣石入于河。济河惟兖州。九河既道,雷夏既泽,灉、沮会同。桑土既蚕,是降丘宅土。厥土黑坟,厥草惟繇,厥木惟条。厥田惟中下,厥赋贞,作十有三载乃同。厥贡漆丝,厥篚织文。浮于济、漯,达于河。海、岱惟青州。嵎夷既略,潍、淄其道。厥土白坟,海滨广斥。厥田惟上下,厥赋中上。厥贡:盐、𫄨,海物惟错;岱畎丝、枲、铅、松、怪石;莱夷作牧,厥篚檿丝。浮于汶,达于济。海、岱及淮惟徐州。淮、沂其乂,蒙、羽其艺,大野既猪,东原底平。厥土赤埴坟,草木渐包。厥田惟上中,厥赋中中。厥贡:惟土五色,羽畎夏翟,峄阳孤桐,泗滨浮磬,淮夷蚌珠暨鱼。厥篚玄纤、缟。浮于淮、泗,达于河。淮、海惟扬州。彭蠡既猪,阳鸟攸居。三江既入,震泽底定。筱簜既敷,厥草惟夭,厥木惟乔。厥土惟涂泥。厥田惟下下,厥赋下上,上错。厥贡:惟金三品,瑶、琨、筱簜、齿、革、羽、毛惟木。岛夷卉服。厥篚织贝,厥包橘柚,锡贡。沿于江、海,达于淮、泗。荆及衡阳惟荆州。江、汉朝宗于海,九江孔殷,沱、潜既道,云土、梦作乂。厥土惟涂泥,厥田惟下中,厥赋上下。厥贡:羽、毛、齿、革惟金三品,杶、榦、栝、柏,砺、砥、砮、丹惟菌、簵、楛,三邦厎贡,厥名包匦、菁茅,厥篚玄纁、玑组,九江纳锡大龟。浮于江、沱、潜、汉,逾于洛,至于南河。荆、河惟豫州。伊、洛、瀍、涧既入于河,荥波既猪。导菏泽,被孟猪。厥土惟壤,下土坟垆。厥田惟中上,厥赋错上中。厥贡:漆、枲,絺、纻,厥篚纤、纩,锡贡磬错。浮于洛,达于河。华阳、黑水惟梁州。岷、嶓既艺,沱、潜既道。蔡、蒙旅平,和夷厎绩。厥土青黎,厥田惟下上,厥赋下中,三错。厥贡:璆、铁、银、镂、砮、磬,熊、罴、狐、狸,织皮、西倾因桓是来,浮于潜,逾于沔,入于渭,乱于河。黑水、西河惟雍州。弱水既西,泾属渭汭,漆沮既从,沣水攸同。荆、岐既旅,终南、惇物,至于鸟鼠。原隰厎绩,至于猪野。三危既宅,三苗丕叙。厥土惟黄壤,厥田惟上上,厥赋中下。厥贡惟球、琳、琅玕。浮于积石,至于龙门、西河,会于渭汭。织皮、昆仑、析支、渠搜,西戎即叙。导岍及岐,至于荆山,逾于河;壶口、雷首至于太岳;厎柱、析城至于王屋;太行、恒山至于碣石,入于海。西倾、朱圉、鸟鼠至于太华;熊耳、外方、桐柏至于陪尾。导嶓冢,至于荆山。内方,至于大别。岷山之阳,至于衡山。过九江,至于敷浅原。导弱水,至于合黎,余波入于流沙。导黑水,至于三危,入于南海。导河、积石,至于龙门。南至于华阴,东至于厎柱,又东至于孟津,东过洛汭,至于大伾。北过降水,至于大陆。又北,播为九河,同为逆河,入于海。嶓冢导漾,东流为汉,又东,为沧浪之水,过三澨,至于大别,南入于江。东,汇泽为彭蠡,东,为北江,入于海。岷山导江,东别为沱,又东至于澧。过九江,至于东陵,东迆北,会于汇。东为不江,入于海。导沇水,东流为济,入于河,溢为荥;东出于陶丘北,又东至于菏,又东北,会于汶,又北,东入于海。导淮自桐柏,东会于泗、沂,东入于海。导渭自鸟鼠同穴,东会于沣,又东会于泾,又东过漆沮,入于河。导洛自熊耳,东北,会于涧、瀍;又东,会于伊,又东北,入于河。九州攸同,四隩既宅,九山刊旅,九川涤源,九泽既陂,四海会同。六府孔修,庶土交正,厎慎财赋,咸则三壤成赋。中邦锡土、姓，祗台德先，不距朕行。五百里甸服：百里赋纳总，二百里纳铚，三百里纳秸服，四百里粟，五百里米。五百里侯服：百里采，二百里男邦，三百里诸侯。五百里绥服：三百里揆文教，二百里奋武卫。五百里要服：三百里夷，二百里蔡。五百里荒服：三百里蛮，二百里流。东渐于海，西被于流沙，朔、南暨声教，讫于四海。禹锡玄圭，告厥成功。

大禹是黄帝的子孙，《山海经·海内经》说："黄帝生骆明，骆明生白马，白马是为鲧。"《世本》中说："黄帝生昌意，昌意生颛顼，颛顼生鲧。"无论如何说都离不开黄帝之后鲧生的血缘主题，那么，鲧腹生禹，禹当然是黄帝的后代，在原始信仰图腾崇拜中，禹化为熊等现象也就是自然而然的事情了。但这种血缘的承继并不是简单的薪火传递，而是在大禹神话系统的形成中本身就融注入许多黄帝之外的神性氏族的神话内容。如《尚书·帝命验》中说："禹身长九尺有余，虎鼻、河目、骈齿、鸟喙、耳三漏。"若用今天的文化人类学理论来理解这种现象，那就可以看到在禹的体质构成上是有着多种血缘的痕迹的。也就是说，禹的神话背景有两种具体表现内容，一是洪水，一是鲧神性集团。洪水神话不独在大禹时代出现，如《太平御览》卷八八八引《蜀王本纪》说到"时玉山大水，若尧之洪水"，显然，尧时大水同样是原始先民异常深刻的记忆。问题在于鲧、禹之前洪水虽然存在，甚至也很严重，但都未能成为引发时代变迁的重大契机，而在鲧禹集团登场时，洪水成为一种特殊的生活背景，它意味着其中存在着非常复杂而激烈的各神性集团之间的拼杀，尽管后世有许多人力图用禅让来掩盖这些神话内容。《吴越春秋·越王无余外传》中说鲧"家于西羌"，就是这种内容的具体表现，成为理解缘何出现鲧为天帝所杀的重要依据。作为禹的父辈，鲧曾经是一位杰出的神性英雄，如《墨子·尚贤》中说"昔者伯鲧，帝之元子"，作者极力地把鲧拉在"帝"的麾下，以便更自然地张扬鲧的神性业绩。《世本》中有"鲧作耒耜""鲧服牛""鲧作城廓"等片段,这种创造的辉煌——对农耕文明的重要贡献和对城郭建造的杰出作用。其他还有《楚辞·天问》中提到的"咸播秬黍,莆雚是营"等内容。《尚书·洪范》和《国语·鲁语上》中都提到"鲧障(堙)洪水",《山海经·海内经》郭璞注引《归藏》说得颇为详细:"滔滔洪水,无所止极,伯鲧乃以息石、息壤以填洪水。"《楚辞·天问》中有"鸱龟曳衔,鲧何听焉"之句,透露出鸱、龟帮助鲧治理洪水的无比壮美的场面。《尚书·尧典》中有一段内容对此描绘得更详细也更生动:"帝曰:'咨,四岳!汤汤洪水方割,荡荡怀山襄陵,浩浩滔天。下民其咨,有能俾乂?'佥曰:'於,鲧哉!'"应该说,从许多材料中可以看到,在治理洪水的事业中,鲧不但成功过,而且曾因此做出了更大的贡献。如《山海经·海内经》中讲到"鲧是始布土,均定九州",《初学记》卷二四引《吴越春秋》说到"鲧曰:'帝遭天灾,厥黎不康。'乃筑城建廓,以为固国"。《楚辞·九章一惜诵》说他"婞直而不豫"。在《路史·后纪十二》罗泌、罗苹注解神话时,提到黎阳(河南省浚县)、安阳一带有鲧治洪水留下的"鲧堤"[1],甚至说"古长城即尧遭洪水命鲧筑之者"。所以,刘献廷在《广阳杂记》中感叹道:鲧之功德信远。这样,围绕着鲧之死,在古代典籍中就展开了不同的述说,从而构成神话悲剧的具体描述。《尚书·洪范》:"鲧堙洪水,汩陈其五行。帝乃震怒,不畀洪范九畴,彝伦攸斁。鲧则殛死。"《国语·周语下》:"其在有虞,有崇伯鲧,播其淫心,称遂共工之过。尧用殛之于羽山。"《墨子·尚贤中》:"废帝之德庸,既乃刑之于羽之郊,乃热照无有及也。"《淮南子·原道训》:"昔者夏鲧作三仞之城,诸侯背之,海外有狡心。"《吕氏春秋一恃君览·行论》中说得更清楚:"尧以天下让舜,鲧为诸侯,怒于尧曰:'得天之道者为帝,得地之道者为三公。今我得地之道而不以我为三公!'以尧为失论,欲得三公,怒甚猛兽,欲以为乱,比兽之角能以为城,举其尾能以为旌。召之不来,

---

[1] 《路史·后纪十二》:"鲧障水,故有鲧堤,在相(州)之安阳县。鲧筑之以捍孟门,今谓三两城。"

仿偟于野,以患帝舜。于是,殛之于羽山,副之以吴刀。"所有的证据都反映了鲧对帝尧集团的蔑视,因而尧才"殛之于羽山"。但是,这些证据无疑都是异常空乏的。屈原曾经为鲧被殛的悲剧命运而愤怒呐喊:"顺欲成功,帝何刑焉!"(《楚辞·天问》)《尚书·尧典》中说鲧治水"九载"而"绩用弗成";《国语·晋语》中说"昔者鲧违帝命,殛之于羽山。化为黄熊,以入于羽渊","舜之刑也殛鲧";《左传·昭公七年》说"昔尧殛鲧于羽山,其神化为黄熊,以入于羽渊";《山海经·海内经》说"洪水滔天,鲧窃帝之息壤以堙洪水,不待帝命。帝令祝融杀鲧于羽郊。鲧复生禹。帝乃命禹卒布土以定九州"。从这些纷纭的述说中可以看到两方面的内容,一是鲧不待帝命而被殛,一是化为黄熊"入于羽渊",为"羽渊之神"。对此作出回答的是禹,他在后来治水事业成功后,把一切微辞都扫荡在鲧禹神性业绩之外,这就是文献中一再强调的"鲧复生禹"。而事实上不独在于他生了禹,在尤为丰富的民间文化中,鲧就相当普遍地受到世人的尊敬。如《路史·后纪十二》罗注云:"有渊,水常清,牛羊不敢饮,曰羽渊。渊上多细柳,鸟兽不敢践。"《太平御览》卷四二所引《郡国志》中也提到类似内容,《述异记》中提到浙江会稽人祭禹时不用"黄熊",《拾遗记》中提到民间百姓对鲧"四时以致祭祀",《国语·鲁语上》提到夏后氏"郊鲧而宗禹",《左传·昭公七年》中则载其"实为夏郊,三代祀之"。应该说,在民间信仰世界中,鲧的面目才是更为真实的。《归藏·启筮》中说"鲧死三岁不腐",为吴刀所剖,"化为黄龙","是用出禹"。禹在《说文》中被释作"虫",闻一多考证这种现象时说,虫即龙,禹即龙[1]。禹使自己的父亲所蒙的"冤"得到了昭雪,依靠自己的实力战胜了大大小小的敌对力量。

《论衡》《吴越春秋》《史记·夏本纪》和《世本》等文献中,都提到禹出于"西羌",《太平御览》卷八二引《帝王世纪》中说禹"长于西羌,夷人",《晋

---

[1]《闻一多全集》第一卷,三联书店 1982 年版,第 52 页。

书·地道记》还提到陇西有纪念"禹所出"的"禹庙",也有文献提到大禹生于"东夷"。无论如何,禹是夷人的身份表明,夏王朝的建立同样经历了无数的腥风血雨,之后才有神性的光辉普照大地,所以《诗经·长发》《诗经·文王有声》和《诗经·信南山》等篇章都热烈地颂扬这个王朝的胜利。这不仅是出自西羌的夷人凭借实力对中原部落的胜利,而且是中华民族大交流、大融合、大凝聚的胜利。千百年来,中华民族以大禹的品德作为教育子孙的楷模,崇尚智慧、勇敢和无私。大禹神话的流传过程,事实上就是中华民族大发展的过程——大禹的神性英雄形象就是在世世代代神话传说的讲述中构成的民族美德和品格的光辉典型。

禹出生在哪里并不重要,重要的是作为神性英雄的禹所具有的功绩,他以他的具体活动为中国神话时代构成又一生动的篇章。总体看来,禹神话的核心内容可分为三个方面,一是对江河湖海的浚导、挖凿,其中包括对一些水怪的镇除,这是禹神话的主体;二是禹与涂山氏的联系,包含着桑林之会即野合、狂欢等内容;三是禹铸九鼎、伐三苗、治理世界,呈现出夏王朝最灿烂的神性光辉。治水,是大禹神话的主要内容,但不是唯一的内容。

大禹治理洪水,充满着艰辛。《尚书·禹贡》中记述得最为详细。《史记·河渠书》说:"然河灾衍溢,害中国也尤甚,唯是为务,故道河自积石,历龙门,南到华阴,东下砥柱,及孟津、洛汭,至于大伾。于是,禹以为河所从来者高,水湍悍,难以行平地,数为败。乃厮二渠以引其河,北载之高地,过降水,至于大陆,播为九河,同为逆河,入于渤海。"神州大地,到处都有禹的足迹。《庄子·天下》说:"昔者禹之湮洪水,决江河,而通四夷九州也,名川三百,支川三千,小者无数。""禹亲操橐耜,而九杂天下之川,腓无胈,胫无毛,沐甚雨,栉疾风,置万国。"《吴越春秋·越王无余外传》说他"伤父功不成",而"循江溯河,尽济甄淮。乃劳身焦思以行,七年闻乐不听,过门不入,冠挂不顾,履遗不蹑"。《新书·修政语上》说:"禹尝昼不暇食,夜不暇寝矣,方是时也,忧务故也。"大禹治服了洪水,"万民皆宁性"(《淮南子·本经训》),"自生民以来,未之有也"(《通鉴外纪》卷二)。人们称赞道:"美哉禹功,明德远矣!微禹,吾其鱼乎!"(《左传·昭公元年》)当然,在他的周围聚拢着无数杰出的治水英雄,才使得他的治水事业如此成功。如《吴越春秋·越王无余外传》称:"(禹)遂巡行四渎,与益、夔共谋。行至名山大川,召其神而问之山川脉理、金玉所有、鸟兽昆虫之类,及八方之民俗、殊国异域、土地里数。"同样,治水事业并非一蹴而就,个中的艰苦卓绝除了他的"禹步""足无爪,胫无毛,生偏枯之疾,步不能过"(《尸子·广泽》),更为险恶的是他同敌对力量的争斗和搏杀。首先是治水神话中大禹与共工集团的正面交往。《论衡·吉验》说:"洪水滔天,蛇龙为害,尧使禹治水,驱蛇龙,水始东流,蛇龙潜处。"可见禹治水是"奉帝命",这是为其名正言顺而设置背景。洪水在禹之前曾多次为患,至禹时更为严重,如先秦诸子的著作《墨子·七患》引《夏书》所云"七年",《庄子·秋水》所云"十年九潦",《管子·山权数》所云"五年水"。《孟子·滕文公上》:"洪水横流,泛滥于天下,草木畅茂,禽兽繁殖,五谷不登,禽兽逼人,兽蹄鸟迹之道交于中国。"洪水为害甚重,但洪水为何而生这一神话中的重要内容,孟子并没有揭示,揭示这一关键性内容的是《淮南子·本经训》:"共工振滔洪水,以薄空桑。龙门未开,吕梁未发,江淮通流,四海溟涬,民皆上丘陵,赴树木。"可见洪水之害来自共工,或来自共工集团,包括共工之臣在内。《山海经·大荒西经》载"西北海之外""有禹攻共工国山",隐约显示出这些内容。《神异经·西北荒经》载:"西北荒有人焉,人面,朱发,蛇身,人手足,而食五谷,贪恶愚顽,名曰共工。"《山海经·大荒北经》载:"共工之臣名相繇,九首,蛇身,自环,食于九土。其所欹所尼,即为源泽,不辛乃苦,百兽莫能处。"在《山海经·海外北经》中所述的"相柳氏",其情况与此大致一样,只不过换了一句"相柳氏之所抵,厥为泽溪"。《荀子·成相》说:"禹有功,抑下鸿,辟除民害逐共工。"《山海经·大荒北经》曰:"禹湮洪水,杀相繇;其血腥臭,不可生谷,其地多水,不可居也。禹湮之,三仞三沮,乃以为池。群帝因是以为台。

在昆仑之北,有岳之山,寻竹生焉。"诛杀共工之族不单单是为了平息洪水,在这里也就不言而喻了。

获拿无支祁是治水神话的另一重要内容。

《太平广记》卷四六七引《戎幕闲谈·李汤》所载:"禹理水,三至桐柏山,惊风走雷,石号木鸣,土伯拥川,天老肃兵,功不能兴。禹怒,召集百灵,授令夔龙。桐柏等山君长稽首请命。禹因囚鸿蒙氏、章商氏、兜卢氏、犁娄氏,乃获淮、涡水神,(其)名无支祁,善应对言语,辨江、淮之浅深,原湿之远近。形若猿猴,缩鼻高额,青躯白首,金目雪牙,颈伸百尺,力逾九象,搏击、腾踔、疾奔,轻利倏忽,闻视不可久。禹授之童律,不能制;授之乌木由,不能制;授之庚辰,能制。鸱脾、桓胡、木魅、水灵、山妖、石怪,奔号聚绕,以数千载。庚辰以戟逐去。颈锁大索,鼻穿金铃,徙淮阴之龟山之足下,俾淮水永安流注海也。"同书中又载:"永泰中,李汤任楚州刺史。时有渔人夜钓于龟山之下,其钓因物所致,不复出。渔者健水,疾沉于下五十丈,见大铁锁,盘绕山足,寻不知极,遂告(李)汤。汤命渔人及能水者数十,获其锁,力莫能制;加以牛五十余头,锁乃振动,稍稍就岸。时无风涛,惊浪翻涌,观者大骇。锁之末,见一兽,状有如白猿,白首长鬐,雪牙金爪,闯然上岸,高五丈许,蹲踞之状若猿猴,但两目不能开,兀若昏昧,目鼻水流如泉,涎沫腥秽,人不可近。久乃引颈伸欠,双目忽开,光彩若电,顾视人马,欲发狂怒,观者奔走。"这是旁证,述说无支祁永不为水患,从中同样可以看到禹与无支祁也不单单是能力的较量,其中包含着大量氏族部落间复杂的搏杀。这种氏族间的争斗主要表现在无支祁的形状描绘上。李公佐所记李汤遇渔者见水怪之事,应当是普遍流行的具有原始色彩的神话记忆,水怪的猿猴形象的来源就是夔。韦昭注《国语》曰:"夔一足,越人谓之山缫(獂),人面猴身能言。"同类的神话传说中也有记述为神牛的,这与远古时代关于夔一足、牛首的神话描述相一致(如刘敬叔《异苑》卷二所载"晋康帝建元中,有渔父垂钓,得一金锁,引锁尽,见金牛;急挽出,牛断,犹得锁,长二尺")。夔氏族的牛图腾与蚩尤氏族的牛图腾在信仰存在意义上是相同的,都是黄帝族的敌对方,而禹被看作黄帝的子孙,龙氏族与牛氏族的矛盾也就自然在神话传说中表现出来。

大禹诛杀防风氏是治水神话中异常特殊的一章。

防风神话是东南地区流传的具有特殊意义的民间文化现象。鲁迅《会稽郡故事杂集》所辑《会稽记》说:"防风氏长三丈,刑者不及,乃筑高塘临之,名曰刑塘。"防风神话悲剧的具体发生是与会稽山大禹聚会群神有直接联系的。《越绝书·外传记地》载:"禹始也,忧民救水,到大越,上茅山大会计,爵有德,封有功,更名茅山曰会稽。"《国语·鲁语下》中记述孔子所言:"昔禹致群神于会稽之山,防风氏后至,禹杀而戮之,其骨节专车,此为大矣。"这里初步揭示出禹诛杀防风氏的原因,但这并不能令人信服。难道"后至"就一定被"杀而戮之"吗?显然,这里隐藏着许多未被言说的内容。1986年第11期和1990年第1期的《民间文学》刊登出多则关于防风氏的神话传说,揭示出这一谜底,即禹所代表的中原部落对百越部落的杀伐、征讨,才是导致防风神话悲剧最重要的原因;防风氏巨人族的被诛杀,蕴含着神话传播中的普遍现象——在征讨中获胜者的神话总是占据主流地位。特别是自20世纪80年代中期以来,民间文学集成工作在各地展开,与防风神话相关的材料被越来越多地发掘出来,大禹诛杀防风氏的谜底被更多地揭示、展现在世人面前。应该说,这种现象不能忽视,更不能回避;防风神话作为中国神话时代与大禹神话同时期的文化现象,值得深思。在地方传说中[1],有尧封防风国的情节:共工撞倒不周之山,引发洪水,不周之风造就了防风巨神;防风以青泥造山,受尧之命助鲧治水,而鲧善游,得到防风与玄龟的帮助取到天庭青泥;青泥遇风而长,顶住上天,鲧因而为尧处死;防风造就了山和地之后,这里被尧封为防风国。在禹访防风的传说中,先是有

---

[1] 此材料参见姚宝瑄《防风神话复原》,《民间文学论坛》,1992年第4期。

防风在天地崩陷时将自己的八十一个兄弟藏起,他造山造湖的情节;后有大禹出世,防风将大禹捧到伏羲面前,得到伏羲画卦指教,防风率八十一兄弟跟随大禹去治水。这里的防风神话还有一个值得注意的情节,即禹诛杀防风之后,防风的头颈中冒出了不尽的洪水。与孔子所答吴国使者的话语不同,防风是百越民族心目中的圣人,是创世的英雄神,这些内容应该是很合理的,至今仍在当地广泛流传。这使我们想起《神异经·东南荒经》中关于朴父的记述:"东南隅大荒之中有朴父焉,夫妇并高千里,腹围自辅。天初立时,使其夫妻导开百川,懒不用意。谪之并立东南,男露其势,女露其牝;不饮不食,不畏寒暑,唯饮天露……古者初立,此人开导河,河或深或浅,或隘或塞,故禹更治,使其水不壅;天责其夫妻倚而立之。"这里的朴父就有着防风的身影。防风神话中有两个系统,一个是禹诛杀防风以示严明,威震群神,一个是防风作为东南巨人或巨人族首领,在与大禹集团的斗争中失利。这两个系统的流传表明中国神话嬗变的普遍性规律:主流文化的功能在于对秩序的维护,就极力述说、宣扬大禹的贤能、宽厚、正直;而非主流文化特别是民间文化的功能是多元的,更注重于情感的自然宣泄,因而也就更真实。在朴父身上的表现更多地倾向于后一个系统,既讴歌了大禹"使其水不壅",又保存了防风巨人型神话的独立意义[1]。

在以治水为表层次的话语述说方式中,大禹战胜了诸多神怪,杀伐共工、无支祁和巨人防风,事实上都包含着部落战争,只不过是最终大禹集团取得了全面的胜利,神话传说所述说的内容就成了大禹治水无比辉煌的功勋。

大禹神话的第二个内容是与涂山氏之女的结合。

大禹神话中涂山氏的出现,其意义更为特殊。治水固然是大禹神话的主体性内容,而以婚姻为外表的神话内涵即氏族联姻所表现出的神性集团

---

[1] 另见《述异记》载:"今南中有姓防风氏,即其后也,皆长大。越俗祭防风之神,奏防风古乐,截竹长三尺,吹之如嗥,三人披发而舞。"

的融合,同样值得重视。也就是说,在涂山氏的背后,鲧禹集团之外尤其是以狐(九尾狐)为图腾内容的部族对治水事业的融入。与其他神话时代相比,大禹神话中的情爱主体,其意义更为复杂。黄帝与嫘祖的联姻、舜与尧之二女(娥皇、女英)的联姻,在叙述方式上都较为平淡,即使是娥皇、女英沉溺湘江、泪染斑竹,也都是对神性光辉的赞颂、铺垫,而涂山氏就不同了,其中包含的除了部族间的聚合,还寓意着它的解体,隐喻着战争或其他因素在神话中的具体作用,同时,狐图腾的显示在神话中具有更丰富的文化内涵。《孟子·滕文公》:"禹八年于外,三过其门而不入。"《尸子》:"禹于是疏河决江,十年未阚其家。"《史记·河渠书》:"禹抑洪水十三年,过家不入门。"八年、十年、十三年,在神话中都蕴含着惊天动地的治水壮举和艰辛,对家的割舍显示出大禹非凡的品格。禹和涂山氏之女的结合应该有许多美丽而广阔的空间,在神话中却被其他内容隐没。这首先是《吴越春秋·越王无余外传》中所述的:"禹三十未娶,恐时之暮,失其制度,乃辞云:吾娶也,必有应矣。乃有白狐九尾,造于禹。"《吕氏春秋·季夏纪·音初》:"禹行功,见涂山之女。禹未之遇,而巡省南土。涂山氏之女乃令其妾候禹于涂山之阳。女乃作歌。歌曰:候人兮猗!实始作为南音。"《楚辞·天问》对此大加感慨道:

禹之力献功,
降省下土四方;
焉得彼涂山女(兮),
而通之于台桑?

《吴越春秋·越王无余外传》中提到"禹因娶涂山,谓之女娇。取辛、壬、癸、甲,禹行。十月,女娇生子启。启生不见父,昼夕呱呱啼泣",《水经注·涑水》中提到"禹娶涂山氏女,思恋本国,筑台以望之",洪兴祖在注《天问》时引《吕氏春秋》中提到"禹娶涂山氏女,不以私害公。自辛至甲四日,复往治水。故江淮之俗,以辛、壬、癸、甲为嫁娶日也"等,并没有述说情爱悲剧的内容。颜师古注《汉书·武帝纪》引古本《淮南子》时详细述说了大禹神话的情爱悲剧:"禹治鸿水,通轩辕山,化为熊。谓涂山氏曰:欲饷,闻鼓声乃来。禹跳石,误中鼓。涂山氏往,见禹方作熊,惭而去。至嵩高山下,化为石,方生启。禹曰:归我子!石破北方而生启。"洪兴祖在《楚辞补注》中所引古本《淮南子》与此同。《绎史》卷十二所引《随巢子》略有不同:"禹娶涂山,治鸿水,通轩辕山,化为鶊。涂山氏见之,惭而去,至嵩高山下化为石。禹曰:归我子!石破北方而生启。"关键之处在涂山氏之"惭"。若以人兽之别来理解涂山氏的心理脆弱,离神话的原意无疑会相去甚远;若把"惭"的内容置于熊图腾与狐图腾之间的联系或神话性格上的冲突,那么,许多问题就较易解决。"石破北方而启生"的内容,使我想起《山海经·大荒西经》中提到的"有神十人名曰女娲之肠",从石生到尸生,"惭"的意义显而易见并非今天的惭愧之意。《说文》中说"娲,古之神圣女,化万物者也",与在《太平御览》卷一三五所引《帝王世纪》中的一段相合:"禹始纳涂山氏女,曰女娲,合婚于台桑,有白狐九尾之瑞,至是为攸女。"台桑之合,就是桑林之会,就是上巳节高禖崇拜的"盛会"。由此,大禹集团与涂山氏集团之间融合、渗透、聚合、分离、摩擦等一系列交往内容,应该说,这才是大禹与涂山氏神话的真正内涵。九尾之狐的神话原貌在这里若隐若现,更多地被治水传说所掩盖,而透过其字里行间,分明能感受到大禹与涂山氏之女载歌载舞,欢庆启的诞生这壮美、热烈的情景。如《吴越春秋·越王无余外传》所云:"绥绥白狐,九尾庞庞。我家嘉夷,来宾为王。成家成室,我造彼昌。天人之际,于兹则行。"依此可以推测,大禹时代,以熊(龙)为外妆的大禹与以九尾白狐为外妆的涂山氏之女,他们或许有过群婚,在桑林之会中尽情地狂欢,性与生殖的崇拜是他们狂欢的主题——而在神话的嬗变中,这种狂欢主题渐渐地被淡化、被世俗衍化。屈原在《天问》中这样问道:

第七章 历史从大禹时代开始吗

闵妃匹合,
厥身是继;
胡维嗜不同味,
而快朝饱?

其实,两情相悦,大禹与涂山氏之间并没有出现多么深的误会,只是这种诉说衷肠的场面被"归我子"的说法所掩盖,其中的涂山氏化成石也是原始人民特有的情结(另如各地的望夫石传说)。在原始人民看来,生命的野合是神圣而充满自由和欢乐的,化石是生命存在的另一种形式,在禹和涂山氏之女中间,应该有野合即桑林之会的内容。启母石是大禹与涂山氏之女桑林之会的见证,是他们情爱的纪念碑。这并不是情爱的悲剧,而应该是野性狂欢的神圣赞歌,只是无情的岁月给这个传说蒙上了太多的尘垢。应该注意到,涂山氏"候人兮猗"的歌声一直在世间回响着。如,《华阳国志·巴志》中载:"江州县郡治涂山,有禹王祠及涂后祠。"《列女传》说:"涂山氏独明教训而致其化焉。及启长,化其德而从其教,卒致令名。"关于涂山的位置,有多种说法,《苏氏演义》说:"今涂山有四:一者会稽;二者渝州,即巴南旧江州是也,亦置禹庙于其间;三者濠州,亦置禹庙……《左传》注云涂山在寿春东北,即此是也,其山有鲧、禹、启三庙……四者,《文字音义》云,涂山,古之国名,夏禹娶之,今宣州当涂县是也。"并不能因为至今在河南省登封嵩山还有启母石,就否认其他地方有涂山氏之裔之迹。天下处处有泰山(即东岳庙),和这道理是一样的。在《左传·哀公七年》中提到"禹会诸侯于涂山,执玉帛者万国";在《竹书纪年》中提到"禹会诸侯于涂山,杀防风氏";《博物志·外国》中提到"(禹)至南海,经防风(之国)。防风之神二臣,以涂山之戮,见禹使,怒而射之";《爱日斋丛钞》中提到"禹会涂山之夕,大风雷震,有甲步卒千余人,其不被甲者以红绡帕抹其额,自此遂为军容之服"。这里涂山既是山,又是人,是涂山氏神性集团与大禹神性集团相合作的见证。今天各地所流传的大禹与涂山氏的爱情悲剧故事,是对禹神话桑林之会意义的消解。当然,这也是原始神话在嬗变中所表现的普遍现象。

大禹治水成为中华民族历史上的一座丰碑,其铸鼎、征伐和治世的业绩同样灿烂辉煌,成为民族千古传颂的佳话。

鼎是权力的标志与象征。神权即王权。或者说,鼎的专有,与后来的玉玺一样,包含着对天地鬼神的告慰与誓言,也是对过去的岁月的纪念。传说伏羲和黄帝都曾经铸过鼎,大禹铸鼎有着更特殊的意义。《史记·封禅书》说:"禹收九牧之金,铸九鼎。"《左传·宣公三年》载:"昔夏之方有德也,远方图物,贡金九牧,铸鼎象物,百物而为之备,使民知神奸。故民入川泽山林,不逢不若,魑魅魍魉,莫能逢之。用能协于上下,以承天休。"《论衡·乱龙》:"禹铸金鼎象百物,以入山林,亦辟凶殃。"《拾遗记》说:"禹铸九鼎,五者以应阳法,四者以象阴数。使工师以雌金为阴鼎,以雄金为阳鼎。鼎中常满,以占气象之休否。"《帝王世纪》中曾提到"禹铸鼎于荆山",其意都在于对治水事业的总结。诚如范文澜所说:"汉族一向有禹治水的神话,正反映着统一治河的共同要求,这种要求可以成为促进国家统一的因素。"[1] 禹铸鼎的意义正在于顺应了这一历史潮流。不仅如此,《天问》中曾提到"禹播降",《述异记》中提到"夏禹时,天雨金三日""天雨稻",《越绝书·外传纪·越地传》中说:"禹始也,忧民救水,到大越,上茅山,大会计,爵有德,封有功,更名茅山曰会稽。"禹还曾经"命皋陶作为夏籥九成,以昭其功"(《吕氏春秋·仲夏纪·古乐篇》)。封爵也好,作"夏籥九成"也好,都是为了巩固自己的政权。《十洲记》载:"禹经诸五岳,使工刻石,识其里数高下。其字科斗书。""不但刻剧五岳,诸名山亦然,刻山之独高处尔。"铸鼎与刻山的意义相同。当然,铸鼎者也有失败者,如《墨子·耕柱》所载:"昔者夏后开使蜚廉折金于山川,而陶铸之于昆吾。九鼎既成,迁于三国。"只有具有

---

[1] 范文澜:《中国通史简编·第一编》,人民出版社1964年版,第51页。

功德者才有资格铸鼎,铸鼎成为神话中权力与品德并举的创造活动。《太平御览》卷七五六所引的《晋中兴书》说:"神鼎者,神器也,能轻能重,能息能行,不灼而沸,不汲自盈,氤氲之气自然而生也。(其)乱则藏于深山,文明应运而至;故禹铸鼎以拟之。"

征伐三苗在大禹神话中具有重要位置。三苗与共工、相柳、无支祁和防风氏等神性角色不同,它是大禹在治水事业完成之后所出现的"乱神"。尧和舜都曾经征伐过三苗。如《吕氏春秋·恃君览·召类》载:"尧战于丹水之浦,以服南蛮。""舜却苗民,更易其俗。"《尚书·尧典》和《淮南子·修务训》都提到尧和舜"窜三苗于三危"。三苗应是我国南方一个古老的民族或部落,它曾经在西北地区居住。如《后汉书·西羌传》中提到"西羌之本出自三苗";《山海经·海外南经》说:"三苗国在赤水东,其为人相随。一曰三毛国。"《神异经·西荒经》载:"有人面目手足皆人形,而胳下有翼,不能飞。为人饕餮,淫逸无理,名曰苗民,《春秋》所谓三苗。"其形状颇为怪异,"髟巫首"(《淮南子·齐俗洲》),"长齿,上下相冒"(《路史·后纪六》罗泌、罗萍注引《述异记》)。《史记·吴起列传》载:"昔三苗氏,左洞庭,右彭蠡。"《史记·五帝本纪》载:"三苗在江、淮、荆州,数为乱。"《太平御览》卷二引《金匮》:"三苗之时,三月不见日。"《战国策·魏策》:"三苗之居,左有彭蠡之波,右有洞庭之水,文山在其南,而衡山在其北。"其"恃此险也,为政不善"。《尚书·吕刑》说:"惟时苗民匪察于狱之丽,罔择吉人,观于五刑之中。惟时庶威夺货,断制五刑以乱无辜。"显然,这是在强词夺理,为大禹奉天命行道制造前提。而事实上,尧和舜都曾为了统一事业征伐过三苗,但都遭到了其顽强抵抗。如《淮南子·修务训》中提到"舜南征有苗"而"道死苍梧";《韩非子·五蠹》《吕氏春秋·离俗览·上德》和《韩诗外传》等处,也都提到"禹将伐之"而"舜曰不可"。征伐三苗是一项艰难的事业,禹对它的征伐是完成国家统一的重要举措。《墨子·兼爱下》说:"禹之征有苗也,非以求以重富贵、干福禄、乐耳目也,以求兴天下之利,除天下之害。"《墨子·非攻下》载:"日妖宵出,雨血三朝,龙生于庙,犬哭乎市;夏冰,地坼及泉,五谷变化,民乃大震。高阳乃命(禹于)玄宫。禹亲把天之瑞令,以征有苗。雷电诱祗,有神人面兽身,若谨以持,搢矢有苗之将。苗师大乱,后乃遂几。禹既已克有三苗焉,历为山川,别物上下,飨制四极,而神民不违,天下乃静。"显然,其争斗是相当残酷的。照《尚书·吕刑》所言,就是"上帝不蠲,降咎于苗。苗民无辞于罚,乃绝厥世"。

大禹对三苗的征伐,是依靠着众多部族的配合完成的。《路史·后纪六》罗泌、罗萍注引《随巢子》曰:"有神人面鸟身,降而辅之:司禄益食而民不饥,司金益富而国家实,司命益年而民不夭。四方归禹,乃克有苗,而神人不违。"《淮南子·主术训》:"故禹执干戚,舞于两阶之间,而三苗服。"当然,其中也并非完全得到其他部族的帮助。如《战国策·魏策》:"禹攻三苗,而东夷之民不赴。"禹不仅为了统一大业征伐了三苗,而且征伐了其他部族。如《庄子·人间世》说:"禹攻有扈,国为虚厉。"《说苑·政理》曰:"昔禹与有扈氏战,三阵而不服。禹于是修教一年,而有扈氏请服。"《淮南子·齐俗训》中提到"昔有扈氏为义而亡"。高诱对此作注曰:"有扈,夏启之庶兄也;以尧、舜举贤,禹独与子,故伐启。启亡之。"有扈氏居于西北,三苗居于南方,大禹多方出击,可见其建立统一的夏王朝有多么艰难。其他如《吕氏春秋·恃君览·召类》中所举的"禹攻曹、魏、屈骜、有扈,以行其教",曹、魏当是东夷地区的部落,这表明夏王朝建立后天下并不太平,部族间的争斗一直没有停止,禹伐三苗只是征伐他乡的一个典型。

大禹不仅是一位治水英雄,而且是一位邦国领袖,他更是一位宗教神,统摄着人神两个世界,时刻秉持着天帝的使命去征伐异类。

大禹是一位治世的仁君,从生到死都是世间的楷模,备受后人称赞。无疑,这里附会了许多人文传说,但它同样不乏民间百姓的希望和期待。首先是大禹在行动上严格要求自己,如《尚书·大禹谟》:"克勤于邦,克俭于家,不自满假。"《战国策·魏策》:"帝女令仪狄作酒而美,进之禹。禹饮而甘之;遂疏仪狄,绝旨酒,曰,后世必有以酒亡其国者。"《新语·术事》:"禹捐珠玉于五湖之渊,将以杜淫邪之欲,绝琦玮之情。"大禹克勤克俭,而且凡事有度,是环境保护的模范。如《逸周书》所载:"禹之禁,春三月,山林不登斧,以成草木之长;夏三月,川泽不入网罟,以成鱼鳖之长;且以并农力,执成男女之功。"又如在《吴越春秋·越王无余外传》中,禹"纳言听谏,安民治室,居靡山,伐木为邑,画作印,横木为门,调权衡,平斗斛,造井示民,以为法度"。大禹治世的重要内容在于求贤用能。如《孟子·公孙丑上》:"禹闻善言则拜。"《太平御览》卷八二引《鬻子》:"禹之治天下也,以五声听,门悬鼓、钟、铎、磬,而置鼗于簨虡,曰,教寡人以道者击鼓,教寡人以义者击钟,教寡人以事者振铎,语寡人以忧者击磬,语寡人以狱讼者挥鼗。此之谓五声。是以禹尝据一馈而七起,日中不暇食。于是,四海之士皆至。"《汉书·晁错传》:"昔者大禹勤求贤士,施及方外,四极之内,舟车所至,人迹所及,靡不闻命,以辅其不逮;近者献其明,远者通厥聪,比善戮力,以翼天子。是以大禹能亡失德,夏以长楙。"《墨子·节葬下》:"禹东教乎九夷,道死,葬会稽之山,衣衾三领,桐棺三寸,葛以缄之,绞之不合,通之不坎;土地之深,下毋及泉,上毋通臭。既葬,收余壤其上,垄若参耕之亩,则止矣。"总之,大禹是道德的化身,在他身上集中了所有的美德,堪称原始神话中不落的太阳。

第二节　普天之下,莫非禹功

中国历史文化从夏商周断代工程开始,解开了许多文化之谜。中国民间文艺的历史也进入一个新阶段。一方面,夏商周断代工程取得重要成就,另一方面,多少年来,关于大禹治水的中国民间文艺田野作业取得丰硕成果。

与文献记述形成鲜明对比,中国民间文艺的口头讲述形成文化新篇章。一方面,文献描述:

颛顼生鲧,鲧生高密,是为禹。

鲧娶有莘氏女,谓之女志,是生高密。云:高密,禹所封国。

禹母修已,吞神珠如薏苡,胸拆生禹。

(《世本·帝系》)

鲧娶于有莘氏之女,名曰女嬉。年壮未孳,嬉于砥山得薏苡而吞之,意若为人所感,因而妊孕,剖胁而产高密。

(《吴越春秋》)

夏后氏禘黄帝而祖颛顼,郊鲧而宗禹。

(《国语·鲁语上》)

尧命夏鲧治水,九载无绩。鲧自沉于羽渊,化为玄鱼。

(《拾遗记》卷二)

禹伤父功不成,循江溯河,尽济甄淮,乃劳身焦思以行七年,闻乐不听,过门不入,冠挂不顾,履遗不蹑。功未及成,愁然沉思。

(《吴越春秋》)

夏后所居曰嵩山,夏都阳城,即嵩山所在,古无"嵩"山,但以崇字为之,故《国语》称鲧为崇伯鲧。《周书》称禹为崇禹。

(《神权时代居山说》)

洪水滔天,鲧窃帝之息壤,以堙洪水,不待帝命。帝令祝融杀鲧于羽郊,鲧腹生禹。帝乃命禹卒布土以定九州。

(《山海经·海内经》)

禹平水土,主名山川。

(《尚书·吕刑》)

禹敷土随山刊木,奠高山大川。

(《尚书·禹贡》)

禹乃以息土填洪水,以为名山。

(《淮南子·地形训》)

第七章　历史从大禹时代开始吗

《夏书》曰:"禹抑洪水十三年,过家不入门。陆行载车,水行载舟,泥行蹈毳,山行即桥,以别九州。随山浚川,任土作贡。通九道,陂九泽,度九山,然河灾衍溢,害中国也尤甚,唯是为务。故道河自积石,历龙门,南到华阴,东下砥柱,及孟津、雒汭,至于大邳。于是,禹以为河所从来者高,水湍悍,难以行平地,数为败,乃厮二渠,以引其河,北载之高地,过降水至于大陆。播为九河,同为逆河,入于渤海。九川既疏,九泽既洒,诸夏艾安,功施于三代。"

(《史记·河渠书》)

舜乃使禹疏三江五湖,辟伊阙,导廛涧,平通沟陆,流注东海。鸿水漏,九州干,万民皆宁其性。

(《淮南子·本经训》)

另一方面,民间社会描述为:

崇伯点化

大禹治水首先从西北高原起,疏导洪水向东南流,正走哩,龙关山挡住了去路。造成洪水倒流,连孟门山顶都淹没了。大禹心急火燎,领导治水大军昼夜开凿龙关山。到最后只需用一斧子,龙门口就劈开的时候,大禹举起斧子就是往下劈哩,抬头一看,日头已经压山。心想,等到明天再干吧。劳动一天,太累了,坐下来歇歇。一坐下来就昏然入睡,梦中见来了个白胡子老头儿,靠大禹身边坐下。

大禹问道:"大爷,您来这里干啥?"

白胡子老头儿回答说:"来看俺儿子哩。"

"您儿子在这干啥?"

"在这里治水。"

"他叫啥名字?"

"叫虬龙。"白胡子老头儿反问道,"你认识他吗?"

"不认识。"大禹摇摇头说。

"是啊!在这里治水的人这么多,你不会完全都认识。"

大禹又问道:"您家住在啥地方?"

白胡子老头儿笑眯眯地说:"哪里山高,哪里就是俺家。"

大禹没有理解白胡子老头儿话的意思,又问道:"您来见到儿子没有?"

"我是见到儿子了!"老头儿很伤感地说,"他娘在家里更想念他。不知你们啥时候才把洪水治下去,让他回家。"

大禹轻松地说:"快啦!明天一早,只用我一斧子劈下去,龙门口一开,洪水一退,就可以叫他回家。"

白胡子老头儿一听明天一早就打开龙门口,不仅没有高兴,反而大惊失色地说:"哎呀!你明天一早就把龙门口打开,下游还没有河道,又没有堤坝,洪水下去没有阻挡到处泛滥,那还得了。当年崇伯鲧就是吃了这个亏的!"

大禹本来心情是轻松的,经白胡子老头儿一指点,心里又紧张起来,惊觉问题严重,心里说:"哎呀!要不是这老头儿指点,我又要犯俺爹曾经犯过的错误啊!真得感谢这个老头儿呢!"扭脸,一看,不知道老头儿啥时已经走了。他前思后想拿不出主意。现在不开龙门口,上游在洪水里泡着;现在把龙门打开,下游又会被洪水冲毁,等把下游的河挖开,再把河南岸的堤坝筑起来,那要到何年何月!正愁着没办法哩,发现白胡子老头儿坐的地方,有个小黄布袋,拿起来一看,里边装着半袋五色杂土,布袋上还写着四行字:"应龙画线,黄龙负土,金龙定水,虬龙造山。"

落款是:玄鱼。

大禹醒来,翻来覆去,解不开这四句话的意思,随即叫来伯益、颍龙、童律、庚辰等人,把梦中的事讲了一遍。大家都围着黄布袋猜想起来。

庚辰说:"舅舅,你没有问问老头儿是哪里的人?"

"问啦。"大禹说,"他说哪里山高,哪里就是他家。"

童律不假思索地说:"世界上到处都有高山,难道到处都是他家?"

"不。"伯益是个细心人,说,"人家说的是山高,不是高山!"

大家在议论,大禹在思索。他说道:"对呀!山高两个字合写是个'嵩'字,分开写是山高。老头儿是说他家在嵩山。"

庚辰又问:"老头儿姓啥叫啥,来这里干啥呢?"

大禹说:"老头儿叫啥我没有问,但他说他是来看在这治水的儿子哩!"

"他儿子叫啥?"庚辰问。"叫虬龙。"大禹说。"咱们的家就住在嵩山,他跟咱们是同乡,现在又跟我们一起在这里治水,怎么没听过有虬龙这个人?"庚辰争辩说。

大家一时弄不清白胡子老头儿和他儿子虬龙究竟是谁,当然黄土布袋上提到的应龙、黄龙、金龙和玄鱼这几个人也没法知道是谁。最后,大家把注意力集中在四行字的落款上。

童律说:"黄土布袋是老头儿留下的,不用说布袋上面的字是老头儿写的,当然,最后落款就是老头儿的名字了。"

庚辰摇摇头说:"嵩山一带根本没有听说有玄鱼这个人。"这时候,一向沉默不语的伯益说话了。

"玄鱼二字合写是个'鲧'字。依我看好像是老崇伯死后成神来点化咱呢!"

"哪有死了的人晴天白日来显魂的!"大禹是个孝子,听到伯益提起他父亲老崇伯就伤心地掉下泪来。

伯益坚持说:"老崇伯治水兢兢业业,奋斗了一生,他老人家虽死,精神还在啊!老头儿当着你的面,说他是嵩山人,而且在黄土布袋上留名'玄鱼',这不是老崇伯又是哪个呢?"

"你说老头儿是老崇伯,那么他的儿子虬龙是哪个?"童律说,"临走留下一布袋黄土又是干什么?"

"虬龙当然就是夏伯大人了。"伯益说道,"老崇伯在世时,用的是神土堵挡洪水。现在他又把一生没有用完的神土送给儿子,叫他治水哩!"

经过伯益的解释,大家觉得确实是老崇伯神灵来指点后代治水呢,但是大家对"应龙画线,黄龙负土,金龙定水,虬龙造山"这四句话仍然不解。

晚上,回到住地,人们都已入睡,唯有大禹思前想后久久不能入睡。直到更深夜静他刚刚入睡,梦中看见一个人头龙身的金龙老神从空中飘然而下,一见大禹,就从怀中掏出了玉皇大帝的圣旨说:"你们父子治水的决心感动了上神,玉帝传下圣旨,命我和黄龙来助。今日夜间,由应(颖)龙在前画河道,黄龙背负'神土'随后紧跟,你自己两手撒土筑造南北邙山,直把洪水送入东海。"

梦中的大禹担忧地说:"龙门一开,洪水流速甚急,前头造山工程进行得慢怎么办?"

金龙老神说:"你们只管在前遵旨而行,后头有我定水缓缓而下。"

说完,金龙老神不见了。只见有四条龙各就各位,各尽其力,前面是应(颖)龙拖着长长尾巴,划出了弯弯曲曲的河道,紧跟着是黄龙驮土在中间,这时大禹只觉得浑身发热,变成了一条很高的虬龙,两手抓起黄土筑造邙山,管住了洪水顺着河道走,最后看见一条金色老龙手拿定水针,走走停停,定住洪水缓缓而下,到东方发亮的时候,黄龙背上的黄土已经撒完,没法再往前进。这个地方,就是现在的邙山东头。金龙老神说:"鸡叫之时,就是我回天宫交旨之时。"说罢拱手向大禹道别而去。

天色大亮,大禹站在邙山东头,眼望东方,长叹一声,说:"嗨!差一大截没有把洪水送入东海,以后洪水在这里,还不知道怎样危害后代子孙呢!"

讲述人:崔文秀

采录整理:韩有治

流传地区:豫西一带

记录时间:1983年2月

第七章　历史从大禹时代开始吗

启母石

在登封市嵩山脚下矗立着一块巨大的石头，像一尊雕像站立在那儿，相传这就是"启母石"。在离"启母石"不远的地方，还立着两根由大块方石头垒成的门柱，上边刻着打猎、农耕的浮雕画。这就是当时大禹的家门口，后人叫"启母阙"。

那时候，洪水横流，为了使人民安居乐业，大禹治水跑遍了九州四野。在嵩山南面，西自龙门，东到禹县，有一条大河叫颍河，颍河一泛滥，两岸就变成一片汪洋，什么庄稼也不能生长。大禹为了把洪水排出去，就在登封西北的䓁岭口（也叫轘辕关）一带凿山治水。他打算把嵩山南面的洪水引进北面的洛河，然后再让它流到黄河里去。

这一天，大禹来到䓁岭口附近一看，这里山势险峻，凿通䓁岭口工程很大。他为了很快开通河道，在凿山时，就变成一只巨大的黑熊。大禹每天忙着开山凿石，没工夫回家，也顾不上吃饭，就叫妻子涂山氏给他送饭。他为了不让妻子知道自己变熊的事儿，就跟妻子约定：只要她听见敲鼓的声音，就去给他送饭。涂山氏就按照他的嘱咐办事。每天，当她听到咚咚的鼓声时，就赶快撑着木筏子，把饭给大禹送到开山的工地上去。这样，夫妻两人虽说都很辛苦，但心里很快活。

有一天，大禹在山坡上行走的时候一不留心，脚下踩动的几块石头从山上滚下来，刚好掉在鼓面上，发出了"咚咚"的响声。大禹因为忙，走得急，也没在意，只管上山去了。涂山氏一听到鼓声，心里纳闷，今天丈夫为什么吃饭早了呢？大概是特别累，饿得也快了吧！于是，她就赶快把饭做好，急急忙忙撑着木筏子给大禹送饭去了。

谁知道，当她来到山坡前，左等右等，也不见大禹回来，就往山上爬去。她来到山上往下一看，只见有一头大黑熊，正在山下用力凿石推土，开挖河道。它伸出两条巨臂，用力朝山岩上一推，只听轰隆一声响，山石塌下了一大片，倒在水里，溅起几丈高的浪花。大黑熊这才直起腰来，看看新开出来的山口,乐得眉开眼笑。

涂山氏一见,大吃一惊,心想:自己的丈夫大禹,怎么是一只大黑熊呀?平时自己为什么没有发现呢?一时间,她不知道怎么办才好,就提起饭篮赶快往家跑。一路上,她又羞又急又气。当她快到家门口时,心里一阵难过,往那里一站,就变成了一块石头。再说大禹,晌午时来到大鼓跟前,敲起鼓来。可是,他敲敲,等等,等等,敲敲,好久也不见妻子送饭来。他想,一定是出了事,就赶紧往家走。

大禹回到家里,里里外外找不着妻子的影子,只见家门口的山坡上,多了一块巨大的岩石,旁边还放着饭篮子。大禹这才明白:原来妻子已经变成岩石了。这时,大禹后悔把自己变熊的事儿瞒着妻子。他又想:妻子已经怀孕很久了。这一来,咋办呢?我没有儿子,谁继续治水呢?想到这里,他就急匆匆地走到巨石前面,大声喊道:"孩子他娘啊!你就这样离开我了吗?你要把儿子交给我呀!"

突然,轰隆一声响,这块巨大的岩石裂开了,跳出了他的儿子。大禹急忙把儿子抱了起来。后来。这孩子长大了,大禹就给他起名字叫"启"。所以,那块巨石就叫"启母石"。

讲述人:宫熙

采录人:冯辉　胡汉卿

采录整理:冯辉

记录时间:1983年12月

文献记述:

又东十里,曰青要之山,实惟帝之密都。北望河曲,是多驾鸟。南望墠渚,禹父之所化,是多仆累、蒲卢。

(《山海经·中次三经》)

夏后氏生而母化为石,此事之异,闻者说见《世纪》。盖原禹母获月精石如薏苡吞之,而生禹也。《淮南子·修务》云:"禹生于石。"注谓:"修己感石坼胸而生。"故说者以为夏后生而母复为石。今登封东北十里有庙,庙有一石,号启母石。……启母历代崇祀。亦以为之启母。按:元封元年,(汉)武帝幸缑氏,制曰:"朕用事华山,至中岳见夏后启母石。"伏云:"启母化为石,启生其中。"地在嵩北,有少室姨神庙。登封北十二里,云启母之姨,而偃师西二十五里,复有启母小姨行庙。《淮南子》:"禹通轘辕,涂山欲饷,闻鼓乃来。禹跳石误中鼓,涂山忽至,见禹为熊,惭而去。至嵩山下,化为石,禹曰:'归我子!'石破北方而生启。"盖本乎此事,……

(《路史·余论九》)

启母庙南有石阙,亦称开母祠。

(《嵩高山记》)

涂山姚代姐育婴

中岳嵩山有太室、少室二山。这太室、少室的名字是从何说起呢?

相传唐尧时,登封市叫崇地,嵩山叫崇山。那时,普天下洪水泛滥,人们无法生存,纷纷逃往崇地。因为这里地势高,又有个酋长崇伯鲧带领大家治水,就留下了一大片土地,可供居住。因此鲧也有了名声。

鲧的名声传到唐尧耳朵里,他就派鲧专门去治水。鲧只知道堵,一连治水九年不成,便被唐尧杀了。

虞舜为君后,鲧的儿子大禹要求继承父亲的遗志去治水。舜看禹有决心有才能,就答应了。禹的朋友伯益,劝禹用疏浚的办法去治水,一连治了十三年,开出九条河道,终于治住了洪水。

大禹治水到涂山,人们看大禹三十多岁还没有娶媳妇,就把一个最好的姑娘涂山娇嫁给了他。婚后,禹把涂山娇带回崇地。涂山娇的妹妹涂山姚不愿离开姐姐,也一起到崇地安家。大禹把涂山娇安排在崇山脚下居住,把涂山姚安排在季山脚下居住,安排停当后就又治水去了。一次路过家门,同伴劝禹进家看看,禹却说:"治水要紧,不能因为自己耽误大事。"就这样,大禹一连三过家门口,都没进门看上一眼。后来,要开凿轘辕关,工地就在家门前,禹这才见到了涂山娇。涂山娇有次发现丈夫的化身是黑熊,一气变成了石头。大禹从石头中唤出了儿子启。可是抱着孩子怎么去开山呢?大禹无奈只好找涂山姚了。涂山姚见大禹为民治水的决心坚如铁石,十分爱慕,便继她姐姐嫁给了大禹。从此,她不仅代姐姐照料孩子,还代姐姐一天三顿为大禹准备饭菜。大禹就把涂山娇住的崇山叫"太室",把涂山姚住的季山叫"少室","太室山"与"少室山"也就从此得名了。

不久,轘辕关被凿通,治水的人又开到了龙门山,凿开了龙门口,撒干了汝阳江,露出了大片沃土。

人们为了纪念涂山娇、涂山姚姐妹,在太室山下建了太室殿和太室祠,在少室山下建了少室殿和少姨庙,还在启母石前建了启母殿和启母庙。

采录整理:甄秉浩

记录地点:河南登封

记录时间:1983年12月

文献记述:

禹娶涂山,治鸿水,通轘辕山化为熊。涂山氏见之,惭而去,至嵩高山下化为石。禹曰:"归我子!"石破北方而生启。

(《绎史》卷十二引《随巢子》)

禹行功,见涂山之女,禹未之遇,而巡省南土。涂山氏之女,乃令其妾候禹于涂山之阳。女乃作歌,歌曰:"候人兮猗!"实始作为南音,周公及召公取风焉。以为《周南》《召南》。

(《吕氏春秋·音初》)

> 伊水又出陆浑县之西南……历崖口山峡也,翼崖深高,壁立若阙,崖上有坞,伊水径其下,历峡北流,即古三涂山也。
>
> (《水经注·伊水》)

五指岭

中岳嵩山的北面还有一座山岭,远看山头上像是竖着一只巨大的巴掌,裸露着五个手指,因此人们称它"五指岭"。

传说大禹打开轘辕关后,要去开凿龙门口。动身时,涂山姚抱着启儿送出门外。大禹在涂山姚的怀中亲了亲启儿,说了声"五年后再见",就匆匆地走了。

五年过去了,小启会跑会跳会说话了,整天缠在姨娘身边吵着要爹,他哪里知道姨娘早把心都想碎了。

这天,姨娘分外高兴,她拍着启儿的小脑袋说:"启呀!你爹出门整整五年了,今天就该回来了!"话音还没落,只听得太室山北"轰隆"一声巨响,涂山姚把启儿抱将起来,说:"走,龙门口开了,接你爹去!"一边说着,一边就出了家门,朝东北方向走去。

涂山姚抱着启儿走哇走哇,爬上太室山,越过峻极峰,跨过白鹤谷,又攀上马头崖,站在最高峰上直朝北望。只听对面山上又是一声巨响,半个山头就滚倒在山谷之中。就在这山头倒下的地方,出现了一只大熊掌,高竖着五个指头。波涛汹涌的龙门水,通过被熊掌推开的大山向东直泄。涂山姚很想从山倒处看到丈夫,但是除了洪水之外,唯有那五个手指在竖着。涂山姚眼含热泪抱着启儿,面对着洪水坐了下来。

其实,这只大熊掌正是大禹的一只手掌。龙门口被凿开之后,大禹就驾着木筏随波东流察看水路。他到了这个地方,看到山头阻水,霎时心中火起,身子一抖又化为大熊,伸开巴掌一下子推掉了半个山头。他的手还没来得及收回,就瞧见涂山姚抱着启儿,正站在对面马头崖上。大禹心里一惊,生怕涂山姚看穿情由,再走涂山娇的老路。好在整个身子有山头阻挡,只有这只手被她看见,因此急忙恢复了原形,却把这只熊掌留在了山上。从此,这座山就被人们称为"五指岭"了。

涂山姚抱着启儿,正在马头崖上含泪北望,忽然看见洪水中一条木筏向南驶来,定睛一看正是大禹,便对启说:"爹回来了!"启儿喊了声"爹",张开双臂就迎着大禹跑去。大禹走上岸来,一把把启儿抱了起来,一家三口幸福地凝望着滚滚东流的大水,好半天大禹才笑着说:"好了好了,水泄了,家家都该团圆了,我们团圆的日子也快到了。"说罢,别了涂山姚和启儿,又匆匆地登上木筏,朝东北方向走了。

采录整理:甄秉浩

记录地点:河南省登封城关镇

记录时间:1983 年 12 月

启母还阳

轘辕关下,有个还阳镇。传说启的母亲涂山氏就是在这里还阳的。

禹治水十三年,平息了天下洪水,被推举为王,建都在阳城。这时候,四海升平,五谷丰登,百姓安居乐业。禹王高高兴兴地管理着国家大事。只有一件事常常使他伤心苦恼。啥事呢?他与涂山氏成亲以后,长年累月不在家,曾经三过家门,也没到屋里探望一下,夫妻没有安安生生地团聚过几天。特别是为打通轘辕关,他化作黑熊,害得涂山氏化为石头,一命归天。一想到这些,他觉得愧对了妻子,心里十分难受。

禹的儿子启呢?他懂事以后,听父亲讲,在他出生之前,母亲已化为石头死去。他知道了这些,经常跑到化为石头的母亲面前,千呼万唤,痛哭不止。哭够喊够了,一个人迷迷糊糊地漫山遍野去游荡。

一天,启又到他化为石头的母亲面前哭叫了一阵后,不知不觉来到了轘辕关下,往一座山神庙门口一躺,便睡着了。这时候,他蒙蒙眬眬地听到"启儿！启儿！"的喊声。启睁眼一看，面前站着个女子，长相、穿戴和他父亲对他讲的他母亲生前的模样没有差别。启很惊奇，忙站起来。那女子又说："启儿！我就是你的母亲。"

这是咋回事呢？中岳大帝知道治水有功的禹王思念贤妻，可怜的启儿思念母亲，他十分同情，便启奏玉皇大帝让涂山氏还阳，使其全家团聚。玉皇大帝准奏。于是，涂山氏从天而降。她见启儿睡在山神庙前，便把启从梦中唤醒。

启望着母亲半信半疑，不敢相认。这时禹王恰好赶到。因为启出门后，禹王不放心，便跟着找来了。禹看见涂山氏也大吃一惊。涂山氏对禹王说："中岳大帝为你们父子的思念之心感动了。他启奏玉帝，让我还阳和你们重新团聚！"禹王一听，热泪滚滚，忙叫启儿与他母亲相认。

涂山氏还阳的地方后来形成了镇子，就叫还阳镇。

采录整理：河南省偃师县采风组

记录地点：河南省偃师城关镇

记录时间：1983年12月

春风第一枝

很早很早以前，地上一片洪水。庄稼淹没了，房子塌了，老百姓只好聚在山顶上。天地间混混沌沌，连四季也分不清。

那时候的帝王叫舜，舜叫大臣鲧带领人们治水，治了几年，水越来越大。鲧死后，他的儿子禹又挑起了治水的重担。

禹率领人们查找水路的时候，在涂山遇到了一位姑娘。这姑娘给他们烧水做饭，帮他们指点水源。大禹很感激这个姑娘，这姑娘也很喜欢禹，两人就成亲了。禹因为忙治水，他们相聚了几天就分手了。临走时，姑娘把禹送了一程又一程。当来到一座山岭上时，禹就对她说："送到什么时候也得分别啊！我不治好水，是不会回头的。"姑娘两眼含泪看着禹说:"你走吧,我就站在这里,要一直看到你治洪水回到我的身边。"大禹道别,他把束腰的荆藤解下来,递给姑娘。姑娘抚摸着那条荆藤腰带,说:"去吧,我就站在这里等,一直等到荆藤开花,洪水停流,人们安居乐业时,我们再团聚。"

大禹离别姑娘就带领人们踏遍九州,开挖河道。几年以后,江河疏通,洪水归海,庄稼出土,杨柳发芽了,人民终于安居。大禹高高兴兴连夜赶回来找心爱的姑娘。他远远看见姑娘手中举着那束荆藤,站立在那高山上等他,可是,当他到跟前一看,原来那姑娘早已变成石像了。

原来,自大禹走后,姑娘就每天立在这山岭上瞭望。不管刮风下雨,天寒地冻,从来没走开。后来,草锥子穿透了她的双脚,草籽儿在她身上发了芽,生了根,她还是手举荆藤瞭望,天长日久,姑娘就变成了一座石像。她的手和荆藤长到了一起,她的血浸着荆藤。不知过了多久,荆藤竟然变青、变嫩,发出了新的枝条。禹上前唤着心爱的姑娘,泪水落在石像上。霎时间,那荆藤竟开出了一朵朵金黄的小花儿。

荆藤开花了,洪水消除了。大禹为了纪念姑娘,就给这荆藤花儿起名叫迎春花。

采录整理:姜书华

记录地点:河南省社旗城关镇

记录时间:1983年4月

牛头山

相传,大禹治水后期,洪水虽落,但颍河源头由于地势低洼,积水未退,仍是一片汪洋。在这片汪洋中,盘踞着一条蛟龙。这条蛟龙根据气候变化迁居卧地。炎夏时居于阴凉的上游,春秋天居于中间,严冬时迁居下游(即现在的"上龙窝""中龙窝""下龙窝"三个村庄的由来)。蛟龙经常兴风作浪,为非作歹,为给人民除害,玉皇大帝派驸马牛王下凡,制伏这

第七章　历史从大禹时代开始吗

条蛟龙。

蛟龙红头青躯，嘴吐獠牙，爪如利剑，鳞似快刀。牛王下凡见了蛟龙，施一礼道："贵体可好？"蛟龙傲慢地说："你是何物！扰我龙宫？"牛王便把玉帝的旨意说了一遍，劝它不要为非作歹。蛟龙听后勃然大怒："你假传圣旨，看我宰你！"他不由分说，抢起大刀向牛王头上砍去。牛王急忙用双铜架住了大刀，仍和颜悦色地说："劝你不要任性，不然后悔莫及。""你少说废话，看刀。"蛟龙说着就抢刀向牛王砍来，牛王一连让过蛟龙几刀，看它无悔悟之意，便打斗起来。一直战了九九八十一个回合，蛟龙体力渐渐不支，刀法一乱，挨了牛王一铜。蛟龙看战牛王不过，便施个妖法腾飞上空，霎时满天大雾，蛟龙趁此潜入水中。牛王无奈，只好坐在海边石上纳闷。

这时，太白金星飘然而来。牛王见了十分高兴，把与蛟龙鏖战的情况向太白金星说了一遍。太白金星从腰中解下一根玉带，又拿出一张金符赐予牛王，交代几句，腾空而去。

第二天，正当午时，牛王来到海边，把玉带往海上一抛，霎时玉带变成了一道土岭，把大水分开。没有一个时辰，海水便分东西两处流走。后来人们便把这道岭叫"分水岭"，就是现在的"分水庄"村。

俗话说：放开水来捉王八。海水一干，蛟龙便无处藏身了。牛王又诚恳地对蛟龙说："你现在改邪归正还不晚，我可以在玉帝面前保你无事。"蛟龙哪能听进耳朵里，又舞刀杀来。双方又战了七天七夜，只杀得太阳无光，星斗稀落……蛟龙看战牛王不过，便张开血盆大口，喷出一股毒气。牛王被熏得浑身发紫，疼痛难忍。在万般无奈的情况下，牛王才拿出金符在蛟龙眼前一抖，蛟龙只觉得头晕眼花，四肢无力，瘫软在地上。片刻，一股白气冲天而起，蛟龙无影无踪了，地上留下一条一尺余长的毒蛇。牛王将小毒蛇提起，抢了七七四十九圈，抛在山脚下的一口枯井里。然后把那张金符贴在井口的石头上，顿时汩汩泉水从井侧冒出，人们称这个池子为"龙泉"。后来，在池子不远处盖了处院落，名曰"龙泉寺"。妖龙被除以后，牛王因剧毒攻心，一散劲瘫死在那里。现在龙泉寺西面的那座山头，即牛头山。

一日，玉皇大帝登上灵霄宝殿，召集文臣武将议事。玉皇问道："朕派驸马下凡为民除害，未知如何？"太白金星上前奏道："玉帝，前些时臣下凡见到了牛王，我赐他玉带、金符，助他除怪，可不知后来如何。玉帝可派人下去看个究竟。"玉皇大帝看了太白金星一眼，问道："哪家卿愿去？"太白金星说："自从驸马下凡以后，大公主整日愁眉不展，前天要随我下凡去看望驸马。现在何不派大公主前去？"太白金星见玉皇大帝不语，又道："如果圣上不放心，让两位公主陪同前去如何？"玉皇大帝思考良久，道："就依卿之言。"大公主领了旨意，随同两个妹妹驾起祥云，下凡来了。

她们落下云头，来到此地，一看牛王战死在那里，悲痛万分，大公主更是哭得死去活来。

此后玉皇大帝连下几道圣旨，宣她们上天，大公主誓死不再回去，要永守牛王尸体。二公主、三公主无奈，只得陪着姐姐整日守在牛王身边。玉皇大帝知道三个女儿不再升天，封三个公主为"三仙圣女"。人们为了纪念她们，在牛头山下盖了一座庙宇，称为"三仙庙"。这个山，玉皇大帝命名为"牛头山"。

讲述人：王庚申

采录整理：王电杰

记录地点：河南省登封城关镇

记录时间：1983年3月

石门沟

在嵩山南麓，启母石东面，有一条很大的山沟，叫"石门沟"。相传，涂山女变成石头，生下了启以后，夏禹仍住在登封阳城，白天外出治水，夜晚回家照管孩子。启自小聪明懂事，他知道父亲治水是为了拯救黎民百姓，所以父亲把他留在家里，他从不哭闹。他两岁会跑步喊爹，四岁会读书写字，六岁会爬山攀崖，七岁学会了开山治水的各种技术，每天跟着父亲走东闯西治理水患。

这年夏天，连降猛雨，山洪暴发，嵩山南麓的大部分洪水聚积在禹家东面的山洼里。因为洼前有座几丈高的石崖，挡住了洪水的去路，洪水泄不出去，便在这里泛滥成灾，黎民百姓个个叫苦连天。

夏禹整天忙着开凿轘辕关，每天早出晚归，顾不得左右观看，没想到自己住家附近还有邻居泡在水里。一天早上，启吃过早饭到东山去玩，发现了这一情况，就趁父亲在家吃饭的机会，偷偷拿了父亲的开山斧，直奔东山而来。这把开山斧重二百多斤，没有大力气是拿不动的。启虽然年龄小，但力大过人，拿起开山斧，只觉轻如鸿毛。他来到东坡，先在一块大石头上把斧刃磨了磨，并想试试斧刃是否锋利，于是就朝着路旁的一块大石头用力劈去，只听"忽啦"一声，大石头像豆腐块似的分成了两半，后人就把他劈开的石头叫作"试斧石"。启一见此情，心中高兴万分，自言自语地说："斧刃还怪快哩！"他就拿着开山斧直奔东山挡水的山崖而来。

夏禹吃完饭，不见了开山斧，四处寻找没有下落，心想一定是被儿子拿走了，就急忙出外寻找。半路上他发现启正拿着开山斧往东山上走，于是就大声问道："启儿你拿开山斧弄啥哩？"启理直气壮地答道："俺要继承父业，开山治水，搭救黎民百姓！"说完，他来到挡水的山崖前，举起开山大斧，用尽平生的力气朝着山崖猛劈下去，只听"轰隆"一声巨响，挡水的山崖被劈开一个像大门一样的缺口，山洼里的洪水从缺口处滚滚而下。从此，这里的水患消除了。当地的黎民百姓为了纪念启劈山治水的功绩，把他劈开的山崖缺口起名叫"石门"，把这条山沟起名叫"石门沟"。

采录人：耿炳伦

采录整理：张存义

记录地点：河南省登封城关镇

记录时间：1983年4月

禹都阳城

中岳嵩山南麓二十公里的阳城山下,颍河、五渡河与石淙河相交处河谷盆地的土岗上,有个古老的都城遗址,被称为"王城岗",也就是今日所说的阳城。

禹继承父业,治水十三年,周历了九州土地,天下万国。东方到过扶桑,那是太阳升起的地方;西方到过三危山,那是西王母三青鸟居住的地方;南方到过交趾(越南),那里气候非常炎热;北方到过人正国、犬戎国、夸父国、积水山和积石山,那里是北极荒远的处所。他领着人们疏通了大河三百条,小河三千条,沟沟岔岔不计其数,使地上的洪水流入江河,江河的水归于大海,人民过上了安居乐业的日子。

那时尧已经去世,舜做了天帝,他赏赐给禹一块上方下圆的黑色宝贝玉石"元硅"作为奖励,并封他为"夏伯",还把帝位让给了他,为了安慰他失去涂山娇的寂寞,还赏赐给他一个叫"圣姑"的神女。可是这些他都不要,为了把帝位让给商均,他偷偷地逃到崇高山南的阳城山中隐藏起来。很多人打听到他隐居的地点,都自发地追随他来,天下诸侯也都离开商均而投奔禹。

禹没办法,只得在阳城山下即天子位,做了帝王,并建国都,国号夏后。据说一匹日行三万里的神马"飞菟",受了禹的德行感召,也来到禹的宫廷,甘愿做他的坐骑。之后,又有一匹会说话的叫"跌蹄"的神马,也自愿来做禹的坐骑。禹骑着神马到处安抚百姓,安排洪水退了之后的生产、生活,到处留下了神马的蹄印。

如今,阳城遗址还在,很多专家认为那就是当年的禹都阳城。

记录人:海涛

记录地点:河南省登封城关镇

记录时间:1983年4月

箕山的来历

箕山原叫簸箕山，因为山形像簸箕，简略地叫就是箕山。实际上更古的时候，还叫避启山，山名和簸箕山近音，叫习惯了，就叫簸箕山，或叫箕山。

叫避启山，说的就是伯益避启的事。

伯益是助禹治水的一个功臣。相传他是颛顼帝的曾孙，是玄鸟燕子的后代，叫大费，也叫伯益，或柏翳，东夷族嬴氏的祖先。因为他懂得很多鸟兽的性情和语言，善于畜牧和狩猎，在舜当天帝的时候，就任过掌管山泽的虞官。他后来帮助禹治理洪水，立下汗马功劳，很受禹的重用。禹做了天帝以后，便选他为继承人。人民也很拥护这个英雄。

禹把都城迁到阳翟（河南禹县），叫他坐镇国都，管理国事，自己去南方各地巡视去了。禹的儿子启虽然长大了，但没带他去，也留在北方。可是，他看到伯益代父执政就很不愿意，处处想找他的别扭。实际上因为大禹忙着整治洪水，没时间和机会教育启，启是由涂山氏之妹涂山姚带大，涂山姚把他娇惯得只会吃喝玩乐，什么道理也不懂，心中更没有老百姓。所以，禹不把帝位给他。

禹到南方去以后，走到过去曾大会群神的会稽山，积劳成疾，不幸逝世。消息传来，大家都非常悲痛。伯益也在悲痛之中，一方面派人去南方运尸，一方面派人到阳城启的家中慰问。

可是启呢，他表面装得悲痛，对伯益顺从，暗地里却招兵买马，发展自己的私人势力，瞅准阳翟国都空虚的机会，发兵对国都大肆进攻。

伯益为人忠厚，又在沉痛悼念禹的活动之中，看在是敬爱的禹帝的儿子份上，想回避一下，不战自退，把国都让给了启，自己带人避到箕山上去了。所以人们便叫这山为避启山。

谁知启更加嚣张，回头又向箕山进攻。伯益本来没带多少人马，现在又被启的大批军队攻击，虽提出让位，又说明利害关系，最后全力奋战，但寡不敌众，自己和军队将士全部战死在乱军之中。

启做了天帝，却还说是伯益让位的，并且又在每年的春秋两季都要杀猪宰羊祭祀伯益，这样，可真是"名正言顺"了，"夏传子，家天下"的封建王朝也就由此开始了。

当然，人们不敢明目张胆地叫这山为避启山，看它像簸箕，便叫它簸箕山，或叫箕山。

至于禹的尸首，当时由于路远，天气炎热，又有动乱，没有运回，便埋在了会稽山上。现在浙江绍兴的会稽山还有禹陵的遗迹。

采录人：海涛

记录地点：河南省登封城关镇

记录时间：1983年5月

箕山怀的传说

箕山背阴有一处低凹的地方，湿润背风，树木葱茏，靠土堰根挖窑居住的几户人家，长年累月以耕牧为生，人称这里为箕山怀。说是"怀"，也有另一层意思：传说夏朝第十四代国王孔甲到箕山打猎遇到风沙，为躲避风沙进入山怀，又从民妇怀里夺走了初生的娃娃入了宫廷。

孔甲是个只知吃喝玩乐、不理朝政的昏君。他喜欢打猎，整天带着一大帮宫廷随从和卫队，骑马持械到野外打猎，有时一出去就是十天半月。

这天，他带领随从来到被尧封为箕山公神许由家的箕山，耀武扬威地在山中乱窜。箕山公神许由便刮一阵狂风，一时间飞沙走石，天昏地暗。孔甲的队伍被刮得东躲西藏、四散奔逃。孔甲被刮下马来，摔了一个跟斗，被随从搀扶到山怀一家低矮的土窑洞里，暂避风沙。

这家山民只有夫妻两个，虽已四十来岁，因家贫很晚才成婚，妻子不久就怀了孩子。国王孔甲被搀扶进洞的时候，他们的男孩儿刚刚落地。

抱孩子的接生老妇一见国王到来，感到吃惊；看看国王只顾望着窑外的风沙惊魂未定，内心也不害怕了，并且主动跟国王和随从搭话，还夸：

第七章 历史从大禹时代开始吗

"这孩子生得好,有福气,一生下来就见到国王,将来一定也是个大官!"有人却说:"未必,说不定他见人家是大官,自己还会遭灾殃呢!"孔甲听了,先是一笑,后是眉头一竖,止住说:"胡说!见了孤王怎会遭殃?我愿收他做儿子,看谁敢给他灾殃!"说着,就要窑主人给他孩子。窑主人再三哀求,才答应暂时将孩子留给窑主人抚养。

风停沙住,孔甲出窑,召集失散的随从、卫队回都入宫。后来,真的派人来箕山把孩子从娘怀里接去宫中抚养。主人不给也没办法。

孔甲只管给孩子好吃好穿,叫他过优裕的生活,有享不尽的荣华富贵!孔甲常在大臣面前夸耀:"哼,跟王长大,看谁敢给他灾殃?!"可是,他只注意养活,而没有教给他知识和本领,娃娃什么也没有学到。

娃娃慢慢长大,成了少年,成了青年,该给他官做做了,可是他光知道吃喝玩乐。没有官怎么证明作为国王之子的威风呢?他就是个白痴也得给他官做!这事传出去激起了一些正直贤臣的议论,也引起民间百姓的反对。箕山公神许由早为孔甲夺走箕山山民之子而愤恨。

这天,孔甲正要封这孩子高官的时候,孩子却跑出去玩了。他跑到宫廷演武场去看演武。孔甲派使臣去找。那使臣忠于孔甲,害孩子不浅。箕山公神许由刮起大风,本想把厅椽摧折,把使臣砸死,没想到椽折幕落,砸飞器械架上一把利斧,利斧跳了起来,正落在奔跑的孩子后脚脖上,将脚砍掉了。

孩子的伤虽经医治愈合了,但成了瘸子。

孔甲伤心地想:两只脚有官不会做,还能摆摆架子吓人,一只脚怎么做官?架子也摆不成了。因此,只得让这孩子去当个不能走动的守门人。他想到箕山接生民妇的话,无限感慨。感慨之余,写了一首《破斧之歌》,说:破斧子呀破斧子,你毁了我的儿子!只想到君主之后都能富贵,却不料终成了残废!那就当个守门人吧,但不要再回箕山去……

采录人:海涛

记录地点：河南省登封城关镇

记录时间：1983 年 5 月

挪 宫

"挪宫！挪宫！"有人会问，这是人们在喊叫吧？不！这不是人们的喊叫声，而是鸟儿在喊叫。鸟儿会说话吗？会呀！我就讲一个鸟儿说话的故事。

相传，很早很早以前，普天之下是一片汪洋，洪水四溢，到处为害，逼得黎民百姓只能到高山峻岭上去居住。后来，夏禹的父亲崇鲧领导治水九年，因治洪水的方法不当，招致大祸，被判罪充军羽山，死在北极的冰天雪地里。到了夏禹治理洪水，他接受了先人的经验教训，改变了方法，疏渠引水十三年，最后治水成功。夏禹在世的时候，百姓们拥护他做了夏王，死了以后，人们为他修盖了很多庙宇。别的地方不说，单在中岳嵩山，从东到西不到二十里，东修太室祠，西修少室庙，中间盖了启母宫。

夏禹治水成功，也惊动了上方的玉皇大帝。

有一天，玉皇大帝在灵霄宝殿和群神议论大事。太白金星奏道："臣启玉帝陛下，下界出了一件大喜事！"

玉皇大帝问："是何大事？"

太白金星道："夏禹治理洪水成功，水顺河流，河归大海。百姓们都从高山上搬到平地住了。赏功罚罪，是治世之道。对夏禹的功劳，陛下也应该有所赏赐呀！"

玉皇大帝说道："夏禹活着的时候已经做了夏王，死后又受到祭祀。这已经是很高的赏赐啦！"

"那些都是黎民百姓对他的敬意，陛下作为天帝，更该有所赏赐。"

"他在世为主，死后成神，已经足够了！朕实在无法再封赏了。"

太白金星说："臣以为应该赏赐，也有法赏赐。"

第七章 历史从大禹时代开始吗

"依你之见,如何赏法?"玉皇大帝问。

太白金星说:"黎民百姓为他修盖了庙宇,陛下赏赐他一块御匾,使他治理洪水的事迹流芳万代,就是最大的赏赐。"

玉皇大帝心里想:"中是中,但匾造多大呢?造得小了,哪能显出我堂堂玉皇大帝的威风;造得大了,下界的庙门又都很低,也挂不了。"想来想去,自己也想不出个好办法,就提起御笔,写了四句:"工匠鲁班,监工杨戬,工期百日,匾挂石岩。"写罢,交给太白金星李长庚去办。

太白金星赶忙奏道:"陛下,匾题何字?"

玉皇大帝说:"功高无比,文词岂能表达!"说罢,就起驾回吉祥宫去了。

太白金星在灵霄宝殿领来了圣旨,连夜召来了鲁班和杨戬,命他二人急速下凡给夏禹王造挂御匾。

鲁班和二郎神杨戬来到下界,把下界所有的禹王庙都查看了一遍,最后,决定在中岳嵩山启母宫后的悬崖上造一幅石匾。

可是山高,崖陡,咋上去刻造呢?

鲁班说:"我有青钢神斧一把,砍石如剁泥,按期造完是可以的。但这山高有百丈,崖如刀切,上不去,站不住,没有办法造啊!"

二郎神杨戬说:"只要你能刻造,怎样上去,我有办法,你穿上我的登云鞋,站在云头上刻造就是了。"

难题算是都解决啦。

鲁班从工具箱中取出了青钢神斧,在一块大石头上磨了又磨然后递给杨戬,说:"你试一试,看快不快?"二郎神杨戬接过青钢神斧,走出屋门,向着一个大石头砍去,只听"喀嚓"一声,圆图图的一个大石头,被砍成了两半。杨戬惊奇地说:"哎呀!好一把锋利的斧头呀!有了它,百日工期,一定能按期完成。"后来,人们就把被二郎神劈裂的石头叫"试斧石"了。

从这一天起，不管风雨和寒暑，鲁班都穿着登云鞋，站在云头上，为夏禹王刻造御匾。二郎神杨戬也每天去监工。

经过九九八十一天，御匾快要刻造好的时候，太白金星李长庚下界来视察。二郎神杨戬一看是太白金星来到，慌忙叫住鲁班，二人一齐向太白金星施礼。

鲁班说："上神，你看这御匾刻造在这里好不好？"

二郎神杨戬也说："上神，这块御匾正好刻造在启母宫的后岩上。你看照不照？"

太白金星李长庚也不吭声，从上往下看看，又从下往上照照，说道："好是好，照也照。可是有一件，您二位只顾高兴哩，刻造石匾凿下来的大石块，万一滚落到启母宫上，把宫殿砸坏咋办呢？"

鲁班和杨戬压根儿就没有往这上头想过，听太白金星一讲，才大吃一惊。

"那咋办呢？"鲁班发愁啦。

二郎神杨戬这时候也没了办法，只好恳求太白金星说："上神，这都怨俺两个粗心大意，事到如今，工期快到了，再换个地方恐怕也来不及了，请上神恩赐一个办法吧！"

李长庚沉思了一阵，说道："我看，这样吧，咱把启母宫挪到别处，照原样重新复建起来算啦！咱们挪宫院，不挪山门，岩上边滚落下来的大石头，让它落在宫殿旧址上，叫它为千斤石。这样，前头有山门，中间有千斤石，后岩上有石匾，三点成一线，还是一座好宫院。"

二郎神杨戬问："挪到别处的宫院叫啥名字呢？"

太白金星说："叫'重复宫'吧！"

鲁班问："咋挪呢？"

太白金星李长庚说："您二位只管按期刻完御匾，挪宫的事由我去办。"

鲁班和杨戬这才放了心，照常刻造御匾去了。太白金星李长庚找来了嵩山的山神和土地神,命他们两个变成两只鸟儿,夜以继日,轮换叫喊:"挪宫!挪宫!"

起初,宫里宫外都没有注意这种鸟儿的叫声。时间长了,鸟儿越叫越高,越听得越清楚。宫里宫外的人都觉得很奇怪,这个说:"过去可从来没有听见过这种鸟儿的叫声呀!"那个说:"这可能是一种神鸟,要不,它咋会绕着宫院叫呢!"大家都说:"神鸟叫'挪宫',一定是宫院在这儿有危险。叫挪,咱就赶快挪吧。"说罢,宫里宫外一齐动手,不几天,整个宫院除了山门,都被挪到距离旧宫向西一里多的地方。正要去挪山门,只听"轰隆隆……"一声巨响,从万岁峰的刀切岩上滚落下来一大溜石头块,其中一块最大的石头不偏不斜正好滚落到启母宫大殿的旧址上。宫后的悬崖壁上,明明显显地亮出一块长方形的石匾来!

这时候,再也听不到鸟儿的叫声了。人们都说:"鸟儿不叫了,危险过去了,这山门就不用再挪了,赶快把挪走的宫院重修起来。"宫院重新修成以后,取名就叫"重复宫",后来又更名为"崇福宫"。

从此以后,"挪宫!挪宫!"的故事就流传下来了。

讲述人:韩成良

采录整理:韩有治

流传地区:中岳嵩山

记录时间:1982年12月

龙王村与鸿雁河

在很久以前,天下洪水泛滥成灾,到处汪洋一片,人们四处逃难,无家可归。

舜帝命大禹治理洪水。大禹奉命驾船行驶到现今的新郑地带时,黑云压地,狂风暴雨。大禹稳坐船中,探流沙,察水势,研究治水路线和方法。他率领百姓,挖河道,排淤泥,白天黑夜与洪水搏斗。当时,有对鸿雁经常跟着大禹,展开翅膀,遮盖着大禹的船,不让雨淋着大禹。雨停了,鸿雁累得坠落在大禹的船头。

这时,突然正北霹雳一声震天响,出现了一条巨龙,张开大口,吸呀,吸呀,把汪洋大水吸干吸净,又朝大禹开挖的河边吐去。"哗——"大水顺着河槽,向东南大海流去。巨龙因劳累过度,死在了滩上。

从此,洪水平息,风调雨顺。中原一带的人们过着安居乐业的生活。百姓们抬着猪羊,捧着贡品,慰劳大禹,庆贺胜利。舜帝见大禹治水有功,就把帝位禅让给了大禹。

大禹为王以后,没有忘记帮他治水的那对鸿雁和巨龙。在巨龙累死的地方,大禹让人们修起龙王庙,逢年过节,送礼上香。后来,人们称这个地方为"龙王村"。大禹把那对鸿雁坠落的河,起名为"鸿雁河"。

讲述人:李合义

采录整理:王雅湘

记录时间:1983 年 11 月

大禹魂

开封南郊有一片宽阔的高地,曾是古代治水英雄大禹与水妖河怪血战的地方,俗称禹王台。相传,黄河每次在这里决口,古城变成一片汪洋,附近的禹王台却安然无恙。人们传说,高台得过神力相助,下面顶着一座山峦,见水便长,水涨台高,再大的洪水也休想淹没它。

尧舜时期,人间风调雨顺,五谷丰登。神仙水德星君主管天下的水情,他的坐骑水灵兽生性残暴,神通广大,特别是口中含着一颗聚水珠,能调动江河湖海之水,从此世间便多灾多难了。

黄河到处泛滥,百姓叫苦连天,舜王便任命鲧主持治水。鲧采取到处围堵的办法,不仅没有挡住洪水,反而造成了更大的危害,按照刑律被处死。他的儿子大禹挺身而出,继续带领人们除害。大禹汲取了父亲的教

第七章 历史从大禹时代开始吗

训,审时度势,因势利导,劈山开河,疏导洪水,水灵兽只得乖乖地让他牵着鼻子走。他在万山丛中日夜奔波十三载,三过家门而不入,劈石峡,凿龙门,开挖河道,引黄河东流,建立了丰功伟业,受到天下百姓的拥戴。舜死后,大禹便成了炎黄部落联盟的首领。

黄河冲出壶口,来到一马平川的中原地区,奔腾咆哮,横冲直撞。水灵兽如虎添翼,大显神通,洪水再也不按大禹开挖的河道前进了,经常漫溢河槽,到处肆虐。洪水过后,像篦子梳过似的,将庄稼、房屋、人和牲畜一扫而光。

大禹来到中州地势最低、洪水危害最大的开封视察,面对生灵涂炭、荒无人烟的惨景,不禁流下了痛苦的眼泪。他深知如果不采取高招降伏河妖水怪,半生奔波将前功尽弃。蓦地,他想起父亲从前治水的办法,倒很适于平原地区。阴阳五行,土能克水,运土筑堤,一定能扼制住洪水。

第二天,他把筑堤堵水的办法一说,大家都很赞成。人们先在洼地修筑了一座高台,让大禹站在上面观察水情,发号施令。大禹居高临下,对洪水动向了如指掌。他把令旗指向哪里,大批民夫就涌向哪里。肩挑人抬,人流如梭,一道道大堤平地而起,挡住了洪水的去路,人们不禁喜上眉梢。

黄河里的水灵兽勃然大怒,施展道行,驱动洪水,杀气腾腾地向人们冲来。"兵来将挡,水来土掩。"大禹早有防备,令旗一摆,人们争先恐后运土上堤,水涨堤高,第一个回合人类胜利了。

水灵兽气得嗷嗷直叫,连忙纠集了五湖四海的河妖水怪、狐朋狗友,乘风踏浪,浩浩荡荡杀来。道高一尺,魔高一丈。大禹一招手,一百名膀大腰圆的壮士肩扛牛皮大鼓,挥动大槌,擂响战鼓助威。他们围着高台边敲边舞,动作热烈粗犷,鼓声响彻云霄,激励人们顽强奋战。这就是流传至今的盘鼓舞,已经成为当地的民间游艺。双方斗得天昏地暗,日月无光,第二个回合打了个平手。

正当双方势均力敌、相持不下时,水灵兽狗急跳墙,吐出聚水珠,调来东海水，倒灌黄河。霎时，巨浪滔天，一浪高过一浪，铺天盖地压了过来。大禹见势不妙，忙挥动令旗让民夫撤退。可是，还没等人们明白发生了什么事，洪水已经冲垮大堤，吞噬了一切。

大禹十分悲痛，忙向台下的壮士大声喊道："留得青山在，不怕没柴烧。你们快走！"

"你不走，我们也不走！"众壮士异口同声，更加强劲地边敲边舞，悲壮地迎接死亡。洪水包围过来，壮士们很快被淹没了。

水灵兽跃出水面，一阵狂笑："大禹，只要向我低头认罪，可饶你不死！"

大禹挺起胸膛："人类顶天立地，头可断，血可流，腰却不能弯！"

"只要你承认我世间无敌，再也不和我作对也行。"

大禹义正词严："即使我制伏不了你，还有我的后代，子子孙孙，奉陪到底！"

水灵兽吹了口气，水猛地上涨，一直淹到大禹的脖颈，吼道："快投降吧！"

"人类决不屈服！"

在这紧要关头，天上主管土壤的神仙土德星君骑着大青牛腾云驾雾路过这里，见水灵兽为非作歹，要置大禹于死地而后快，不禁怒火中烧，暗中施展法术，调来一座大山支在高台之下。

奇迹发生了：高台逐渐上升，露出了水面。水灵兽气急败坏，张开血盆大口，喷出一股巨流，直向大禹冲来。洪水一个劲地猛涨，高台也越升越高。

土德星君找到水德星君，诉说水灵兽在人间作恶多端，请他严加管教。水德星君怕给自己脸上抹黑，索性装聋作哑。土德星君一气之下，便让神通广大的坐骑大青牛下凡助大禹一臂之力。

水灵兽用尽吃奶力气也淹不住大禹，正想耍点子，突然，晴空霹雳，大青牛从天而降，"哞"的一声，张开海口，把洪水喝了个精光。

水灵兽图穷匕首见，祭出看家法宝聚水珠杀敌，只见空中万道水剑刺向大禹。大青牛四蹄刨地,飞沙走石,凝成一道铜墙铁壁抵挡。双方各显神通,鏖战一场。

这时,天下的百姓从四面八方赶来支援大禹治水,千军万马汇集台下,迅速筑好大堤,制伏了水灵兽,洪水奔流入东海。人们在大青牛卧过的地方修建了开封城,又在高台上立祠塑像,纪念大禹。今天的禹王台公园,迎门有一幅大型彩色壁画,生动地再现了当年大禹带领中原人民治水的宏伟壮观场面。

记录人:海涛

记录地点:河南省开封市禹王台

记录时间:1983 年 2 月

金牛开河

大禹治水时,有个牛子神相助。

原来,灵宝县靠黄河的梁文征庙一带,有个大鱼石(巨石),挡住河水不能向东畅流。

金牛有一次从天上下来,一看,见三板石头顶住坡,黄河水往这里冲,老百姓受不了。它也很焦心。

夏禹王治水来到这里,想把这大鱼石往外开凿哩! 结果是,白天凿,黑夜合;白天凿,黑夜合。金牛在南天门看见了,就下来用角帮助掘。金牛把鱼石整开以后,黄河水就不能为害了。

这下子可触怒了上神玉帝。玉帝说金牛多管闲事。禹王就派手下帮它说情。金牛说:"我呵,我是为百姓整河哩,我有啥错!"

天神说:"桃林的百姓应该遭难,你不该下来。这是犯了天条。"

金牛从此被打下了人间。

老百姓说:"不是金牛,我们怎能安居乐业!"所以,至今,梁文征庙一带的老百姓还敬祀牛子神。

这里每年三月桃花盛开,后来又种了大片枣林,灵宝大枣也就特别有名。老百姓都蒸牛角形的枣馍敬金牛天神。这种习俗到现在还很盛行。

这一带被黄河冲了几百年、几千年,三板石的老百姓都没遭受洪灾,都是金牛开河的功劳。

讲述人:王生民

采录人:杨虎胜　程健君　张振犁

录音:程健君

记录地点:河南省灵宝市西阎乡达紫营村王家

记录时间:1984年12月5日

禹王治水

传说,这里以前是个湖。我们这儿有个魏德岭,对岸有个张店塬。俗话说:"魏德岭开船,张店塬揽船。"这里是一座大山,陡着哩!正好形成一个湖,水不能东流。

禹王治水来到这儿一看,见是两只羊在打架,挡住水不能东流。禹王就把这两只羊逮住了,水也就拓开了。那面是山,这面也是山。开了槽水才流下去了。

下面是鹰咀圪扒窝,水路很难走。

讲述人:王海堂

采录人:张振犁　杨帆　程健君

录音:程健君

记录地点:河南省三门峡大安村

记录时间:1985年4月21日

禹王治水

那时候,这里都是石头,有一个横崖头,水流不出去,聚成一个大湖。

俗话说"张店塬上船,魏德岭揽船",就是证据。

禹王治水时凿开了。这是石山,水才从这儿下去。

这就是禹开三门。

禹王治水有功了,后来给他盖个庙。

讲述人:张百河

采录人:张振犁　杨帆　程健君

录音:程健君

记录地点:河南省三门峡史家滩

记录时间:1985 年 4 月 22 日

禹王开三门

禹王治水前,这里没有几道门。禹王治水到这儿以后,把山开开了。过去这里都是湖。土里头的龙骨一架一架的。

"张店塬开船,魏德岭揽船。"这事情不假。

讲述人:张小根

采录人:张振犁　杨帆　程健君

录音:程健君

记录地点:河南省三门峡史家滩

记录时间:1985 年 4 月 22 日

禹开三门

大禹在三门峡开辟,这是真事。狮子头是人工留下的,上面刻"鬼斧神工"几个大字,看样子,是上面凿下来以前刻上去的,打出来以后,再把字往上凿。最后,把这几个字悬到最高处,很高。现在是打不上的。

再一个就是这里的岩层和淤泥,在山沟里就可以看到:山岩上一层石头,一层沙子。这个证实大禹治水以前,这个传说是真实的。什么"张店塬开船,魏德岭揽船",说明这两个点是个水平线。治水以前,河道没有疏通,这里就是个大湖。

讲述人:王海亭

采录人:张振犁　杨帆　程健君

录音:程健君

记录地点:河南省三门峡大安村

记录时间:1985年4月21日

开三门

在很早很早的时候,三门峡一带是个很大的湖泊,名叫"马沟",没有出口。如果站在高山上往下看,眼前是一片白茫茫的湖水,一眼望不到边。当时弄船的人常说:"张店塬开船,魏德岭揽船。"张店塬在山西省平陆县,魏德岭在河南省陕县的张茅乡。这是黄河两岸最高的两个大塬,也是当时的两个码头,可见当时的水位有多高了。

再说北山的深潭里有一条老龙,看到马沟水深湖大,就挪到这里来住了。这条老龙来了以后,经常喷云吐水,兴风作浪,马沟的水越涨越高,淹没了不少村庄和土地。老百姓今天搬这里,明天挪那里,过不上安生日子了。有时候洪水突然涨上来,家家户户被冲得妻离子散,不知道淹死了多少人。

那个时候是舜王坐天下,他看到老百姓受难,心里不好受,就派大禹去治水。大禹是个有本事的人,他有两件宝物:一把划水剑和一柄开山斧。剑划到哪里,水就流到哪里;斧子劈到哪里,哪里就开出河道。

大禹来到马沟后,先跑到高山顶上察看地势,看到整个地形是西北高,东南低。他想:水总是由高处往低处流的,我应该把水从西北引到东南。想罢,他就跑到湖边,用剑向东南划了几下,水就顺着剑划的道向东南流去。当水流到马沟峡谷的时候,一座大山拦住了水的去路,水又聚住了。大禹抡起开山斧,"啪啪啪"三斧子,把大山劈开了三个豁口,水就分为三股向下流去。三个豁口把大山分成了四座石岛:和南岸相连的一座半岛,临水的一端,像一只张着嘴的狮子,因此大家叫它"狮子头";中间两座石岛叫"鬼门岛"和"神门岛";和北岸相连的半岛叫"人门岛"。大禹开完三门,又抡起了斧子,开出一座砥柱岛,用它来定波镇澜。以后人们就把这个地方叫"三门峡"。

水道疏通以后,马沟的水一天比一天浅,眼前一大片湖泊慢慢变成了狭长的河谷,这可急坏了水底的老龙。它咬牙切齿地说:"大禹呀大禹,我不惹你,你倒惹起我来啦!要知道我可不是好欺负的!"

老龙一生气,把天上的云雾都吸进肚里,接着又兴风作浪发起了大水。没多大一会儿,水涨得很高,淹没了许多村庄和田地。

大禹看到这情景,心里也很气恼。他怒冲冲地说:"孽龙呀孽龙,我不把你除掉,这里的老百姓就不得安生!"

大禹拔出利剑,"扑通"一声跳进水里和老龙搏斗起来。老龙嘴里喷着水,张牙舞爪地向大禹扑过来。大禹举起宝剑,用力向老龙的心窝刺去。老龙急忙向水底一沉,躲过了大禹的宝剑……他们就这样斗了三天三夜,只斗得天昏地暗,日月无光。最后大禹和老龙都乏了,谁也占不了上风。老龙喘着粗气,张开利爪,拼着最后一股劲儿,恶狠狠地向大禹扑过来。大禹一闪身子,躲过了老龙的利爪,趁老龙没有摆稳身子,使出了全身的力气,用剑刺进了老龙的胸口。这时候,鲜红的血像泉水一样从老龙的心窝里喷出来。血喷到两岸的山上,把山石都染成了红色。直到现在,三门峡两岸的山壁上,还有红色的山石和泥土。

老龙死了以后,沉到水底去了。以后水又不断地往下流,马沟湖就变成了黄河河道。原来的湖底都露出了地面,高处成了塬,低平处成了地。

水患平息以后,老百姓都回到三门峡,修房建屋,垦荒种地,日子比过去安稳多了。老百姓为了纪念大禹,在黄河两岸建了两座禹王庙。

三门峡大坝开工以后,民工在河滩上刨出了一盘龙骨,有头、有爪、有尾。据说这就是当年被大禹杀死的老龙的尸骨。

讲述人:王海亭

采录人:张振犁　杨帆　程健君

录音:程健君

记录地点:河南省三门峡大安村

记录时间:1985年4月21日

文献记述:

砥柱,山名也。昔禹治洪水,山陵当水者凿之,故破山以通河。河水分流,包山而过,山见水中,若柱然,故曰砥柱也。三穿既决,水流疏分。指状表目,亦谓之三门矣。

(《水经注·河水》)

古者龙门未辟,吕梁未凿,河出于孟门之上,大溢逆流,无有丘陵高阜灭之,名曰洪水。禹于是疏河决江,十年不窥其家。

(《尸子·孙星衍辑·卷上》)

三门:中神门,南鬼门,北人门。惟人门修广可行舟,鬼门尤险。舟筏入者罕得脱。三门之广,约三十丈。

(《陕州志》)

三门峡的传说

相传大禹治水到了黄河,先得到河伯献的河图,也就是治水的地图。他凿开了龙门山之后,顺着河水来到了现在三门峡附近。这里原来也是一座大山,挡住了黄河的去路,使黄河的水流到这里流不过去,只好倒回头向上流,淹没了八百里秦川。这座山叫砥柱山,山石异常坚硬。

禹王带领治水群众驻扎下来,准备凿开砥柱山,使河道畅通。由于河水混浊,无法饮用,禹王就带领大家挖井取水,一共挖了七口水井,至今还在。禹王指挥群众、鬼神,把砥柱山破成几段,凿开了三个缺口,河水从这里急涌而过,合成一股流下。三个缺口好像三道门,所以叫作"三门"。三门各有名字:"鬼门""神门""人门"。河中的两个石岛,其中一个叫"鬼门岛",岛上崖头上有两个比水井口还大的圆坑,活像一对马蹄印,叫作"马蹄窝"。据说是禹王开砥柱,跃马过三门时马的前蹄在这里打了一个滑溜踩下的足印。

三门峡的上游有个禹王庙,从前"放溜"过三峡的艄公们都先要在这里歇脚,给禹王烧香许愿,放鞭炮,饱吃饱喝一顿,然后才驾着木船直向三门峡,是否能够侥幸渡过三门,或者在岩头上碰个稀烂,全在眨眨眼的工夫。所以当地人说:"店头街(茅津渡)是叫不尽的艄公,哭不完的寡妇!"

讲述人:王卷群

采录人:许明星

记录时间:1990年8月

大禹导黄河

传说,过去大禹治水的时候,三门峡一带是个大湖。俗话说:"张店塬开船,魏德岭揽船。"张店塬在山西,魏德岭在河南,是当时的两个大码头。可见那时这个湖有多大。大禹治水来到这里时,要在山上劈开一个大豁口,再在下面开一条河,让湖水顺着河走。

大禹要去劈山开河了,临走时对娘娘说:"等到河开开了,水都流走了,再给我送饭。"

大禹把山开开以后,就变个黑猪在前边拱河,湖水顺着河往东流。

娘娘见水下去了,天也不早了,就提着饭罐去送饭了。到地方一看,不得见人,光看见一个黑猪拱河哩,就慌忙吆喝开了:"黑猪拱河哩,黑猪拱河哩！"

大禹一听是娘娘在吆喝,知道是让她看见了原形,气得一巴掌把娘娘的头打掉了,滚到了河当中。

三门峡以前有神门河、人门河、鬼门河。人门河中间插着一块大石头,那就是娘娘的头。娘娘的身子还在山西那边站着哩,叫娘娘山,也叫梳妆台。娘娘送饭的罐里是汤,也让大禹打洒了,河北面就有个地方叫米汤沟。高庙山的料礓石,是娘娘汤里拌的面疙瘩,满地都是。

讲述人:王双师

采录者:河南大学中原神话调查组

录音整理:程健君　张振犁

记录地点:河南省三门峡大安村

记录时间:1985年4月

大禹造桥

三门峡的三个石桩,原说是桥腿。大禹造桥完工的时候,好像说有什么法子,这么一弄,就翻过来了:上面是桥面,下面是桥腿。

最后,他跟他老婆说:"你听见我打鼓了,你再给我送饭,听见鼓声以前,不要来送饭。"好像很神秘,到了时候大禹才打鼓。

结果,来个飞虫撞到鼓上响了,老婆就把饭送来了。大禹一看,这事被她给败了。所以这个桥就只好桥脚朝上,没能翻过来。大禹当时把饭罐子一摞,气坏了:"你算把我的计划打乱了。"

当时,饭汤罐子被扔了,山上边的料礓石满坡都是,据说就是大禹洒的面汤疙瘩变的。

讲述人,王海亭

采录人:张振犁　杨帆　程健君

录音:程健君

记录地点：河南省三门峡大安村

记录时间：1985 年 4 月 21 日

米汤沟

北岸有条米汤沟，南岸有座高庙山。

沟里枣刺挂红裙，山下娘娘打饭罐。

三门峡谷造大桥，大禹老君美名传。

这首民谣说的是三门峡谷造桥的故事，也就是鬼门、神门、人门三座石岛的来历的传说。关于这三座石岛的来历，南北两岸的说法不完全一样，现在就说说北岸的吧。

在三门峡北岸的平陆县，有一个三门村，村旁有一条米汤沟。这条沟里有三样怪事：第一是下雨沟里流红水，那水稠糊糊的，就像红豆熬的米汤；第二是酸枣树的枣刺不带钩；第三是官牛不推蛋蛋。为什么这条沟和旁处不一样哩？这些事还得从大禹娘娘送饭说起。

大禹治水的时候，曾经三过家门而不入。大禹的妈妈知道以后，更加想念儿子，到处打听儿子的消息。这一天，她听说大禹在三门峡治水，就把大禹娘娘叫到跟前说："我听说大禹在三门峡治水，成天操劳。你也去吧，到那里好好照顾他。"

娘娘点头答应，第二天拜别了婆婆，就到三门峡去了。

大禹把三门峡的河道疏通以后，看到南北两岸的百姓来往很不方便，决定在这里造一座桥。他日日夜夜拱在水里打桥基，忙得连饭也顾不上吃。这时候，正好娘娘赶到三门峡。娘娘来了以后，看到大禹这样劳累，很心疼他，天天做点好饭给他送到河边上。

娘娘住在北岸山上，天天跑这么远的路给大禹送饭，大禹也心疼她。要是自己回家吃饭，又太耽误时间。大禹想来想去，想出了一个两全其美的好办法。他在半山腰里凿了一个挂鼓石，在石上挂了一面鼓。他对娘娘说:"你来回跑这么些路太累了,以后你把饭送到这里就中。饭送来后,你敲几声鼓,我听到鼓响就上来吃饭。"

娘娘觉得这个办法不错,就按照这个办法行事。她把饭送到半山腰后,就敲起鼓来。不多一会,大禹果然上来吃饭了。

山顶上有一条干沟,一直通到半山腰里。娘娘送饭定要经过这条沟。沟里长了许多小酸枣树,树上有许多带钩的枣刺。沟里还有许多官牛,整天在那里推蛋蛋。有一天,一群官牛在沟边上推蛋蛋,忽然刮起了一阵大风,把那些蛋蛋都刮下山坡,正好落在大禹安的那面鼓上,发出了"咚咚咚咚"的一阵响声。

这时,大禹正在峡谷里造桥。他已经造好了三个桥腿,单等桥面一安上,南北两岸的百姓就可以来往了。大禹干得正有劲,忽然听到半山坡上鼓声乱响,他想现在还不到饭时,一定是娘娘有急事找他,所以他赶紧往半山坡跑。

再说娘娘正在屋里做饭,她刚熬好一锅稠糊糊的红豆米汤,还想做几个鸡蛋烙饼,忽然听到鼓声敲得急,觉得有点奇怪,她想:"每次都是我把饭送到那里后再敲鼓,今天还不到饭时,他怎么就跑上来敲鼓了呢?哦,他一定是饿了。催我快送饭。"

到这里,娘娘顾不得再做鸡蛋烙饼,慌忙把红豆米汤倒进饭罐,拎起罐就往山下走。娘娘走到那条沟里时,一不小心,裙子被枣刺挂住了,娘娘打了个趔趄,身子一晃,一罐红豆米汤都洒在沟里了。娘娘很生气,用手捋了捋枣刺说:"长这些钩干啥?把我的红裙挂坏了,米汤都弄洒了。"

说也奇怪,那些枣刺听了娘娘的话,前面的钩都直了。从此以后,这条沟里的枣刺都不带钩。

娘娘的米汤虽说都洒了,她还是想到半山坡上看看大禹,叫他今天别干活了,跟她一起回去吃饭。娘娘刚走到半山坡上,大禹也正好赶到。娘娘见了大禹,关心地说:"还不到饭时,你怎么就敲起鼓来了?你饿了吧?"

大禹见娘娘空着手下来，以为她把饭藏起来了，心想我造桥这么忙，你还给我开玩笑。他责备娘娘说："你要不敲鼓，我怎么会上来呢？这几天我干活正吃劲，你别跟我开玩笑！"

娘娘心想，我不怪你，你倒怪起我来了。她也没有好气地说："谁给你开玩笑啦？你要是不敲鼓，我怎么会失急慌忙地跑下来，把米汤也弄洒了。"

大禹着急地说："你快把饭拿出来吧，我忙着哩！"

娘娘生气地说："你整天忙，到底忙的啥？"

大禹说："我在造桥啊！"

娘娘更加生气地说："你是治水的，怎么还造桥？造桥这事不是你干的，你造不成！快跟我回去吃饭吧！"

娘娘说话是灵验的，她这"造不成"三个字一出口，大禹的桥再也造不起来了，在三门峡谷中只留下了三个桥腿，后来人们把这三个桥腿叫作"人门岛""神门岛""鬼门岛"。

官牛见自己推蛋蛋闯下了这么大的祸，害得大禹桥也没有造成，非常后悔。从此以后，这条沟里的官牛再也不推蛋蛋了。

红豆米汤洒在沟里以后，每逢下雨，山顶上流下来的清水，流到这一段，就变成了稠糊糊的红水，人们就把这条沟叫作"米汤沟"。

讲述人：王海亭

采录人：张振犁　杨帆　程健君

录音：程健君

记录地点：河南省三门峡大安村

记录时间：1985 年 4 月 23 日

马蹄窝（一）

在三门峡的峡谷南面有个鬼门岛。鬼门岛临接水面的岩石上，有两个直径一尺多长的马蹄形石坑。人们传说，这两个石坑，原是马的一双前蹄踏出来的。

　　古时候，黄河沿岸非常荒凉，漫天的风沙，人们要是一不小心，就会被黄沙埋没。为了治服洪水，大禹骑马来到黄河岸边。这匹马的耳朵可灵啦，能辨别风声的大小，会预测气候的变化。每当快起大风时，它便停蹄不走，张着嘴，望着主人"咳，咳，咳"大叫三声。

　　有一天，大禹沿黄河边来到了三门峡。他看见这里的山崖陡峭，层层叠叠的岩石阻塞了东流的河水，便决心劈开石岛，疏通河道，引黄河流入东海。

　　大禹骑着马，想到河南岸去探测山峡里岩石阻塞的情况。他刚刚走到河边，忽然间，马停下来，"咳，咳，咳！"昂首大叫三声。大禹知道事情不妙，就急忙勒转马头。大禹刚进入峡谷，只见天色突变，狂风大作，飞沙走石，一时分不清东西南北。大禹只好耐住性子，等待飞沙过后，再去对岸。谁知道，大禹一连两次都被风沙挡了回来。

　　大禹治水心切，当风沙一停，就第三次来到河岸，准备过河，这马刚把前蹄踏在一块像狮子头的岩石上，却又停蹄不前了。大禹一看，脚下是巨浪狂流，截断了去路。怎么办呢？勒转马头另寻渡口吧，这三门峡一带全是陡壁悬崖，不但山上没有道路可走，连一根青草也不长。

　　大禹急中生智，紧紧抓住马缰绳，大呼一声："好马，跃过河去！"只见他鞭子一扬，那马好像懂得主人的心事，立刻昂起脖子，用尽全身力气，举蹄向前纵身一跃。只听呼的一声，马腾空而起，飞向对面三门天险的另一块岩石。谁知马的前蹄刚一着地，吭溜一滑，突然前身下坠，卧了下来。大禹面不改色，紧紧地勒住缰绳。马前脚跃起，后腿一蹬，终于跃过了这块岩石，来到了黄河南岸。从此，这块岩石上留下了两个深深的石坑。这就是当年大禹跃马飞过黄河时，留下的马蹄窝。人们只要一看见马蹄窝，就想起了大禹治水时忘我的英雄行为。

　　采录人：巴牧

采录整理：王家骏　陈志海

记录地点：河南省三门峡大坝

记录时间：1983 年 11 月

马蹄窝（二）

　　马蹄窝传说是大禹（也有说是老君）过河，治水哩，跑急啦留下的古迹。在这边的人门河岸上，有两个后马蹄印，跟马蹄往后蹬的印一模一样。那边鬼门圪垯上，有一个马前膀和嘴趴样子的坑，坑有半亩多大。石头上是马过去蹭的窝，很像是马蹄的样子。

讲述人：王海堂

录音：程健君　杨帆　张振犁

记录地点：河南省三门峡大安村

记录时间：1985 年 4 月 21 日

马蹄窝（三）

　　在鬼门岛南面临水的地方，有两个磨盘大的圆坑，形状很像马蹄，群众把这两个坑叫作"马蹄窝"。据说这是大禹骑着马过三门时留下的马蹄印。

　　相传大禹骑的马是一匹神马。它力气大，跑得快，能翻山，会涉水，大禹靠它渡过了许多难关。在三门峡治水的时候，大禹把南岸的事情料理完毕，要到北岸去巡察。可是那么宽的水面，怎么过得去呢？

　　大禹摸了摸神马的头，问道："你能驮我过去吗？"

　　神马点了点头，表示可以。

　　这里本来是一个大湖，水很深，湖底有一条老龙。自从大禹到三门峡治水后，开山挖河，疏通了水路，这里的水一天比一天小，已经变成了一条河。如果水再往下流，老龙就不能在这里待下去了，所以老龙恨大禹，总想寻机会报复报复他。

大禹骑着神马来到了南岸的半岛狮子头上,要从这里跨过河中的鬼门岛,跳上北岸。正当神马腾起四个蹄子要上鬼门岛的时候,那条龙喷云吐雾,作起法来,把好端端的峡谷搞得乌烟瘴气,辨不清南北东西,看不见石岛的位置。大禹见情况不妙,急忙勒转马头,退出了峡谷。

云雾消散以后,大禹又催马过河。神马竖起身子,正要过河,老龙又刮起了大风,峡谷里黄沙漫天,迷住了神马的眼睛。大禹只得再次退出了峡谷。

风停后,大禹拍了拍马头说:"再加一把劲,这次一定要过去!"

神马点了点头,仔细瞅了瞅河中石岛的位置,然后使出浑身的劲,腾空跃起。老龙见两次作法都没有吓退大禹,就使出了最后的一招。它在河底打了一个滚,嘴里喷出了大水。刹那间,河面上白浪滔天,洪水高涨。这一次,神马记清了河中几个石岛的位置,使劲朝鬼门岛上跳去。当神马的一对前蹄刚刚踏到鬼门岛上的时候,大水漫到了岛上,一个大浪打在神马的前心,神马失了前蹄,在鬼门岛的南端打滑卧了坡。这时,大禹高喊一声:"使劲!"

神马屏住了气,一纵身,跳过三门,平安到达了北岸。

因为神马使劲太大,一对前蹄在鬼门岛上蹬出了两个马蹄窝,马脖子在岩石坡上打下了一道深坑。这就是禹王马蹄窝的来历。

讲述人:王海亭

采录人:张振犁　杨帆　程健君

录音:程健君

记录地点:河南省三门峡大安村

记录时间:1985年4月22日

神脚掌

在三门峡南岸,离地面六尺高的山壁上,有一只脚指头向上的大脚

第七章 历史从大禹时代开始吗

印。这只脚印有一尺多长,嵌进山壁三寸深。在这样硬、这样陡的悬崖峭壁上,怎么会踏上一只这样大、这样深的脚印呢?原来这是大禹治水时留下的脚印,当地群众称它为"神脚掌"。

在古时候,中原大地洪水泛滥,到处是一片汪洋。老百姓没法种地,许多人都被淹死、饿死了。这时候,玉帝就派大禹下来治理洪水。大禹来到中原,看清了地势,决定用疏导的办法来治理洪水。他跑到西边的青海高原上,逢山开山,逢塬开壕,开出了一条长长的河道,这就是黄河。黄河水顺着地势往东流,流到三门峡的时候,有一座大山挡住了河水。大禹掂起他的神斧劈山开水路。但是山石很硬,他掂着神斧劈呀劈,劈了半天,只在山顶上劈开了一条裂缝。这时他的两条胳臂又酸又疼,再也抡不动斧子了。

这时,上游的水还不住地往这里流,水越涨越高,把附近的村庄房屋都淹没了,老百姓哭声震天。大禹看到这景象,心里很难受。他想:"如果这座山凿不开,那么,从青海到这里的河道就白开了,老百姓还要遭到更大的灾难。不过我的手已经抡不起斧子了,怎么办呢?"想到这里,大禹急得直跺脚,只跺得地动山摇。这倒提醒了大禹,他想:"我的胳膊没劲了,脚上的劲还不小,何不用脚来试一试?"

主意拿定后,大禹把右脚伸进劈开的裂缝里,蹬在南边的裂口上。他还想把左脚也伸进裂缝,蹬到北边的裂口上,但是裂缝太窄了,左脚怎么也伸不进去,只好蹬在北边的山峰上。大禹叉开两条腿,使出全身的力气,向南北用劲一蹬。只听得"轰隆隆隆"一声响,这座大山裂成两半,中间开出了一条河道。黄河水顺着这条河向东奔流。大禹看到大功已经告成,返回天上交差去了。他那一只大脚印,就这样深深地留在南岸的山壁上了。

讲述人:王海亭

采录人:张振犁 杨帆 程健君

录音：程健君

记录地点：河南省三门峡大安村

记录时间：1985年4月23日

中流砥柱

在三门峡下游，有一座小石岛，名叫"中流砥柱"，黄河上的艄公又叫它"朝我来"。冬天水浅的时候，它露出水面两丈多；洪水季节，它只露出一个尖顶，看起来好像马上就要被洪水淹没。但是，千百年来，任凭洪水再大，风浪再高，它总是挺立在激流当中，毫不动摇。大家都说中流砥柱这种坚强的性格就是我们伟大的民族性格。自古以来，它吸引了许多帝王将相、文人游客到这里来游览观赏，并且留下了许多诗文。唐太宗李世民曾经在这里写下了这样一首诗："仰临砥柱，北望龙门；茫茫禹迹，浩浩长春。"

柳公权也为它写了一首长诗，石岛上镌刻了前四句："禹凿锋芒后，巍峨直至今；孤峰浮水面，一柱钉波心。"

其他的诗词歌赋还有许多许多。为什么中流砥柱这样吸引人呢？这里流传着这样一个故事。

三门峡有一句谚语："古无门匠墓。"意思是说自古以来，门匠死后没有葬身之地。门匠就是艄公，他们熟悉当地的水情和地势。过往船只行到这里，就要雇他们。这里的老百姓，在黄河两岸建了禹王庙，求大禹保佑过往船只和船工的平安。

三门峡北岸山上的禹王庙，与别的庙不同，庙里有两只铁鹅，和尚说这对铁鹅能预测行船的凶吉。怎样预测呢？原来铁鹅背上有一个小洞，船工们要问当天行船过三门的凶吉，就把钱投进小洞里。钱落进鹅肚后，如果它不叫唤，这天船过三门平安无事，如果它"嘎嘎嘎"叫几声，这天就不能行船，硬要行船，一定会遇到凶险。船工们对和尚的话信以为真，每

第七章　历史从大禹时代开始吗

条船驶过三门峡的时候，船工们就带着香烛酒肉，成群结队地到禹王庙烧香叩头，向铁鹅肚里扔钱。其实这是和尚们骗人的鬼话。铁鹅是和尚们定做的，铁鹅肚子里有一个机关，想叫它叫唤，拽一下鹅腿，牵动了鹅肚里的机关，它就叫了起来。和尚们是看天色行事，如果天气不好，就叫铁鹅叫唤几声；如果风平浪静，就不让它叫唤。这种办法碰巧也灵验。船工们没有别的门儿，只好相信它。

有一天，几条货船从三门峡上游往下放行。一个老艄公带着船工们抬着供品，到禹王庙烧香许愿，祈求禹王保佑他们平安过三门。烧香叩头以后，船工们就把钱扔进铁鹅背上的小洞里，和尚看当时天气很好，就没让铁鹅叫唤，假意在鹅身上摸了一番，然后对船工们说："平安无事。"

老艄公听了这话很高兴，带着船工离开了禹王庙。下了山，老艄公把船驾到河中，看准了水势，决定从神门河放船。但是，天有不测风云，当船刚到神门河门，突然刮起了一阵狂风，紧接着就下起了瓢泼大雨。刹那间，峡谷里白浪滔天，雾气腾腾，看不清水势，辨不明方向。老艄公驾的那只船像箭一样穿过了神门河，下面有许多明岛暗礁。这只船被风浪推着，眼看就要遭难。正在危急的时候，只听得老艄公向一个船工大喝一声道："掌好舵，朝我来！"老艄公"扑通"一声，跳进了惊涛骇浪之中。船工们还弄不清是怎么回事，只听到前面有人高呼："朝我来！朝我来！"船工们没有时间多想，驾着船，朝着发出喊声的地方冲过去。当船驶到那个地方时，大家才看清，原来是老艄公像擎天柱似的屹立在激流当中。船工们想拉他上船，但是激流推着这只船飞快地向下游驶去了。

当船行到安全地带的时候，船工们把船停到岸边。大家上了岸，就返回上游找老艄公。走到老艄公呼喊的地方，见他已经变成了一座石岛，昂着头，挺立在激流当中。这个地方，正好是一条没有暗礁的河道，老艄公献出了自己的身体，永远屹立在这里，为过往船只指引航向。以后人们把这座石岛叫"中流砥柱"，也叫"朝我来"。

从此以后，中流砥柱就成了峡谷中的航标，船只驶过三门以后，就要朝着中流砥柱直冲过去，眼看就要与砥柱相撞时，砥柱前面波涛的回水正好把船推向旁边的安全航道。这样，船只就避开了明岛暗礁，顺利地驶出峡谷。

由于老艄公战胜了洪水，所以他总是高出水面，水涨岛也涨，永远淹不没，冲不垮。

讲述人：王海亭

采录人：张振犁　杨帆　程健君

录音：程健君

记录地点：河南省三门峡大安村

记录时间：1985年4月24日

驯服黄河

混沌初开，大地上还是一潭洪水，只有那高山和陡岭上，能住些人。一天，天神看到这情况，心里非常难过，就没日没夜地用金瓢舀水。他舀呀舀呀，眼看快要把水舀完，天神想，要把水舀完，天下百姓咋活呢？他灵机一动，打定主意，把水舀完后放下两条龙来，叫龙在人间耕云播雨。当天神把水舀完时，两条龙就下来啦。南方的一条叫青龙，就是长江；北方的一条叫黄龙，就是黄河。南方的青龙性情温和，非常驯服，在南方养育着两岸百姓。而黄龙就不然，自从天上降下后，气势凶猛，一声吼叫，便张牙舞爪地跑哇抓呀，碰到高原给抓个深沟，遇到平地就抓个深潭。山上迁下来的人被它冲走了，人住的穴洞、草棚被它淹没了，逼得人们没法生活。天神知道后，大怒，说道："怎么能让它横行霸道，把它锁起来！"当黄龙跑到龙门时，不知不觉，它的脖子上就套了一把锁。千里咆哮行凶的黄龙，便低头摆尾，乖乖听令。过了龙门，它又不守规矩啦，照旧横冲直撞起来。这时，人们又向天神禀报，天神说："一锁二堵，黄龙必降。"黄龙正向下游跑着,南邙北邙就堵在它的两侧,使黄龙北走不动,南跑不成,只得低头驯服。过了一段,它又恶习复发,闹腾开了,天神又规定它走九弯十八曲,故意消耗它的精力,让它老老实实地养育两岸的人们。

讲述人:张清朝

采录整理:张治国

记录地点:河南省洛阳市龙门山

记录时间:1983年2月

通天柱与巡河大王

很古很古的时候,三门峡是一片汪洋大湖,北至山西的清凉山,南至河南的魏德岭,全都是水。那时,水里的妖怪很多,常常兴风作浪,闹得大水四溢,百川横流。沿岸村庄田地,大片大片被淹没,来往船只,也常被妖精推翻,不知多少人的生命被吞噬。

一天,有条渡船行到湖中,突然刮起大风,船被刮翻了,一船人翻到大水里再没有上来。有个老船工有钻水逐浪的本事,从湖心游上了南岸,到岸上扭头一看,看见湖心里漂个黑黢黢的大鳌子,足有两顷地那么大。仔细一看,不禁大吃一惊,原来是一只大乌龟浮在水面上晒盖哩。他慌忙转告了众乡邻,人们吓得惶惶不安,就向大禹祷告。

大禹知道了这件事,很快来到三门峡。举起大斧,在三门峡山上砍了三下,劈开了三道门,就是鬼门、神门、人门,湖水被分成三股,顺着三道门放走了。湖水慢慢落下运河,那只大乌龟可受不了,在湖里翻腾起来,有时也爬到岸上伤害人畜,百姓四处逃难。大禹一见,怒不可遏,抽出宝剑向大乌龟砍去。乌龟对这些并不惧怕,可是一见大禹手中的宝剑原来是条虹龙,它害怕了,战不到三回合就被大禹刺伤。伤口的血溅到两岸的石崖上。如今,三门峡河谷两边的峭壁上,还残留着一片片红土石块的痕迹。

大乌龟被刺伤后,企图挟大水南逃,便顺着水的流势,一头向南山上撞去。眼看那奔腾而下的大水就要随着大乌龟向南边漫去，河南边当时还躲着成群逃难的老百姓，不是又要第二次遇险吗！在这紧要关头，大禹当机立断，举起宝剑向空中一挥，大喝道："哪里逃！"一道白光就向大乌龟逃窜的前方飞去。那宝剑一出手，刹那之间，剑柄化作一头雄狮，怒吼一声，从天而降，张着大口蹲在鬼门河口的一边；那个虬龙的剑体，化成了一根巨大的苍柱，在天上转了几圈，轰隆一声，倒插在鬼门河下口。大乌龟这一下可吓呆了。往前去，闪闪发光、隆隆作响的通天柱挡住了去路；欲横行，一头雄狮在身旁张着大嘴；想后退，身后大禹抡起大斧向自己砍来，吓得它魂不附体，马上现了原形。原是一个六臂黑面的大汉。他扑通一声跪倒，向大禹求饶："禹王呀，别杀我，我愿意听从你的调遣，叫干什么都行！"大禹看他一片诚意，便封他为"巡河大王"，令他监督河上的其他妖怪，不得再兴乱作怪。从此以后，洪水流走了，河妖平息了，人们才得到了安居乐业。所以后人在三门峡的禹王庙下角处，专门另盖了一座七尺高的小庙，群众叫它"大王庙"，祭罢禹王的时候，也给它烧点香火，龛里的六臂黑面塑像就是那位巡河大王。

千百年来，人们一直把屹立中流的通天柱——砥柱峰和那鬼门河口上的狮子头石岛，奉为震慑黄水淫威的大禹留下的神物。

讲述人：薛子奇　王新章

采录整理：戴征贤

记录地点：河南省三门峡

记录时间：1982年12月

邙山的传说

相传禹王治水以前，洛阳一带是汪洋一片，成为浩瀚的中州大海。这个海里还有些巨龙怪兽，时常兴风作浪，使洪水毁坏良田，毁灭人畜，为害很大。

第七章 历史从大禹时代开始吗

舜帝即位后，让禹王治水，禹王历尽艰险，走遍四海九州，察看地形。利用山川形势、洪水流向，采取疏导的办法，使洪水东流入海。

禹王来洛治理这片浩瀚的洪水，当他发现洪水之中有条长达数百里、身厚百丈的巨龙时，认为如不先除此怪物，即使水道开通，它也会把它毁成废墟，功劳白搭。因此，他非常发愁。

一天夜里，他在太行之巅，刚入睡，梦见一个金盔金甲金面银须的大将军来到他的跟前，拍了他一下，他猛然惊醒。醒来确有一个金人站在面前，他心里害怕起来，忙向金人叩头。金人笑着说："禹呀，你不要害怕。我是西天长庚星神，奉天皇之命，来给你传授治水之术、降妖之法的。天皇看你治水，上合天意，下顺民情，派我来相助。"禹王听了非常感动，又跪下道谢。长庚星扶起禹王说："要治水，先除妖，天皇赐你平妖斧一把，破洪船一只，我已给你带来，你可以乘船执斧，斩妖劈山。"说着从耳孔里抽出一把小斧，从口袋里取出小船一只。禹王看见又惊奇又好笑。长庚星看透了禹王的心事，就严厉地说："禹呀，你别笑，别轻看它。这两件宝能大能小，携带方便。告诉你，这洪水中的巨龙，是条已修炼千年的黄蟒，肉是黄色，骨为红色，是水怪之王。把它除了，你治水才能成功。你若有难，用斧向西一指，我即来助你。"说罢没等禹王答话，便腾空而去。

禹王获得了这两件宝，高兴得一夜未睡，第二天一早就下山入海。他把小船放入水面，小船忽然变大了。他站在船上稳如泰山，从耳孔中拔出小斧，一拧，有一丈多长，当作篙竿，划着宝船向峰高浪险处游去。见水中怪物，他举斧就砍，霎时，砍死不少，没砍住的跑了，砍死的顺水漂去。禹王砍死怪物不少，就是不见黄蟒下落。他找哇找，找了七七四十九天，才在一处百丈以下的大水潭中遇见了黄蟒。

禹王怎么会到深潭处发现黄蟒呢？也是黄蟒命该受诛，它在这深潭五十多天，实在困得不耐烦了，把头伸出水面看看动静，恰好禹王船到，看见了它，入水底。禹王不管三七二十一，举斧就砍，黄蟒急躲，尾被砍伤。

黄蟒急了，也施展法术：一会儿喷水，白浪滔天；一会儿喷火，海水灼热；一会儿又喷黑雾，笼罩水面如夜；一会儿飞沙走石，海面砂石滚滚，遮天盖地。可是，禹王驾有宝船，拥有宝斧，一连与黄蟒战了三天三夜，擒它不住，正在为难之时，猛然想起长庚星神所指点的话，就用斧向西方一指，说了声："请！"霎时，长庚星神就从西天而来。长庚星神手拿镇妖塔，往水中一放，一道金光骤起，黄蟒的巨头仰起乱摆，身子再也动弹不得。禹王举起大斧，用尽全力，朝黄蟒的脖颈砍了三斧，黄蟒的巨头被砍掉，顺水漂去，长庚星神见黄蟒被诛，收了宝塔，飘然而去。黄蟒的巨大身躯，一曲蜷，滚了百丈远，倒在浅滩，就变成了今日的邙山。

禹王诛蟒以后，邙山以北的洪水流入了东海。但伊洛水仍不能入黄东流，禹王又劈龙门，凿黑石，并在巩县（今巩义市）北面，在死蟒身上砍了三斧，砍断了蟒尾，才打开了伊洛水的去路。今巩义市北邙山有断口，伊洛水从那里流入黄河。洛阳一带成了一个土地肥沃、风景优美的小平原。禹王很欣赏这里，因此即位以后，就建都于洛阳。

采录整理：白眉

记录时间：1983 年 12 月

河伯授图

传说大禹治水以前，黄河流到中原，没有固定的河道，经常泛滥成灾。

那时候有个叫冯夷的人，被黄河水淹死，一肚子怨恨，就到天帝那里去告黄河的状。天帝听说黄河危害百姓，就封冯夷为黄河水神，称为河伯，治理黄河。

河伯掏尽了气力，治了许多年，也没把黄河治住。他已年迈体弱，想着世上总有一天会有人能治理黄河的。为着后人治水少费点劲，他天天奔东走西，跋山涉水，察看水情，画了一幅黄河水情图，准备把它授给能够治理黄河的能人。

到大禹治水的时候,河伯决定把黄河水情图授给他。

这时,世上有个射箭百发百中的年轻人,叫后羿。他见河伯身为黄河水神,治理不了黄河,只是东奔西跑,不知道在干什么,便想把河伯射死。

这一天,河伯听说大禹来到了黄河边,就带着那幅水情图去找大禹。河伯和大禹没见过面,谁也不认识谁。河伯跑来跑去,见河对面有个英武雄壮的年轻人,就喊着问:"喂!你是谁?"

原来站在对岸的是后羿。他抬头一看,喊话的老头仙风道骨,就问:"你是谁?"

河伯高声说:"我是河伯。你是大禹吗?"

后羿一听是河伯,冷笑一声说:"我就是大禹。"说着张弓搭箭,不问青红皂白,"嗖"的一箭,射中河伯左眼。

河伯捂着眼,疼得直冒虚汗,心想:大禹呀,你好不讲道理。想着生气,就去撕那幅水情图。正在这时,猛地传来一声大喊:"河伯!不要撕图!"河伯用右眼一看,对岸一个戴斗笠的年轻人拦住了后羿,不让他再向自己射箭。这个人就是大禹。原来,大禹知道河伯绘了黄河水情图,正要找河伯求教呢。

大禹过河来,跑到河伯面前,说:"我是大禹,刚来到这里。听说你有一幅黄河水情图,特来找你求教。"

河伯说:"我用了几年心血,画了这图,现在就授给你吧。"大禹展开一看,图上密密麻麻,圈圈点点,把黄河上上下下、左左右右画得一清二楚。大禹高兴极啦。他正要谢谢河伯,一抬头,河伯早没影了。

后来,大禹根据河伯授给他的黄河水情图,疏通水道,终于治住了黄河。

采录整理:申法海

记录地点:河南省新乡市

记录时间:1984年1月

文献记述：

　　禹尽力沟洫，导川夷岳。黄龙曳尾于前，玄龟负青泥于后。玄龟，河精之使者也。龟颔下有印，文皆古篆字，作九州山川之字。禹所穿凿之处，皆以青泥封记其所，使玄龟印其上。今人聚土为界，此之遗像也。

（《拾遗记》卷二）

禹王导黄河

　　当初，禹王想引黄河东流。他拿鞭"哧"一划，要让水打这儿（紫微宫峡谷）走哩。他划罢就下棋去了。

　　大禹在棋盘山正下棋哩，说："让我看看水到哪儿了。"他来到天坛山三叉洞上一看，见河水一下都从王屋山西南的山谷里滚到东边去了。

　　大禹一急，拿起鞭一个筋斗追上野水，举起鞭就打："好一个野水呀。"于是，黄河水就跑了，从西边一下跑到南边去了。

　　讲述人：黄习瑞

　　采录人：张振犁　程健君　胡佳作

　　记录地点：河南省济源市

　　记录时间：1983年2月

大禹导沇水

　　一天，大禹治水来到王屋山天坛峰下。这里有一条蟒精在太乙池内兴妖作怪。

　　大禹一见，就挥舞大斧，除蟒治水。蟒精吓得吸了一肚子水以后，就一直往西窜，一头钻到西山（山西阳城）山洞里，肚子里的水便喷泻而出，成了一条大河，这就是蟒河。蟒河穿过太行山，绕过王屋山，流到济源县（今济源市），归入九曲黄河。

当时,大禹在太乙池内还砍了两斧,就出现了两条暗道。池水马上从地下伏流了一百二十里,分成两股水:一股水从龙潭寺泉眼流出,一股水从济渎庙泉眼流出。这伏流的暗水就是沇水。这两股水又合成济水,一直向东流入渤海。从此,济水南岸就有了济源、济南、济宁、济阳一溜儿城镇。

采录人:胡佳作

采录人:张振犁　程健君　胡佳作

记录地点:河南省济源市

记录时间:1983 年 2 月

文献记述:

导沇水,东流为济,入于河,溢为荥。东出于陶丘北,又东至于菏,又东北会于汶,又北东入于海。

(《尚书·夏书》)

济水出河东垣县东王屋山为沇水,又东至温县西北为济水。

(《水经注·济水》)

《山海经》曰:王屋之山联水出焉,西北流注于秦泽。郭景纯云:联、沇声相近,即沇水也。潜行地下,至共山南,复出于东丘,今原城东北有东丘城。孔安国曰:泉源为沇,流去为济。

(《水经注·济水》)

渎有祠,以祀大济之神。其殿北复有北海神殿,北海之前有池,周七百步。其西一池,周与之等,而中通焉,即济水所聚。盖其源自王屋山天坛之巅,伏流百里,至此复见。东南合流至温县,历虢公台入于河。

(《金薤琳琅·游济渎记》)

滚土堆

古时候的禹王最会治水,他的法力大,所以一路上的妖魔鬼怪都降服了。禹王最后驾着神龙,把黄河一直打通到东海。

禹王的爹叫鲧,鲧在玉皇大帝驾下当天官。一天,玉皇大帝在王母娘娘那儿多喝了几杯,就在蟠桃园里偷撒了泡尿。这下地上可遭了灾,发了大水。人都没法过,到处都是水。

鲧就向玉皇大帝进言,要治住下面的水,不然就没有人了,谁还向天庭上贡?玉皇大帝就问用什么法子。鲧说必须用国库里的息壤,这是一种宝土,见风就长,能把水挡住。玉皇大帝一听要用他的宝贝,就不答应。鲧不愿看到黎民百姓就这样都淹死,就偷了息壤,下凡来治水。

洪水平息了,玉皇大帝发觉了这事,派天兵天将来捉拿鲧。鲧正好来到咱这里。咱这里地洼,淹得最厉害。鲧正要用块息壤把这里填平,天兵天将来了。鲧就把那块息壤向他们砸去,但没砸着,一会儿就长成了一个土埂堆。最洼的地方就成了湖,也就是今天的南阳湖。鲧没砸着天兵天将,就跑了。天兵天将一直把他撵到天边上,把他杀了。鲧现出原身,是只大黄龙。

鲧虽然死了,身体却还好好的,跟活的一样。过了三年,突然大吼一声,从黄龙肚里飞出一条小龙,这就是禹王。

禹王有他爹鲧的神力,继续治水,挖通了黄河,洪水也就平了。禹王治水有功,当了皇帝。为了让人们记住他爹鲧,就把这个土埂堆叫鲧土。"鲧"字认识的人少,也就念成了"滚"。

年代久了,刮风下雨,土不停地往下滚,滚土堆也就越来越小了。

讲述人:张林相

采录整理:张运武

记录地点:山东省鱼台县罗屯乡后张村

流传地区:山东省鱼台县一带

记录时间:1989 年 7 月 25 日

第七章　历史从大禹时代开始吗

大禹锁蛟

　　大禹治水时，疏导黄河来到浚县大伾山下。他把船拴在大伾山南头石桩上，带领助手上大伾山顶，居高临下察看水情。只见洪水横溢，无边无沿，完全淹没了黎民百姓的田园。大禹根据地势疏通引导，清除泥沙，排放洪水，筑堤修坝，保护田园。大伙儿在大禹的带领指挥下，干哪，干哪，每天工程都有很大进展。但不知什么原因，第二天就又变得泥沙堵塞，和原样一般。大禹非常纳闷。他为了查清原因，夜里不睡，躲在山洞里，偷偷观察动静。三更以后，忽然听到"呼隆隆隆，呼隆隆隆"像暴风雨般的响声，又看到小山一样的大浪一个接一个向堤坝扑来，仔细察看，还有一个黑乎乎的影子，像一条大蟒在浪头上翻腾，惊涛骇浪紧跟它翻滚。这个黑色怪物把尾巴一拧，一头朝堤坝撞去，"轰隆"一声，堤坝倒塌啦，洪水又到处横溢，工程全被它毁了。大禹气愤极啦，原来是这个怪物在捣乱。

　　第二天，大禹向大伙儿讲了在夜间看到的情形，并部署了数百名身强力壮的男子汉，各备弓箭，夜里分头隐蔽在大伾山东侧。到了三更，那个怪物又来了，还是那样猖獗。大禹等待那怪物接近时，发令"放箭！"数百张弓万箭齐发射向怪物。只听"哞"的一声长吼，那个怪物疼得蹿出水面一丈多高，"扑通"一声又跌落下来。大伙儿齐声呐喊着向怪物扑去。大禹冲锋在前，挥动宝剑刺向怪物。大怪物浑身是箭，活像个大刺猬，又被大禹戳了两剑，再没力气逃跑了。大伙儿齐动手，把怪物拖上山坡，锁在一个石桩上。天亮了，男女老幼都去围观，原来锁住的是一条大蛟。至今大伾山上还有一块锁蛟石呢。

　　后来大禹怕蛟跑了，又把蛟转移到新镇西枋城一眼深不见底的井里，井口上盖了一块青石板，永不让它出来为患。至今西枋城还有锁蛟井的遗迹。

　　讲述人：越永昌

采录整理：邢清玉

流传地区：河南省浚县新镇一带

记录时间：1989 年 10 月

大禹治水

很早很早以前，地上的人与天上的龙相处得很好，人啥时要雨龙就给雨，龙要啥东西人也给。

后来人多了，意见不一致，有的今天要雨，有的明天要雨，把龙忙得没法；人呢，谁也不给龙东西。这样，龙生气啦，忘了关门，睡觉去了。雨成天下，遍地是水，成了灾难，淹死了许多人。

有个叫大禹的，特别有本事，谁也没他能。大禹乐意给大家办事，就先到天上关了下雨的门。雨停了，可地上的水很深，没处流。大禹就从西到东挖个大沟，就是有名的大黄河。水进到沟里一些，地上的水还是很多。那时，地很平，东西南北一般高，水不往外流。大禹一看挖了沟还不中，就到东边把地往下压压，到西边把地往上抬抬，成了西高东低，水才慢慢向东流走了。

地上的水没了，可龙却养成了睡大觉的坏毛病，一两个人想叫它下雨，也叫不醒。没法，大禹就把人们叫在一起，嫌力量小，又把庙里的神也抬到太阳下，大伙烧香磕头，打鼓敲锣，照着天上一齐大声喊叫："龙啊，龙啊，可怜可怜人，下点雨吧！"有时把龙喊醒了，就下点雨，把下雨的门一关，又去睡觉了。

大禹向龙求雨的办法，直到新中国快成立的时候，人们还不断地使用。

采录整理：阎泉峰

记录地点：河南省滑县城关镇

记录时间：1983 年 2 月

第七章　历史从大禹时代开始吗

皇帝和龙

传说大禹治水时,请来东海龙王帮忙。龙王说:"开山引水入海对我来说不算难事,不过事成之后你得好好谢我。"大禹点头:"好说,好说。"

龙王来到地上,正要开山,不想却触怒了山中的虎大王,龙王坚持开山引水,为民造福,老虎却只想保护自己领地的完整,于是龙虎打斗起来,从地上到水里,又从水里打到地上,几经苦战,龙王终于取得了胜利。它使出全身功夫,"轰隆!轰隆!"几下子,就把大山劈开了。水随着通道流进海里,大禹治水成功了,百姓一致拥护他做了皇帝。

龙王跑来对大禹说:"如今大功告成,你做了皇帝,当初答应我的事你就看着办吧。"大禹说:"你要哪方面的好处呢?金钱还是美女?"龙王说:"我才不稀罕那些呢。我别无所求,只图个名声。"大禹为难了:"你是龙,我是人,咱们不同类。由龙来做人间之主,百姓恐怕不答应。"龙王想了想说:"我并不想夺你的皇位,你就封我一些虚名。只要我能和你的名声一样大,能同样受到老百姓的尊重就行了。"

大禹想了一会说:"我把你的名字封遍整个皇宫,凡是与我有关的一切事物,统统加上一个龙字,比如:我穿的衣服叫龙袍,我睡的床叫龙床,我戴的帽子叫龙冠,我写字的桌子叫龙案……此外金銮殿上绘龙,地上雕龙,柱子盘龙,墙壁画龙……让人们时时刻刻看见你,永永远远记住你,你看这样可好?"

龙王听了,哈哈大笑:"唔,不错。不过……禹王,若你百年之后,你的子孙恐怕就会忘了我了。"大禹一笑说:"这好办,只要我立个规矩,自我之后,每传一个皇帝,就把龙王的名字传下去,不就行了吗。"龙王一听,这才满意地回海里去了。

就这样,历代的皇帝均按大禹传下来的习惯,把龙看作皇帝的象征,皇帝把自己看作是龙的化身。

讲述人:张连德

采录人：丁亚宏

记录地点：河南省温县黄庄乡

记录时间：1989年8月12日

禹王锁蛟（一）

在河南省禹州市北关有一名胜叫"禹王锁蛟处"。

相传，当年大禹在禹州市附近治水的时候，触怒了颍河里的一条蛟龙，它专门与大禹作对，它飞多高水就涨多高，把大禹率领人们辛辛苦苦垒起的河堤冲毁殆尽。后来，大禹想尽办法捉住了这条蛟龙，但是，因为它是天上的神物，大禹不能把它杀死，怎么办呢？于是，大禹就用一条又粗又长的铁链子把蛟龙锁了起来，然后把它投进了禹州市北关的一口八角井里，又用一块大石头把井盖封了起来，使它永不能再兴风作浪。

据说，参观的人现在还可从井口的石缝里看见蛟龙在井底隐约出现呢。

讲述人：朱玉洁之祖母

采录整理：朱玉洁

记录地点：河南省禹州市火龙乡

记录时间：1989年12月

禹王锁蛟（二）

大禹治水的时候，禹州城北关住着一对老夫妇，膝下无子，收留了一个被水冲来的孤儿做干儿。这孩子聪明伶俐，老两口爱如掌上明珠。但他一不学文，二不习武，啥事也不干，整天泡在颍河里戏耍。老两口心里不安，生怕儿子有个三长两短。他们无论怎样劝阻都不济事，那孩子死活不改，非下河玩水不可。老两口没办法，只好任他去玩。

寒冬腊月，寒风刺骨。大禹治水从颍河边经过，突然见河里有一顽童在玩水，浑身冒着热气，一点儿也不觉得冷。大禹定睛一看，发觉这顽童是蛟龙所变，不由得暗自惊奇，立即派人盯住这孩子，暗地察看他家在哪里。

原来这只蛟龙晓得大禹的厉害，生怕被大禹捉住，因此变化成小孩，躲在这一老汉家里暂时藏身。

第二天，大禹扮作一个老汉来到顽童家里，以喝水为名，和老人攀谈起来，问道："老哥，你家有几口人，膝下有几个孩子？"

老汉长叹一声："唉！命中无子，收了个干儿生性顽皮，每天啥事不干，只知道去河里洗澡，俺老两口多次劝说，他都当耳旁风。唉！把人快气死了。"

大禹说："大冷天我见个孩子在河里玩水，想必就是他吧？"

老汉说："正是。"

说话间，天已晌午，老人便留大禹在家吃饭，大禹满口答应，老汉让老伴做了面条招待大禹。饭刚端上桌，只见那孩子从河里回来了。他进门看见大禹，二话不说，转身就走。说时迟，那时快，大禹顺手从碗中捏起一根面条，叫声"变"，面条立即变成一根又粗又长的铁索。他手拿铁索，只听"哗啦"一声，套在那孩子的脖子上。大禹喝道："畜生，还不快现原形！"话音没落，那顽童变成一条几丈长、口如血盆、眼像灯笼、张牙舞爪的蛟龙。老人一见吓得浑身哆嗦。

大禹说："老人家，不必惊慌，我实话告诉你，他本不是人，原是一条蛟龙，怕我捉拿它，才变成人形，暂时到你家躲藏。"大禹说罢，把锁住的蛟龙压在一口八角井内。那蛟龙苦苦求告说："我啥时候能出来？"

大禹说："除非石头开花那天！"

过了多少年月，有一个新上任的州官来到禹王锁蛟井，他想看看井里被锁的蛟龙到底是啥样子，但又怕头上的纱帽掉进井里。所以随手摘掉纱帽，放在井旁的石桩子上。井内蛟龙看见石柱上花花绿绿的帽花，以为是石头开了花，它挣扎着想出来。转眼间，井里呼呼声响，井水一个劲儿往上涨，州官吓得魂不附体，掉头就跑，衙役取下纱帽赶紧给州官送去。

蛟龙看不见石柱上头的花，才又老老实实躺在井里。

讲述人：朱超凡

采录人：王同全

记录地点：河南省禹州市

记录时间：1983年2月

禹王锁蛟（三）

上古帝舜时，有段时间，天连降大雨，一时沟满河平，江河横溢，洪水泛滥，好好的庄稼都淹没在水中，老百姓都把家搬到附近的高处，一时生活极为困苦。同时，各种猛兽也乘机而出，骚扰百姓，严重地威胁到人们的生活。为了帮助解救遭受不幸的人们，帝命鲧、禹父子治水并驱除各种害人的猛兽。在广大群众的帮助下，经过多年的努力，大禹终于治住了洪水，并杀死了一些伺机出没侵食人畜的猛兽。天下渐渐太平了下来。

可是在现在的豫中颍河的两岸，常常发生人畜丢失的现象，有的人傍晚还好好的，可是到天明就不见了，连一点血迹都没留下。次数多了，人们就发现，哪天晚上有大风大雨出现，哪天晚上就必定有人畜丢失，可都不知是怎么回事。人们惊恐万分，生怕哪天晚上不幸会降到自己的头上。人们还发现颍河中的水本是风平浪静的，有时却突然会恶云滚滚，涛声震天，河水涌出河床，流向两岸，冲坏两岸的田地和村舍。人们还发现，过河的人常常在河心忽然沉入水底，再也不会出来。种种迹象表明：这里有逆龙。不错，这水中确有一条龙——蛟龙。大禹治水时，它还小，也没做什么坏事，所以人们并不知道它，当然禹在剿除猛兽时，也没杀死它，现在它长大了，遂得以在这一带作恶。

不久大禹听说了，便带人来捉蛟。经过一段时间的观察，慢慢就摸清了它的活动规律。有天晚上，它刚出来，就中了箭。它知道不妙，连忙撤身往水中钻，说时迟那时快，大禹一抖手，扔出一扇渔网，这网见风就长，银光闪闪,霎时间布满水面。蛟龙一看不妙,连忙撤身向西山逃去。大禹带人在附近搜索,在西山发现一个山洞,洞口有一溜血迹。一定在这儿!大禹命人包围洞口,一面命人运干柴堵住洞口,准备点火,把它熏出来,一面又在洞口张开了一面大网,同时命手下人一见它出来就开弓放箭。一切布置停当,"点火!"一声令下,只见火光冲天,浓烟滚滚,恰巧当时正有北风,北风把烟全都刮进洞了,一会儿工夫,就听一声巨响,蛟龙从洞中钻了出来,它太猛了,把整个网挣得紧紧的,再想走已来不及。"收网!"一声令下,网口扎住了,又用几根绳把它捆得紧紧的。然后命人打制了一条铁链,把它锁住,投到了附近城中的一口井中,用石板封口,贴上封印,它再也不能出来了。大禹说:"你要想出来,除非石头开花。"这座城就是现在的禹州城。

一年又一年,也不知过了多少年。有一年,一个州官慕名来游玩,来到这里休息时,把帽子摘下放在了石板上。这可了不得了,就听下面的水像沸腾一般,血红血红的水翻滚着涌了上来,离井口越来越近。这州官可吓坏了,闹不清是怎么回事,一名侍从忙上前,把帽子拿了下来,一会儿,声音渐渐平息下来,水也落了下去。原来那位州官的帽子上恰巧有一朵花,正应了大禹说的那句话。

这个井就是现在禹州城内的八角琉璃井。

讲述人:刘刚

采录人:刘增杰

流传地区:河南省禹州市

记录时间:1986 年 7 月

大禹捉蛟

大禹治好了黄河的水患,想到家看看老婆孩子。回家的路上,他向南一望,发现颍河一带天连水,水连天,雾气腾腾。大禹想:莫不是从黄河溜走的那条蛟龙，窜到颍河作恶去了？他决定到颍水边看看，家也不回了，直朝颍河走去。

大禹来到颍河，那里的风浪便停息了。他断定这是蛟龙知道他来了，隐藏了起来。大禹下决心要把这条蛟龙捉住。

蛟龙藏哪儿去了呢？它摇身一变，变成了人形，钻到禹州城去了。大禹便追到城里去找。他一天到晚在大街小巷里转悠，直找了六天六夜，没有发现蛟龙。怎么办呢？大禹想：这畜生食量很大，它不能不吃东西。想到这里，他心里的计谋就来了。

大禹也不到处找了，他扮成一个厨师，在西门里路北边开了个饭铺，卖起饭来。

一天，天擦黑的时候，一个一脸横肉的汉子闯进了大禹的饭铺。大禹搭眼一看，就知道这家伙是蛟龙变的，心中暗暗高兴，他迎上去笑着问："客人想吃饭吗？"蛟龙变的汉子说："不吃饭我来这里干啥？"大禹又赔笑说："对不起，别的东西卖完了，还有面条。"那汉子说："面条也好，做一大锅来。"大禹忙把面条下好，端了出来。

那汉子接过面条，头也不抬，大口就吃。大禹看那汉子快把面条吃完时，喊一声："变！"面条变成了铁链子，那汉子吐不出来，又咽不下去，马上现出了原形。大禹牵着铁链子，把蛟龙压到了井里。

讲述人：张西坦

采录人：张康民

流传地区：河南省禹州城关

禹王锁蛟井

据说古代的洪水灾害，主要是由于蛟龙作怪，它有呼风唤雨的本领，行走带着洪水，走多高就能把水带多高。人们深受其害，多亏大禹在治水时大施法力，捉住了这条蛟龙，水害才得以平息。后来大禹就用大型铁锁把蛟牢牢锁在自己都城之内的深井中,使它永远不得再出来兴风作浪,为害人类。因此自夏代至今的数千年来,我国没有再发生那种"洪水横流,泛滥于天下"的骇人水灾,主要全赖禹王锁蛟之功。

讲述人:张西坦

采录人:张康民

流传地区:河南省禹州城关

启母石的传说

传说,古代那个治洪水的大禹是我们禹州市人,他曾因势利导治水救灾,给百姓做了一件大好事。

大禹是个大公无私的人,人们相传,他为治理泛滥的洪水,曾"三过家门而不入"。可他妻子却是一个自私自利的人,她见大禹整日不回家,心中十分不满。有一次送饭时,还见大禹变成丑陋的狗熊去拱石头,她更是恼羞成怒。一气之下,铁了心肠,变成了一块坚硬的顽石。大禹回来,见妻子变成了石头,心想自己日后死了,没有儿子来继承事业怎行?于是愤怒地对着顽石大喊一声:"启!"果然,顽石霎然中开,从石头里蹦出一个天真活泼的小孩来,这便是禹的儿子——启。这块石头也被人称作"启母石"。后来又过了许多时间,世间历尽沧桑,那块"启母石"也不知流落到了何方。

讲述人:徐红娟之祖母

采录人:徐红娟

记录地点:河南省禹州市褚河乡徐庄

记录时间:1989年12月

打开龙门口

为治理洪水,大禹带领部下常年出入于洪水之中。几年过去了,他虽然累得筋疲力尽,可是洪水仍有增无减。他眼睁睁看着良田被淹没,房屋被冲垮,成千上万的百姓淹死在洪水里。看着这凄惨的景象,他心里像刀割一样难过。他日夜思考着治理洪水的办法,可是一直没有头绪。为此他愁得吃饭不香,睡觉不甜。

正在发愁,部下又来报告,说是洪水仍在上涨,又淹没了很多土地和村庄。大禹来到水势凶猛的龙门察看,他对着脚下的一片汪洋叹息,落泪。此刻,忽然听到不远的地方一个樵夫高声唱道:"打开龙门口啊,旱坏那吕梁江哪……"他听到樵夫这样唱,心头不觉一震,觉得樵夫这两句山歌很有道理,很受启发。于是他便迫不及待地来到樵夫跟前,深施一礼,问道:"请问老伯,您唱的这两句山歌是什么意思?"

樵夫摘下草帽扇着风说:"我是笑大禹太无能了,他治水已好几年,可是治来治去还不见有个眉目。"大禹见他话里有话,急忙追问道:"请问老伯,依您说这洪水该如何治理才好?"老人一抹胡须说:"依我看要彻底治住水患,不能光靠堵截,只有疏通才行。要是把这座山打开,一切问题都迎刃而解了。可惜老汉我年事已高,无能为力呀!"老汉说罢,化作一阵清风不见了。

老汉走后,地上留下一柄砍柴的斧子。大禹看着那座山,心里顿时来了气:"要不是你挡住水路,百姓怎么会受那么大灾难,我恨不得一下把你劈成两半!"说罢他抢起大斧狠狠地朝大山劈去。只听得山崩地裂一声巨响,大山一下被劈成了两截,洪水顺着山口向外涌去。没多久,大地上的洪水消退了。从此百姓们过上了安居乐业的生活。

讲述人:贾德林

采录人:贾国中

流传地区:河南省禹州鸿畅乡

记录时间:1985 年 3 月

第七章 历史从大禹时代开始吗

文献记述：

禹通三江五湖，决伊阙，沟回陆，注之东海，因水之力也。

(《吕氏春秋·慎大览·贵因》)

舜之时，共工振滔洪水，以薄空桑。龙门未开，吕梁未发，江淮通流，四海溟涬，民皆上丘陵，赴树木。舜乃使禹疏三江五湖，辟伊阙，导廛涧，平通沟陆，流注东海。鸿水漏，九州干，万民皆宁其性。

(《淮南子·本经训》)

伊水又北人伊阙。昔大禹疏以通水，两山相对，望之若阙，伊水历其间北流，故谓之伊阙矣。

(《水经注·伊水》)

禹凿龙关之山，亦谓之龙门，至一空岩，深数十里，幽暗不可复行。禹乃负火而进。有兽状如豕，衔夜明之珠，其光如烛。又有青犬，行吠于前。禹计可十里，迷于昼夜，既觉渐明。见向来豕犬，变为人形，皆着玄衣。又见一神，蛇身人面，禹因与语。神即示禹八卦之图，列于金版之上，又有八神侍侧。禹曰："华胥生圣子，是汝耶？"答曰："华胥是九河神女，以生余也。"乃探玉简授禹，长一尺二寸，以合十二时之数，使量度天地。禹即执持此简，以平定水土。蛇身之神，即羲皇也。

(《拾遗记》卷二)

诸侯山治水

相传在远古的时候，洪水泛滥成灾，阳翟一带到处是一片汪洋。土地被淹没，房屋被冲倒，成千上万的百姓在洪水里死去。当时有一位治水英雄名叫大禹，一心要治服水害，为百姓除难。这天，大禹召集各诸侯在阳翟北部的蜘蛛山顶聚会，一起商量治服水害的办法。聚会时，众位诸侯七嘴八舌，意见很不一致。有的诸侯不住摇头，唉声叹气，认为这是天意、劫数,人力根本无法反抗;有的诸侯倒觉得,事情是人干出来的,动手治水,总比坐着等死强。大禹根据大家的意见,制定出一套治水办法。他觉得只要详查水情,疏通河道,洪水是一定能够治服的。大禹的主张和办法,得到了大多数诸侯的支持。

大禹带领众诸侯,看地势,查水情,日夜奔波在洪水中间。由于大禹和众诸侯齐心协力,终于查清了阳翟发生洪水灾害的原因。原来蜘蛛山和东面的灵山中间的一段山冈挡住了水路,要想排除阳翟的洪水,必须疏通这条河道。于是大禹领着诸侯和广大百姓,开凿河道,疏通水流。不管刮风下雨,日日夜夜,他们从来没有停止过。在开凿河道期间,大禹常和治水的诸侯登上蜘蛛山顶,坐在一块大石头上商量治水中遇到的多种困难。天长日久,大禹坐过的大石头上磨出了深深的屁股痕迹。就在这痕迹坑儿的前面,还有一条深沟,这是大禹在开通河道时,因浑身是汗坐在石头上歇息,天长日久,汗水把石头冲出了一条深沟。后人就把这条石沟叫作汗沟。

大禹领着诸侯和广大百姓,不知经历了多少个日日夜夜的苦干,终于把蜘蛛山和灵山之间三里多长的河道打通了。洪水沿着河道飞泻而下,没多久,阳翟地面的洪水就全部排除了。

后来,人们为了纪念大禹和诸侯们治水的功绩,把原来的蜘蛛山改为诸侯山。

讲述人:王全胜

采录人:王根林

流传地区:河南省禹州西北部

记录时间:1985年2月

石砭降妖

凡到龙门的人,都可以看见一根簪子模样的大石杵,插在西山脚下北头,石杵旁边长年累月冒着清泉,这便是蛤蟆嘴。

相传古时候,禹王治水,用神奇的石砭凿开龙门山,消除了水患,然后云游四海去了。这时,不知从哪儿来了个蛤蟆精,霸占了这一缺口。蛤蟆精兴风作浪,无恶不作,害得百姓叫苦连天,无法度日。

禹王重新回到中原后,得知这一消息十分气愤,就带着石砭前来。那蛤蟆精听说禹王来到,率领虾兵蟹将走出洞府,摆开阵势。蛤蟆精嚣张地说:"龙门已经归我所有,禹王休得来此过问!"话音落地,血盆大口一张,吐出一股黑气。一刹那狂风大作,电闪雷鸣,瓢泼大雨从天而降,伊河水暴涨,波浪翻滚,朝禹王扑将过来。禹王早有准备,驾上云头,口中念念有词,祭起石砭。这石砭不光是劈山凿崖的好工具,还是威力无比的降妖杵呢。只见一道金光凌空,"呼啦啦"一阵巨响,震得蛤蟆精和虾兵蟹将目瞪口呆,顿时乌云驱散,浪涛平息。蛤蟆精见法术被禹王破了,转身就想借土遁逃跑。禹王急忙用手中石砭扎下去,一下子戳穿了蛤蟆精的脊背,将其钉在龙门西山下。由于用力过猛,那石砭也拔不出来了。

从此,石砭下清泉涌起,人们都说,这泉水是从蛤蟆嘴里流出来的呢。

讲述人:邓沛云

采录整理:姜弘

记录时间:1984年3月

石 门

栾川县北川潭头盆地,土沃人旺,村庄密布。潭头东三里处,有一散散落落的大村,它背靠山岭,南临伊水。那岭叫石门岭,村子就叫石门村。

说起石门村的由来,有这样一个传说。

在上古时期,潭头盆地原是一个茫茫湖泊。每逢大雨,山水涌入,湖浪翻腾,吞没渔船,祸及四周。先民们只好散居坡岭高地,伐林垦荒,水落时则驾舟下湖,捕鱼糊口,生活极其艰难。如此日月,已不知过了多少个春秋。

一天雨后,湖面上突然出现一只小舟,上面一位身着长衫、面庞清癯、白须飘胸的长者,轻松摇桨,时而四下张望,时而凝目深思,满脸焦急的样子。据后人说,他就是为治水"三过家门而不入"的大禹。大禹来到这里,白天驾舟湖上,查看地形水情,晚上则上岸同周围山民共商治水大计,为民解除水患疾苦。不知经过多少时日,他终于发现湖水东部深,西部则逐渐变浅,便断定湖底东低西高。而湖泊东部恰有一岭横卧南北,与东西走向的伏牛支脉相接,挡住湖水退路,造成积水,酿为灾患。于是,他就决心带领山民,劈山凿岭,开通水道,让湖水东泄。

不知经过多少人和多少个日月的辛勤劳动,终于在东岭与南山的接壤处,开出了一道状似巨型石门的豁口,湖水便倾泻而出,渐渐露出湖底一片沃野。从此,散居湖泊四岭的先民们,陆续下山开垦良田,造屋定居,形成了不少村落。而居住在玉皇山凤凰台一带的先民,因定居在开凿石门的东岭之下,就把村名定为"石门",一直延续到今天。

采录整理:姜晋京

流传地区:河南省栾川县山区

记录时间:1983年2月

水牛沟

偃师县高龙乡境内,有个村子叫水牛沟。说起这个村名的来历,它与大禹治水还有联系呢!

相传大禹在洛阳一带治水时,喂有一头神牛。这神牛身高力大,既可负重,又可当坐骑。陆上能疾驰,水上能奔腾,遇到急事,它还会腾云驾雾,"日行千里,夜走八百"。这神牛能通人性,懂人语,是大禹的得力助手。

一天,大禹和神牛一起,沿着崎岖的山路,从龙门向大谷关走去。几天来,他与神牛风里来,雨里去,历尽千辛万苦,战胜恶魔与洪水,已是人困牛乏。但为了造福人类,大禹与神牛仍在四处奔走,治理水患。大禹听说大谷关南边的颍阳江洪水暴涨,就急忙赶去察看。

大谷关是万安山的一个豁口,南边颍阳江水常经此豁口溅到山北,所以人们又称大谷关为"水溅口"或"水泉口"。大禹和神牛来到大谷关西侧,只见颍阳江水浊浪排天,呼啸怒吼,向北方奔腾而来。这洪水如不及时治服,不仅大谷关内的庄稼被淹没,而且人畜也要受到大的伤害。但这突如其来的洪水如何去治,大禹一时想不出办法来。神牛见滔滔洪水向北滚动,不等大禹发号施令,便腾空而起,冲向洪水,张开大口喝起来。它喝了九九八十一口,把洪水全部喝进肚里。水灾消除了,神牛也筋疲力尽了。它稍一松劲,喝进肚内的洪水从屁股后排泄出来,把地上冲了一条沟,流进伊河。尽管神牛排出的洪水汹涌澎湃,但它是顺着壕沟流进伊河的,所以为害不大。大禹见神牛又树新功,非常感激,他来到神牛前慰劳,只见神牛喘了一口粗气,便卧下不动了。大禹心里一酸,泪如雨下。泪水冲掉了牛毛,神牛变成了石牛。

再说,自从这里有了这条沟,遇洪能排,遇旱能灌,使附近的土地更加肥沃,旱涝保收。人们见这里风水好,便沿沟而居。形成的村子叫什么名字呢?有人就想起神牛的恩德,把它叫"神牛沟",后来慢慢讹传为"水牛沟"了。时至今日,逢年过节仍有不少人到这里焚香烧纸,以表示对神牛的怀念、敬仰和感激。

采录人:杨聚全

采录整理:康仙舟

流传地区:河南省偃师县

记录时间:1983年2月

仙人石

汝阳县城以北约二十里与伊川葛寨乡的交界处,有个三四百户人家的村庄，叫作"仙人石村"。村西有块一间屋子大小的石头，上面密密麻麻地印着三寸来长的脚印。当地人说，那是给大禹送饭的仙女留下的。

相传很久以前，洛阳南边的龙门山上还没有龙门口。龙门山以南的山泉河流没有出路，水越聚越多，时间一久，就成了一片汪洋，人称"五羊江"。江水淹没了良田，冲毁了村庄，逼得人们流离失所，远走他乡。大禹受命到这里治理洪水，住没住的，吃没吃的，可艰难了。

玉皇大帝的七个女儿久慕人间男婚女爱的生活，经常背着父亲到南天门外观赏人间美景。一日，她们看见龙门山南江水苍茫，巨浪滔滔，想到人们的生死存亡，就劝父皇派出神兵天将，前往治理洪水。谁知这玉皇大帝只知享受人间香火，却不愿替人民办事。当七仙女得知人间舜帝已派大禹在治理洪水时，就商量着要帮大禹的忙。帮什么忙？送饭。

汝阳县城东南八里有座云梦山，终年云雾缭绕，紫气升腾，是天上神仙下界时的立足之地。众仙女商量，为了不被父皇发现，她们轮流到这里做饭，再到五羊江边送给大禹。第一个下界的是大仙女，她在云梦山的石洞里做好饭，又腾云驾雾飞到江边，站在一块大石头上左右张望，等待大禹的到来。也怨她们太粗心，没有把自己的打算告诉大禹，所以大仙女在石头上急得团团转，三寸金莲在石头上踏成了坑，也没有见到大禹。就在这时，天鼓响起，玉皇大帝发现大女儿私自下凡，派一神兵天将把她抓了回去。也就在这个时候，龙门山上一声巨响，山崩地裂，大禹劈开了龙门口，五羊江水慢慢泄了下去。

大仙女给大禹送饭时站过的那块石头，因为上边留有仙女的脚印，人们就称它为"仙人石"。它原来在五羊江边，洪水退去后，这里成了良田，有了村庄，就叫"仙人石村"。

采录整理：郭引强

流传地区：河南省汝阳县

记录时间：1983年4月

夏 宝

伊川县白元乡有个夏宝村。说起这个村名的来历,得从夏禹治水说起。

相传远古时期,黄河流域水患严重,百姓流离失所,处处一片哀号。尧体恤民情,特派鲧到黄河流域去治水。但鲧只知道"水来土掩"的办法,把所有通往黄河的河流都用大坝堵死。鲧治水九年,不仅没有把水患治好,反而使河水越聚越多,受害的面积越来越大。就拿龙门南来说,由于鲧把龙门山的一个豁口堵上了,山南便成了一片汪洋,人称五羊江。土地被淹了,房屋被冲了,人们只好到高山上去避难。

舜接任尧的位置之后,发现鲧治水无能,就把他杀了。鲧的儿子夏禹继承父业,决心治理洪水。他吸取父亲治水失败的教训,采取掩堵与疏导相结合的办法,解决了不少地方的水患。当他来到龙门南察看水情时,正遇天降暴雨,洪水猛涨,他所到之处,刚才还是陆地,转眼间就被洪水淹没。他一连转了好几个地方,都因找不到立足之地,辛苦了好几天仍然一事无成。

一天,夏禹举目远望,见龙门山西南方向有一座高山,花木葱茏,祥云环绕,就向那座山奔去。来到山前他测量了山的高度,兴奋地说:"这座高山,洪水难以淹没。"谁知夏禹这句话,竟使这座本来就比较高的山变成了活山。水涨它也长,水落它不落。夏禹在这座山上扎下大营,开采五色巨石,运用五味真火,炼成一只石船。夏禹乘坐这只石船,遍游龙门山南这一处汪洋的每一个角落,最后发现了龙门山上原来被他父亲鲧堵住的那个豁口,认为这里是开山排洪最好的地方,就使出全身力气,抡起开山大斧,向龙门山砍去。只听"轰隆"一声巨响,山摇地动,火光飞溅。放眼望去,只见龙门山被砍开一个大缺口,洪水汹涌澎湃,通过这个缺口,向北流去。夏禹采石炼船的那座山,因夏禹曾称它为"高山",后人就沿用此名。高山北麓的一个村子,也以"高山"命名。如今,高山上还有夏禹炼船剩下的石料。

"打开龙门口,撇干五羊江;打开黑石关,闪出夹河滩。"夏禹打开龙门口之后,接着又劈开了黑石关。五羊江水通过夹河滩流入黄河,而后流入东海。原来被洪水淹没的地方,慢慢变成了肥沃的良田。老百姓从山上迁移下来,男耕女织,开始了安居乐业的新生活。

且说原来被洪水逼到虎头山上去避难的百姓,现在耕种着肥沃的土地,望着长势喜人的庄稼,无不感念夏禹的恩德。在给他们聚居的村落命名时,人们七嘴八舌,众说纷纭,但都不能尽如人意。一个德高望重的老者说:"肥沃的土地是我们老百姓的宝贝,有了它我们才能生存,而这个宝贝是夏禹治理了洪水后赐给我们的。为使子孙后代永远不忘夏禹的功德,咱村就叫'夏宝'吧。"众百姓都认为这个村名贴切恰当,就定了下来,一直沿用至今。

采录整理:诸书智

流传地区:河南省伊川县

记录时间:1983年3月

鲧禹父子与龟驮碑

一说起龟驮碑,人们只当那是一般的乌龟哩,却不知道它原是天上的神,名叫鲧。大禹就是它的儿子。

很早很早以前,洪水泛滥,为害人类。鲧看见了于心不忍,就从天上偷来了"长土"治水。谁知道这长土是宝物,见水就长。后来治来治去不但没把水治下去,反而越来越大,水都快漫到南天门上了。这一来,惊动了天帝。天帝大怒,把鲧杀了。鲧死后尸首三年不腐,后来自己开膛生出个大禹来。

大禹发誓要把水治下去,完成父亲没完成的事业。他三年不登家门。有一次他的妻子来看他,不巧大禹正变作一只熊在那拱河泥哩,当时可把他妻子吓死了。

大水仍然漫延。大禹的父亲看儿子作难,变成一只大乌龟,把天下的河港沟汊的水路画成"河洛图"刻在石头板上。然后驮在自己身上,给大禹指路。大禹有了向导,很快地就把大水治下去了。

讲述人:徐清法

采录整理:党铁九

流传地区:河南省南阳县(今南阳市)白河

记录时间:1983年1月

龙头桥的来历

新甸铺镇北,有座石头桥,因为桥中间有个石头刻的龙头,人们都叫它"龙头桥"。提起这座桥,还有点来历呐。

早在上古时候,夏禹王带着众神治水,经常派一条青龙运石头。这条青龙很卖力,把石头从高山运到平地,后来累出了病,还是不停地干。一天,它顺着白河把石头往南运,运到新甸铺这个地方,走不动了,累死在白河边上。再说禹王等了几天,不见青龙返回,非常恼怒,就派巨翅鸟去抓青龙回来。巨翅鸟就顺着白河一路找来了,它看到青龙身上压着石头,累死在半路上,心里很难过,急忙汇报禹王。

禹王感到自己错怪了青龙,就亲自来到新甸铺给它安排后事。他见青龙背上还驮着石头哩,就赶忙让众神把那些石头卸下来,把青龙的尸体冲洗干净,埋在白河岸上。

当地人民为了纪念这条青龙,就用它驮的石头修了座桥,并在桥上雕了个龙头,取名"龙头桥"。

讲述人:聂守道

采录整理:翟建豪

记录地点:河南省南阳白湾村,流传于新甸铺镇

记录时间:1986年3月

星星草

人们都知道，古代的王位不是世袭的，是一代一代选贤任能的禅让制。尧把王位让给了舜，舜把王位让给了治洪水有功的禹。

大禹得了王位后，常领着人们狩猎种田，和他的臣民一起过着康乐的生活。后来，禹的年纪大了，身体也不行了，想挑选一个继承人。他的臣民们在他的带领下，过着安宁无灾、太平盛世的生活，没有显露贤能的机会，不像他在与洪水搏斗的风浪中出类拔萃，能一眼看出。为了挑选一个贤能的人继承王位，他愁得白了头。后来，他终于想出了一个挑选王位继承人的法子。

那天，禹把他的臣民召集在地坛（祭地的土台子）周围，他在地坛上照着北斗星辰的模样栽了七墩草，上面放了一把勺子，又把自己的领子和袖子撕下放上，然后意味深长地问众人："尧把王位传给了舜，舜把王位传给了我。如今，我老了，不行了，也到了让位的时候。今天，我把大伙召集来，也就是要选贤任能把王位让出。咱们由东向西，一个一个地走过地坛，说出地坛所放物件的意思，倘若众人赞成谁说得好，我就把王位让给谁。"

禹王说罢，就让众人由东向西穿坛而过。众人望着地坛上的物件，谁也猜不出是啥意思，都摇着头走下坛去。最后一个上来的人是禹王的儿子启。启望着地坛上的东西略思片刻，指着唱道："星星草，比北斗，一把勺子有稀稠。领出头，袖出手，打虎走前头，翻土先伸手。"他唱罢走下地坛，众人领悟，拍手叫好。

禹王脸上的愁云没有了，笑眯眯地说："启说对了，启说对了。我在这地坛上种的七墩草正是比着北斗星座所种。斗转一周，为之一年。北斗星辰好比一把勺子，一把勺子有稀稠啊！身在王位的人，也就是掌勺把的人。掌勺把的人应该整夜仰望北斗扪心自问：'猎物上有没有我的箭？耕出的地上有没有我的汗？这一年中我领着大伙是不是都吃饱了肚子？'"

启虽然猜透了禹王的心思,但是禹王对儿子还不放心,就给儿子一部分人,让他带着那部分人去开辟一个荒地。启去那个荒地先种了七墩星星草以铭父训,然后领着人开荒翻土,种禾植桑,年年都是五谷丰登。禹王去那地方视察过几次,对儿子的作为非常满意,就把王位让给了儿子。后人有说禹王自私,把王位传给了他的儿子。其实不然,有星星草为证,至今人们还称北斗星为勺星。要说自私吗,那是启,启后来不加选择地把王位传给了他的子孙。

采录整理:陶一农

记录地点:河南省社旗县

记录时间:1983 年 2 月

鲧禹治水

尧的时候,有个恶神共工,他的部下相柳,也很凶恶,有九个头,人面蛇身,青灰色,盘踞九土,作恶多端。他喷一口气,地上就变成大湖,洪水泛滥,滔天横流。地上除了露在水面的一些山头,平原丘陵都被水淹了,房屋沉到水底,人们被逼上山顶、大树,在山洞铺草为炕,在树杈搭巢当家。就这还挡不住禽兽伤人,龙蛇作祸,人民叫苦连天。

当时尧为天帝,知道了民间疾苦,他说:"喂,四大山神,汤汤洪水,正在为害,浩浩荡荡,包围山陵,广大人民在怨恨。谁能治理洪水?"四大山神想了想,异口同声说:"啊,鲧可以吧!"天帝说:"好,叫他去吧。他要违命,我便罚他!"四大山神皱皱眉头说:"试试看吧。"天帝说:"告诉他,小心做吧!"

四大山神马上传达天帝的命令,叫鲧治水。

鲧望着滔天的洪水,怎么治呢?一只猫头鹰飞来,叫道:"高地垫低地,洪水流不去。哈哈哈……"一只乌龟游过来,叫道:"屯土填百川,把水堵成潭。哼哼哼……"鲧听了,目送它们而去:"对,就这么办!"

鲧领着人们到处壅塞百川，铲平高地，筑起堤坝，挡住洪水。可是水很大，挡住这里，又冲开那里。辛辛苦苦治了九年，洪水还是到处泛滥。有的人便失去了信心，也就不愿再帮助他。

鲧以为是地上的土不好，听说天上的"息壤"能随着水涨堤高，不经天帝的同意，他就偷了来筑堤挡水。果然，真灵，水涨堤高，高高的堤坝挡住了洪水。但这事却被天帝知道了，他派了人面兽身的火神祝融，乘驾两条火龙，飞到羽山上空，见鲧正用天土筑堤，大吼一声，一个炸雷，尾巴一甩，一道火闪，把鲧殛死在羽山之下。

鲧死了，洪水更加泛滥。"哗哗——哗哗——"浪涛不断地卷来，拍打着岸边的岩石，冲刷着他的尸体。鲧死了，眼却不闭，尸体三年也不腐烂。有人用刀剖开他的肚子，肚子里却生出一个壮壮实实的禹来。鲧变成了一条黄龙（一说是黄熊，一说是三脚鳖），随着浪涛跃入洪水，潜沉到深深的水底。

禹一站起来，就是个魁梧的大汉，身高八九尺，虎鼻，熊腰，齿并齿，鸟嘴，耳有三洞，人称大禹。

大禹目送父亲变龙顺水而去，很为他治水的失败而痛心。他决心继承父业，但要改变治水的方法。他沿着山崖水岸到处察看地势水情，研究开河凿渠疏导洪水的办法。他把这办法向人们一说，大家都说："好！"便都主动地和他一起来干。

大禹拿着橐耜耒臿，领着人们劈山凿石，决心疏通天下河川，使洪水流入江河，使江河流入大海。他干哪干哪，使尽了浑身的力气，他铲哪挖啊，疏通这里，又到那里。

一天，他治水到了涂山，遇到一个美貌的女子。因为忙着治水，他没有停留，便匆匆巡行南上。涂山女见禹一心治水的忙碌样子，认定他是个英雄，对他投去仰慕的目光，并派人到涂山的南坡去等禹，自己作歌唱道：

"滔滔的洪水呀，快流入千河万渠。治水的英雄啊，我在等你盼你！

啊……"

禹三十岁了,还没娶妻。他正弯着腰掘土,听到歌声,知是涂山女唱的。看看天色已晚,又要在涂山风餐露宿,心里高兴,应道:

"滔滔的洪水呀,要归千江万河。我要娶妻子呵,可有人愿意嫁给我?啊……"

于是,有九尾白狐来找禹说亲,说涂山女叫女娇,很仰慕禹的品质,愿意嫁给禹。大禹、女娇便来到山洞,举行了简单的婚礼。

他们结婚的第四天,大禹又拿起橐耜来雷治水去了。临行,女娇送出门外,含着眼泪说:"在外要注意身体,有空多回来看我。"大禹笑笑说:"那当然,等我治平了洪水,一定回来看你。"女娇的眼泪在眼眶里滚了几滚,但她没有让它流出来,她扬手送丈夫奔上征途。很远了,大禹又转过身来,摆手要女娇回去,并说:"你如果想给我送饭,一定听到鼓声。"女娇"嗯嗯"地应着,久久地目送着远去的丈夫,直到不见。

大禹出外治水,重活脏活抢着干,哪里艰苦哪里去。他铲土凿石,手上磨掉了指甲,脚底打满了血泡,腿上磨去了毫毛,肩背生成了老茧。他不肯休息,忘我劳动,成了大家的表率。但是,他积劳成疾,生了偏枯之病,脸上又黑又瘦,嘴尖颈细,走路时,左脚迈不过右脚,右脚越不过左脚,只能前腿拖着后腿一步步地走,人称为"禹步"。但他仍旧带领人们战斗在风雨里、山水间。人们说:"他真是人民的好首领,他为人民受尽了劳苦。"

一晃十年过去了。十年,三千六百个日日夜夜,禹没有见着自己的妻子。他不想念吗?想,但他一心治理洪水,这种思想压过了对妻子的想念。他一次都没有回家吗?没有。十年中,他三次路过家门口,都顾不得拐进去看看。

妻子女娇不想念他吗?想。她无时无刻不在想念着自己的丈夫,为他的工作分心,为他的衣食操劳。她没日没夜地赶做冬衣夏衫,储备食品,等他回来,盼他到家。可是这三千六百天呵,天天她都落空。她想起丈夫说的"送饭",就到处打听他的下落。一天,她听说丈夫正领着人们在嵩山劈凿轘辕关,便备了饭菜,提起篮子去送饭,她走呵走呵,踏过河水,浪涛打湿她的衣裙,她跨过高山,荆棘刺破她的双脚。她不哭,也不退缩。走一程,盼一程,来到嵩山南坡,来到轩辕山上。果然看见好多人都在劈山,工具在挥舞,土石在翻飞。"咕咚咚咚",鼓声响了,她想起丈夫离别时的话,提着饭篮就向人群走去。她找不到丈夫,却见一只力大无比的黑熊正在使出全身的力气凿石推土,开挖河道。"咕咚咚咚",又一阵鼓响,原来是"黑熊"躬腰蹬腿伸掌挖土时,把山石推翻,石头顺着山坡往下滚,掉在鼓上把鼓砸响了。听人说,那就是大禹。女娇大吃一惊,一时不知如何是好,又羞又恼,撇下饭篮急忙往回跑。"黑熊"回头一看,是女娇,自己的妻子,就拔腿去撵。当撵到嵩山万岁峰下将要伸手拉住她的时候,女娇一阵眩晕,站住了。她变成了一块巨石。大禹忽然想到自己不该瞒着妻子变成熊,而且又来撵她,他赶紧变成原来的样子,拍着石头说:"我是禹呀,女娇!"可是他再也喊不应了。他前后左右地细看,还是一块伟岸的巨石,他只得求告:"把儿子还给我吧。"巨石真的从北方破裂,生出一个启来。后人称这巨石叫启母石。

大禹把儿子送回家,交给女娇的妹妹女姚养着,他还是照样去治水。听到启儿哇哇的哭声,他也没有工夫回家去抱抱自己的儿子。他一心一意地领大伙开山通河,治理洪水。他的行动感动了天地,有个有翅能飞的应龙便来帮他治水。应龙飞起来,用尾巴划地,地上便出现了深沟,洪水流入沟里,形成了条条江河。禹在治水时遇见了九头蛇身的相柳,知道他是洪水的祸首,便发动大伙杀死了他,把他流在地上腥臭的血土挖掉,地上便出现了湖泊,湖河的岸边都长满了庄稼。

又三年过去了,洪水治服了,地上的洪水入江河,江河的洪水入大海,使鸟兽龙蛇不能为害,人民都到陆地上来生活。大禹受到人民的拥护,受到天帝的赏赐。

讲述人:张一书

采录人:张康民

流传地区:河南省登封城关

淮汝交流

"淮汝交流"是淮河中游的一大景观。至今还流传着一个耐人寻味的故事。

相传,很早很早以前,中原洪水泛滥成灾,淮河、汝河沿岸,一片汪洋。这一带黎民百姓,焚烧树叶、枯草,磕头拜天,苦苦哀求老天搭救。黎民的苦诉,惊动了玉皇大帝,他顺着哭声搭眼向下一看,只见山连水,水连山,天水相连,凡间的人和牲畜都挤在山头上、树杈上。玉皇大帝看了以后,非常生气,托梦给虞舜说:"你是凡间的人主,要为黎民百姓除害灭灾。在你东南方有一个地方,洪水泛滥,老百姓叫苦连天,你快去搭救他们吧!"虞舜醒来,细心一想,这是老天爷的安排,一定是真有这事。于是,他亲自带领一百多个壮士,直往东南方向察看。一连走了四四一十六天,他们来到一个低洼的地方,果然是天水相连,汪洋一片。虞舜急忙命部族壮士到山顶上、树杈上救人。虞舜怜悯百姓,百姓感激虞舜。可是,眼前只有这一百多个壮士,也无法治服洪水呀!他想来想去,还是赶了回去,商量治水的办法。

商量的结果是:让部族的一个首领——鲧,带领三千壮士前去治水,解救黎民百姓。鲧治水不甚得法,东堵西挡,南拦北截,不仅没能把洪水治服,反而洪水越治越大。虞舜知道以后,把鲧召了回来,又派另一个部族首领——禹去治水。虞舜把自己随身带的宝剑赐给禹,说:"谁要是不听你的话,你可以把他当即杀了!"这样一来,部族壮士上下一心,要救中原百姓。

禹来到中原以后,首先搭救被洪水困着的黎民百姓。他们纷纷向禹诉说:"在这以前,万物都生长得很好。忽然有两条巨龙相斗,一时波涛翻滚,遍地洪水。被淹死的人不知有多少;没有被淹死的,都爬到树杈上、山顶上……"禹听了以后,站在山头上往下仔细一瞅,只见洪水深处有一龙一蛟,正在玩耍戏斗,忽上忽下,掀起连天波涛。禹气恼不过,亲自带领一百多个壮士,驾着木排下水,去降伏蛟龙。那一龙一蛟看见有人下水,立即喷水数尺,来斗壮士。禹在翻滚的洪水中虽然多处受伤,但仍然坚持着与壮士一起奋力拼杀。一连斗了三天三夜,壮士死伤不少。可是,那恶龙也已经筋疲力尽了,慢慢地荡在水边。禹斥道:"你这孽畜,为啥要兴风作浪,苦害黎民?"恶龙磕头求饶,说出了一片心酸的话。事情是这样的——

淮河、汝河原为母子河。淮河有龙,为母;汝河有蛟,为子。淮河龙对它的儿子汝河蛟,特别娇生惯养,使汝河蛟从小就养成放荡不羁的性格。等到汝河蛟长大以后,就胡作非为,任意苦害黎民百姓,一发脾气,就翻上岸来,喷云吐雾,造成灾害。淮河龙再想管也管不了啦!淮河龙对它管教一严,汝河蛟就撒娇耍赖,与母亲拼斗。可是汝河蛟遇到困难,淮河龙就又拼命地护着儿子。这次洪水泛滥成灾,就是汝河蛟恶性发作的结果。

禹听了这前前后后,严厉地斥责淮河龙:"你身为龙母,教子不严,不觉得惭愧吗?"淮河龙羞愧得低头不语,眼中流泪。

再说那汝河蛟,一时斗不过一百多个壮士,便躲藏在深水里不敢露头。听到母亲求饶,它心里也很害怕,一个鹞子翻身,向远处游去。禹一见汝河蛟逃走,率领壮士跟踪追迹。有人说汝河蛟顺水溜走了,禹就命壮士们疏水紧追不放;有人说汝河蛟入土逃跑了,禹就命壮士破土开挖。就这样疏疏通通,挖挖排排,经过九九八十一天,大部分洪水已东去归入大海。汝河蛟被困在一个低洼的水池中,筋疲力尽,浅卧在泥潭里。禹拔出斩龙剑高高举起……就在这时,他转念一想:杀,不如管。如果严加管教,使它改恶从善,为人间办点好事,不是更合适吗?想到这,他手软了。于是,命壮士抬过一把千钧大锁,奋力单臂举起,往汝河蛟猛地掷去,只听"咔嚓"一声,不偏不斜正锁在汝河蛟的脖颈上,任它无论怎样翻滚、撕拽,也不能挣脱。

禹把汝河蛟锁在百丈深渊,并在它和淮河龙之间搭起一堵墙,不许相见。淮河龙知道自己理亏,也只能是心中悲伤,暗地流泪。为了使儿子改恶从善,它到东海龙宫请来老龙王劝蛟儿痛改前非。

一年一年地过去了,不知过了多少年,汝河蛟终于认识到了自己的过错,决心改恶从善。禹见汝河蛟心有悔改的诚意,就亲自打开锁蛟的神锁,又以神功天力,挖掉了它们母子之间的一堵墙。汝河蛟痛心地扑到母亲怀抱中。从此,淮河龙和汝河蛟又重逢了,它们欢快无比,改恶从善,拖运船只,稳载客舟,为淮、汝沿岸人们造福谋利。百姓称赞道:"排决久思神禹功,今看淮汝共朝同。哪知清浊分明处,即在波流交汇中。"

息县县志上亦有记载:息县南带淮河,北枕汝水,两河交汇于县东北谷堆河口集(现归属于淮滨县)。两河争流,船帆碧影。南与白鹭洲遥遥相望,极称胜地。历代名人学士,争相称颂"淮汝交流",有诗为证:"神功排决古今头,带砺同盟到此收。两路舰船归一处,千家巨镇枕双流。顿开三面黄沙岸,争绕十湾白鹭洲。固是朝宗仍汇海,洪涛已撼地天浮。"

讲述人:易志

采录整理:曹金铸

流传地区:河南省息县、淮滨一带

记录时间:1990年1月

禹王锁蛟龙

很早很早以前,蛟龙常来大地作怪,闹腾得天昏地暗。它只要稍一抖身,河水就四处漫溢,淹没村庄和庄稼。老百姓经不住河水的袭击,死的死,伤的伤。禹王看在眼里,疼在心里,决心为民排忧解难,白天黑夜想制伏蛟龙的法儿。他百思不得其解,只好下令张贴皇榜,同蛟龙当面论理。一天、两天过去了,可连蛟龙的影子也没有见,老百姓有点失望,禹王也有点焦急。

这天晚上,天刚擦黑儿,门官报知禹王说,有位七十多岁的老太太有要事求见。禹王听报,说了声"有请",马上出门迎接,请入上座。禹王说:"大娘,您还没吃晚饭吧?这些年土地被蛟龙毁坏,没有好吃的来孝敬您老人家,还是喝碗面片儿吧!"接着转身对内侍说:"给老人家做碗上等面片儿。"老太太也应和着:"知道,知道,这几年蛟龙作怪,庄稼被淹,房屋被冲,喝碗面片儿就不错了。"少时,内侍把面片儿送上,老太太接过饭碗,就大口大口地喝起来。刚喝一半,禹王突然大笑起来。笑得老太太直打寒战,忙问:"你笑什么?""我今天可要会蛟龙了。""它在哪儿?""远在天边,近在眼前。""啊!您别开玩笑了,俺是有要事从远路而来,大王您怕是思蛟龙成疯了吧!"禹王将桌子一拍说:"大胆蛟龙,竟敢戏弄于俺。"说罢,用手指轻轻挑了根面片儿,只听得哗啦啦一阵铁链响声,一条铁链从老太太口中拉出来,轻轻一抖。老太太霎时抛掉饭碗,大声喊叫,现了原形。原来,这老太太就是蛟龙所变,老蛟龙本想仗着自己的本事,会会禹王,和禹王较量一番,谁知禹王一眼就看出来了。那蛟龙变的老太太喝的面片儿是禹王使用法术做的,面片儿就是铁链子。它一喝下去,就紧紧锁住了它的心。怪不得禹王轻轻一抖面片儿,老蛟龙疼痛难忍,现了原形,在地上乱翻乱滚,苦苦哀求:"大王饶命!大王饶命!俺再也不敢使性糟蹋百姓了。"禹王说:"今天念你有心悔改,免你一死,锁禹州井内,等到锁你的铁锁开花再出井。"说完,吩咐武士把蛟龙压在禹州井底。从此,再没有大水灾降临,百姓们安居乐业。

讲述人:杜炳先

采录整理:胡兴华

记录地点：河南省方城县柳河村

记录时间：1983年11月2日

崇伯鲧上任

天上的下雨王一时不慎，掌管的雨簿被蛟龙偷去闯下大祸，心中恼怒将蛟龙踢到凡间的时候，世上正是尧王当政的晚年，终日大雨倾盆，洪水泛滥，老百姓遭到了劫难。

尧王愁得坐卧不安，他为了尽快治服洪水，召集大臣们商讨领导治水的贤人。尧王说："如今洪水为害，你们看让哪一位来领导治水？"西岳大臣推荐说："汶山石纽村有个名字叫鲧的人，很善于修堤筑坝，让他来领导治水就行。"尧王摇了摇头说："鲧这个人我听说过，本领是有，但他刚愎自用，骄傲得很，恐怕不行吧。"大臣们都说眼下还没有比鲧更合适的人选，不妨让他来试一试，如果实在不行，再另选别人。尧王接受了大臣们的意见，封鲧为崇伯，命令他火速到中原上任，领导治水。

崇伯鲧接到尧王的任命，二话没说，同他的爱妻辛嬉女一道，带着他的独生儿子文命，从汶山石纽村出发，日夜兼程，来到崇高山下水纽屯，选择了一个山洞住了下来。崇伯鲧嘱咐妻子说："你们娘儿两个在这里安心住下，时间紧迫，我不能在家久留，等我把洪水治服以后，回来咱再团圆。"辛嬉女两眼含泪，说："你出门在外，任重道远，我放心不下，你自己爱护自己身体吧。"崇伯鲧说："你在家担子也不轻，一切事情都要由你自己去操办，但事情千头万绪，你要记住一条，无论如何要把咱的儿子抚养成人。我拜托了。"辛嬉女说："困难再大我也不怕，只是刚到这里过不习惯啊！"崇伯鲧说："是啊！刚从石纽来到水纽，人生地不熟，气候不适，水土不服，过不惯是真的。不过你要明白，咱到这里来是为了治水除害，不是来做官享福啊！"说罢出门就走。"鲧，你拐回来。"辛嬉女忽然有一事涌上心头，赶紧叫住丈夫。"你还有什么事情呢？"崇伯鲧去而复转。辛嬉女说:"我有个想法不知当讲不当讲?"崇伯鲧说:"你有事就快说。"辛嬉女说:"你到外边是去治水,现在咱家乡也是洪水滔滔,倒不如先把咱家门口的洪水治……"崇伯鲧不等妻子把话说完,犟脾气就来了,两眼瞪得跟铜铃一样,哼了一声,怒气冲冲出门而去。

光阴似箭,日月如梭。崇伯鲧出外治水已经九年,他的夫人辛嬉女成了满头白发的老婆子,孩子文命也已经长大成人。这年秋天,母子二人听到风言风语,说崇伯鲧在外治水失败被舜王判罪发配羽山,死在冰天雪地里。文命跟他的父亲一样性如烈火,听到消息后气绝身亡。这时候,辛嬉女夫死子亡,感到绝望,也要悬梁自尽。夜深人静,当她手拿麻绳要上吊的时候,门忽啦开了,进来一个披头散发、满身污血的老头,手中拿着一个小黄布袋,走得越近看得越清,正是自己天天想夜夜盼的丈夫崇伯鲧回来了。当她正要起身相迎的时候,老崇伯亦不说话,把手中的小黄布袋往地上一放,用手指指,隐身不见踪影。辛嬉女拾起小黄布袋一看,里面装的是五色杂土。她哭了,心里明白这是老崇伯魂归故里,留下的一袋五色杂土是丈夫鲧的遗愿,预示着让妻子和儿子继续自己的遗志。这时候她想到儿子死了,唯有自己是能使崇伯遗愿得以实现的人。于是又振作精神,用野草裹了儿子文命的尸体,背到一个大石头堆上,然后又孤苦伶仃地回到家里,思考着以后的事情。

讲述人:张东方

采录人:张海洋

流传地区:河南省登封城关

记录时间:1983年2月

盗土治水

中岳庙前太室阙上有一幅三足熊(古代一种水陆两栖动物)图案,它形象地记载着夏禹王的父亲崇伯鲧盗土治水的故事。

相传,崇伯鲧的原神是天上壬癸宫中的白龙神马。有一次,壬癸宫主神黑灵真君骑着白龙神马出游,走到南天门外,想看看花花世界。拨开云头往下一瞧,只见尘世上洪水泛滥,情形十分可怕,但他对凡间的大灾大难视而不见,漠不关心。可是白龙神马掉下了同情的眼泪,当即请求黑灵真君,说:"上神,你是天上管水的大神,赶快把洪水收回天宫,搭救受苦受难的黎民百姓吧!"黑灵真君说:"我虽然是管水的主神,但雨是各路龙王下的,造成灾害不是我的责任。"白龙神马一看请求收回洪水不成,就另提要求,说:"雨虽然不是你下的,但是龙王们下的雨水是你发的,今后你不要再给龙王们发雨水了。"黑灵真君仍然不答应,说:"各路龙王是奉命下雨,我怎敢抗旨扣水不发!"白龙神马怒火升起,说:"照你这样说,洪水不收,雨水照发,无辜百姓只有死路一条!"黑灵真君脸一黑丧,说:"老百姓的死活我管不着,我只管奉命发放雨水。"

白龙神马越听越恼,说:"你若不收回洪水,还照发雨水,我就不再驮你!"黑灵真君责问:"你要干什么?"白龙神马说:"我要下凡治水,搭救百姓。"说着尥个蹶子,把黑灵真君掀翻在地,挣断缰绳下凡走了。黑灵真君无可奈何地步行走回壬癸宫。

白龙神马到凡间转世成人,姓姒名鲧。尧王封他做崇伯,领导治理洪水。

崇伯鲧离家别亲出外治水,走到戊己宫(太室祠前身)外,守门的神龟开口说话了:"请崇伯大人留步。""我有急事!"崇伯鲧走着说,"没有时间跟你闲聊。""我知道你治水心切",神龟说,"但是你知道治水的方法吗?"崇伯鲧漫不经心地说:"那有何难,水来土填嘛!"神龟一听哈哈大笑,说:"你能得不轻,洪水是从天上下来的,你用凡间的黄土能填得了吗?"崇伯鲧觉得神龟说得有道理,赶紧停步向神龟请教:"你说我应该怎么办?"神龟为了搭救人民,泄露天机说:"天上下来的洪水,只有用神土息壤才能堵住。"崇伯鲧说:"神土息壤在天上,我一个凡人怎能得到!"神龟说:"你真是聪明一世,糊涂一时,连天地相通、人神一理的道理都不知道！神土息壤并不在天上，在戊已宫填台下的地仓中。但是地仓门上的钥匙黄元真君亲自掌管，只有先拿到地仓门上的钥匙，才能取得神土息壤。"崇伯鲧问："怎样拿到钥匙？"神龟说："不难，就看你有没有胆量。"崇伯鲧说："头割了不过碗大个疤！你说怎样取得。"神龟说："偷。"二人计议一定，夜里，崇伯鲧在神龟的帮助下，钻入戊已宫偷出钥匙，打开地仓门，窃得神土息壤，又把钥匙放在原处，神不知鬼不觉地治水去了。

崇伯鲧用神土息壤治理洪水刚见成效，戊已宫神黄元真君发现填台下地仓门被打开过，神土息壤被盗，而且得知是守门的神龟和白龙神马内外勾结作案，就到玉皇大帝那里去告状。玉皇大帝不讲使用神土治水有功，单说盗窃息壤有罪，传下圣旨，砍掉神龟的一只足，由龟变鳖，以示惩罚。对于白龙神马，鉴于他已经在凡间转世成人，就由凡界天子虞舜代天严惩了。

再说崇伯鲧治理洪水只堵不疏，开始也有成效，但是后来雨越下越大，地上的洪水越积越多，结果堤崩坝溃，造成更大灾害。舜王判他死罪，发配羽山，鲧死在冰天雪地。崇伯鲧治水失败，死而无怨，遗憾的是治水事业中断，因此他死后三年尸体不腐。玉皇大帝怕他再犯上作乱，就派祝融下凡察看。祝融是个既无知又高傲的神，要剖尸看看崇伯鲧的胆到底有多大。当他手执利刃刚刚划破尸体的时候，尸体肚子里便跳出一条黄龙，跃进羽山脚下的大河中。祝融吓得目瞪口呆，回到天宫以后，闭口不敢谈自己在凡间的作为。

讲述人：张东方

采录人：张海洋

流传地区：河南省登封城关

记录时间：1983年2月

第七章 历史从大禹时代开始吗

文命聆教

下雨王奉玉皇大帝的旨意,下凡治理洪水。他为了早日完成使命,节省了投胎出生成长过程,在崇高山下借崇伯鲧的儿子文命的尸体转世。当天夜里,已经换了灵魂的文命和他的生身母亲辛嬉氏睡卧在水纽石室中。文命很快进入梦乡,而辛嬉氏却思绪万千,不能入睡。当她想到丈夫惨死羽山,洪水还在继续泛滥的时候,不由得大放悲声痛哭起来。哭声惊醒了儿子,文命劝解道:"娘,孩儿我已经死而复生,你就不必再哭了。"辛嬉氏哽咽着说:"你爹死了,洪水仍在危害社稷,怎不叫我伤心忧愁呢!"文命安慰母亲,说:"请娘放心,孩儿我一定治服洪水,为民除害,为父平愤。"辛嬉氏长叹一声,说:"说得容易做着难,你爹为治理洪水操劳一生,到最后落了个惨死外乡的下场。看来只有一腔热血,没有一定成功的本领是不行的。"文命问:"我爹满怀壮志,为什么失败获罪?"辛嬉氏说:"你问这些我不知道,你要想得知这些可到玉徯村去向玉徯老人聆教。"文命犹疑说:"玉徯老人是爹贬黜的人,恐怕他不肯施教!"辛嬉氏说:"贤不避仇,他若嫌弃你是崇伯鲧的儿子不肯施教,那他就不足称贤,你也就不必再求教于他。但人家贤不贤,咱不知道,不妨你去试试看。"文命说:"孩儿遵命,我明日一早就去。"

再说玉徯老人。玉徯和他弟弟叠徯接受人们的请求,领导群众凿开阳城关,疏导洪水顺流而下,嵩阳箕阴颍河两岸成了一片乐土,人们过上了安居乐业的生活,外地许多灾民也都纷纷前来逃避水荒。普天下都称道玉徯、叠徯两大贤人。但是,玉徯、叠徯兄弟两个清楚地知道,自己治理的只是局部洪水,而普天下仍有许多地方和人们遭受着洪水的危害。当他们刚刚萌发再到外地治水的念头时,叠徯因长期同洪水搏斗积劳成疾,过早地与世长辞。叠徯的死使玉徯失去了一位有力助手,感到十分痛心。同时,又传来了崇伯鲧在孟门治水失败,被判罪处死的消息。在他看来,崇伯鲧虽然错误严重,应当受到处罚,但被处死是太重了些。再看看自己已经须发如霜,再去从事治水大业,已是力不从心了。要想治服洪水,只有等待新的贤人出现,而且还必须有明君的支持。眼前,还看不到新的贤人和明君的影子。因此,他越想越愁,愁出病来了。玉溪老人的病,虽有贤妻许姬和孝子颍龙的精心护理,但病情日益沉重,卧床不起。

文命鸡叫头遍起身,行程一天,日压挡阳山的时候,来到玉溪村,正好碰上玉溪的儿子颍龙。颍龙领文命回家见到了玉溪老人。文命自我介绍了身份表明来意,说:"我是崇伯鲧的儿子,名叫文命,今日特来向老人家聆教。"玉溪老人说:"不知你要问何事,不妨当面提出来,老夫如若知道,一定如实奉告。"文命说:"老人家当初曾在我父麾下为将,对我父的情况一定知道,请老人家告诉我,他为什么治水失败,获罪被杀?我还想请老人家教我治理洪水方法,使我继承父志治服洪水。"玉溪老人看到面前这位青年像崇伯鲧那样意志坚强,但在与人相处上,态度却不像他父亲那样盛气凌人,感到是个品行兼优的人才,于是决定对其施教,说:"治服洪水并不难,方法无非是由高到低,疏疏堵堵,疏堵并用,以疏为主。切记只能顺依水性,不可与水争势。"文命问道:"老人家就是用这个方法治服咱这里的洪水吗?"玉溪老人点头回答:"是。"文命紧问不舍:"老人家既有这样的好方法,当年为什么不献给我父亲采用,反而让他失败获罪被杀?"玉溪老人对文命的责问不仅不感到烦恼,反而看到这位青年很有心计。于是向文命讲述了他曾三次向老崇伯建议,最后遭到指责被贬出治水大军的经过。文命听后长叹一声,说:"我父亲被杀从现象上看是因为他治理洪水的方法不当,实际上是他不善从谏,一意孤行。""对,他吃亏在于过分自信!"玉溪老人说,"来日方长,不知你怎样继承父志,从事治水大业?"文命没有重复玉溪老人的教导,只是回答说:"严遵老师指教,力避先父过错。"玉溪老人问:"你何时开始治水?"文命回答说:"我心急似火,明日回家,告别母亲,立即行动。"玉溪老人摇摇头说:"不可,治理洪水是要万众一心啊。眼前你孤掌难鸣,单凭个人勇气,断然不会成功。"文命再次向老人聆教,说:"请老人家再次施教。"玉馑老人说:"治水大业前无古人,要想治水成功,得有两个条件:一是要唤起大众齐心投入,二是还要有明君的大力支持。"文命不知所措,忧愁地问道:"这要等到何时呢?"玉馑老人说:"治服洪水已是众心所望,我看时机不久即会到来,你要耐心等待。"

文命和玉馑老人畅谈一夜,东方发亮,文命起身告别而去。玉馑老人的病也好大半,从此天天去颍河岸边钓鱼,等着明君的出现。

讲述人:张东方

采录人:张海洋

流传地区:河南省登封城关

记录时间:1983年2月

舜王访贤

尧王到了晚年,朝政由虞舜代理,他杀了在治理洪水中犯有严重错误的崇伯鲧,一时又找不来能领导治服洪水的人,倒使洪水灾害更加严重。

一日,尧和舜在京城平阳正同大臣们议事,忽听西北方向由远而近像刮风一样的响声,接着又有一人慌慌张张前来报告,说从西北面窜过来一股洪水,直向京城冲来。尧和舜闻听此报,急忙率领大臣登上西城观察水情,只见洪水来势凶猛。大臣们一见个个吓得面如土色,对于洪水到来是一筹莫展。虞舜命令赶紧固住京城西门,先挡住洪水漫来,然后组织京城中的人们往东南浮丘山上撤离。当他最后一个出平阳南门的时候,洪水已经冲破北城,脚跟脚地赶来了。从京城逃上浮丘山的人,不分君臣和官民,都集聚在山顶上往下看,京城里头洪水滚滚,横冲直撞,情境十分可怕。年老多病的尧王仰天长叹道:"都怨我修德不成,误用庸人,没有治服洪水,让无辜的百姓遭此大难!罪过啊!"听了尧王的自责,四岳大臣们坐不住了,都说:"这哪能是圣上的罪过呢,要说有罪,只能是我们,我们向圣上错荐了崇伯鲧,误了大事。"大司理皋陶说:"崇伯鲧虽然有罪,但早已被杀,这次洪水与他有啥相干?"虞舜说:"这几年朝政由我代理,是我无能,责任在我。"君臣们你一言我一语,都是自我责备,却没有一人提出治服洪水的办法。这时候,尧王提出来他要让位,他说:"我年迈多病,不能治理天下,请大家允许我把王位让给年轻有为的虞舜吧!"尧王的提议,众大臣们也都拥护,就在浮丘山上举行了禅让大礼,从此舜就正式称王于天下。

舜王继承王位以后,最要紧的仍是尽快地治服洪水,他对大臣们说:"治水救民迫在眉睫,哪一位大臣能胜任大司空,请自荐。"大司徒殷契说:"臣为司徒,只能教民以礼,对于洪水,我是无能为力。"大司农周弁说:"臣只会耕种五谷,饲养六畜,改做司空,我胜任不了。"大司理皋陶说:"明辨是非,秉公以律,是臣的本分,要治洪水,请圣上另选贤人!"舜王说:"另用贤人也可以,请大家给我举荐一个来。"大司理皋陶说:"我听说从前负黍地也是洪水泛滥,后来有两个贤人玉徯和叠徯,领导百姓们治服了那里的洪水,从此负黍地成了一片乐土,人们安居乐业,四面八方的人都迁到那里去住了。请圣上快传旨意,速调玉徯、叠徯前来效命。"舜王听到皋陶提及负黍地,使他想起了一件往事,他说:"当年我还是老百姓的时候,曾经去负黍地经商一次,那里依嵩带颍,确实是个好地方,常有贤能高士隐居。古往今来,选用贤人都是以礼相请。今日我已继位称王,我也要暂迁负黍,礼请贤人出山。"大臣们都赞成舜王的意见。于是,舜王就命四岳大臣保护尧王迁都太原,又命六司大臣在浮丘山上设坛祭祀,随后带着一班大臣子到负黍地访贤来了。

舜王率领大臣们正往前走哩,碰到一条小河,河虽不宽,但洪水汹涌,君臣们携手而过。走到河中,洪水陡涨,君臣们几乎被波涛卷走!无奈,只得又返回对岸。舜王说:"一条小河算得了什么,走,咱从河源头上绕过去。"那时候还没有船只,只有绕着走。一条小河,整整绕着走了二七一十四天。

正往前走哩,又见了一座高山,山上林木茂密,猛兽出没无常,却没有道路。舜王说:"山高林深野兽多,过不去,走,咱从山脚下转过去。"一座山整整转了七七四十九天,一路上转了多少山,数也数不清。这样绕绕转转,走了两个春秋了,还不见负黍地在哪里。

正往前走哩,又有一条大河拦路,河宽水深,雾气腾腾,望不见对岸。往上绕,源头在哪里?从下转,越转河越宽。无奈,君臣就坐在地上纳闷,这一坐舜王开始想过河的办法。大司徒周弁叹道:"千山万水都过来了,今日遇到这样大的河怎么过呢?"大司理皋陶说:"绕也绕不通,转也转不过,我看咱还是返回去吧,难道天下这样大的地面,只有负黍地有贤人吗?"大司徒殷契不同意皋陶的意见,说:"我们好不容易走过了千山万水,来到这里,要返回去,不是还要再走千山万水吗?我们不能舍近求远。"舜王说:"都别争吵了,前走不通,后退不能,咱就坐这里等,我看咱一定能等出一个过河的办法来。"大家不解其意,但自己又都想不出过河的办法,只好跟着舜王坐下来等。

君臣们等啊等,整整等了九九八十一天,冬天到了,河水越来越少,水位后退,人往前走。水退一尺,人走一步,到这时候,众大臣还不知舜王最终过大河的办法。严冬之夜,北风呼啸,夜半子时,河水冰冻,舜王才说:"众卿,我们过大河的办法等来了。"说着自己前头带路,大家随后紧跟,前边踩一脚,后边走一步,一脚一步,整整走了一夜,直到天明,登上了大河的对岸,踏上新途。到这时候,大臣们才完全明白舜王等来了过河办法的意思了。

舜王和他的大臣们跋山涉水,历尽艰险,受尽苦难,在一个阳春三月的一天,终于来到负黍地,在负黍城负黍厅内住下。一打听,当地人都齐声称赞玉篌、叠篌治水有功。舜王和他的大臣们在负黍厅内度过了三年来最舒适的一个夜晚,尽管他们都十分疲劳,但兴奋赶走了睡意,单等金鸡报晓,整装出发到玉溪村去访贤。

讲述人:张东方

采录人:张海洋

流传地区:河南省登封城关

记录时间:1983年3月

玉溪垂钓

玉溪老人在颍河岸钓鱼,不是为了养家糊口,而是等待明君到来,推荐崇伯鲧的儿子文命出山治水。

玉溪老人自从见过崇伯鲧的儿子文命以后,心中常想,有了文命这样的贤人,还得有个有道明君,只有明君和贤臣的配合,才能治服洪水。但是,他知道文命的父亲是当今天子虞舜所杀,虞舜能启用犯臣之子吗?因此,他常常闷坐在颍河岸执竿垂钓,期待着有朝一日有明君来到,实现自己的理想。

再说舜王访贤到负黍城的第二天,一不骑马,二不乘车,不让大臣伴驾,只带一个随从到玉溪村访请玉溪出山治水。走到一问,得知玉溪天一明,就到颍河边上钓鱼去了。舜王不顾劳苦,又直奔颍河岸,走到阳城关,看见一个白发苍苍的老翁坐在一个背靠崖石、面向颍水的青石平台上执竿钓鱼。

随从上前施礼相问:"请问玉溪在什么地方钓鱼?"

玉溪老人正在聚精会神垂钓,没有发觉有人问话。随从以为是玉溪嫌他职小位低,不搭理自己,羞愧地退了下来。

舜王见此情景,亲自上前施礼询问:"请问贤人玉溪在哪里钓鱼?"

玉溪老人仍然没有抬头,反问道:"你们找玉溪有什么事?"

随从慌忙上前说明:"这是当今天子舜爷,圣上今日特来访请玉溪出山治水。"玉溪老人一听说是当今天子舜王驾到,赶快放下钓竿站起身来,深深给舜王施礼,说:"草夫玉溪不知是圣上驾到,有失礼节,请圣上恕罪。"

舜王搀起玉溪老人,上下打量了一番,说:"你就是贤人玉溪吗?"

"老朽不敢称贤,"玉溪老人说,"我就是草夫玉溪。"

舜王紧紧握着玉溪老人的手,激动地说:"贤人啊!我可见到你了,眼下洪水泛滥,我是特来请你出山领导治水,为民除害的哟!"

玉溪老人一听说是让自己出山领导治水,面带难色说:"圣上,你看我已经年过七旬,体弱多病,怎能担当得了这样的重任呢?请圣上另选年轻有为的人吧!"

舜王从京城平阳出发,千里迢迢前来访贤,实指望访到玉溪,付以重任,很快治服洪水。今日一见,玉溪已经是白发苍苍的老人,很感失望,长叹道:"天哪!玉溪老了,不能再领导治水了,这可怎么办呢?"

玉溪老人说:"圣上不必烦恼,普天下贤人很多,请你再选择一个年轻人就是了。"

"天下贤人虽多,但我只知你玉溪是治水的大贤。"舜王诚恳地说,"还有谁能领导治水,请你给我推荐一个来。"

玉溪老人一听舜王要他推荐新贤,心中十分高兴,有心把文命推荐出来,又怕舜王不能容忍,反而害了文命,但若不推荐文命出山又无别人可荐。于是用语言试探,如果舜王不计前嫌,唯贤是用,就把文命推荐出来,他若用人有亲有疏,就顺水推舟,有贤不荐。说道:"我有心为圣上荐贤,但不知圣上要用什么样的人?"

舜王随口说道:"我要用的是像你一样能够领导治水的贤人。"

"我给圣上推荐一个能力比我强的。"

"那正是我求之不得的。"

"此人虽贤,可是圣上的仇人。"

"我没有仇人。"

"他同你有杀父之仇。"

"我从没有同任何人结过私仇。"

"不论因公因私,他的父亲是圣上你杀死的。"

"请你说明此人的姓名。"

"我若讲出此人姓名,臣怕圣上不能容忍。"

这时候,舜王意识到玉徯老人迟迟不肯讲出他要推荐的人的姓名,说明自己的行为还不足以取得百姓们的充分信任,无奈跪在地上对天盟誓:"上有苍天,下有黄土,我若因私而嫉妒贤能,让我久后死无葬身之地!"

玉徯老人看见舜王盟誓,而且从言行举止上看,舜王不像个心胸狭窄的人,才下决心推荐文命给他,说:"圣上若能真的用人不避前嫌,我就把贤人推荐给你。"

舜王问道:"他是何人?姓甚名谁?"

玉徯老人说:"崇伯鲧的儿子,姓姒,名文命!"

"此人比你怎样?"

"年龄比我小,能力比我强,品德在崇伯鲧之上。"

舜王问道:"他家住哪里?请他速来见我。"

玉徯老人说:"他家就在崇高山下水纽屯。请圣上在负黍城等候,三日以后我就带他去朝见圣驾。"

"一言为定。"

"臣决不食言。"

舜王既访到老贤人玉徯,又得到了新贤人文命,高高兴兴地赶回负黍城去了。

玉徯老人把崇伯鲧的儿子推荐给舜王以后,再也不到这里来钓鱼了。但是玉徯垂钓,荐禹于天的故事却流传下来了。

讲述人:张东方

采录人：张海洋

流传地区：河南省登封城关

记录时间：1983年3月

负黍厅对

舜王告别玉徯老人，回到负黍城的时候，已经是星斗满天了。初春之夜，天气还是寒冷的，但舜王满怀喜悦，走得浑身汗水。当他走到负黍城东门外的时候，城楼上的二更梆声正在敲响。大司徒殷契、大司农周弃和大司理皋陶等，都在颍桥上等候多时了。君臣回到负黍厅，舜王把玉徯已经年老，不能再从事治水，但玉徯举荐崇伯鲧的儿子文命的情况说了一遍。大臣们对这件事都想不通，引起了一场争论。

大司理皋陶首先反对，说："犯臣之子，断然不可重用！"

舜王问道："为什么？"

"杀父之仇，不共戴天。崇伯鲧是圣上所杀，他的儿子怎会忠于圣上呢！"皋陶争辩说。

舜王说："当年鲧被杀是他自己罪有应得，今日用文命治水是他有领导治服洪水的能力。我虞舜是堂堂一代君王，怎能在用人上计较前嫌呢！"

舜王的话完全在理，皋陶心服口服，不再争辩了。

大司农周弃说："常言'老子英雄儿好汉'，我不相信一个见识不多、阅历不广的毛孩子比他老子的能力大。"

舜王说："我想，玉徯为人诚实，贤人荐贤，是不会误事的。大家如果有怀疑，明日玉徯带领文命来，我们可以面对面地提出关于治水的任何问题，让文命当场答对，是贤是愚，到那时候，就知道了。"

大臣们都无话可说，单等玉徯带领文命到来。

再说玉徯在钓鱼台送走了舜王，收起钓竿，背起鱼篓，在回家的路上边走边想：舜王为治水千里迢迢来访贤，而且能够用人不计前嫌，是个有道明君。但是，舜王虽然有道，文命哪会知道呢！如果文命顾虑舜王不容，不去应召，我用什么道理说服他呢？他想啊想，快走到家了，还没有想出什么办法来。抬头一看，儿子颍龙前来迎接。他灵机一动，心里说，有了。明日我带着颍龙去找文命，一来颍龙已经长大成人，让他跟随文命去治水，也好为国家出把力；而且，也借此说明舜王是有道明君，应召没有什么风险。

第二天一早，玉徯带着颍龙整整走了一天，日落西山的时候，才走到文命的家乡水纽屯。这天，辛嬉女身受风寒，文命守护在家，当他看见玉徯领着一个青年走来，赶紧起身相迎，并且把玉徯介绍给母亲。玉徯说："从前，我们是不相往来，自从文命去过以后，我就有心前来拜访，今日带着我小儿颍龙特地来看望你们。"辛嬉女说："贤人，你们父子远道赶来，肯定是有什么紧要的大事。"

玉徯说："夫人不知，当今天子舜王到负黍地访贤来了。"

辛嬉女一听是虞舜来访，脸色一沉道："他是一君，咱是一民，他访他的贤，与咱黎民百姓有什么相干！"

玉徯说："舜王为治水千里访贤，只有明君才会这样做啊！"

辛嬉女问道："虞舜是明是昏咱且不管，但不知他要访的贤人是谁？"

"就是老夫玉徯。"

"那你就应当立即前去应召，为国家建功立业。"

"夫人不要取笑了，哪有古稀老人担当这样的重任呢！"

"那你就应该去向圣上当面说明。"

"我又怎能面对洪水袖手旁观！"

文命说："你既不能应召，又不忍撒手不管，你打算怎么办呢？"

玉徯说："我已经给舜王举荐了新贤。"

辛嬉女说："你给圣上举荐的是谁？"

"不是别人，就是你的好儿子文命，"玉徯说，"实话对您说吧，今日我来,就是禀告夫人,并请夫人允许文命前去应召。"

辛嬉女虽然盼着儿子有朝一日治服洪水,但突然听到玉僁已经把文命举荐给舜王的时候,又想起了自己的丈夫崇伯鲧,两眼含泪,沉默不语了。

玉僁理解辛嬉女的心情,进一步开导说:"夫人不必担忧,起初,我对舜王也是怀疑的。后来,我看他真是为治水思贤若渴,用人不计前嫌,才把文命举荐给他的。为了使文命治水成功,我也决定让儿子颍龙跟文命去,以助贤侄一臂之力。"

辛嬉女一听玉僁也让他自己的儿子去治水,心里说:"中,只要你玉僁敢把儿子交给虞舜,我就敢让我的儿子前去应召。"说道:"文命啊!你为国尽忠、为民除害、为父雪耻的时候到了,你就去应召吧。"

文命是个孝子,眼下去应召,对于病中的母亲放心不下,说:"儿去应召是中,能不能等娘的病好以后再去?"

玉僁见文命愿去应召,只是对病中的老娘不放心,忙说:"贤侄只管放心前去,你的娘由我来照管。"

辛嬉女心里高兴,病轻七分,说道:"好了,我儿你放心去吧,你知道娘的病大半是因忧愤成疾的,只要你有了为国尽忠、为父雪耻的机会,我的病就会慢慢好的。"

这时候玉僁才告诉辛嬉女和文命,舜王在负黍城等候,一定要在明日一早前去晋见。事已谈妥,一夜无话。

第二天清晨,舜王率领一班大臣,早在接贤亭迎候玉僁和文命。不大一会儿,玉僁领着两个年轻人来了。舜王没有多问,恭恭敬敬地把三人迎进负黍城,在负黍厅上落座。

舜王问玉僁:"老贤人,这二位哪个是新贤文命?"

没有等玉僁介绍,文命连忙起身施礼,说道:"晚生就是文命。"

舜王让文命坐下,又指着颍龙问道:"这一位是?"

"他是我的儿子,名叫颛龙,"玉徯说,"他虽然没有多大能耐,但身强力壮,我想让他给文命当个帮手,也为治服洪水出把力。请圣上允许。"

舜王对玉徯既举荐贤才,又把儿子献出来为国出力,十分满意,就应允了。

舜王问文命:"普天下到处都是洪水,你用什么办法治理呢?"

文命从容回答:"依水性,顺地势,由高到低,堵疏兼用,以疏为主,入河归海。"

"使用这个办法能成功吗?"

"纵观古今治水史实,只有采取这种方法才能有效。"

"你是怎样得到这个办法,而且肯定采用这种方法能够成功?"

"这个方法是先贤们用血汗换来的。"

舜王不解地问:"此话怎讲?"

文命回答:"先贤玉徯早年曾经向我父崇伯鲧建议,用这种方法,可惜我父固执己见不肯采纳,结果导致他后来治水失败,身遭残杀,百姓们也深受其害。后来,还是先贤玉徯归隐负黍地以后,采用这种方法治服这里的洪水的。"

舜王又问玉徯道:"老贤人,是这样的吗?"

玉徯点头答:"是。"

大司农周弁问道:"文命,你让洪水入河归海,水害倒是没有了。但是农桑作物都离不开水,陆地上缺水,五谷不收,六畜不旺,人又怎能生存?"

文命答道:"我所说的疏堵兼用,就是既除水害又兴水利。旱时水浇农田,涝时水归大海。"

周弁听了文命的回答,高兴地说:"好,好,好,你若把洪水治理得旱灌农田涝归大海,普天之下五谷丰登,六畜兴旺,是一大功劳啊!"

大司徒殷契问道:"文命,人生在世既要尽忠,又要行孝。你为治水远离家乡,忠倒是尽了,但你家有老娘,无人奉养,怎能做到忠孝双全呢?"

文命回答说:"我治服了洪水,既是尽忠又是行孝,而且是大忠大孝。"

"怎叫大忠大孝?"

"治服了洪水,为国除了害,兴了利,国泰民安,这是为国尽了忠。同时,治服了洪水,洗雪了我父的耻辱,他老人家九泉之下瞑目,我娘也永远过上安居乐业的日子,这又是行了孝。"文命反问殷契道:"司徒大人,你说这算不算忠孝双全呢?"

"是,算是忠孝双全。"殷契说,"你说的大道理我赞成,但是,眼前你娘年纪这样大,你远离家乡,她怎么生活呢?"

"我已经把她老人家拜托给老贤人玉僕照管了。"

殷契点头称赞。

大司理皋陶问道:"文命,你知道你父是为什么被杀的?"

文命答辩道:"是治水失败,给百姓们造成了更大灾害。"

"现在你又来治水,成功则可,如果再失败了呢?"皋陶又进一步地问道。

文命悲愤地答道:"司理大人,这些我都想到过,但是,为了子孙后代,我们应当前赴后继。我自信有了先辈的经验教训,治水是一定能够成功的。当然,话也不能说得太绝,如果我最后真是失败了,大不了也被你们司理衙门判罪杀头。如果我们后人都贪生怕死,不敢再去同洪水搏斗,难道能让洪水永永远远泛滥下去吗!"

文命的答辩,说得皋陶无言以对,舜王再三询问大臣们谁还有话说,负黍厅上鸦雀无声,再也没有人提出什么了。

舜王说:"文命,你的答辩完全在理,只要你能按照你所说的去做,一定能够成功。现在我就封你为夏伯禹,统领天下治水大军。等你大功告成,我再加封赏。"

文命赶紧给舜王叩头谢恩。

舜王问道:"你还有什么要求?"

文命说:"眼下我感到太孤单了,请圣上给我两个帮手!"

舜王说:"已经有了一个颖龙,只缺一人,负黍厅上所有的人任你挑选。"

"治理洪水是一场空前绝后的艰苦事业,年老体弱的人,是难以坚持到底的。"文命请求说,"请圣上批准大司理皋陶的儿子伯益同我一道去治水。"

伯益一听文命指名要他,赶紧站起身来给舜王深施一礼,说:"我情愿前往。"

舜王满足了文命的要求,同意伯益也去治水。最后说道:"文命、伯益、颖龙,普天下的人们都盼望你们早日成功,你们可要共同努力啊!你们立即行动吧。你们走了,我也要赶回太原,以后要有什么事情,可到太原去见。"

文命、伯益和颖龙三人先送舜王起驾,随后立即起程出了负黍城。

讲述人:张东方

采录人:张海洋

流传地区:河南省登封城关

记录时间:1983年3月

大禹治洪水过家门

崇伯鲧的儿子文命,在负黍厅就治理洪水问题,同舜王进行了详细的提对,舜王封文命为夏伯禹,派他带领伯益、颖龙治理洪水。大禹面对茫茫洪水,深感肩上的担子沉重。他虽然知道必须采取疏堵并举、以疏为主的方针,但真的具体去操作,又觉得心里空虚。当他出了负黍城,正往前走的时候,他的外甥庚辰仰面走来。大禹问道:"庚辰,几年来不知你的下落,这时候你咋突然出来了?"庚辰回答:"听说舅舅奉舜王旨意去治理洪水,我来要求跟你去为国效命。"大禹说:"我刚刚受命,你怎么就知道了?""舜王到负黍地访贤,在负黍厅召见你,封你为夏伯禹,命你领导治理洪水是惊天动地的大事,普天下谁不知道。我在来的路上,就碰到许多来自四面八方的英雄要来投奔你。当他们得知我是您的外甥以后,纷纷要求我先来向你报到,请你允许他们参加治水。"大禹听庚辰一说,心中十分高兴,想到,只要有人,何愁洪水治服不了!又问道:"众英雄现在哪里?"庚辰说:"都在颍河北岸等候。"大禹说:"走,快领我去会见他们。"说罢,由庚辰带路,大步向颍河北岸走去。

大禹同来自四面八方的英雄们,就如何治理洪水的问题,展开了热烈的讨论。大禹说:"众位要求参加治理洪水,很好,我欢迎。但是咱们可是有言在先,治理洪水是个吃苦受累的事,成功了,舜王定会封赏,但失败了,可是有生命危险啊!我请各位再认真想想,真是决心要参加,留下;不愿留的,我不强求。"有一个名叫狂章的作歌唱道:"我家居住狂河边,蛟龙作恶洪水淹。参加治水我情愿,为了子孙得平安。"英雄们异口同声说:"自古至今都是吃苦在前(辈),享乐在后(代)。为了造福后世,眼前吃点苦算得了什么。"

大禹说:"众位既然决心要参加治理洪水,就请大家都说说,对洪水是怎么个治法。"英雄们反而要求大禹先讲讲自己的治水计划,大禹也不推辞,把自己要采用有疏有堵,疏堵并用,既除水害,又兴水利的计划讲了一遍。最后,恳切要求大家都谈谈个人的想法。颍龙首先说道:"纵观天下地势是西北高东南低,我们应当先从西北入手。每到一地,先察清流向,绘成图样,画出路线,然后动手,使得洪水入河归海。"大禹点头称赞:"这正是先贤玉溪的成功之道。颍龙弟不愧为治水世家。"伯益建议:"欲要兴修水利,就应该开挖渠道,做到涝能排洪,旱能浇地,促使农桑发展。"众英雄你一言、我一语,提出了许多好的办法。大禹都一一认真听取后,说:"各位提了很多好的办法,以后在治理洪水的过程中,我将择优采纳,还请大家再多提些意见。"伯益建议说:"洪水泛滥,处处受害,治服洪水,人人有责。我看保证治理洪水成功,要靠人心齐;要想人心齐,还应当有一个共同执行的刑律。"大禹说:"你父皋陶身为大司理,你当然是刑律世家了,就请你提出一个刑律来。"伯益说:"我父亲一生执法严正,但只有'封功杀过',太简单了,也太残酷了,它虽然能激励人们奋发进取,但又使人们望而生畏。我看应该改为'赏功罚过'。"伯益的建议,使大禹深有感触,想到早先若是"赏功罚过"也不至于使我的父亲一犯过错就被杀头。正当大禹思前想后的时候,童律又建议:"我看只有'赏功罚过'还不够,应当再加一条'将功折罪'。"最后大家同意把治水大军的刑律定为"赏功罚过,将功折罪"。

就这样,大禹领导治理洪水既有了人,又有了办法,还制定了行动中共同执行的刑律,于是满怀信心地誓师出发了。当治水大军快要走到大禹的家门口时,他的外甥庚辰提醒说:"舅舅,咱们这次出外治水,不知道啥时候才会回来哩,你不趁机拐回家看看我年老多病的外婆吗?"大禹不同意,责备说:"刚刚定了刑律,难道你忘了吗?路过我的家门,我拐回家看看,路过别人的家门,也都回家看看,岂不误了大事!"庚辰坚持说:"要不,人家会说你不孝啊。"大禹说:"一寸光阴一寸金,寸金难买寸光阴。珍惜时光,尽快治服洪水,让你外婆和普天下的人都过上好日子,才真正是忠孝双全呐!"庚辰被说服了。

当治水大军走到大禹家门口时,又有人劝说:"走到家门口了,应当回去跟母亲告别一声,免得老人家挂念。"大禹只是苦笑了一下,继续领着治水大军往前走。这时候,他清清楚楚地听到病中老娘的呻吟声,只是放慢了脚步,面对家门深施一礼,毅然离去。

大禹领着治水大军走过去了,他的母亲辛嬉女听说了,手扶拐杖出了家门。但是已经晚了,只能看见儿子的背影。老人伤心地哭了!但她哭的不是儿子今日不辞而别,而是想起了十多年前,在这里送走了丈夫,至今也没看到丈夫回家团聚。

正因为大禹身体力行,严以治军,从而保证了他领导的治水大业最终告成。

讲述人:张东方

采录人：张海洋

流传地区：河南省登封城关

记录时间：1983年4月

文献记述：

当尧之时，水逆行，泛滥于中国，蛇龙居之，民无所定。下者为巢，上者均营窟。《书》曰："洚水警余。"洚水者，洪水也。使禹治之。禹掘地而注之海，驱蛇龙而放之菹。水由地中行，江、淮、河、汉是也。险阻既远，鸟兽之害人者消，然后人得平土而居之。

（《孟子·滕文公下》）

当尧之时，天下犹未平。洪水横流，泛滥于天下。草木畅茂，禽兽繁殖，五谷不登，禽兽逼人。……禹疏九河，瀹济漯而注诸海，决汝汉，排淮泗，而注之江，然后中国可得而食也。当是时也，禹八年于外，三过其门而不入……

（《孟子·滕文公上》）

尧之水河之患为甚，泲（音 jǐ，同济）次之，淮次之，江汉次之。……故治水之急先于河。于是发迹壶口，治梁及岐。南至于华阴，东至砥柱，凿孟津，梳三门，以奠西河。

（《路史》卷二十二）

照爷石

嵩山浮丘峰下有个大石头，石头上面有人踩的脚印和许多斑斑黑点儿，当地人叫它照爷石。为什么叫照爷石？因为它像万岁峰下的启母石一样，流传着一个大禹治水的神话故事。

大禹奉命到外地治水，颍河蛟龙受黄河老龙的挑唆，乘机在嵩山南面发起洪水,妄想淹没大禹的家乡。大禹为了解除后顾之忧,回乡根治水害。因为情况紧急,路过自己家大门口没有回家。他的妻子涂山娇知道后很不高兴,在婆婆的面前埋怨说:"娘,你的儿子连你都没有放在心上,从咱大门外过去,都不回家看看!"大禹的母亲辛嬉女理解媳妇的心情,劝导说:"事情有大有小,理也有曲有直。治水是关系到千家万户的大事,至于回不回家看我,只是区区小事。如果因小失大,理由再多也没有理。你要是想他,蛟河离咱这也不远,你去跟他见见面也是一样。"

涂山娇来到蛟河岸上,看到滔滔洪水风吹浪起,响声如雷,情况十分险恶,又看到大禹正忙着同其他人一道,走走停停,指指画画,说说笑笑,在研究治水办法,心里窝的一肚子怨气也就云消雾散了。大禹发现涂山娇在河岸上站着,来到妻子跟前,说:"你来得正好,我正愁着人手不够呢!"说着从怀中抽出一束蜡烛交给涂山娇,嘱咐说:"夜间,天黑不能施工,你白天在家侍候咱娘,晚上,你去东岭上点燃一支蜡烛,给我照个明,早日治服洪水,功劳也有你的一份。"涂山娇接过蜡烛,嘴上没说啥,可心里想道:你可真行,夫妻难得一见,见了连一句知心话也不说,却分派叫我帮你的忙!但又想起了婆婆的教导,二话没说转身回家了。从此以后,涂山娇白天在家孝敬婆婆,夜晚去到东岭站在一个大石头上面,高举点燃的蜡烛,蛟河上下两岸被照得如同白昼。

大禹有了妻子的秉烛夜照,连日彻夜施工,很快治服了嵩山南面的洪水。这时候大禹仍然惦记着普天下还有许多地方的人们在受到洪水的危害,于是又毅然率领治水大军到外地治水去了。

涂山娇本来想着丈夫治服家乡的洪水后,在到外地治水前,一定会回家看看。谁知道这等那等不见大禹的面,她心里着急,就跑到东岭站到大石头上向东瞭望。一看大禹不吭声走了,她又气又恼,跺着脚大放悲声哭起来,哭得泪如雨下,泪珠洒在石头上成了斑斑黑点儿,而且由于她顿足时使劲过大,石头上还留下了许许多多的凹陷脚印。

大禹公而忘私一心治水,使他们夫妻之间不和睦。但是,大禹治水、涂山娇秉烛夜照却成了千古佳话。

讲述人:张华明

采录人:张力合

流传地区:河南省登封城关

记录时间:1983年2月

火烧蛟河

相传,嵩山南麓的焦河,古时候是条波涛汹涌的蛟河。蛟河怎么变成了干涸的焦河呢?这要从夏禹王治水说起。

大禹治水正在撒息壤筑邙山,疏导黄河向东流,眼看要进入东海的时候,老黄龙气急败坏,它想到一进入东海哪还显起我这一道(黄)呢?于是恶狠狠地骂道:"大禹呀大禹,你不叫我好过,我也不叫你安生!"于是策动它的小舅子颍河蛟龙在大禹的家乡发起洪水。当洪水快要淹住大禹家的大门台的时候,大禹的母亲给儿子送去了急信。

大禹接到家信后,兵分两路,留下一部分人继续治理黄河,自己带一部分人连明彻夜往家乡赶。站在峻极峰上往下一看,土地冲毁,房屋倒塌,只有树梢露出水面,灾情十分严重。经过仔细察看,得知这次洪水再起是颍河蛟龙作怪,洪源就在离自己家不远的蛟河。时间紧任务急,大禹路过家门口,也顾不得回家。

颍河蛟龙听说大禹回来了,为了拖住大禹不能走,躲在蛟龙宫中不出来跟大禹照面。大禹召集部下研究对策,决定用火烧。先让狂章深入龙潭切断蛟河水源,又叫庚辰把守蛟河入颍(河)口,防止蛟龙顺水逃走,然后点燃熊熊烈火,霎时间颍河上下成了一片火海。开始颍河蛟龙躺在龙床上安然自得地睡大觉。正睡哩,水变热了,蛟龙慌忙走出龙宫去外察看。哎哟!浑身烫得起燎泡,说时迟那时快,蛟龙身上的鳞甲开始着火。

知道大事不好，蛟龙想要腾空逃走，晚了，身上无鳞驾不起云，无奈变成了浑身生疮的老头儿，由它的儿子颍河小蛟搀扶着顺水而逃。

再说大禹的老师玉偞老人听说大禹正在蛟河斗蛟治水，不顾年老体弱，同妻子一道，赶到蛟河参战，同时也想跟儿子颍龙见上一面。当他们赶到五渡湾的时候，同颍河蛟龙父子相遇。颍河蛟龙舍子保己，指示颍河小蛟龙说："对面来的是大禹的老师玉偞老人，趁他不防，去把他吞了！"颍河小蛟龙张开血盆大口"哧溜"一口把玉偞老人吞进肚里。玉偞老人在小蛟龙肚里拼命挣扎，小蛟龙疼痛难忍，走不了啦。颍河蛟龙趁机顺水逃走。玉偞夫人一看丈夫被蛟龙吞进肚里，伸手拔下头上的玉簪，"哧啦"剥开了颍河小蛟龙的肚皮。玉偞老人得救，但是一只胳膊被腐化，伤势严重，生命危险。

大禹点燃大火以后，满以为颍河蛟龙要被烧死，即使烧不死，下游由庚辰把守也逃不了。当他下到被烧焦的河滩上察看的时候，只见鱼鳖虾蟹烧死的不计其数，唯独找不到颍河蛟龙的尸体，就赶紧顺河到下游去寻，走到五渡湾，遇到了伤势严重的玉偞老人。玉偞夫人告诉大禹颍河蛟龙已经逃走。大禹留下玉偞老人的儿子颍龙抢救父亲，就去追赶颍河蛟龙了。

玉偞老人伤势严重，大禹走后不久就死了。后世为了纪念玉偞老人，就在他死的地方盖起了玉偞庙，庙里塑起玉偞老爷爷和玉偞奶奶两尊神像，世世代代受到人们祭祀。

讲述人：张华明，农民

采录人：张力合

流传地区：河南省登封城关

记录时间：1983年2月

焦山斩甥

嵩山脚下颍河岸边有个小山包叫焦山，这里流传着大禹治水、火烧蛟

第七章 历史从大禹时代开始吗

河、焦山斩甥、增修刑律的神话故事。

大禹治水一向是劈山岭、开河道、撒息壤、筑堤坝、疏导洪水入河归海。但只有一次治理嵩山南面洪水的时候,破例采取火烧的方法。他在点火以前,先派自己的外甥庚辰去把守蛟河下游的口子,嘱咐说:"你的职责是把好蛟河口子,严防颍河蛟龙顺水逃走。"庚辰不解其意,问道:"舅舅,采取火烧,会杀死许多无辜生灵啊!为什么不使用以往行之有效的办法呢?"大禹解释说:"这次跟以往情况不同,若用疏导方法,会给蛟龙留下空子。它一旦逃走,我们到外地治水走后,它还会卷土重来,后患无穷啊!"庚辰知道了大禹用意,二话没说,立下令状,来到蛟河口的一个山头上,手执大戟,二目圆睁,密切注视着蛟河方向的动静。不多时候,看见蛟河上下火光冲天,浓烟滚滚。心想这一回颍河蛟龙一定葬身火海无疑,产生了麻痹情绪,思想一松懈,坐在地上就昏昏入睡了,直到大火烧毁了身边的树木杂草,绿山变成了红山都不知道。恰恰就在这个时候,被烧得遍体鳞伤的颍河蛟龙,从这里逃走了。

再说大禹点火以后随着火势往下察看,看着烧焦的河滩上,有许多鱼鳖虾蟹被烧死,但是始终没有发现颍河蛟龙的尸体,引起了惊觉,率领部下加速追赶。当他追到蛟河进入颍河后的第一个山头的时候,看见庚辰正在睡觉,心中恼怒,狠狠踢了庚辰一脚,骂道:"畜生,山都烧焦了你还在睡!"庚辰睁眼一看,只见大禹怒气冲冲地在面前站着,再看绿山烧成了焦山,知道因为自己贪睡,使颍河蛟龙从这里逃走了,便跪在地上等着杀头。大禹要斩杀庚辰,满营将士没有一个人敢出来讲情,只有伯益提出了不同意见,说:"庚辰错误严重,按照刑律应当从严处治,但是,我们再也不能像舜爷对待老崇伯那样,犯了错误就杀!"大禹本来对斩杀庚辰于心不忍,听到伯益提出了不同意见,问道:"你说怎么办?"伯益说:"颍河蛟龙是庚辰贪睡放走的,应该再让庚辰去把它捉回来。"大禹又问:"庚辰把蛟龙捉回来,又该怎么办?"伯益说:"将功折罪。"大禹说:"从古到今,可没有这种先例呀!"伯益说:"现在我们这样做,以后就有先例了。"大禹说:"这样做没有法律依据啊!"伯益说:"以前的刑律只有'赏功杀过',现在增加一条'将功折罪',不是更完善了嘛!"大禹觉得伯益的建议很好,又联想到从前刑律要有这一条,自己的父亲也许不会被杀。于是决定给庚辰一个立功赎罪的机会,说:"庚辰听着,你的错误严重,本来应该斩首,但给你一个立功的机会,你快去把颍河蛟龙捉回来,将功折罪。"庚辰得了活命,不敢怠慢,站起身来,提起大戟顺着颍河追赶蛟龙去了,捉住了颍河蛟龙,立了新功。大禹先赦免了庚辰,然后把颍河蛟龙锁在勺河西岸的一个枯井中。从此,颍河蛟龙再也不能出来作乱了。

讲述人:张华明

采录人:张力合

流传地区:河南省登封城关

记录时间:1983年3月

大禹斗水怪

商丘城四十里的地方,有个大潭坑,那潭坑有多深?谁也不知道,只知历年来无论天有多旱,即使河水、井水都干了,那潭坑里的水也不会干。传说,那潭坑是大禹在那里斗水怪而形成的。

舜的时候,地上发大水。那水势多大呀!遍地都是,一眼望不到边,自西向东一个劲地流。舜看到这大水危害得人们无法生存,就派禹来治水。

当时危害人的不仅是水,还有水怪。那水怪多得很,有水象、水猪、水牛,还有像鲸鱼那么大的怪物。那水象有多大?不知道,只知道一个象牙就有六尺长。那大怪物说是像鲸鱼,其实可跟鲸不一样。它有鳃,鳃里边往外喷水,一喷就是十几里地远;它一呼气,漫天都是雾;它一吸气,人离好远都能被它吸进肚里。水象、水猪之类的东西虽然也敢吃人,倒还好斗,最难斗的就是那大怪物。

第七章　历史从大禹时代开始吗

那大怪物从黄河里出来以后，就在商丘城西北四十里老黄河口那地方，整天兴妖作怪。大禹跟它斗了好长时间，就是收拾不了它。后来，大禹想了个办法，让民工齐心协力，打造了一种武器。这武器的形状就像一把"大伞"，"伞"把有石滚那么粗，"伞"的一头安上几十个丈把长的钢刀，能张能合；"伞"把坠着一根几十里长的大铁索链。那时的人笨，打造这一件武器费了不少劲，最后终于打造成了。

大禹聚集起好多人，叫大家抬着安有钢刀的那一头，对准那大怪物往前扔。那怪物平常吃人吃惯了，这时一点也不害怕，一见人们冲着它来了，便张大嘴向人们示威。人们一齐把安有机关的武器扔过去。水怪一见，不知道是什么东西，一伸头便吞进了肚里。大禹命令一声："快拉！"人们一齐用劲，将铁索链子猛拉！被怪物吞进去的钢刀那头，原来像合着的"伞"；这一拉，猛地一下，钢刀全开了，陡然间在那怪物的肚子里向四面刺去，一下子卡在它的胸口。那怪物顿时觉得撕心裂肺的疼痛，一时吐又吐不出，咽又咽不下，真是难受死了。它猛地一蹦蹦到空中，掀起了滔天巨浪，溅出的水花形成了一阵倾盆大雨。大禹怕那怪物飞了，命令人们赶紧拽住铁索链子，死也不放。那怪物飞也飞不远，一下子又从空中落了下来。它疼得一个劲翻腾，它的鳍朝下狠命地乱扒。就这样一直翻腾了三四天，地上被它翻腾成一个几十里大的无底深潭。它被沉到潭底，大水也很快从深潭里下去了。

大禹望着被那怪物扒成的大深潭，对大家说："那怪物万一不死，以后或许还会再出来兴风作浪，我们填了它。"于是，众人从四面八方往这里抬石、运土，深潭填平了。

那怪物临死的时候又出了一口气。这一口气又把填平的土冲了个窟窿，所以现在仍然留着一个小潭。因为当年灌进去的水太多了，所以才长久不干。

讲述人：陈舜肃

采录整理：刘秀森

流传地区：河南省商丘地区

记录时间：1985年2月

大禹骨链锁恶龙

过去商丘城地势低洼，每逢下大雨，洪水便从四面八方往城里流。据说，这是古时候一条恶龙留下的危害。

传说，尧在位的时候，有一条恶龙出了海。这恶龙身长数十丈，躺在那里也有一两人高；张口能吞下房屋，摆尾能扫平村庄；行走势如山倒，声似巨雷。它携带九江洪水，率领虾兵蟹将，走到哪里，哪里顷刻就是一片汪洋，田园、房屋、树木、牲畜……霎时都被吞没。中原大地，转眼便成了水的世界。

当时有一个人叫鲧，他和人们一道逃到一个小山包上，眼看着无数男女老少被洪水卷去，心中非常难受。他想：这遍地洪水害得人一不能种地，二不能打猎，何时是了？时候长了，人不都得被折腾死吗？于是，他对大伙说："咱们与其被淹死、饿死，倒不如同心协力，拼上一死和这恶龙搏斗！"大家都说："说得对。你就当个头儿，领着俺们跟它斗吧！"说着，大家撸胳膊，挽袖子，搓拳头的搓拳头，掂家伙的掂家伙，恨不得立时就去跟那恶龙拼命。尧知道了，也来给鲧打气说："大家一心推举你，你就带领大家干吧！"出发时，尧来为鲧饯行。鲧当众说："我鲧如果三年不能把恶龙制伏，甘当死罪。"

从此，鲧带领大家跟恶龙搏斗起来。

一年过去了，两年过去了，三年也过去了，恶龙没被制伏。尧念他忠心耿耿，又给他三年，但他仍没把恶龙制伏。于是尧又给了他三年。

与恶龙斗了九年，结果洪水不但没被治下去，反而越来越凶猛了。尧见他如此无能，一怒把他判成了死罪。

第七章 历史从大禹时代开始吗

临刑前,鲧把儿子禹叫到跟前说:"你爹无能,未把洪水治下,辜负了大家的信赖和尧王的期望。我要离开人世了,你准备怎么办?"禹说:"我要继承父业,不把蛟龙制伏,誓不为人!"鲧高兴地称赞他说:"好样的!"说着,从腰里掏出一样东西交给了儿子。禹接过来一看,是一条骨链。禹一时不知道父亲的意思。鲧指着骨链说:"恶龙出海,祸从天降。洪水过处,百姓尸骨成堆。为父每次望见,都要下泪。九年里,我治水行走天下,每见有百姓的骨骸,都要拣起一个骨节,从不忘洪水之仇。我把这些骨节串成了骨链,现在交付于你。你把它戴在腰间,不忘民众的冤仇,它会给你无穷的力量。"

父子二人永别了。禹葬了父亲,想想父亲的嘱托和这些年百姓遭受的灾难,不禁义愤填膺、咬牙切齿,恨不能伸手把恶龙攥住,握它个嘎巴碎。望着面前的滔滔洪水,他终于抑制不住内心的激愤,用手拍着面前的一块大石,仰天怒吼起来:"恶龙啊恶龙!你吞食了成千上万的百姓,害得我父亲也丧了命,我与你誓不两立。我要报仇!我要报仇!……"这时,只听得"喀嚓"一声,面前磨盘大的一块石头被他拍碎了。随着大石的粉碎,他左手掂着的骨链"哗啦"一声巨响,现出万道金光。禹定睛一看,那骨链已变成环环相扣的长索,伸开有数丈长,顿时,他觉得身上有无穷的力量。

从此,禹带领数万人,日夜与恶龙搏斗。禹想:父亲一生用堵截的办法对付恶龙,结果土堤都被恶龙撞得粉碎,使它越来越凶了。我不能再用父亲的老办法,我要开成大渠,挖成大河,把恶龙牵到里边,叫它听我的摆布!

再说那恶龙见终日与它为敌的鲧被杀了,心中非常高兴,觉得世上已无它的对手,想永远在陆地上称王称霸。这天,它正在平原上横冲直撞,忽见面前人们站立两排,中间闪出一条大汉,个子高大无比,怒发冲冠,横眉圆眼,紫红脸膛,赤着钢铁一般的臂膀,腰间一条锁链寒光闪闪,这就是禹。恶龙不觉心里一震，肝胆发凉，有心抖抖精神冲过去，又见那大汉两腿一叉，站在那里如铁塔一般，把手往河里一指，鄙视地说："请吧！"恶龙看这阵势，心里早怯了三分，心想：我如果不听他的命令，说不定会被他就地按倒，掐住脖子，腰断三截。眼下，它昔日那威风不知跑到哪里去了。它怯怯地望着禹，把脖子扭了扭，"呜呜"叫了两声，夹着尾巴绕道逃窜了。禹带着人们拼命地追赶。

那恶龙逃了数百里，见禹带着队伍仍然穷追不放，便想找个地方躲起来。来到商丘城南，就想逃进城去。它冲到城边，见城墙高筑，城门紧闭，用头朝城门撞了几下也没撞开，于是绕城寻找缺口，以求进城。这恶龙从城外一绕，洪水便把城团团围住，水面离城墙顶只有尺把高，守城的人坐在城墙顶上都可以洗脚。

眼看城墙要被洪水漫灌，城里的人都要被淹死。就在这时，禹赶到了。禹追到商丘城南，站在一座土岭上向北一看，见恶龙围住城急得团团转。这时，禹听见腰间的锁链哗哗作响，他立刻把锁链解下来，望定那恶龙猛力掷去，锁链正好套住蛟龙的脖子。禹一见，连忙紧收锁链。恶龙也使尽全力，妄想挣脱。禹忽然望见旁边有一口土井，便把锁链全部收在手里，双手把恶龙举在空中，就势往井里一摔，恶龙一下子被摔到地底下去了。立时，洪水随着恶龙向井底钻去。不到半晌，商丘城周围的洪水就全部钻到井里去了。再看城周围的地面，已被洪水冲得低下去好多。

别处的洪水见没了头儿，便乖乖地顺着禹开挖的河道流入了大海。从此，水分两路，一路地上，一路地下，都往东南大海里流。

禹傲然屹立在井上，右手紧紧攥住锁链的一端，心中的仇恨仍然没消。他左手托起一块大石，压在井上。锁链被石头死死地压住，恶龙再想挣脱锁链跑出来就难了。后来，这块石头被人誉为"镇蛟石"。

相传，自此洪水平息，百姓见禹治水成功，便推禹为王。

讲述人：崔玉德

采录整理：刘秀森

流传地区：河南省商丘地区

记录时间：1985年2月

禹

据老辈们说，帝尧的治水官叫文命。他治水有功，尧就尊称他为"大禹"。为啥呢？

传说，世上刚有人烟的时候，龙妖魔怪很多，到处兴风作浪、祸害百姓。最厉害的是天上的雨神，动不动就下大雨。人们连个安生的地方也没有，都是到处流浪。

有一天，老天爷领着天宫星将到昆仑山游玩。脚尖刚落地儿，听见老百姓哭爹叫娘，埋天怨地。老天爷觉得很奇怪，忙派天将去打听。原来是天上的雨神捣鬼，淹死了好多好多人。老天爷很火，下旨把雨神叫来，狠狠地收拾了一顿，命令他到凡间把洪水消下去，搭救老百姓。雨神不敢违抗老天爷的令，就变成一个砍柴人，扛着一把开山大斧，向正在哭叫的老百姓走去。有个老汉问他："小伙子，你扛个斧子干啥？"雨神说："我这个斧子可是个宝贝呀！能劈柴，能砍树，还能上深山降妖魔，还能下大海斩蛟龙。"大家一听，半信半疑。那个老汉就问他："你这斧子是个宝贝，为啥你不去和妖魔、蛟龙斗一斗？光说大话有啥用呢！"雨神说："要是不信，你们就跟我一起去看看。"正说哩，一条妖龙带着大浪向他们扑来。百姓们哭叫着就要逃命。雨神大喝一声："妖龙！别动！"说罢举起利斧，把妖龙一砍两段。洪水"哗啦"一声退了好几里远。人们相信了这把斧子是个宝贝。

百姓把雨神围了起来，七嘴八舌地夸他。那老汉又问他："小伙子，你那么神，叫啥名呀？"雨神想了半天，不敢实说，可又不能不说，就支支吾吾地说："大伯，我叫雨。"老汉说："雨？！那你是天上的神龙吧？"雨神想起自己的罪过,就说:"不,我不是天上的龙,我是地上的虫啊!"老汉说:"这些年洪水把我们害苦了。我看你是个少见的英雄,干脆领着俺们降妖治水吧。"雨神想:我过去干了那么多伤害百姓的事,老百姓还看得起我,我要立功赎罪,好好治水。想到这儿,雨神就答应了老汉。

从此,雨神带领人们疏通河道,垒修堤岸,斩妖杀魔,用了七七四十九年的工夫,把天下的洪水治理好,妖魔也杀绝迹了,人们都过上了安宁的生活。老天爷见雨神改恶行善了,就又把他召上了天。为了纪念这个雨的功德,人们在许多名山古城修建了雨庙,常年烟火不断。因为雨神说他名叫雨,是地上的一条虫,人们就把他的名字写成"禹"。

到了尧的时候,天下洪水又泛滥了。治水英雄文命,把水治住了。他的功劳比禹还大,人们就尊称他为"大禹"。

讲述人:释海良

采录整理:柳丹

记录时间:1984年2月

桐柏山、淮河、大禹

传说,淮河发源地到入海这一千多里中,有一座大湖。

不知多少年前的一天,东海龙王设宴,请各海龙王和天宫的神仙。西海龙王带着三女儿路过这个大湖。三公主见这里景色美,要在这里多留几天。西海龙王没办法,只好自己往东海去了。三公主在这里游山玩水,碰见了去东海的天马。他俩一见就爱上了,成了夫妻。不几天,玉皇大帝见天马还没回来,就派喂马童子把天马押回天宫,锁在御马圈里。

三公主怀了孕,害怕父母怪罪,不敢回去,只好在湖里住了下来。

三千年后,三公主生了一个奇怪的蛋。这天,夜叉奉龙王命令召三公主回西海。公主在蛋上写了"怀姣"二字,意思是怀念她的娇宝宝,藏在一个石缝里。

第七章 历史从大禹时代开始吗

一年春天,一声雷响,天也崩开了,地也裂开了,石缝里的那个蛋也破了。从里头蹿出一个怪物:三棱头,蝎子尾巴,四个龙爪,两个翅膀。它能钻山入地,能腾云驾雾,还能在水里游。这怪物啥肉都吃,出壳不几天,身高九丈九尺九寸九,肩宽六丈六尺六寸六,胸厚三丈三尺三寸三。它常和一些蜈蚣精、蜘蛛精、蝎子精、长虫精玩玩闹闹,弄得飞沙走石,洪水乱流,方圆几千里的百姓不得安宁。

一天,玉皇大帝正坐灵霄宝殿养神,听到下面哭哭闹闹,就派二郎神下去察看。二郎神领着天兵天将到了太白顶北五十里安营扎寨。他睁眼一看,黑洞洞的啥也看不见,猛听一阵喊杀声,天兵天将被杀得死的死、伤的伤,血把河水也染红了(现二郎山到郑老庄七十里称红颜河)。二郎神提着兵器拼杀,一个红红的怪物,前后左右都是兵器,朝他飞来。一照面,二郎神就被那怪物一角把刀撞掉了。二郎神一看斗不过怪物,就回天宫了。

玉帝又点了三十万天兵,驻扎在太白顶东南六十里,又请孙悟空在离太白顶二十里把守,军师太白金星在太白顶观战(太白顶的名字就是从这来的)。玉帝带十万兵在太白顶东六十里处扎寨(以后叫玉皇顶),派哪吒领兵十万打头阵,托塔李天王领兵十万压阵,到主峰北二十里的地方骂阵。"怀姣"领着众妖精冲出洞,又是用角抵,又是用牙咬,又是用爪抓,一会儿,把天兵天将杀得死尸成山、血流成河(后人把堆尸的山叫横尸崖或红石崖,把当时的血河叫红泥河或红仪河)。托塔天王一看大事不好,赶紧弃寨(田王寨)往东逃跑,找到了玉帝。"怀娇"撵到太白顶东六十里的地方,和天兵天将交上了手,把天兵天将打败。再说齐天大圣来到守地一看,这地方很像自己的老家,就动手造了一个水帘洞府。他正坐在那儿玩得高兴,猛听东边乱杀乱叫,睁眼看一怪物正在和天兵天将厮杀。他一个跟头赶去,举起金箍棒和那怪物打了起来,大战三百回合,不分胜败。悟空正急得没办法,那怪物一头朝他撞去,撞得悟空屁股上的毛也光了一大片，疼得他嗷嗷直叫。玉帝见斗不过怪物，就收兵回天宫去了。

玉帝召来各路神仙商量降伏怪物的办法。裴曾老祖打开万物造化记事簿，上面写着：怪物是天马和西海三公主私生的。裴曾老祖对玉帝说："要想降伏那怪物，得天马下凡。不过怪物是天马的儿子，怕他舍不得，南海底有一石黑，已修行五十万年了，能上天入地，又不怕水，要是他去降那怪物再让天马帮忙，保准中。"玉帝听了，就请石黑和天马一块下凡降伏怪物。临走时，裴曾老祖送给石黑三件宝：铜锤一把、金针一根、铁链一条。

"怀蛟"从那次得胜后，又做了好多坏事，乱搅河水，冲倒人们的房子和田地。人们不叫它"怀蛟"而叫它"坏蛟"，称这河"坏河"。

天马投胎到一个姓尹的人家，他下凡的名字叫尹凡。每次"坏河"发大水，尹凡总是对人们说："我总有一天捉住'坏蛟'，捆'坏河'变成'好河'。"

石黑降生在安徽蚌埠，父亲叫石滚，他叫石禹。他是长子，人们叫他大禹。舜帝派他父亲治洪水，大禹也跟着去了。他父亲用堵截的办法治水，二十年也没治住洪水，还越来越大。舜帝一气，让他父亲死在黄河边。

父亲死后，大禹慢慢长大成人，他就去干父亲没干完的事。他找了三万民工，顺河向上走，用疏通河道的办法，遇山挖山，遇石砸石。尹凡听到这事，就去找大禹。大禹命尹凡带一万民工打头阵，又把铜锤和金针交给了尹凡。他们来到"坏河"口上，为了杀死"坏蛟"，就朝堵在洞口的大石砸去。砸呀，砸呀，不把大石砸开，就没法降伏"坏蛟"。他用了一千四百七十天才把大石砸烂。这里成了个大洞，尹凡也累死了。人们在这里为他立了牌坊（后人叫牌坊洞），把他埋在山上，还栽了一棵桐树、一棵柏树。

大禹领着人们来到"坏河"口上，用铁链一头拴着"坏蛟"的脖子，把"坏蛟"投到井里去，一头缠在井边的石柱上。

大禹把"坏蛟"锁到井里后回到了尹凡墓前和人们一起祭奠尹凡，看见一棵桐树包着一棵柏树。原来栽树的人把两棵树栽在同一个地方,桐树长得快,柏树长得慢,桐树把柏树包了一圈,成了桐包柏的奇树。

人们为了纪念尹凡,在离他坟不远的地方,修了个尹凡庙(后人叫淮渎庙),塑尹凡神像,手拿铜锤、金针,永远压着"坏蛟",不准它再出来;把"坏河"改成"淮河",把埋尹凡的山叫"桐柏山"。

讲述人:袁相如

采录人:谢明超

采录整理:陈胜

记录时间:1984年2月

淮河的来历

桐柏山下,有一个地方叫固庙,固庙的附近,住着一户人家,这家人只有母亲和儿子两个人。儿子叫吴忌,是个孝子。

他们没有土地,家里很穷。吴忌是个老实人,不会干别的事,只会砍柴。他天天上山砍柴,用卖柴的钱买点米,母子两个吃。固庙西南的山腰里,有一个沁水荡,水清溜溜的,甜丝丝的。砍柴的路过这儿,总要歇一会儿,喝点水。有一天,吴忌到这儿来喝水,拾到两个大蛋,他不知是啥蛋,就拿回去给他妈了。有的人认得,说是龙蛋。

吴忌让他妈煮了吃,他妈说让他吃,两个人让来让去,都不吃,龙蛋就放那了。过了几天,吴忌也忘了龙蛋的事。

吴忌上山,每次都要带顿晌饭。这一天,天晌午了,吴忌的肚子也饿了,他就拿出饭来吃。谁知里面不是饭粑而是两个龙蛋。他饿急了,就吃了一个。他觉得好吃,不知不觉中把剩下的一个也吃了,只是觉得有些渴得慌。

路过沁水荡,他喝了一大口水,还觉着不解渴。回到家里,"咕咚咕咚"把一缸水都喝光了,觉着还不解渴,他又跑到山涧里去喝。他妈看到不对劲,跟了出来。见他拼命地喝,他妈怕他喝坏了,就喊他让他少喝点。说着说着,他变成了一条龙,大水涨了起来。

他想着他不能是人了,不能再养活他妈了,再也看不见他妈了,他就回过头来叫一声"娘",他叫得十分惨。他不走,堵着水下不去。不一会儿,水淹到庄稼了,他妈流着泪,挥着手让他走了。他听话地顺着水走了。他舍不得他妈,他妈也舍不得他。他在水里落泪,他妈在岸上撑着哭。他不由得立起来,回头叫一声"娘",水一下子又涨了起来,要淹住庄稼。他妈又挥着手说:"儿呀,你去吧,别淹了人家的庄稼。"他又顺着水走了,他妈累得上气接不上下气,跟不上了,才站在岸上望着他走远。他走一截,回头叫一声,就这样,回了十八个头,叫了十八声"娘"。他每次回头,都把沙堵了一些,出现一个沙滩,这十八个沙滩,人们就叫它"望娘滩"。吴忌走后出现了一条河,人们就给起了一个名字叫淮河。淮河就是这样,由孝子成龙得来的。

每年,吴忌过生日的时候,就跑回来看他妈一眼,桐柏不绝粮,就是因为吴忌带来了风调雨顺。桐柏山区流传着这样的谚语:"跑到天边,不胜太白顶圆圈儿。吃的是大米白面,烧的是松枝槲叶。"

讲述人:郑昌录

采录人:郑大芝

记录时间:1984 年 3 月 31 日

禹舟铁环

夏朝,天下洪水大得很,桐柏山也淹得差不多了。水最大时,主峰太白顶上挂纥草啊!

大禹从桐柏山西边儿进山,到了唐河东边的山里。水浪大,船进不了山,禹就把赶龙轻舟停了下来。大禹的船一停下,风就停了,浪也息了。大禹命随行的人安歇,自己独坐船头,两眼也眯缝起来。

第七章 历史从大禹时代开始吗

大禹一觉醒来，就往背后的石柱山上查看。看后，"哦"了一声，把船系在石柱的铁环子上。随行人忙问大禹："禹王，船不走了？"禹答："刚才船头梦见老翁指点，说这里是安身的地方，不可盲目开船了。你们看！"大禹说着，手指石柱上的铁环让随行人看。大家一齐念："大禹系舟处。"都觉奇怪，铁环里边儿，谁能写上这几个字呢！大禹手拿支大笔往有字地方试了试，都没法下笔，泄劲了。他说："看来，咱的船不能再往前开了，这'大禹系舟处'五个字就是天意！"

大禹说停船歇息三天，到石柱山安营立伙。手下人正准备上岸，大禹又下令让停下了。前边漂来一只小船，载有一老两少，老者是个胡子老汉儿，两个小的是十来岁的一男一女。浪冲打得厉害，小船一歪一晃，怕人。一妮儿一小儿还喊着："救命！救命！"大禹说："快救小船！"

大船和小船一靠拢，大禹就说："小船太危险，快请老伯和孩子往船上来吧！"

老汉对大禹说："孩子呀！你们治水是个辛苦事儿，老汉专门来这里钓上几条红鱼，给你们鼓劲，祝你们治水成功啊！"

大禹一看老汉不是一般的人，一请再让叫他到岸上喝茶。老汉推辞不过，只好撇下小舟，上了大船，又登上山崖。

老汉接过大禹递给的一碗茶，不小心，茶碗掉在石座上砸起一个凹坑，水一点儿也没流走。

大禹手下有的说这老汉不喝就不喝，让大王亲自费事干啥？有的说，水也不稀罕，弄个碗多费事呀！有的还生气地瞪着老汉，有的还想开骂。大禹叫过老汉坐下，呱嗒起来。老汉在大禹拍话儿时，用手指在积水的石凹边儿上，划来划去，划了些道道子，那坑里的茶顺着老汉划的那小水沟儿流了出来。

一会儿的工夫，水干了。老汉对大禹说："孩子呀！我走了。你一定能治好水！"说罢，老汉上船没影儿了。

停了一会儿,大水的远处有一对大红鱼浮在上面,鱼背上骑着一个男孩儿,一个女孩儿。水面上还飘着好听的山歌儿:

"好好的大地洪水淹,

人们盼望治水的仙。

谁能解开仙人意,

赏他九州十八县。"

大禹听着山歌,看着石凹坑,想着老汉用手指划的水道道。他手猛拍,说:"好!这不是仙人专门来指点我咋治水嘛!"

大禹在石柱山的"大禹系身处"和治水大将们商讨了治水的方法,决定在石柱山以北先开三道沟,让深山积水都疏通,流向山外。现在的三家河经唐河入长江。这就是大禹进桐柏山的第一个治水工程。

以后,大禹就用疏通河道这个方法,沿淮直下,再导长江,直至天下太平。

讲述人:顾光荣

采录人:顾天才

记录整理:马奔欣

桐柏禹王

远古的时候,洪水泛滥,淹没了良田、庄园和人口。大禹王被玉帝派来治水。大禹王来到淮河的发源地桐柏山。

那时,淮河连年灾祸。其中便有一叫水精的水妖,制造洪水,有时甚至将整个桐柏山淹没,地上有性命的东西没有一样幸免。

大禹王到桐柏山后,制订方案,捉拿水精。水精有一习,每逢天气暖和或炎热时候,便走出水精洞,出来猖狂暴虐。大禹王请来太阳神帮助,太阳神将目光对准水精洞长达七七四十九天,洞里炎热异常,水精伸伸懒腰,心里思忖该出洞走走了。

水精刚一出洞,正看见大禹王手握神铲站在洞口,不禁大惊。只听大禹大喊："水精,我奉玉皇大帝的旨意,前来捉拿于你,还不快快受死!"水精听后大怒,我在桐柏山舒舒服服地过生活,关你大禹何事,便手持鼓浪鞭,直奔大禹王。

大禹王和水精大战了七十七天,直杀得天昏地暗,日月无光。大禹王终于擒住水精,将它镇在桐柏山下一个叫淮源的地方。

如今去淮源,便可见有一石碑,上书"大禹镇妖之地"几个隶书字迹。

讲述人:李屏堂

采录人:赵赋

流传地区:河南省桐柏山区

记录时间:1987年2月

大禹治水

大禹是个治水能手。有一年,淮河里来了一条恶龙,霸占了淮河。早先,淮河水从桐柏山上安安静静地流下来,一直到海,河两岸的人们吃着河里香甜清溜的水,太太平平地过日子,不知啥子叫水灾。恶龙来了,把河拱得这儿宽,那儿窄,水也搅浑了。它高兴了,就拼命地打滚,把河水赶出河道,淹老百姓的田舍。老百姓没法活了,叫苦连天。大禹知道了,就放下别的活,跑来治淮河的水。

大禹也不要帮手,一个人泅入水底,和恶龙对打。几天后,大禹出来了,手里提着恶龙。他怕恶龙跑了,就用铁柱子把恶龙钉在淮井里。恶龙问啥时候再放它出来,大禹说:"啥时候铁树开花了,你再出来。"

后来有一年,有一个官从这儿路过,把帽子扣到铁柱子上,在井边喝水。恶龙看到上面花花绿绿的,以为铁树开花了,就要出来。那人看见井里往上翻花,吓哩不得过,他把帽子取了,井水下去了,又扣上,井里又往上翻花。那人吓得取了帽子就跑了。

大禹治水到桐柏,桐柏是块宝地。一路来的还有淮渎、祖师。他们三个，都相中了这块地方。淮渎说："你们不在这儿，我一个要在这儿了，叫我雨淋头。"说好了，要定咧，淮渎说自己肚子疼，"哎哟、哎哟"地叫唤开了。

大禹走了一截，还不见淮渎，回头一看，淮渎留了下来，人们正在给他建庙咧。后来，禹王落到了东禹王顶，祖师落到了祖师顶。

淮渎庙修好了，淮渎的头咋修也修不好。修好了，雨给淋坏了；修好了，雨又给淋坏了。末了，人们只好在淮渎的头上扣了一个大锅。

东边的玉皇顶上，只要有云彩，咱这边就下雨。"玉皇顶戴帽，大雨来到。"现在，淮井上锁龙的石环还在，淮渎庙改成了县一中。玉皇顶上的庙还在，祖师顶上有一个石条屋。

讲述人：郑普如

采录人：郑大芝

记录时间：1984 年 3 月 25 日

禹王锁蛟

很久很久以前，桐柏山里水很足，不知道从哪里跑来一条蛟，桐柏山大小河流里的水，一下子让它喝得干干净净。喝干后，蛟还恨声恨气地哼哼着："哎呀，我渴呀！"

蛟渴了，就变作一个穿红肚兜的小孩，去村里到处找水喝，看见水井，几口就喝干了。

老天爷下了大雨，发了洪水，蛟一下子就喝得光光的，哼哼着："不解渴呀！不解渴呀！"

土地干旱，庄稼不长，五谷杂粮颗粒不收，老百姓家家又没水吃，他们只好祷告老天爷下大雨。

老百姓的祷告，惊动了治水的大禹。一天，大禹驾起一片祥云，飘呀飘，落在桐柏山主峰上，变成一位慈眉善目的白胡子老汉，手摇一柄拂尘，

第七章 历史从大禹时代开始吗

来到村子里,笑眯眯地对老百姓们说:"你们不是天旱没水喝吗?我这里有绿茶叶,吃一片不渴不饿,吃两片心清神爽,吃三片可以长生不老!"

老百姓想吃绿茶叶解渴,都纷纷去接。忽然,从人群里钻出一个穿红肚兜的小孩,跑上去伸出手对白胡子老汉央求道:"老头儿,给我一片绿茶叶吃吧,我口渴得很呢。"

白胡子老汉给穿红肚兜的小孩一片嫩油油的绿茶叶,小孩吃了,嘴里又凉又甜,一直凉到个底,觉得十分舒坦。小孩怕老百姓分吃完剩余的绿茶叶,就上去一把抢过白胡子老汉手里的绿茶叶,大口大口吞了下去。这个穿红肚兜的小孩原是蛟变的,它笑眯眯地想:"嘀嘀!我把这绿茶叶都夺来吃了,从此再也不怕渴啦!"

哪晓得,穿红兜肚的小孩吞下绿茶叶后,五脏六腑疼得刀搅一般,在地上直打滚儿,现出蛟的原形:威风凛凛的长角,飘飘冉冉的长须,亮亮堂堂的眼睛,嘴里向外吐出明晃晃一串金链子,疼得满地打滚儿,豆青、深紫色的龙鳞甲粘了一地。那绿茶叶是大禹降伏蛟的法宝,蛟一吞下绿茶叶,每一片绿茶叶都变成了一截金链子。

白胡子老头捡起地上的金链子,朝蛟大喝一声:"起来!"

金链子已勒紧了蛟的心脏,它越想挣脱,心脏就疼得越厉害。

白胡子老汉也摇身一变,变成了大禹。他牵着金链子说:"蛟啊,你跟我走吧!"

大禹前头走,蛟乖乖地跟在后边,一步步走下山来。蛟怕疼,捂着心窝,几步疼得一扭,几步疼得一扭,下山扭了二十四个弯儿,扭到一个小村庄,蛟疼得冒冷汗,央求大禹让它歇一会儿,大禹答应歇了。老百姓就把大禹和蛟走过的弯了二十四个弯儿的山路,称为二十四扭;蛟歇息的小村庄,称为扭庄。

大禹牵起蛟刚下山,天上霹雳闪电,一场倾盆大雨,山沟里呼呼呼涨起了滔天洪水。蛟得了水,忽一下子变得长达千丈,头昂得有几十丈高。

363

大禹手提金链,驾起云,乘着波涛,穿山越岭,呼啸着奔向大海。从此,大禹驾云走过的地方,就变成了现在的淮河。桐柏山就成了淮河的源头。人们传说,淮河弯的每一道弯儿,都是蛟疼得身子来回扭曲的地方。

到了东海,大禹就把蛟锁在龙宫里,拔剑剁掉蛟的一截尾巴,警告蛟说:"蛟啊!今后好好在海洋生活,不准你再回桐柏山坑害百姓了!"

采录整理:甘思志

流传地区:河南省桐柏山区

记录时间:1985年2月

铁链锁蛟

河南省桐柏县西三十里有个淮源镇,淮源镇西头有座"禹王庙"。"禹王庙"往北走百步来远,有一座六根红木柱子撑起来的小亭子。亭子底下有一口四方口的深井,靠着井的旁边立着一根三四把粗的大理石柱子。柱子上头,有个鸭蛋粗的眼儿,眼儿里穿着一条几十斤重的铁锁链,锁链的另一头耷拉在井里,石柱上边刻着五个巴掌大的字:"禹王锁蛟处。"这个"禹王锁蛟"的故事,千百年来一直在桐柏山区民间广泛流传着。

在很早很早以前,淮河水没有一定的河道。年年泛滥成灾,两岸人民吃不饱、穿不暖,生命也没有保障。后来,夏禹王治水来到桐柏山,他决心要疏通淮河的河道,把淮水一直引到东洋大海里去,为百姓解除苦难。谁知来到桐柏淮河的发源地以后,发现有水妖作怪,使治水工程无法进行下去。他只得领着治水的兵将,驻扎在桐柏山的最高山峰太白顶,进行调查研究,向附近的山神了解水妖的根底。据说,他曾三次进出桐柏山,经过了三年的时间,才了解清楚:这个水妖原来是一条大蛟龙变的,名字叫无支祁,自称淮涡水神,就住在淮源水中。

禹王把情况弄清以后,就下定决心,要降伏水妖,为民除害。他派他的外甥庚辰，手拿他治水用的"定海神针"，去和水妖交战。战了三天三夜，终于把水妖拿住。禹王把这水妖用铁锁链锁起来，丢到井里，拴在石柱上，井上盖了亭子，石柱上刻上"禹王锁蛟处"五个字。从此，千里淮河有了河道，畅通无阻地流进东洋大海。两岸人民安居乐业，丰衣足食。

后辈感激禹王的恩德，在井边修建起"禹王庙"，敬他为神。敬捉拿水妖的大将庚辰为"淮涡水神"，修"淮渎庙"于淮河边上（今桐柏县城）。

禹王把无支祁锁进井去时，无支祁问禹王说："你今日把我锁起来，啥时候我才能出来？"禹王指着桐柏山上的映山红说："啥时候拴你这个石柱子上开出了红花，你才能出来。"时间一年一年过去了，石柱上没有开花，无支祁一直没有出来。一直到清朝末年，两个解差押着一个犯人，从信阳州往南阳府送。走到桐柏山下淮井旁边，又累又热，坐在井边，靠着石柱子休息。一个解差将帽子摘下来，挂在石柱尖上。井中的无支祁看见解差帽子上的红缨，误以为是石柱子开了花。"轰隆"一声，挣断铁索，腾空而去。

从此，淮河又年年泛滥成灾，两岸人民灾难重重，更加怀念圣禹。

讲述人：熊自谦

采录整理：孙建英

流传地区：河南省桐柏山区

记录时间：1985年2月

金镯锁蛟

古时候，淮源附近有个叫刘自起的小伙子，靠挖药卖，养活老母。一天，刘自起挖出一个蛟蛋，他不知这是啥东西，就放在水缸边儿。

几天以后，刘自起还在山上挖药，一阵风朝山上刮来。原来是蛟蛋出蛟了，顺河道而上，在一个山洼里被刘自起碰见。刘自起举起挖药的锄头就去打，一下也没打着蛟。搏斗中，蛟身越来越大，一直大到箩筐那么粗。

刘自起连累带吓死了。

蛟龙得了刘自起的元气,化身为刘自起回家了。刘自起到家门口,水也跟着涨到家门口。母亲不知道咋啦,忙问:"自起儿呀!水咋跟着你呀?"刘自起回答说:"母啊!儿孝敬母有功,现在变成龙了。"刘母说:"真的?"刘自起说:"你这个瞎老太婆,想看看我的本事是吧!想看看我是龙不是龙吧!"说罢,他顺河往上跑,水也往上跑。刘自起跑到最高的山峰——太白顶上,水也涨到太白顶上(至今还有"太白上顶上挂纮草"的说法)。

玉皇大帝在天上猛觉得身上发麻,心里发痒。他掐指一算,知道桐柏山一小蛟得了人的元气,成妖作怪,携水闹事儿,百姓淹死的没数儿。他派禹王、淮渎和祖师爷下凡捉妖治水。

禹王、淮渎和祖师驾祥云来到桐柏山,经过几个回合,拿住了刘自起。给这个水妖戴上金铐和铁链子,压在了一口井里,还专门在井上盖一间小屋。这口井就叫玉井龙渊,小房子叫淮井亭。

固庙街西八里的地方,有一个外号叫"水老鸹"的小伙子。一次,他在固庙街边河上摸鱼,顺着一个套崖子洞摸到水井里去了。他见到一个戴金手镯的大汉在睡觉,井上还有座小房子罩着。他看了看井上没有人,这个大汉又睡得熟,就去掉了一只金镯。那个大汉的手镯取走一只后,翻个身,又伸着另一只让取。水老鸹害怕了,转身顺原路往外摸。

第二天,水老鸹在固庙街卖金镯,正巧被禹王看见。禹王一问,知道了这金镯是哪来的,就说:"你要多少钱,我给你多少钱,你还给那个大汉戴上去!"水老鸹说:"我要十犋牛!"

禹王一答应,水老鸹就去了,谁知水老鸹去晚了,刘自起用没戴铐的手取掉了另一只,挣断了锁链,蹿出井。一出井口,就驾云跑了。

禹王追得也快,一气撵到长江边儿,到了龟山脚下,追上了刘自起。大禹说:"你要是不听话,我就斩了你,把你剁成肉泥。"蛟龙刘自起害怕禹王的降龙宝剑,乖乖地被压在龟山下一口井里了。

大禹锁了蛟,又拐回桐柏山,斩了那个盗金镯放跑水妖的水老鸹。

从那时起,淮河发源地一带就没闹过水灾。

讲述人:刘中林

采录整理:周君立

流传地区:河南省桐柏山区

记录时间:1985年8月10日

玉井龙渊

桐柏山的主峰叫太白顶,太白顶还叫过大腹山。大腹山有钻进一条龙的传说,还有从大洞流出两个龙蛋的说法。

据说,一个叫吴儿的孝子吃了一个龙蛋,变成了一条好龙,冲出了一条淮河,为人造了福。还有一个龙蛋,吴儿的老母不敢吃了,放在水缸里,成了气候。一时变人,一时变龙。变人时,对老母不孝,把老母气死了;变龙时,常常携水闹灾,把老百姓坑苦了。

不知过了多少年,有个叫大禹的人,带领兵将来平妖治水。这一天,他来到桐柏山察看水情,见河堤又垮了,洪水还是到处乱滚。他下船走到太白顶山腰,四方的山神马上前来拜见。大禹问:"河道刚刚修好,为啥又被冲垮了呢?"众山神回答说:"这里有一条五丈长的水蛟,成精作怪,自称大腹山就是它的家,它自由出入大洞,还跟一个老鳖精一起携水乱滚。它滚几天,大洞就往外冒几天水,淹田园,毁村庄,连大禹修的水堤也被它滚成乱七八糟的了。我们想除掉这条孽龙吧,都不是它的对手。"

大禹听了这番话,就命身边的大将童律去大洞堵上石土,以免大水随便外流。

童律刚到大洞,一条大蛟从远处走来,一到山口,就变成猿猴模样的怪物。它恶狠狠地走到大禹跟前。一个山神指着它说:"禹王,这就是刚才说的那个水怪。"

水怪说:"胡说!我叫无支祁,是淮涡水神。"

大禹说:"你是水神,为啥还毁坏河堤,坑害百姓呢?"

"小小水沟,咋会是我的玩场儿,别说你是大禹,就是老天爷来了,我也改不了闹水的习性!"无支祁说罢,眼睛一睁,闪出两道蓝光;大嘴一咧,露出三尺钢牙。大禹一点也不怕。无支祁又把五尺长带刺的舌伸向大禹。大禹一见这怪无礼,就拔出降龙宝剑,迎风一挥,金光万道。无支祁一见降龙宝剑,急忙逃走,大禹派大将童律前去追赶捉拿。童律不是它的对手,大败回来。大禹又差大将乌木久去捉拿无支祁。

乌木久从太白顶往东,一直追到玉皇顶山下。他抖开捆仙绳,把无支祁紧紧捆住,往太白顶押送。谁知无支祁会使"缩身法",脱掉绳套,又跑了。乌木久没有办法,只好转回向大禹交令。

大禹想,对付水中怪物,还是让外甥庚辰出战。他把庚辰叫来,交代了一番。庚辰说:"舅王放心,不擒无支祁,决不见您!"

庚辰四处寻找无支祁的踪迹,发现在离玉皇顶东北处的淮河三里深潭岸上有妖怪脚印,就大声喊:"无支祁!快出来受擒!"

无支祁正在潭中和鳖精商量,想点子对付大禹。他一听岸上叫骂,就拨水出潭,问:"你是谁?咋恁大胆,冒犯淮涡水神?!"庚辰回答:"我是太阳神的后代,随禹王降妖治水的大将庚辰!"无支祁见这人来势太猛,恐怕对付不了,就掀起浪,挡住庚辰,自己又钻入潭底拐回洞中。

庚辰对准潭涡吹了两口热气。一口气,潭水变温;两口气,潭水发热。无支祁害怕了,心想:要让他再吹热气,我这龙潭不就滚开锅了吗!我要把他轰走,免得出大祸。它想到这儿,急忙起身,纠集鱼鳖虾蟹一齐叽喳着朝庚辰拥来。庚辰一见,哈哈大笑,说:"一百个老鼠不咬猫!让你们端老窝来,也是白送死!"他不慌不忙,双手叉腰,"呼"一声,把第三口热气吹进潭里。这一下呀!三里深潭,水浪翻得咕咕嘟嘟响。鱼鳖虾蟹受不了啦!烫得蹦的蹦,窜的窜,死的死,亡的亡。烧熟的、脱皮的、蜷腿的、伸腰的,水上漂满了死鱼烂虾。老鳖精没烧死,鳖壳也成了黄土色。"金甲潭"也就为这得名。

大禹在岸等候。无支祁经不住水烫,现了原形,一窜上岸,大禹一把抓住他,用剑砍掉了它的尾巴。"秃尾巴老苍"的说法,就是这样来的。

无支祁被大禹压在太白顶下,众兵将挖了一口千丈深的井,童律又从盘古山南边儿的花山运来玉石,砌成井壁。大禹亲手把无支祁锁上铁链,囚入井下,系在定海神针上。

无支祁问:"我哪天才能出井啊?"大禹指着井口的那根定海神针说:"铁树开花的时候!"

千年以后,一个砍柴娃儿把一把映山红放在铁柱上,又从井里打水喝。这一放啊,井里"呼噜噜"地往上翻黑浪,砍柴娃儿拔腿就跑。蛟龙挣断铁链,驾云脱逃。

至今,玉井还在,龙已无影。

讲述人:郑昌寿

采录人:马卉欣

记录地点:河南省桐柏县文化馆

记录时间:1979年10月

文献记述:

"禹理水,三至桐柏山。惊风走雷,石号木鸣。百伯拥川,天老肃兵,不能兴。禹怒,召集百灵,搜命夔龙。桐柏千君长稽首请命。禹因囚鸿蒙氏、章商氏、兜卢氏、犁娄氏。乃获淮涡水神,名无支祁,善应对言语,辨江淮之浅深,原隰之远近。形若猿猴,缩鼻高额,青躯白首,金目雪牙,颈伸百尺,力逾九象,搏击腾踔疾奔,轻利倏忽,闻视不可久。禹授之章律,不能制;授之乌木由,不能制;授之庚辰,能制。鸱脾桓木魅水灵山妖石怪,奔号聚绕以数千载。庚辰以战逐去,颈锁大索,鼻穿金铃,徙淮阴之龟山之足下,俾淮水永安流注海也。庚辰之后,皆图此形者,免淮涛风雨之难。"即李汤之见与杨衡之说,与《岳渎经》符矣。

(《太平广记》卷四百六十七)

大禹斩将

太阳神的后代庚辰,在桐柏山水帘洞前的一座山上练习散热发光的本领。这座山,后人称"太阳城",也有人叫"太阳池"。天下洪水成灾时,庚辰受命跟舅父大禹去各地治水,离开了这里。

大禹率治水大军来太白顶降伏无支祁后,就率大军沿淮河出桐柏山了。

治水大军到了大别山,见庚辰没有跟上大队。

大禹料定,庚辰是到太阳城去了。他差一传令兵,去催庚辰离开太阳城,还跟着大军治水。

传令兵没把庚辰叫回军营。大禹又差一将去催,庚辰还是不答应离开桐柏山。

第三次,大禹差童律和乌木久去催。

童律说:"禹王,庚辰是你的外甥,平时他就没把我们放在眼里。这次,我们没有办法呀!"大禹说:"为啥让你俩都去呢?该动手就动手,该捆就捆嘛!"

童律和乌木久去到太阳城,庚辰正在加修石寨。南天门和北天门已立在前山和后山。

走进北天门,三人闲聊了几句,庚辰就说:"我到南天门外捉点麻扣鱼款待款待你俩。"庚辰动身就要走出南天门。二人急忙拦住说:"别去了!"庚辰说:"去!水帘洞里尽是小鱼,麻扣鱼,好逮得很,吃着香着哩!"二人又说:"庚辰兄长,禹王命我们请你回营。要不,咱们都要吃罪呀!"

第七章　历史从大禹时代开始吗

"我是太阳神的后代,我是禹王的外甥,我是捉拿无支祁的功臣。要拿我问罪呀,打量天下没那个人!"

正说哩,大禹手执宝剑也转来了。他站在山下大喊:"庚辰下山!"

庚辰听到是舅王大禹的声音,急忙下山。来到河边,向舅王施了一个礼,说了一声:"舅王!你也是转来叫我吗?"

禹王没有答话。

庚辰说:"舅王,除妖治水我已出过不少力,等有了大水妖,我再回营吧!"

禹王还是没吭气儿。

童律说:"庚辰兄,太阳城这地方是好,待治了洪水,我也来陪你住这里。"

乌木久说:"庚辰兄,禹王为治水,三过家门都不回呀!"

禹王说:"洪水中百姓还在哭叫,你玩得进去吗!"

"舅王!我能在桐柏山这块宝地安上家,等舅王治理了天下洪水,也好来这里游玩。"

"你留下,中。天下太平了再说。治水中都抢占名山大川,天下洪水还治不治,百姓还救不救?"

"舅王!"庚辰听罢禹王一席话,又说:"舅王,我还是舍不得这里的好景啊!"

大禹皱了皱眉头,咬了咬牙,头动了一下没说话。

庚辰说:"舅王!你狠狠心,留下我吧!"

"再三劝你,你不听;好言说尽,你不从。要你这样的人真是我的包袱!"禹王说到这里,庚辰高兴地跪下,说:"谢舅王开恩允口!"

禹王又看了看庚辰,压着心里的火,轻声说:"外甥,再不回营治水,我就要问罪了!"

庚辰一听,禹王的话不是开恩的话,像是吓唬自己的话,就"唰"地站了起来:"舅王,你真不留情,算了!看你把太阳神的后代咋发落!反正我不走了!"

禹王抽剑,冲着庚辰说:"那你永远住这里当淮神吧!"庚辰把脸一扭,禹王把剑刺向了庚辰。禹王利剑一拔,一股金黄色的光气向太白顶方向飘去。

禹王斩了外甥,血染了水帘洞河。满河的麻扣鱼都来喝血,喝成了红嘴、红脊、红尾巴。麻扣鱼个子也长不大了,千年百代都是这个样儿。

现在,人们一看到河里这种麻扣鱼,就想起大禹斩将的故事。

讲述人:吴生相

采录整理:马奔欣

记录时间:1983年3月

大禹治水和淮河水怪

大禹治水的时候,疏通九州河流,把大地上滔天的洪水引向东洋大海,又造了很多陆地,使万物复苏,人民才得以安居乐业。

可是淮河并不听话,经常泛滥成灾,淹没两岸田地村庄,人民深受其害。

原来,淮河源头有个水怪,人不人,猴不猴,经常趁下雨的时候出来为非作歹。这水怪站在淮河源头,张开血盆大口,吐出滔滔水柱,搅得天昏地暗,淮河就泛滥成灾,它乘机吞食落水的人们。大禹知道后非常恼怒,就把这水怪捉住,在淮河源边挖了一眼深井,下通海眼,取名淮井;又用神铁造了一条锁链。把水怪锁牢,放入井内,一头拴在井边竖立的铁柱上。大禹指着井边铁柱对水怪说:"要想出井,必得井边这铁柱开花。"当然,铁柱永远不会开花。数千年来,这水怪也一直没能出井。

据说有一年,淮河源头起了一次会,戏台就搭在离井不远的地方。有一个人肩上驮着小孩看戏,靠在井边的铁柱子上。小孩把头上的花帽子抹下来,无意戴在铁柱子顶上。这一来可不得了了,只听淮井内一声响,井里水咕咕嘟嘟直往上冒,霎时间天昏地暗,看戏的人们吓坏了,不知道到底咋回事。有一个老教书先生忽然看见井边铁柱子上的花帽子,恍然大悟,连忙找人冒死把花帽子取了下来。帽子一取下,井水马上不冒了,天也转晴了,一切又都恢复了正常。原来,井里的水怪把小孩的花帽子当成铁柱开花了,急着从井里出来。

从此以后,再也没有人敢往井边铁柱子上挂东西了。

讲述人:杨永兴

采录人:杨建军

记录地点:河南省桐柏县盘龙镇

记录时间:1987年3月

禹王分水

大禹到桐柏山,擒住了孽龙无支祁,把它锁在淮井里,又凿山挖道把水向东海引。

太白顶的土地爷和山神又喜又忧,喜的是禹王把水治好了,再也不怕大水了;忧的是水都流到东边去了,山西边百十里地没有水,老百姓咋过日子!他俩一商量,就找禹王去了。

禹王率领众神将劈山导水,已到了东边的祖师顶下。这里是三路洪水汇集的地方,水大浪急,拦住了去路。禹王命童律和乌木久造桥,搬来多少石头都被大水冲走了,再搬,又被冲走了。一直架了三天三夜也没有把桥架起来。禹王一气,从腰里抽出金剑,轻轻一拍,金剑变得又宽又长。禹王把剑往洪水上一放,变成了大桥,这就是现在的"金桥"。

禹王架好了桥,命大军火速向东进发,导水入海。土地爷和山神这个时候也赶来了。他俩向禹王说,要给西山也分一点水。禹王一听,连着摇头说:"不行不行!我的治水大策是向东流,入东海,不能随意改呀!"

土地爷和山神一听这话,大哭了起来:"哎呀禹王,您光让水往东流,不胜把俺俩杀了吧!"

禹王听不懂他俩说的啥,瞪着眼"哼"了一声。土地爷和山神慌忙解释说:"您想吧,西山百十里没有水,要不了两年,山秃了,田干了,地裂了,百姓收不到粮食非出去要饭不可,谁还在家守穷等死?谁还给我们烧香上贡品?那我俩只有蹲在庙里饿死!禹王爷,您不念百姓也得念我们呀!"

"嘟!"禹王把脚一跺,说:"我费了千辛万苦,疏导百川洪水,全是为了天下百姓的生存!你俩信口开河,贪图私利。快走开!"

大禹说着指挥疏水队伍一直向东走,一边走一边挖,经安徽到江苏,修呀劈呀费了很大力气,把淮水引到了东海。

两年后,禹王率领众神顺汉水往上,去开挖济河。路上碰见两个用破帽遮着脸的叫花子。他俩一见禹王扭头就走。

禹王喊:"喂!过来过来,我问个路!"

俩叫花子一听这话拔脚就跑。

禹王命童律去把他俩拿来。童律紧走几步,一手抓了一个,丢在禹王面前。禹王一看,是太白顶的土地爷和山神。禹王问:"你俩咋是这身打扮呀?"

土地爷和山神说:"我们是出来逃荒的,混到这个地步没脸见人呀!"

禹王一问,才知道太白顶两边没河,老百姓只好靠天吃饭,下雨三天淹,无雨三天干,多下几天雨,山洪下来,遍地都是水,把山西边的田园庄稼冲了个精光。人们携儿带女讨饭去了。人一走,庙里香火也断了。

禹王不信,亲自带童律来太白顶西看了一下,洪水乱滚。禹王说:"这里开一条河还是有道理的呀!不过这一开河,水就往西流了,不是自己坏了'导水东流'的治水大策么!唉!"

童律见禹王为难,就踏上云头,登高远望了一番。他对禹王说:"要是从这里往西开条河,让水流入汉江,再由汉江入扬子江,从那里再入东海不也是导水东流吗?"

"有理有理!"禹王高兴地命童律和乌木久带领众山神立即察看水路,疏通河道。自己到太白顶把泉水分了一股儿,向西山流去。

大禹开这条河开得有理,这一带的人们称这条河为理河。后人在写《水经注》一书时,把"理河"写为"澧河"。

讲述人:释海良

采录人:刘剑

记录地点:河南省桐柏县西十里村

记录时间:1981 年

大禹导长江

相传大禹治水的时候,南阳盆地是一片汪洋。

据说大禹是从冀州过来的,坐着麒麟舟,带着治水大军。他在南阳盆地巡察三天三夜,累了,想抛锚定舟歇歇;一抛,咕咚水太深,锚抓不着底。麒麟舟在水里漂,一直漂到唐河南边祁仪镇一带。

大禹手下的大力士童律对大禹说:"伏牛山有对石柱,顶天高,我去搬来当个定锚桩。"这一说,大禹手下人都笑他瞎吹。童律脚点着水,真的搬来一对大石柱,立到祁仪镇东南的石柱山上。大禹在石柱上缆了舟,在祁仪镇扎下大本营。

大禹带着治水大军在南阳盆地掘了两条排水沟,一条叫白沟,一条叫唐沟(就是现在的白河和唐河)。现在湖北境内有个双沟镇,正好在白沟和唐沟交界处,据说就是从那时得的名。

排水沟一挖成,南阳盆地的水消了,大禹喜得不得了,心里只顾喜欢哩,连挽在石柱上的缆绳都忘记解了。水消完了,一瞅,麒麟舟就淤在稀泥里。后来这里建起个集镇,起名祁仪,就是"麒淤"的谐音。

讲述人:李明谦

采录人:张果夫

记录地点:河南省唐河县文化馆

记录时间:1983 年 3 月

大禹神话遍布神州大地，凡是有河水的地方，都会有大禹治水的神话传说。这是中国文化的特殊景观。

大禹从治水到治世，其神性的光辉不但温煦，而且令人感到亲切。他建立了夏王朝，他的子孙启曾经秉承了他的光辉[1]，同时，也是启熄灭了远古神庙的最后一盏神灯，毁坏了他的大夏王朝[2]；到了夏桀王时期，礼崩乐坏，时人愤怒地喊道：

> 桀，
> 偈日亡！
> 吾与汝偕亡！

于是，在殷商王朝取代大禹夏王朝时，文字更清晰地记述着人们的足迹，中国神话时代就全然消失了。当然，更重要的原因是，随着生产技术的迅速提高，特别是人们认识世界的能力迅速提高，神话的存在只限于记忆的阶段，其新生的土壤被历史传说所替代，大禹时代作为远古人民的精神成果不可阻挡地消失了它繁衍的温床，中国古典神话时代也至此结束了。应该指出的是，神话思维并没有终结，它还残存着，甚至在某时空单位内曾经闪放出绚丽的光芒，而它毕竟已退居到次要地位，代之而起的是新的人文艺术，古典神话在被历史化、哲学化、审美化的同时走进了世俗化，弥漫在一代又一代人的生活中。

神话传说作为民族记忆，其附属于不同时代的文化风景，形成新的述说。但是，其语域中心都不是无端形成的，原始文明应该成为其记忆的源头，绵延不绝。如《史记·河渠书》引《夏书》曰："禹抑鸿水，十三年过家不

---

[1] 《山海经·大荒西经》："开(启)上三嫔于天，得《九辩》与《九歌》以下，此天穆之野，高二千仞，开(启)焉得始歌《九招》。"
[2] 《墨子·非乐》："启乃淫溢康乐……万舞翼翼，章闻于天，天弗用式。"

入门。陆行载车,水行载舟,泥行蹈毳,山行即桥,以别九州。随山浚川,任土作贡,通九道,陂九泽,度九山,然河灾衍溢,害中国也尤甚,唯是为务。故道河自积石,历龙门,南到华阴,东下砥柱,及孟津雒汭,至于大邳。于是,禹以为河所从来者,高水湍悍,难以行平。地数为败,乃厮二渠,以引其河北,载之高地,过降水至于大陆,播为九河,同为逆河,入于勃海。九川既疏,九泽既洒,诸夏艾安,功施于三代。"这种壮举,是原始文明震撼时代的文化基础,构成大禹神话时代的核心,将中华民族的文化精神不断光大。民族的神话时代属于历史,在历史演变中被记忆,被述说,并没有被自己的经典束缚住了手足,它在民间文化生活中仍然振动着有力的双翼。当在文献典籍中渐渐模糊了对它的观感时,在民间文化生活的野性天地中却格外清晰地看到了它多彩的身影。特别令人欣喜的是,在神州大地上,我国古典神话以古庙会为重要文化背景,展现出一个个完整而清晰、刚健而清新的古典神话时代,与之交相辉映的是少数民族丰富多彩的神话传说。

诚然,神话传说故事形态的保存是多种多样的。或曰,其流传演变的渠道有很大可能是在口头语言、语言文字、图画或雕塑等具体形态中不断循环往复。诸如今天流传在民间社会的神话传说,有人不同意其来源于远古的论说,的确,有许多问题没有具体的证明,但是,又该如何解释其来源呢?江河奔腾,不拒细流,神话传说的语言形态无论如何变化,都具体存在于民族文化传统之中。至少,民间神话的形态谁也不能否定。仅仅依据文献,就非常容易陷入又一种形式的虚无主义。睁开眼睛看看民间社会,有许多问题需要重新思索。